Anita NAIR

Compartiment pour dames

**Roman traduit de l'anglais (Inde)
par Marielle Morin**

*Éditions
Philippe Picquier*

Un glossaire en fin de livre donne des explications sur les mots d'origine indienne.

DU MÊME AUTEUR
AUX ÉDITIONS PHILIPPE PICQUIER

Un homme meilleur, roman
Le Chat karmique, nouvelles
Les Neuf Visages du cœur, roman

Titre original : *Ladies coupé*

© 2001, Anita Nair
First published by Penguin Books India, 2001
© 2002, Editions Philippe Picquier
pour la traduction en langue française
© 2004, Editions Philippe Picquier
pour l'édition de poche

Mas de Vert
B.P. 20150
13631 Arles cedex

www.editions-picquier.fr

Mise en page : Ad litteram, M.-C. Raguin – Pourrières (Var)

Conception graphique : Picquier & Protière

ISBN : 978-2-87730-747-5
ISSN : 1251-6007

A Soumini, ma mère,

qui m'a appris tout ce qu'il y a à savoir

avant de me laisser

faire mon chemin

S'il nous était donné d'être les spectatrices de notre propre entrée dans une pièce, nous serions peu nombreuses à avoir le cœur qui bat la chamade en entendant tourner la poignée de la porte. Mais nous luttons pour nos droits et nous ne laisserons personne parler à notre place et résisterons à toutes les tentatives de nous priver de notre libre arbitre.

Rebecca West

Note de l'auteur

Jusqu'au début de l'année 1998, il existait un guichet réservé aux dames, aux personnes âgées et aux handicapés à la gare du Cantonnement à Bangalore. Et sur la plupart des trains de nuit, on trouvait des compartiments pour dames dans les wagons de seconde classe.

Depuis, le guichet réservé aux femmes a été supprimé dans toutes les gares. Qui plus est, des responsables ferroviaires, notamment des chefs de gare et des contrôleurs, m'ont informée que les compartiments pour dames n'existent plus et que les nouveaux wagons n'en comportent pas.

1

C'est ainsi depuis toujours; l'odeur d'un quai de gare, la nuit, fait naître en Akhila l'envie de s'évader.

Le long corridor de béton qui se déroule dans la nuit, ponctué par des panneaux et par l'alternance de l'ombre et de l'éclairage de la gare. Le mouvement des aiguilles d'une pendule qui donne un rythme d'urgence au vacarme des écrans de télévision suspendus et au grincement des chariots chargés de paniers et de sacs. Le grésillement du système de sonorisation qui s'anime en crachotant pour annoncer les arrivées et les départs. Le jasmin enroulé dans des chevelures, la sueur et la brillantine, le talc et la nourriture rance, les sacs de jute humides et l'odeur verte des paniers de bambou fraîchement tressés. Akhila hume tous ces parfums et, de nouveau, l'évasion lui vient à l'esprit. Une vague de gens s'évadant tous dans une infinité kaléidoscopique foisonnante qui dépasse son entendement.

Akhila en a souvent rêvé. De faire partie de cette houle qui se déverse dans les compartiments et s'installe sur les sièges, qui range ses bagages et tient ses tickets bien serrés dans sa main. De s'asseoir dos au monde qu'elle connaît, les yeux tournés vers celui qui l'attend. De partir, s'enfuir, s'en aller. D'un train qui entre dans une gare, sifflant, soufflant, crachotant. Akhila est assise à la fenêtre. Rien ne bouge sauf le train. La lune, accrochée à son épaule, l'accompagne. Elle traverse une galerie de scènes nocturnes, qui se déploient sous son regard dans l'encadrement de la fenêtre. Une maison éclairée. Une famille rassemblée autour d'un feu. Un chien qui hurle. Une ville dans le lointain. Les eaux huileuses et noires d'une rivière. Une colline menaçante. Une route qui serpente. Un passage à niveau où un lampadaire se reflète dans les lunettes d'un homme sur un scooter immobile, mains ballantes, talons au sol, tête inclinée, qui observe et attend que le train passe en trombe.

La vérité, c'est que c'est la première fois qu'elle achète un billet à bord d'un train express. Jamais elle n'a pris de train de nuit qui l'emporterait vers une destination inconnue.

Akhila est de ces femmes-là. Celles qui font ce que l'on attend d'elles et qui rêvent du reste. C'est pourquoi elle collectionne toutes les déclinaisons de l'espérance comme les enfants collectionnent les talons des tickets. A ses yeux, l'espoir est tissé de désirs inassouvis.

Les ciels bleus, le beau temps après la pluie, les accalmies, Akhila savait que ce n'était là que des illusions entretenues en chaussant des lunettes qui vous font voir la vie en rose. Cela faisait longtemps qu'elle les avait mis en miettes, ces verres rosés, et qu'elle portait des lunettes à monture de métal, neutres à l'intérieur, teintées à l'extérieur. Même les rayons du soleil cessaient de briller lorsque les lunettes d'Akhila viraient au marron fumé.

Voilà donc Akhila. Quarante-cinq ans. Sans lunettes à verres rosés. Sans mari, ni enfants, ni foyer, ni famille. Rêvant d'évasion et d'espace. Avide de vie et d'expérience. Brûlant d'aller à la rencontre des autres.

*

Akhila n'a jamais été une personne impulsive. Toute décision lui demandait du temps. Elle réfléchissait longuement, délibérait, laissait mûrir et ce n'est qu'après avoir passé en revue chaque nuance et chaque point de vue qu'elle se décidait.

Cela se reflétait jusque dans les saris qu'elle portait. Des saris de coton amidonné qui nécessitent de prévoir et de réfléchir à l'avance. Pas comme les saris de mousseline transparente ou les synthétiques prêts-à-porter. Ces saris-là sont faits pour les femmes qui changent d'avis au moins six fois chaque matin avant de décider de ce qu'elles vont mettre. Ces saris-là sont pour le tout-venant des inconstants. Les saris amidonnés exigent des esprits ordonnés et Akhila s'enorgueillissait de sa capacité à s'organiser.

Pourtant, lorsqu'elle se réveilla ce matin-là, tirée de son sommeil par une minuscule mouche aux ailes translucides et au corps noir et frétillant, une vagabonde agitée qui voletait en bourdonnant au-dessus de son visage, Akhila sentit naître en elle une étrange sensation d'errance. Conséquence de son rêve de la nuit qui venait de s'achever, pensa-t-elle.

La mouche s'installa l'espace d'une seconde sur le front d'Akhila et se frotta les pattes avec vivacité. C'est ce que font les mouches, collectant et semant aux quatre vents maladie et malheur. Celle-ci, jeune adulte, n'avait rien d'autre à répandre que les germes de l'agitation. Akhila chassa la mouche du revers de sa main mais cette dernière avait accompli sa mission. Elle avait disséminé dans la chaleur du sang d'Akhila et dans son esprit un essaim d'envies larvées qui s'y était répandues jusqu'à ce que l'immense désir de monter dans un train s'empare d'elle. Partir. Aller quelque part. Un endroit qui donnerait sur la mer, pas comme Bangalore. Au bout du monde, qui sait. Du monde qui était le sien en tout cas. Kanyakumari.

Kanyakumari, là où les trois mers se rencontrent. La baie du Bengale, l'océan Indien et la mer d'Arabie. Un calme océan mâle flanqué de deux mers femelles et agitées. Akhila connaissait l'histoire de Vivekananda qui, à Kanyakumari, appelé alors le cap Comorin, s'était jeté dans les eaux tourbillonnantes et le sel des trois mers, et avait nagé jusqu'à un rocher sur lequel il s'était assis résolument, dans l'attente de réponses qui lui avaient échappé toute sa vie. Et lorsqu'il avait quitté le rocher, il était devenu Vivekananda, celui qui a trouvé la joie de la connaissance. Le saint qui avait appris au monde à se redresser, à se réveiller et à ne s'arrêter qu'une fois le but atteint.

Elle avait lu que Kanyakumari tirait son nom de la déesse qui, comme elle, avait mis sa vie en suspens. Et que la plage là-bas était faite de sable multicolore, restes fossilisés d'un festin de mariage que nul n'avait jamais servi ni mangé.

Akhila, allongée sur son lit, regarda par la fenêtre et décida qu'elle partirait. Ce soir.

Cela ne plairait pas à Padma, elle le savait. Depuis quelque temps, sa sœur regardait tout ce qu'elle faisait avec suspicion. Akhila sentit sa bouche se pincer. Une ligne que Padma appelait la bouche de la vieille fille, la bouche d'Akka : dure, déterminée, et ne tolérant aucune interférence.

Elle se leva et alla consulter le calendrier accroché au mur de sa chambre. Elle parcourut du regard les dates. 19 décembre. L'année touchait à sa fin, se dit-elle, puis, sans raison particulière, elle se mit à chercher, dans les dernières pages du calendrier, l'aiguille qu'elle gardait enfoncée dans le papier, enfilée de blanc et prête en cas d'urgence (un crochet défait, un ourlet décousu). L'aiguille n'était plus là. Une des filles de Padma avait dû s'en servir et oublier de la remettre à sa place. Akhila avait beau le leur répéter, à chaque fois c'était la même chose. Ça et le miroir au-dessus du lavabo, criblé de disques de feutre bordeaux (des bindis adhésifs qu'elles ôtaient de leur front crasseux et qu'elles recollaient sur le miroir pour un autre jour), achevèrent de la décider. Elle partirait. Il le fallait ou elle deviendrait folle, cloîtrée entre les murs de cette maison et de cette vie qu'elle était censée vivre.

Akhila ouvrit son placard et en sortit un sari chungdi de Madurai, rouge et noir. C'était un sari de coton, un sari amidonné mais dont les couleurs et le zari doré surprirent Padma. Cela faisait longtemps qu'Akhila avait cessé de porter des couleurs vives, et préférait se dissimuler derrière des tons ternes de phalène. Ce matin, elle était devenue un papillon. Aux teintes magiques et à l'abandon radieux. Où est passée la phalène ? Pourquoi tes ailes ne sont-elles pas repliées ? Pourquoi n'essaies-tu pas de te fondre dans le bois ? Pourquoi ne te caches-tu pas dans les plis des rideaux ? Voilà les questions qu'elle lisait dans le regard de Padma.

De cette façon, Padma saura qu'aujourd'hui ne sera pas un jour comme les autres, pensa Akhila en voyant l'étonnement poindre sur le visage de sa sœur. Qu'elle ne dise pas que je ne l'ai pas prévenue.

« Mais tu n'as jamais eu à partir en déplacement auparavant ! » dit Padma quand Akhila lui parla de son voyage, au petit déjeuner. Akhila avait commencé par manger trois idlis et un bol de sambhar accompagnés d'une tasse de café fumant, avant d'aborder le sujet. Padma ne serait certainement pas d'accord. Elle ferait des histoires et peut-être même une scène, ce qui ne manquerait pas de couper l'appétit d'Akhila. Celle-ci le savait, tout comme elle devinait d'avance que Padma plisserait les yeux avec suspicion.

Devant le silence d'Akhila, Padma poursuivit : « N'est-ce pas un peu précipité ? »

L'espace d'un instant, l'ombre d'un mensonge se dessina sur les lèvres d'Akhila : je pars en mission. On ne m'a mise au courant qu'hier.

Après tout, pourquoi ? se demanda-t-elle. Je ne lui dois pas d'explication. « En effet, c'est soudain », répondit-elle.

« Combien de temps pars-tu ? » Des éclairs de méfiance dans le regard, Padma observait Akhila faire ses bagages. Akhila pouvait lire dans les pensées de Padma. Voyage-t-elle seule ou accompagnée ? Avec un homme peut-être ? Les narines de Padma se dilatèrent comme si elle flairait des effluves de liaisons clandestines.

« Quelques jours. » En voyant l'expression de Padma, Akhila se dit qu'il y avait décidément une certaine jouissance à cultiver l'ambiguïté.

*

Tous les entrepôts de fret ont la même odeur. Akhila se pinça les narines par anticipation. Dans quelques instants, elle s'autoriserait à inspirer doucement. Au bout de vingt ans de trajets dans les trains de banlieue pour aller au travail et en revenir, elle s'était habituée à ce qui provoquait chez les autres des grimaces de dégoût. Toutefois, sa tolérance s'arrêtait à l'odeur du poisson. Akhila attendit que les employés aient transporté un panier de poissons à l'autre bout de la gare. Une fois qu'ils furent passés, elle se dirigea vers la bordure du quai et contempla les rails. De longues lignes métalliques qui se perdaient à l'horizon. Elle n'avait rien à faire à la gare sinon satisfaire un besoin de voir en plein jour à quoi ressemblerait le début de son itinéraire d'évasion. Le quai était désert. Néanmoins, Akhila sentit son estomac se nouer, comme si le train qu'elle allait emprunter était sur le point d'entrer en gare et qu'il allait être l'heure pour elle de partir. Le ridicule de ses pensées la fit sourire. Elle se rendit au guichet des réservations où Niloufer l'attendait.

Il y avait une longue file d'attente à l'autre bout de la salle. Une longue file composée en grande partie de femmes. Les maris, les frères et parfois les pères montaient la garde, tournant autour d'elles pendant qu'elles faisaient la queue, tripotaient l'extrémité du pallu de leur sari et balançaient leur poids d'une jambe à l'autre, dans l'attente de leur tour.

Akhila lut le panneau au-dessus du guichet et, constatant qu'il s'agissait d'une file réservée aux femmes, aux personnes âgées et aux handicapés, elle ne sut si elle devait se sentir offensée ou, au contraire, honorée. Le souci de la Société des chemins de fer avait un certain charme désuet, vestige d'une galanterie qui voulait qu'une femme ne soit pas soumise à la bousculade et à l'affluence, aux regards lubriques et aux mains baladeuses, aux odeurs de transpiration et aux insultes qui constituaient le lot commun de ceux qui attendaient à la « queue ordinaire ». Mais pourquoi tout gâcher en assimilant les femmes aux vieillards et aux handicapés ? Akhila étouffa un soupir et chercha Niloufer des yeux.

Dans une autre vie, Niloufer avait dû être une abeille. Elle était toujours affairée à une activité ou à une autre. Pendant un temps, ce fut la cuisine chinoise ; puis elle passa au tapis tufté. Sa dernière lubie en date était la broderie. Cela lui permettait en tout cas de n'être jamais à court de sujets de conversation. On n'avait qu'à l'écouter, elle se chargeait du reste. Pourtant, en dépit de sa volubilité, elle faisait partie des rares personnes qu'Akhila aimait et respectait. Elle ne se mêlait pas de ce qui ne la regardait pas. Elle ne se livrait pas aux commérages et elle était travailleuse et efficace. Elle n'était pas Katherine. Mais de toute façon, Akhila ne cherchait pas une deuxième Katherine.

« Niloufer, avait dit Akhila en entrant dans le bureau des impôts, peux-tu m'avoir un billet sur le train de ce soir pour Kanyakumari ?

— Pourquoi ? Il est arrivé quelque chose ? » Ses yeux bordés de khôl s'étaient agrandis.

Niloufer aimait se pomponner. Elle portait beaucoup de bijoux, se maquillait et assortissait ses saris à ses parures.

« Faut-il forcément qu'il arrive quelque chose pour que je veuille aller quelque part ? avait rétorqué Akhila.

— Ça risque d'être difficile. Nous sommes en pleine saison et tout le monde veut partir en vacances au Kerala, sans compter les hordes de pèlerins qui se rendent à Sabarimala, avait dit Niloufer tout en feuilletant une liasse de papiers. Mais mon amie au guichet des réservations va faire de son mieux. Surtout si je lui dis que c'est pour toi. Je l'appelle tout de suite. »

Quelques minutes plus tard, Niloufer était revenue à son bureau, le visage souriant. « Tout est arrangé. J'irai la voir une demi-heure avant la pause déjeuner. Tu peux venir un peu après. »

Akhila aperçut Niloufer. Elle était debout, occupée à s'entretenir avec l'employée préposée aux réservations. Elles ne prêtaient aucune attention à la foule qui leur lançait des regards furibonds. Akhila leva discrètement la main. Pourvu qu'on ne me remarque pas, se dit-elle tout en faisant signe. Elle croisa le regard de Niloufer à travers la vitre du guichet. Rayonnante, cette dernière exhiba un billet.

« Elle a fait de son mieux mais le train est complet. Il n'y a plus de place en deuxième climatisée ni en première. Elle t'a trouvé une couchette en deuxième classe avec réservation mais dans le compartiment pour dames. Est-ce que ça te va ? Tu vas te retrouver avec cinq autres femmes qui voudront tout savoir de ta vie. » Elle fit tinter les clochettes en or qu'elle portait aux oreilles.

Akhila sourit. « C'est exactement ce qu'il me faut », murmura-t-elle en sortant un chéquier de son sac.

Elle se rendit à la gare du Cantonnement de Bangalore à huit heures et demie du soir. Ce n'était qu'à quelques minutes de chez elle mais elle était pressée de partir. Comme si, une fois sa décision prise, elle avait envie sans plus attendre de laisser derrière elle la maison.

« Comment iras-tu toute seule jusqu'à la gare ? avait demandé Padma quand Akhila était rentrée ce soir-là.

— Je vais bien faire le voyage seule, non ?

— Mais il sera tard quand tu partiras. »

Akhila avait contenu son irritation et répondu : « Ne t'en fais pas. Ce ne sont pas les autorickshaws qui manquent et je ne risque rien. Et puis la gare n'est pas si loin que ça. »

Mais Padma ne capitulait pas. Les derniers mots qu'entendit Akhila en partant de chez elle étaient chargés d'acrimonie. « Je me demande ce que vont dire Narayan Anna et Narsi Anna quand ils sauront que tu es partie si soudainement, et toute seule en plus... »

Akhila n'écoutait déjà plus. « Gare du Cantonnement », dit-elle au chauffeur d'autorickshaw, un tressaillement dans la voix.

Dix minutes plus tard, Akhila était à l'entrée de la gare et examinait les multiples visages de la foule.

J'y suis ! Son cœur battait la chamade. Une émotion pure l'envahit comme une minuscule vague bordée d'écume. Elle sentit un sourire se dessiner sur ses lèvres. J'appartiens à ce flot qui va s'échapper de cette ville ce soir. Je vais embarquer à bord d'un train et le laisser m'emmener vers un horizon qui m'est inconnu.

*

Akhila se dirigea vers le bureau du chef de gare. Sur le mur extérieur, elle étudia le panneau affichant la liste des passagers. A la vue de son nom, elle fut rassurée. Sous le sien en figuraient cinq autres : Prabha Devi, Sheela Vasudevan, Janaki Prabhakar, Margaret Paulraj et Marikolanthu. C'étaient sans doute les autres passagères du compartiment. Qui étaient ces femmes ? se demanda Akhila, l'espace d'un instant. Où allaient-elles ? Quelle était leur vie ?

Akhila s'éloigna du panneau des réservations pour repérer sa voiture sur le tableau de composition du train. La onzième à partir de la locomotive. Elle changea sa valise de main et se dirigea vers le repère marqué onze. Comme tous les bancs du quai étaient occupés, Akhila alla attendre à côté d'un robinet d'eau qui gouttait. Elle hésita, se mordant les lèvres. Attendait-elle au bon endroit ? Elle se tourna vers un couple de personnes âgées qui se tenait à quelque distance et demanda : « Est-ce bien là que s'arrête la voiture S7 du Kanyakumari Express ? »

L'homme acquiesça : « Je crois. Nous sommes dans la même. »

Quelque chose chez ce couple âgé ne cessait d'attirer son regard. Il émanait d'eux un calme remarquable ; un îlot de patience sereine dans une marée d'êtres humains agités. Comme s'ils savaient que tôt ou tard le train arriverait et que leur tour viendrait de grimper les trois marches de la voiture qui allait les amener à destination. Et qu'il ne servait à rien de tendre le cou, de taper du pied ou de manifester tout autre signe d'impatience avant ce moment.

Un relent d'urine flottait au gré de la brise. Des porteurs à chemise rouge et brassard argenté attendaient à côté d'une pile de valises. Un mendiant aux membres mutilés tendait sa sébile d'étain à droite et à gauche. Un gamin et un chien couraient sans relâche d'un bout à l'autre du quai. Un policier qui s'ennuyait fixait l'écran de télévision.

L'Udayan Express, dont l'arrivée était prévue avant celle du Kanyakumari Express, avait du retard. Le quai était bondé. A côté d'Akhila se tenait une famille entière, oncles, tantes, cousins, grands-parents, tous venus accompagner un homme, le seul d'entre eux à partir. Il allait à Bombay, d'où il prendrait l'avion pour un pays du Moyen-Orient.

Akhila se demanda quelle pouvait être la vie de l'épouse d'un homme si longtemps absent et qui, lorsqu'il revenait, était sollicité à la fois par ses parents, ses frères et sœurs, ses cousins, sa famille, ses amis... Elle regarda cet homme qui portait sur ses épaules le poids des rêves des autres. Cela, elle savait ce que c'était. Cela, elle n'avait aucun mal à le comprendre.

Elle détourna son regard pour le ramener vers le couple âgé. La femme portait un sari rose pâle orné d'une étroite lisière dorée, une chaîne d'or fin autour du cou et des lunettes cerclées de métal. Ses cheveux étaient ramassés sur la nuque en un petit chignon. Une montre-bracelet en or étincelait à son poignet. Dans une main, elle tenait une bouteille d'eau et dans l'autre, elle serrait un petit porte-monnaie en cuir. Voilà de quoi j'aurai l'air dans quelques années, se dit Akhila. A ceci près que je n'aurai pas d'homme à mes côtés.

Il avait l'air plutôt gentil. Les vêtements bien coupés, les lunettes cerclées d'ivoire, le corps immobile et musclé, les traits plaisants, la façon dont son front se dégarnissait, la manière qu'il avait de se tenir près de sa femme. Tout en lui suggérait une assurance dénuée d'agressivité. C'était un couple bien assorti.

Qu'est-ce donc qui, dans un mariage, permet à un homme et une femme de mêler leurs vies, leurs rêves et jusqu'à leurs pensées, de manière aussi complète ? Ses parents étaient ainsi. Ils se ressemblaient même, avec leur front large et haut, leur nez légèrement busqué, et leur menton marqué d'un sillon. Ils aimaient leur café avec deux cuillerées de sucre, et leur caillé à point. Il fallait qu'il ait presque le goût du lait.

Souvent, il arrivait que sa mère pense à quelque chose puis, une fraction de seconde plus tard, son père exprimait la même idée et sa mère s'exclamait : « C'est exactement ce que j'allais dire ! »

Il la regardait, rayonnant de plaisir, avant d'éclater de rire : « C'est parce que nous sommes faits l'un pour l'autre. Nous sommes deux corps et une seule âme. » Sa mère répondait par un sourire pudique.

*

Akhila se souvenait d'avoir lu pendant son adolescence un roman sur un couple resté passionnément amoureux après de nombreuses années de mariage. Des années plus tard, elle ne se souvenait plus ni du nom du livre ni de l'histoire, mais seulement d'une phrase : *Les enfants d'un couple amoureux sont des orphelins.*

Lorsqu'elle était enfant, l'intimité de ses parents ne la gênait pas. Elle faisait elle aussi partie de leur cercle enchanté. Puis, à mesure qu'elle avait grandi, leur espièglerie, leur affection, le plaisir apparent qu'ils trouvaient à être en présence l'un de l'autre lui avaient donné le sentiment d'être exclue. Plus tard, elle en avait ressenti de l'embarras. Mais ils restaient totalement indifférents à sa mortification. Et même s'ils s'en rendaient compte, rien ne pouvait empêcher ni diminuer ce qui était, pour ainsi dire, l'histoire d'amour d'une vie.

Quand son père était mort, cela faisait presque vingt-deux ans que les parents d'Akhila étaient mariés. Par la suite, chaque année, à la date de leur anniversaire de mariage, sa mère pleurait. « Pour nos vingt-cinq ans de mariage, ton père avait promis qu'il m'achèterait un bijou de nez en diamant. Un diamant pour ma perle, disait-il. Il m'aimait tant ! » gémissait-elle. Avec les années, le chagrin de sa mère ne semblait que s'accroître.

Elle avait perdu bien plus qu'un mari. Il avait été partie intégrante de sa vie dès sa naissance. C'était son oncle, qui l'avait portée dans ses bras pour lui montrer les papillons et les corbeaux, la lune et l'arc-en-ciel, merveilles de la nature. De bien des façons, qu'elle découvre grâce à lui le miracle de la féminité semblait couler de source. La mère d'Akhila avait épousé son père à l'âge de quinze ans. Il en avait vingt-quatre. Akhila était née deux ans et huit mois plus tard.

« Mais Amma, comment as-tu pu accepter d'épouser ton oncle ? avait demandé un jour Akhila à sa mère. C'est contre nature !

— Comment ça, contre nature ? avait répliqué sa mère avec colère. Notre communauté trouve cela tout à fait normal. Qui crois-tu être pour y trouver à redire ? »

Akhila avait seulement quatorze ans à l'époque. Pourtant, elle ne pouvait s'empêcher d'être soulagée de ne pas avoir d'oncle à l'horizon, attendant qu'elle grandisse.

« Mais… » avait-elle insisté.

Sa mère lui avait lancé un sale œil en lui demandant d'aller ramasser le linge dehors. « Un esprit oisif ne produit que des idées vaines. Des idées dangereuses ! avait dit Amma d'un air sombre. Quand tu auras fini de plier et de trier le linge, repasse-le. Laisse-moi seulement les chemises d'Appa. Il n'est content que quand c'est moi qui m'en occupe. »

Akhila avait fait la moue parce qu'elle savait que c'était faux. Son père se moquait bien de savoir qui repassait sa chemise, tant que c'était fait. Mais Amma aimait à perpétuer ce mythe d'un époux despote qui se mettait facilement en colère et que seule une totale dévotion réussissait à apaiser. Contrairement aux autres hommes du voisinage qui se laissaient mener par le bout du nez par leur femme. Comme le père de Karpagam.

La mère de Karpagam enseignait la danse. Tous les soirs, de quatre à six, elle donnait des cours aux enfants du voisinage. Au bout d'une année d'apprentissage, ses élèves en savaient assez pour participer aux compétitions de danse et remporter quelques prix. Nombreuses étaient donc les filles qui venaient prendre des leçons de danse chez elle. Qui plus est, elle ne prenait que trente-cinq roupies par mois et par élève.

Elle gagnait ainsi suffisamment d'argent pour se permettre d'acheter de petites babioles pour Karpagam et pour elle. Peut-être était-ce la raison pour laquelle Amma ne fréquentait pas la mère de Karpagam. Amma n'aimait pas les gens différents d'elle.

Un matin, Akhila avait environ neuf ans, Karpagam était venue à l'école avec un crayon long de trente centimètres dont l'embout portait une petite main de plastique rose adorable. Akhila voulut immédiatement le même.

« Où est-ce que tu l'as eu ? murmura-t-elle quand Karpagam lui montra comment elle pouvait s'en servir pour se gratter le dos.

— C'est ma mère qui me l'a acheté, dit-elle en se grattant à nouveau de bas en haut.

— Combien ça coûte ?

— Six roupies. Ma mère l'a acheté à Moore Market. Elle a marchandé avec les commerçants et elle l'a eu pour trois roupies. Mais en vérité, il en vaut six, dit Karpagam en tendant le crayon à Akhila afin qu'elle le prenne et se gratte le dos avec. N'est-ce pas exquis ? demanda-t-elle en voyant le visage d'Akhila rosir de plaisir.

— C'est génial. Est-ce que je peux l'emporter à la maison pour une journée ? Je vais le montrer à ma mère et lui demander de m'en acheter un à moi aussi », dit Akhila en caressant les lignes de la main de plastique comme s'il s'était agi d'une vraie main. Qu'on puisse prendre et serrer.

Karpagam hésita. « Il faut que je demande la permission à ma mère… commença-t-elle.

— Je promets de te le rapporter demain. Et puis, si j'ai un crayon comme celui-là moi aussi, on pourra se gratter le dos ensemble, dit Akhila avec sérieux.

— Tu es bête ! » répondit Karpagam en pouffant, amusée à l'idée de se retrouver toutes les deux en train de se gratter le dos avec leur crayon. Peut-être fut-ce ce qui la convainquit de laisser Akhila emporter le crayon chez elle.

Amma fut contrariée, puis elle finit par se fâcher. « La mère de Karpagam a de quoi lui offrir tout un tas de choses. Elle gagne de l'argent. Moi, je n'ai pas les moyens de t'acheter de telles bêtises. Appa travaille dur et pourtant, nous avons du mal à joindre les deux bouts, tu te rends compte de cela ? Et puis je ne veux pas que tu rapportes les objets des autres à la maison. Et si tu le casses ou que tu le perds, ce crayon ? Où est-ce que je vais trouver l'argent pour le remplacer ? »

Le lendemain, Akhila rendit le crayon à Karpagam. « Alors ? demanda cette dernière. Quand est-ce que ta mère va t'acheter le même ?

— Elle a dit qu'elle n'avait pas les moyens de me gâter comme la tienne », dit Akhila.

Cependant, toute la journée, puis toute la nuit qui suivit, Akhila se creusa la tête. Si Amma travaillait, elle aussi aurait de l'argent à elle toute seule et elle pourrait lui acheter ce qu'elle voudrait sans avoir besoin d'importuner Appa, pensa-t-elle. Mais que pourrait donc faire Amma pour gagner de l'argent ?

Le lendemain matin, Akhila entendit sa mère chanter à voix basse tout en accomplissant ses corvées ménagères. C'était un jour de congé. Akhila avait donc toute la journée pour trouver le moment d'exposer à sa mère l'idée de génie qu'elle pensait avoir eue. « Amma, dit Akhila lorsqu'elle estima que sa mère, qui se peignait les cheveux en chantant doucement, était disposée à l'écouter, pourquoi ne donnes-tu pas des leçons de musique ? »

Amma leva les yeux, surprise.

Akhila se hâta d'ajouter : « Tu chantes si bien et Appa dit toujours que tu as la plus belle voix qu'il ait entendue. La mère de Karpagam enseigne bien la danse, pourquoi ne donnes-tu pas des leçons de musique ? Tu aurais de l'argent à toi... finit-elle piteusement, en se demandant si elle n'était pas allée trop loin.

— Ecoute, je n'approuve pas ce que fait la mère de Karpagam. Toutes sortes de gens viennent chez elle, des brahmanes et des non-brahmanes. Tu crois que ton père aimerait toutes ces allées et venues ? Tu sais bien à quel point il est intransigeant là-dessus ! Et puis tu crois qu'il me laisserait faire ? "Si j'avais voulu une femme qui travaille, j'en aurais épousé une", voilà ce qu'il m'a dit au début de notre mariage. "Je veux que ma femme s'occupe de moi et de mes enfants. Je ne veux pas qu'un travail l'accapare et qu'elle n'ait plus de temps à consacrer à la maison ou à mon confort." Et moi, c'est exactement ce que je voulais être : une bonne épouse. »

Amma avait ses idées personnelles sur les qualités qu'une bonne épouse se doit d'avoir. D'abord, une bonne épouse ne peut pas servir deux maîtres et, par maîtres, il faut entendre son père et son mari. Une bonne épouse apprend à faire passer les intérêts de son mari avant ceux des autres, même ceux de son père. Une bonne épouse écoute son mari et fait ce qu'il dit. « L'égalité dans le mariage, ça n'existe pas, disait Amma. Mieux vaut accepter l'idée que la femme est inférieure à son mari, on évite les disputes et les désaccords. C'est quand on veut prouver qu'on est l'égale de l'homme que se produisent des conflits incessants. C'est tellement plus simple d'accepter la place qui nous est attribuée et de vivre en conséquence. La femme n'est pas faite pour jouer un rôle d'homme. Sinon, les dieux ne l'auraient pas créée comme elle est. Alors, qu'on arrête de parler d'égalité dans le mariage ! »

Amma s'en remettait à Appa pour toutes les décisions. « Il sait ce qu'il faut faire. Nous n'avons jamais eu à regretter aucune de ses décisions, même celles qu'il a prises en mon nom. »

Voilà pourquoi, quelques années après son mariage, quand Amma hérita d'un petit terrain dans son village, elle laissa son mari le vendre sans protester. Plusieurs années plus tard, un cousin l'informa par lettre que ce terrain s'était revendu dix fois son prix. « Si nous l'avions gardé, nous aurions pu nous acheter une petite maison à nous », soupira Amma.

Mais quand Akhila poussa elle aussi un soupir, elle se ressaisit et ajouta : « Je ne veux pas dire que ton père a pris une décision inconsidérée. Qui aurait cru que les prix des terrains grimperaient autant, et dans un endroit comme Mettupalayam encore ? »

La famille d'Amma était plutôt aisée. Mais Amma était la fille d'une première épouse, disparue quand elle avait onze ans. Sa mère était morte en accouchant d'un garçon qui n'avait pas survécu lui non plus. Un an plus tard, son père s'était remarié. Il était trop entiché de sa deuxième épouse et des fils qu'elle enfantait sans peine et à intervalles réguliers de dix-huit mois pour se soucier de sa fille. Quand Amma fut en âge d'être mariée, il organisa la cérémonie. Un mariage très austère, avec Appa. De toute façon, tout était arrangé depuis des années. Depuis sa naissance en fait.

La dot était assez conséquente pour que personne n'y trouve à redire, mais elle ne comprenait pas beaucoup d'argent ni de bijoux, et aucun bien de valeur durable. Le terrain était son seul héritage venant d'un père qui avait laissé tout le reste à ses fils.

Appa tenait à ce qu'elle coupe tous les liens avec une famille qui l'avait traitée avec aussi peu de considération et avait décidé de vendre le terrain. « A partir d'aujourd'hui, je suis tout ce que tu as », avait-il dit. Amma avait accepté cette décision avec joie. Depuis la mort de sa mère, personne ne l'avait aimée autant que lui et ces paroles étaient une preuve supplémentaire de l'importance qu'elle revêtait à ses yeux.

Bien des années plus tard, Akhila confia à une collègue, pour ainsi dire sa seule véritable amie, que sa mère était également la nièce de son père. Katherine la dévisagea, choquée. « Mais comment peut-on épouser son oncle ? C'est un inceste ! » s'écria-t-elle, bouche bée.

— Sans doute est-ce un inceste, admit Akhila. C'est peut-être aussi ce qui leur a permis d'être aussi proches l'un de l'autre.

— Je ne comprends pas ta religion ! s'exclama Katherine en secouant la tête. Manger un œuf est un péché, mais vous ne voyez pas de mal à épouser votre oncle ! »

Akhila comprenait le point de vue de Katherine mais, curieusement, elle se sentait obligée de défendre ses parents. D'expliquer quel genre d'union avait été la leur. « Ils étaient très heureux ensemble. D'ailleurs, c'est ensemble qu'ils étaient le plus heureux. Parfois, je me dis que c'est parce qu'ils se connaissaient depuis toujours. Rends-toi compte, ma mère avait dû baver dans le cou de mon père quand elle était bébé. Peut-être même lui faire pipi dessus. Elle a dû entendre sa voix muer et voir pousser les premiers poils de sa moustache.

— D'accord, tout cela est très joli ! Mais on n'a pas besoin d'épouser son oncle pour être proche de son mari. Sinon, autant épouser son frère.

— Non, ce n'est pas ce que je veux dire. Mais tu sais, il y a quelques années, quand j'envisageais encore de devenir un jour la femme de quelqu'un, j'aurais accepté d'épouser n'importe qui. Même un de mes oncles », répondit Akhila, ne plaisantant qu'à moitié.

*

Akhila jeta un coup d'œil à sa montre. Elle était impatiente que retentisse la sonnerie annonçant l'entrée en gare du train. L'Udayan Express était reparti et le quai était maintenant occupé par les passagers du Kanyakumari Express. Le couple âgé s'était éloigné de quelques pas. Elle se demanda depuis combien de temps ils attendaient là.

L'homme commençait à donner des signes d'impatience. Il demanda quelque chose à sa femme. Elle hocha la tête. Il se fraya un chemin à travers la foule jusqu'au kiosque situé à l'entrée de la gare. Il en revint avec une boisson gazeuse pour elle. Elle en but une gorgée et lui en offrit. Il secoua la tête.

Pourquoi est-ce que je perds mon temps à les observer ? Akhila pinça les lèvres. Voilà la preuve vivante de tout ce que ma famille m'a toujours répété. Une femme ne peut pas vivre seule. Une femme ne peut pas se débrouiller seule. La signalisation changea, lui épargnant de plus amples ruminations. Le fanal du train s'approchait de la gare et on annonça son arrivée dans les haut-parleurs. Akhila souleva sa valise et serra la poignée, prête à monter.

La marée de passagers fit un mouvement vers l'avant lorsque le train s'arrêta. Akhila sentit la peur la faire avancer. Le train repartirait dans deux ou trois minutes. Comment monteraient-ils tous à bord ensemble ? Elle se fraya un chemin à coups de coude. En arrivant devant la porte, elle vit que l'homme âgé était là. Il était en train d'aider sa femme à grimper les marches de la voiture. « Allez, vite, montez dans le train », dit-il, se tournant vers Akhila. Il retint les autres passagers pendant qu'elle hissait son sac et s'avançait à l'intérieur.

Le compartiment pour dames était situé en bout de voiture. Elle entra et chercha du regard son numéro de siège. Il y avait six couchettes dans le compartiment. Trois de chaque côté. Elle avait celle du bas. Pour l'instant, les six passagères resteraient assises jusqu'au moment de dormir, puis on lèverait du mur la couchette du milieu pour la fixer à celle du haut. Akhila rangea son sac sous le siège et leva les yeux. La dame âgée était en face d'elle. Son mari avait glissé une valise sous la banquette et était en train de souffler dans un oreiller pneumatique. Une fois qu'il fut bien gonflé, il le tapota et le posa sur le siège à côté d'elle. Il remonta la fenêtre et ajusta la fermeture pour que la vitre ne retombe pas sur la main de sa femme.

« Voulez-vous un coup de main avec votre fenêtre ? » demanda-t-il en se tournant vers Akhila.

Elle sourit et déclina l'offre.

« Ça ira, n'est-ce pas ? demanda-t-il en se tournant vers sa femme. Quand tu seras prête à dormir, baisse les volets en bois. Comme cela, tu auras de l'air et tu n'auras pas à craindre qu'on t'arrache ta chaîne ou tes boucles d'oreilles. N'oublie pas de prendre ton médicament. De toute façon, je suis dans la même voiture, alors ne t'inquiète pas. Je passerai te voir souvent. »

Une fois qu'il fut parti, la femme lança à Akhila un regard teinté d'ironie et expliqua : « Nous avons réservé nos billets il y a deux jours et c'est tout ce qu'il restait. Lui, il n'a même pas de couchette.

— On dirait qu'il en reste une de libre ici, dit Akhila. Le contrôleur la lui donnera peut-être, après tout. Ils acceptent les hommes d'un certain âge dans le compartiment pour dames.

— Elle est déjà réservée par quelqu'un qui va monter à l'arrêt suivant ou à celui d'après, si j'en crois ce qu'ils m'ont dit. »

Le train se mit en mouvement et Akhila regarda autour d'elle. Elle repensa à ce que Niloufer lui avait dit, et sourit intérieurement. « Cinq femmes, un bavardage incessant. Tu pourras supporter ? » avait plaisanté Niloufer. Une jolie femme mince avec des cheveux au carré et des yeux noirs comme des éclats d'onyx s'assit à côté de la dame âgée. Etait-elle médecin ? se demanda Akhila. Elle semblait scruter tout ce qui l'entourait. Leurs yeux se croisèrent et la femme sourit à Akhila. Un sourire fugace, lèvres jointes, qui atténua l'intensité de son regard. Akhila y répondit avant de détourner les yeux. A côté d'elle était assise une belle femme au teint clair et à la silhouette svelte, dont la toilette suggérait l'aisance financière. Elle portait des bracelets d'or aux poignets et des diamants aux oreilles. Ses ongles longs étaient peints d'un vernis rose pâle. On aurait dit qu'elle n'avait jamais eu à travailler de sa vie. Akhila se demanda ce qu'elle faisait dans un compartiment de deuxième classe.

« Où allez-vous ? lui demanda la femme assise à côté d'elle.

— A Kanyakumari. Et vous ? demanda Akhila.

— A Kottayam. A un mariage. Je devais m'y rendre en voiture avec mon mari, mais au dernier moment il a dû partir à Bombay pour affaires et de là-bas il prendra l'avion jusqu'à Cochin. » Et c'est tout ce que j'ai pu avoir au dernier moment, pouvait-on lire sur son visage, même si elle ne le précisa pas.

« Et vous ? demanda la vieille dame à sa jolie voisine.

— Je descends à Coimbatore », dit-elle. Sa voix était aussi douce que ses traits et pourtant quelque chose en elle mit Akhila mal à l'aise. « Et vous ?

— Ernakulam », répondit la vieille dame.

La femme à l'autre bout du compartiment était assise recroquevillée face à la porte. Elle paraissait ignorer totalement ces femmes dont elle partageait le huis clos.

Elles la contemplèrent. Elle n'était pas des leurs. Elle ne leur ressemblait pas. Elle n'était pas mal habillée, ne portait pas l'empreinte de la pauvreté. C'était simplement son expression. L'expression de quelqu'un qui a déjà tout vu, qui sait l'inconstance des êtres et leur faillibilité, et que plus grand-chose au monde ne peut surprendre. Contrairement à elle et bien qu'elles soient toutes plus âgées, leur visage était épargné par les marques de l'expérience ou de la souffrance.

Qui plus est, elles étaient sûres qu'elle ne parlait pas anglais aussi bien qu'elles. Et cela suffisait à créer un fossé.

*

La femme assise à côté d'Akhila ouvrit un petit panier et en sortit quelques oranges. « Je ne voulais pas les laisser pourrir à la maison. Tenez, prenez-en une, dit-elle en tendant le fruit. Je m'appelle Prabha Devi. Et vous ? » demanda-t-elle à la ronde.

Prabha Devi. La dame âgée s'appelait Janaki. La jolie femme était Margaret. Et elle Akhila, Akhilandeswari.

La femme assise près de la porte avait attendu que le contrôleur passe, puis était montée sur la couchette du haut pour dormir. Akhila devinait que, finalement, elles avaient toutes été soulagées de ne pas avoir à l'inclure dans la conversation. De ne pas être obligées de prétendre avoir quelque chose en commun avec elle. De ne pas devoir se montrer solidaires d'elle sous prétexte qu'elles étaient toutes des femmes.

Le parfum des oranges envahit le compartiment. Les unissant dans une camaraderie tranquille.

Akhila ôta ses sandales, replia ses jambes sous elle et s'appuya à la fenêtre. La brise lui ébouriffa les cheveux. La lune se suspendit à son épaule.

« Ma petite-fille m'a donné une barre de chocolat à grignoter pendant la nuit, dit la dame âgée en souriant. Vous en voulez ? » Elle offrit le chocolat à la ronde.

Akhila prit un morceau de Kit-Kat et ôta la pellicule argentée. Margaret secoua la tête. « Par pour moi, merci. Il faut que je fasse attention aux kilos. »

Janaki secoua la tête, incrédule. « Pourquoi donc faire attention ? Vous êtes toute mince.

— Je ne l'ai pas toujours été. Autrefois j'étais grosse, pas seulement ronde, vraiment grosse, dit Margaret. Quand je me suis mise au régime, il m'a fallu renoncer à tout un tas de choses, et maintenant je crois que j'ai perdu le goût du chocolat. J'adorais ça pourtant, mais plus maintenant…

— Je n'en mange pas non plus. Mon fils de dix-sept ans réagit comme un gamin de trois ans dès qu'il s'agit de chocolat, dit Prabha Devi en rendant le chocolat à Janaki. A chaque fois que mon mari part en voyage à l'étranger, il en rapporte pour mon fils. Ma fille a arrêté d'en manger quand elle a découvert que ça lui donnait des boutons. Parfois, j'ai l'impression qu'elle passe tout son temps devant la glace à vérifier qu'elle n'a pas de bouton ou de défaut. Maintenant, elle veut que mon mari lui rapporte du maquillage d'un magasin spécial, Body Shop, ça s'appelle.

— Qu'est-ce qu'il fait ? demanda Janaki.

— Nous avons une bijouterie, dit Prabha Devi. Je ne devrais pas dire nous. Il a une bijouterie. Moi, je suis femme au foyer.

— Il n'y a pas de mal à cela. Moi aussi je suis femme au foyer, dit Janaki. Et vous ? demanda-t-elle à Margaret.

— Mon mari est principal d'une école où j'enseigne la chimie, dit-elle.

— Est-ce que vous vous disputez à propos de tout ? » Prabha Devi éclata de rire puis soudain, comme si elle réalisait ce qu'elle venait de dire, elle mit sa main devant sa bouche et essaya d'expliquer : « Parce que, en plus de la maison, vous partagez votre lieu de travail.

— Ça n'a pas été facile au début mais nous avons appris à éviter les tensions quand elles se produisent. Séparer la vie professionnelle de notre vie privée. Cela nous a demandé du temps mais nous y arrivons plutôt bien maintenant. Et vous savez quoi ? Ma fille elle aussi étudie dans la même école ! dit Margaret avec un gloussement.

— Et vous, que fait votre mari ? demanda la dame âgée à Akhila, en inclinant la tête.

— Je ne suis pas mariée, répondit Akhila.

— Oh ! » Janaki se tut. Akhila devina que Janaki pensait l'avoir blessée. Akhila inspira profondément.

« J'ai quarante-cinq ans et j'ai toujours vécu avec ma famille », dit-elle.

Prabha Devi la regarda mais ce fut Margaret qui parla la première. « Vous travaillez ? »

Elle acquiesça. « Je travaille aux impôts.

— Si ça ne vous gêne pas que je vous pose la question, pourquoi ne vous êtes-vous pas mariée ? demanda Prabha Devi en se penchant vers Akhila. Est-ce par choix ? »

Que vais-je lui dire ? se demanda Akhila.

Soudain, cela n'eut plus d'importance. Akhila savait qu'elle pouvait dire à ces femmes ce qu'elle voulait. Ses secrets, ses désirs, ses peurs. En contrepartie, elle pouvait aussi leur demander ce qu'elle voulait. Elles ne se reverraient plus jamais.

« Rester célibataire n'a pas été un choix. C'est la vie qui l'a voulu », dit-elle. Lisant dans leurs yeux de la curiosité, elle poursuivit : « Mon père est mort et il a fallu que je m'occupe de ma famille. Et quand ils ont été installés, j'avais dépassé l'âge de me marier.

— Vous n'êtes pas si vieille que ça ! dit Janaki. Vous pouvez encore vous trouver un bon mari. Les rubriques matrimoniales sont remplies d'hommes entre quarante-cinq et cinquante ans qui cherchent une femme mûre qui leur convienne pour partager leur vie.

— Si elle est heureuse comme ça, pourquoi devrait-elle se marier ? demanda Margaret.

— Etes-vous heureuse ? questionna Prabha Devi.

— Est-ce que le bonheur existe ? répliqua Akhila.

— Ça dépend, dit Prabha Devi en glissant une mèche de cheveux derrière son oreille. Ça dépend de votre définition du bonheur. »

Akhila se pencha vers elle pour répondre : « En ce qui me concerne, le mariage importe peu. En revanche, partager ma vie avec quelqu'un, si, j'aimerais bien. Le problème, c'est que je souhaite être indépendante et que tout le monde me dit qu'une femme ne peut pas vivre seule.

— Pourquoi une femme devrait-elle vivre seule ? Elle trouve toujours un homme pour être avec elle, dit Janaki en ôtant ses lunettes et en se frottant l'arête du nez. Vous n'avez jamais rencontré personne avec qui vous vouliez vous marier ?

— Si, dit Akhila et son visage s'assombrit. Mais ce n'était pas écrit dans mon destin.

— Pourquoi ? demanda Prabha Devi. Pourquoi ce n'était pas votre destin ?

— Nous n'étions pas faits l'un pour l'autre. De plus, ces jours-ci, je n'y pense plus trop. Tout ce que j'essaie de faire, c'est me convaincre qu'une femme peut se suffire à elle-même.

— Vous devriez suivre votre instinct, dit Margaret. C'est à vous de trouver la réponse. Personne ne peut le faire à votre place. »

Akhila fit une pause avant de reprendre : « Ma famille m'a dit que si je parlais à d'autres personnes, tout le monde me dirait que j'étais folle de vouloir vivre seule, parce que je suis une femme. Mais je savais qu'ils réagiraient ainsi. Alors j'ai menti en leur disant que j'en parlerais autour de moi. J'étais persuadée de vouloir vivre seule et de n'avoir besoin de personne pour en être certaine. Pourtant, une nuit, je me suis réveillée en sursaut, le cœur battant à tout rompre, paralysée par une peur diffuse. Je me suis demandé comment j'en serais capable. Moi qui n'avais jamais passé une semaine loin de ma famille, comment pourrais-je faire face toute seule ? Qu'est-ce que je connais à la gestion d'une maison ? Que faire si je tombe malade ? Vers qui me tourner ? Qu'est-ce que je connais de la vie ? Puis, quand je suis entrée dans ce compartiment et que je vous ai vues… Je sais que vous êtes toutes mariées… Je me suis dit que si je vous parlais… ça m'aiderait à décider. »

Prabha Devi et Margaret se jetèrent un regard amusé. Puis, Margaret, en examinant ses ongles, dit avec un sourire en coin : « Et si moi je vous dis que vous devriez vivre seule mais qu'elle – elle montrait Prabha Devi – vous dit que vous ne pouvez pas. Et que vous devriez continuer à vivre avec votre famille. Que ferez-vous ?

— Ne vous moquez pas d'elle ! » dit Janaki. Janaki qui aurait pu être sa mère, et la leur. Comme il était facile de retomber dans des rôles familiers ! Une mère et ses trois filles. Deux sœurs unies contre une autre. « Elle est sérieuse. Vous le voyez bien ! »

Akhila haussa les épaules. « Je ne sais pas si vous allez pouvoir m'aider. Mais il faut que vous me disiez ce que vous pensez vraiment. Est-ce qu'une femme peut s'en sortir toute seule ?

— Est-ce des conseils que vous cherchez ? demanda Janaki.

— Je ne veux pas de conseils. Je veux juste que vous me disiez si vous pensez qu'une femme peut arriver à se débrouiller toute seule », dit Akhila d'une voix sourde.

Janaki la dévisagea, cherchant à croiser son regard. Akhila restait silencieuse. Janaki soupira. « Elles, dit-elle en montrant du doigt les deux autres femmes, sont plus proches de vous en âge. C'est à elles que vous devriez parler. Leur opinion a bien plus de valeur que la mienne. Ce n'est pas à moi qu'il faut demander. Cela fait quarante ans que je suis mariée. C'est long pour une vie de couple. Comment puis-je vous dire ce que cela signifie pour une femme de vivre seule ? »

Le silence se fit dans le compartiment. Pendant un instant, Akhila avait cru qu'elles avaient créé un lien. Des fœtus ballottés à l'intérieur d'un utérus, chacun se nourrissant de la vie de l'autre, grâce à l'obscurité environnante et à l'assurance que ce qui était partagé entre ces cloisons n'irait pas au-delà de cette nuit et de ce huis clos.

« Je ne connais pas assez le monde et je ne vous connais pas assez, vous, pour pouvoir vous conseiller. Tout ce que je peux faire, c'est vous parler de moi, de mon mariage et de ce qu'il signifie pour moi, commença soudain Janaki, avec lenteur, comme si chaque mot devait être choisi avec un soin particulier. Je suis une femme dont on s'est toujours occupé. D'abord mon père et mes frères, puis mon mari. Et quand mon mari ne sera plus là, il y aura mon fils. Qui attend de prendre la relève de son père. Les femmes comme moi finissent par devenir fragiles. Nos hommes nous traitent comme des princesses. Et à cause de cela, nous méprisons les femmes fortes qui arrivent à se débrouiller seules. Vous comprenez ce que je veux dire ?

« Peut-être à cause de mon éducation, peut-être à cause de tout ce que l'on m'a inculqué, j'ai cru que le devoir d'une femme était de se marier. D'être une bonne épouse et une bonne mère. J'ai cru en ce cliché usé qui veut que la femme soit reine en son foyer. J'ai travaillé très dur pour préserver ce royaume. Puis, tout à coup, du jour au lendemain, cela n'a plus eu d'importance. Ma maison avait cessé de m'intéresser. Aucune des convictions sur lesquelles j'avais bâti ma vie n'avait de sens. Je me disais que si je devais tout perdre, cela ne m'affecterait pas. Que si je me retrouvais toute seule, je me débrouillerais très bien. J'en étais convaincue. Je crois que j'étais fatiguée d'être cette créature fragile. »

Akhila scruta le visage de Janaki. Que voulait-elle dire par « étais » ?

« Mais maintenant vous avez changé d'avis. Pourquoi ? » demanda Akhila.

Janaki tapota le coussin gonflable comme s'il s'était agi de la main de son mari et répondit : « Maintenant je sais que, même si je peux m'en sortir, ce n'est pas la même chose quand il n'est pas là. »

2

Un certain âge

Des plumes. Du duvet doux et fin. Le bruissement du satin sur la peau à l'intérieur du bras. Toutes les nuits, Janaki, allongée sur le côté, visage niché au creux de son bras, pensait à tout ce que la vie offrait de doux et de beau. Tout était bon pour noyer les bruits qui filtraient à travers les murs de la salle de bains. Des bruits qu'elle entendait presque chaque nuit depuis quarante ans.

Le gargouillement de la citerne quand il tirait la chasse. Le bruit de l'eau éclaboussant le sol quand la douche se mettait à cracher cinquante-deux jets d'eau tiède. C'était un homme que les extrêmes, quels qu'ils fussent, angoissaient. Son fredonnement dissonant pendant qu'il se savonnait vigoureusement, se laissant recouvrir d'une couche de mousse blanche et parfumée, liquide amniotique imaginaire, avant de venir se recroqueviller à côté d'elle dans la position du fœtus. De nouvelles éclaboussures. Le tintement de son dentier dans une tasse en porcelaine. Tous les soirs, il brossait scrupuleusement son dentier et les dents qui lui restaient. Se gargarisait. Crachait. Et, toujours, fredonnait faux.

Est-ce que j'entends ces bruits pour de bon ? Où est-ce parce que je les connais par cœur ? se demanda Janaki. Est-ce que nous vivons vraiment ensemble depuis quarante ans ?

Janaki avait épousé Prabhakar lorsqu'elle avait dix-huit ans et lui vingt-sept. C'était un mariage arrangé. Leurs thèmes astraux s'accordaient, les familles s'appréciaient et on estimait qu'ils étaient faits l'un pour l'autre. Janaki ne savait trop qu'espérer du mariage. Depuis l'enfance, c'était l'avenir auquel on la destinait. Sa mère et ses tantes lui avaient appris à cuisiner et à faire le ménage, à coudre et à préparer des condiments… On n'attendait pas d'elle qu'elle sache ce que cela signifiait vraiment d'être mariée, et d'ailleurs elle n'en était pas curieuse. Cela viendrait naturellement, comme cela avait été le cas pour sa mère, pensait-elle.

La nuit de ses noces, quand il effleura ses lèvres avec les siennes, tout ce qu'elle sentit, c'est son corps qui se raidissait de l'intérieur. Il ne s'agissait pas seulement de timidité. L'étrangeté de la situation y était sans doute pour quelque chose. Elle ne s'était jamais retrouvée seule dans une chambre avec un homme, la porte fermée. La compagnie des hommes était quelque chose de mal vu, et soudain, sous prétexte qu'elle était mariée, on trouvait normal qu'elle soit avec lui, qu'elle le laisse la toucher et même la déshabiller.

« C'est ton mari et de lui, tu dois tout accepter », avaient murmuré les tantes de Janaki en la conduisant à la chambre décorée de jasmin et parfumée d'encens.

Il s'allongea à côté d'elle et attira ses mains à sa poitrine. « Touche-moi », dit-il, mais elle n'arrivait à penser à rien d'autre qu'aux poils drus qui couvraient son torse.

Il frotta son menton dans son cou et elle fut à nouveau envahie d'une vague de répulsion : qu'est-ce que je fais là ? Dans quoi me suis-je embarquée ?

Il toucha. Il caressa. Il frôla et étreignit mais tout ce que ressentit Janaki, c'est son corps qui se nouait.

Ils ne consommèrent pas leur mariage pendant plus de deux mois. Il ne cherchait pas à s'imposer à elle. Pourtant, il essayait par tous les moyens de la rendre plus réceptive. Il la cajolait, la câlinait, la suppliait. Il s'efforça de la mener à l'accepter en elle. Mais à chaque fois, elle reculait au moindre élancement et il se retirait et la laissait tranquille. Elle se mit à souhaiter qu'il arrête d'être aussi doux et qu'il ignore sa réticence. C'est qu'elle avait peur. Peur que si elle ne lui cédait pas, il aille chercher ailleurs.

Janaki vint à bout de sa répulsion, répondit à ses caresses, ouvrit ses bras et écarta les cuisses, étouffa la douleur qui lui faisait grincer les dents et la ravala avec le cri qui lui montait à la gorge. Cette nuit-là, il la tint serrée entre ses bras et répéta à voix basse dans ses cheveux :

« Tu es ma femme. Tu es ma femme. » Plus rien n'importait, pensa-t-elle, que l'assurance qu'elle était devenue sa femme et qu'elle lui avait fait plaisir.

Au cours des semaines qui suivirent cette première étreinte, elle découvrit le plaisir caché des rituels de l'intimité. Porter ses vieilles chemises au lit, sentir leur tissu glisser sur sa peau. Partager une tasse de thé, avoir le goût de sa bouche dans la sienne. Prendre leur douche ensemble. S'éclabousser l'un l'autre, le loufa qui devenait une créature vivante entre leurs doigts, effleurant et caressant leur peau. La moelleuse serviette de coton blanc qui leur disait « regarde combien je t'aime » et les entourait d'un cocon de chaleur, absorbant l'humidité avec un millier de lèvres.

Quand arrêtèrent-ils d'aller à la salle de bains main dans la main ? Après le bébé ou avant ?

Quand on est mariés depuis longtemps, la toilette devient simplement un moyen de se laver. Le reste ne dure pas au-delà de la lune de miel.

Janaki se tourna sur le dos et tira la couette à son menton.

Toutes les nuits, Janaki restait éveillée jusqu'à ce qu'elle entende grincer et gémir les ressorts du matelas cédant sous son poids. Ce n'est que lorsqu'il s'était installé pour la nuit, qu'il avait disposé son corps de façon à ne pas empiéter sur son espace qu'elle s'autorisait à sombrer dans le sommeil. Il savait qu'elle n'aimait pas que le drap soit en boule ou que ses jambes s'emmêlent dans la couverture. Il gardait donc ses distances avec une couverture séparée. Il bougeait et se retournait. Elle non. Le matin, quand ils se réveillaient, c'était comme s'ils avaient dormi dans des chambres et des lits séparés.

Certaines nuits, ils parlaient. Des bribes de conversation sans suite. Sur leur fils. Un voisin. Ou un film qu'ils venaient de voir. Parfois, ils évoquaient le passé. Des souvenirs bicéphales. Il ne se rappelait pas les choses de la même manière qu'elle. Quelle importance ? En fin de compte, l'essentiel, c'était de partager.

D'autres nuits, son corps à lui cherchait le sien. Certaines nuits, elle l'accueillait et d'autres, elle supportait patiemment qu'il lui inflige avec bienveillance la chaleur de sa peau, ses lèvres, ses mains et ses cuisses. Ensuite, une fois la passion assouvie, ils se séparaient en deux entités distinctes et s'endormaient.

Au bout de quarante ans, il ne restait plus de surprises, de notes discordantes, de jeux de cache-cache. Il restait juste cet amour amical, le genre d'amour dont la publicité fait ses choux gras.

Prenez une assurance afin de passer une retraite heureuse à promener votre chien sur la plage, à faire des châteaux de sable avec vos petits-enfants et à siroter du lait de noix de coco. Finies, les virées en moto cheveux dans le vent. Ou les collines qu'on dévale. On boit son Horlicks et on récolte les fruits de sa mutuelle retraite.

Pourquoi, dans leurs publicités, faut-il que ces années-là ressemblent à l'antichambre de la mort ? se demanda Janaki. Elle changeait de chaîne à chaque fois qu'apparaissait une réclame pour une assurance-vie.

Mais n'était-ce pas ainsi qu'ils vivaient ? Des moments empruntés à des spots publicitaires. Les plaisanteries, les rires, la nostalgie pendant qu'ils regardaient ensemble des albums photo. Un amour amical. La courbe de l'arc-en-ciel avant qu'elle ne disparaisse derrière un voile de nuages.

Janaki chercha à tâtons ses lunettes sur la table de nuit. Quelle heure était-il ? En mettant ses lunettes, elle s'aperçut qu'il n'y avait pas de réveil. Le réveil blanc qu'elle était habituée à trouver à côté de son lit à la maison n'était pas là. En revanche, au mur était accrochée une pendule en forme de bouton de rose... Il fallait qu'elle allume la lumière. Elle chercha à tâtons l'interrupteur qui devait se trouver près de la table de chevet. Pourquoi ne pouvaient-ils pas mettre un réveil de chevet au lieu de ce bric-à-brac ridicule qui encombrait la table de nuit ? Elle n'avait pas le droit de se plaindre, pensa-t-elle. C'était la chambre de sa petite-fille après tout, quant à eux, ils n'étaient que de passage.

Elle faillit renverser le verre d'eau. Toutes les nuits depuis trois ans, il posait une pilule de

Trika et un verre d'eau à côté d'elle. Quand il s'en chargeait, son incapacité à s'endormir naturellement lui semblait moins grave.

Le médecin l'avait aidée à retirer ses jambes des étriers suspendus au-dessus de la table d'examen et avait lissé la robe d'hôpital vert d'eau sur ses cuisses. Il avait souri et l'avait rassurée : « Tout va très bien. Quant à vos insomnies… » Il avait haussé les épaules d'un air désinvolte. « Quand vous arrivez à un certain âge, le sommeil vient moins facilement. »

Un certain âge. Elle était devenue une femme d'un certain âge. Et lui ? Il avait un sommeil agité mais aucun problème pour s'endormir. Comme un bébé. Do, l'enfant, do.

Au bout d'environ sept mois de mariage, alors que chaque jour était encore délicieusement teinté de découverte et que l'amour apparaissait comme une théorie entièrement neuve à laquelle ils avaient, elle et lui, insufflé du sens, ils avaient pris l'habitude de se parler comme des enfants.

Gougou, joujou mani, roucoulait-elle. Lou lou, murmurait-il en mordillant le lobe de son oreille. Des sons sans queue ni tête qu'eux seuls savaient déchiffrer.

Puis, un jour, Janaki découvrit qu'elle était enceinte. Elle avait des envies de tabac et fumait les mégots qu'il laissait derrière lui dans les cendriers. Quand il mettait son bras autour d'elle, elle le repoussait avec une rage à peine dissimulée. Elle le haïssait, sans savoir pourquoi, mais le médecin expliqua que c'était un sentiment naturel. « Ce sont les hormones », dit-il en riant.

Quand le bébé donna ses premiers coups de pied dans son ventre, cette haine s'évapora aussi soudainement que ses envies. Elle lui parlait de plus en plus comme à un enfant, ébouriffait tendrement ses cheveux et entama une couverture patchwork pour le lit du bébé. Et comme tous les futurs pères, il mit son oreille contre son ventre qui s'arrondissait. Un sourcier qui attendait que l'énergie intérieure le tire et l'attire.

Quand le bébé arriva, ils le firent sourire avec des hochets et des singes qui tapaient sur des tambours quand on les remontait. Ils comptèrent ses minuscules doigts de pied, le tinrent sur leur cœur et lui parlèrent en charabia.

Au lit, leurs conversations se réduisirent à : « Est-ce que la couche est mouillée ? As-tu vérifié la lampe ourson ? Il m'a semblé l'entendre crier, pas toi ? »

Ils cessèrent de répondre aux tests du genre « comprenez-vous votre partenaire ? » ou « votre mariage est-il encore romantique ? » et les remplacèrent par des questionnaires visant à déterminer s'ils étaient de bons parents et si leur enfant se développait comme il fallait. Cette invasion de leur intimité ne les dérangeait pas. Ils regardaient l'enfant et se voyaient en lui. Il était devenu un prolongement de leur image. Quand il rapportait à la maison une coupe d'argent ou un prix pour une compétition de tennis scolaire, ils rayonnaient, chacun lisant dans le visage béat de l'autre : Tu te rends compte, c'est nous qui l'avons fait. Impossible d'arrêter cet enfant prodige qu'ils nourrissaient de céréales et de lait, de toasts et de beurre, d'œufs à la coque et de multivitamines au petit déjeuner. Il remplissait leur vie : bulletins scolaires, sparadraps, vacances d'été, anniversaires... Cet enfant avait donné une plénitude à leur mariage.

Dans les soirées, ils étaient le couple idéal. Quand elle était prête à partir, il le savait et se levait, posant le verre qu'il avait fait durer toute la soirée. Elle souriait et murmurait des « au revoir » polis pendant qu'il serrait des mains et saluait en riant. Dans leur mariage, il était le débonnaire et le loquace des deux.

Quand ils arrivaient chez eux, après avoir parcouru les rues de la ville en prenant garde aux ivrognes qui vagabondaient et aux camions qui roulaient vite, il n'était jamais plus tard que dix heures et demie. Il garait le scooter pendant qu'elle cherchait les clés de la maison. Ils allaient ensemble jusqu'à la chambre de leur fils. Elle donnait au petit un verre de lait chaud à boire pendant qu'il se tenait dans l'embrasure de la porte, à les regarder.

Plus tard, dans leur lit, elle sentait son bras s'enrouler autour de sa taille. « Tu t'es bien amusée ? » murmurait-il. (Quand le petit était encore un bébé et dormait dans un berceau dans leur chambre, ils avaient pris l'habitude de parler doucement afin de ne pas le réveiller. Le bébé avait maintenant bientôt quatorze ans et dormait dans sa propre chambre mais ils n'en continuaient pas moins à chuchoter au lit.) Elle répondait, ensommeillée : « Mmm... c'était bien. » Même dans cet état à demi comateux, elle adressait à Dieu une prière silencieuse. Cet homme lui faisait oublier ce que le miroir et la lumière du jour lui rappelaient si cruellement. Les rides sur son cou, ses seins qui tombaient, son estomac flasque et abîmé qui ne s'était jamais tout à fait remis d'avoir tenu emprisonné un autre être vivant. A ce moment-là, elle n'était pas encore une femme d'un certain âge.

Quand est-ce que ce certain âge avait surpris Janaki ? S'en était-elle rendu compte quand elle avait commencé à ne plus aimer sentir son bras autour de sa taille ? Ou quand elle s'était mise à avoir des contractions au niveau des tempes qui empiraient lorsqu'il riait fort, comme à l'accoutumée ? Ou un soir, lorsqu'ils avaient emmené leur fils Siddarth, presque adulte, un mètre quatre-vingts, une carrure d'athlète, acheter des chaussures et qu'elle vit Prabhakar essayer de convaincre son fils de choisir selon ses propres goûts ? Des chaussures en cuir souple aux semelles bien ajustées. Des chaussures d'homme mûr. Janaki vit le visage de son fils se contracter en signe de révolte. Il n'aimait pas ce que son père lui proposait. « Pas celles-là, dit-il. Ni celles-là non plus. »

Prabhakar leva les bras au ciel sans chercher à cacher son irritation. « Qu'est-ce que tu cherches exactement ? C'est le quatrième magasin de chaussures dans lequel nous entrons et rien ne plaît à Monsieur. Que veux-tu ? Tu le sais au moins ? »

Elle sentit une rage étrange se répandre en elle. « Laisse-le choisir ce qu'il veut ! Je ne vois pas ce que nous faisons ici. Siddarth a dix-sept ans et il a l'âge qu'on le laisse acheter tout seul une paire de chaussures, siffla-t-elle.

— J'essayais seulement de l'aider, répondit-il.

— Tu ne l'aides pas. Tu cherches à le dominer, c'est tout. Tu veux dominer tout le monde. Tu veux que tout le monde fasse ce que tu dis, éclata-t-elle, sans se soucier qu'on puisse l'entendre.

— Janu, qu'est-ce qui se passe ? Tu ne te sens pas bien ?

— Laisse-moi tranquille, veux-tu ! » répondit-elle avec hargne avant de sortir du magasin de chaussures en abandonnant ensemble père et fils.

Ou était-ce le jour où Siddarth avait ramené à déjeuner à la maison six camarades de classe, et que Janaki se tenait sur le seuil, souriante pour les accueillir, en essayant de dominer son affolement ? Il y avait à peine assez à manger pour quatre personnes. Enervée, paniquée, Janaki se précipita à la cuisine pour préparer plus de nourriture et découvrit que la bonbonne de gaz était vide et qu'elle avait oublié d'appeler son fournisseur pour en commander une autre à l'avance. Janaki resta figée à côté de la cuisinière qui refusait de s'allumer, regarda le riz qu'elle avait lavé et qui trempait, les légumes coupés, et éclata en larmes. Que vais-je faire ? Que vont penser les amis de Siddarth ?

Quand Prabhakar rentra déjeuner, il la trouva prostrée dans la cuisine, en train de pleurer, pendant que Siddarth et ses amis restaient assis autour de la table de salle à manger, poursuivant leur discussion comme si de rien n'était, et comme si les sanglots qu'ils entendaient distinctement venaient de la télévision du salon.

Un certain âge. Peut-être qu'il arriva lorsqu'elle lut dans les yeux de son fils une irritation proche du dédain et non plus un amour indulgent. Ou peut-être qu'il lui était tombé dessus le jour où elle cessa de noter dans le calendrier le début de ses règles et qu'à la place son mari alla porter tous les mois au pharmacien de l'hôpital une ordonnance pour trente comprimés de Trika.

Trente jours en septembre, avril, juin et novembre…

« Et le reste de l'année ? » grommela Janaki.

Mais il avait une solution, comme à chaque fois. Il subvenait toujours aux besoins de sa famille. Il se souvenait des mois qui avaient un jour de plus et le rappelait au médecin.

Et lui alors ? Les années qui passaient l'avaient-elles affecté ?

Les hommes ne changent pas tant que cela. Enfin, c'est ce que les femmes aiment à croire. Ils perdent un peu leurs cheveux, leur vue baisse, mais ils insistent toujours pour vérifier derrière leur femme que la porte est bien fermée à clé.

Il était comme ça lui aussi. Mais les battements de son cœur l'obligeaient à ralentir. Parfois, ils bourdonnaient à ses oreilles mais il n'en oubliait pas pour autant son rôle de mari, de père, de chef de famille.

Elle ne pensait pas qu'il l'aimait moins à cause de ses sautes d'humeur. Il comprenait et une personne compréhensive souffre toujours.

Quoique, dans son cas, on ne puisse pas dire cela. Il ne souffrait pas. Elle s'était efforcée de toute son âme d'être une bonne épouse et une bonne mère. C'était seulement maintenant ce certain âge qui la rendait si… comment dire ? si émotive.

« Dis-moi un peu, tu connais un autre couple comme nous ? Notre fils a une bonne situation. Nous n'avons pas de soucis matériels, nous sommes en bonne santé. Nous sommes propriétaires. Après quarante ans de mariage, que demander de plus ? »

Ils avaient tout. Jusqu'aux relations sexuelles – elle détestait cette expression – de temps en temps.

« Quand mes parents avaient notre âge, ils ont arrêté de vivre. Je ne veux pas dire qu'ils sont morts. Ils respiraient, mangeaient, dormaient. Oui, c'est tout ce qu'ils faisaient », disait-elle à cet ennemi qui habitait son esprit et critiquait son mariage.

Ils partageaient quelque chose. Ce lien infrangible qui unit les couples mariés depuis longtemps. Elle ne savait comment le décrire. Une camaraderie ? Une amitié ? Ou simplement la complicité qui naît entre des gens qui partagent un lit, un enfant et une vie ? Quel que soit ce lien, elle n'arrivait pas à le voir entre son fils et sa femme.

Janaki avait pitié de cette dernière et aurait aimé prendre son fils par le menton, comme elle faisait quand il était petit et ronchon, et lui dire d'un ton sévère : « Tu vas la perdre avec ton insensibilité, avec ton expression froide et maussade. Est-ce que ton père est comme cela avec moi ? Qui t'a appris à être comme ça ? »

C'est à ce moment-là que Janaki se dit que c'était peut-être d'elle qu'il tenait, que cet égoïsme avait été sa contribution à elle à ses gènes, qu'elle en était la seule responsable.

Quand ils avaient des invités, ou de la famille en visite, quand rires et bruits résonnaient dans la maison pendant qu'elle était dans la cuisine en train de préparer le repas, Prabhakar restait dans ses pattes à essayer de l'aider, car il ne voulait pas la laisser toute seule. Et s'il n'y avait rien à faire, il s'appuyait sur le rebord de l'évier, et attendait en remuant les glaçons dans son rhum-soda.

« Vas-y, j'arrive tout de suite », mais il ne bougeait pas.

Parfois, si les convives étaient un couple d'amis qu'ils aimaient inviter ou bien une cousine que Janaki adorait étant petite, il lui murmurait à l'oreille : « Heureuse ? »

Alors elle souriait. Dans ces moments-là, elle se sentait vraiment heureuse.

Janaki mit le Trika sous sa langue et but une gorgée d'eau rapide. Puis elle tendit le bras pour éteindre la lampe.

Sans qu'elle sache exactement pourquoi, cette chambre la mettait mal à l'aise. Elle était perturbée d'être dans un endroit non familier. Ils venaient d'arriver à Bangalore le matin même de Hyderabad où ils avaient rendu visite à des amis, et avaient prévu de rester chez Siddarth une semaine. Une semaine dans cette chambre, cela lui semblait une éternité.

Ce lit, avec sa courtepointe à volants, ses draps aux gros dessins de roses et ses housses d'oreillers rose pâle, sortait tout droit d'une réclame de magazine. Même la couette avait un passepoil de satin rose. La lampe de chevet était un nuage de rose sur un socle de terre cuite. Elle l'oppressait, cette chambre.

Jaya, sa belle-fille, babillait de sa voix gaie d'enfant gâtée : « Nous l'appelons notre chambre rose. Comme c'est la chambre de Suchi, nous l'avons décorée en rose. Mais j'ai rangé tous ses jouets et ses jeux pour que ça ne ressemble pas à une chambre d'enfant. J'espère que vous vous y sentirez bien. »

Parfois sa belle-fille l'agaçait. Mais elle évitait tout affrontement avec elle grâce à cette maîtrise d'elle-même qu'elle avait acquise au prix de tant d'efforts. Quand vous atteignez un certain âge, plus rien ne compte. Vous vous raccrochez à votre tranquillité en laissant rêves et révoltes à ceux dont le sang bout dans les veines. Les émotions sont pour les jeunes, elles ne servent plus à rien aux personnes âgées. Et puis, ça ne leur sied pas, avait-elle décidé il y a de cela longtemps.

Janaki pensait à sa mère. Bouleversée de voir ses enfants la traiter comme si elle était devenue gâteuse, elle refusait d'accepter la sénilité qu'ils lui imposaient. Janaki s'était juré de ne jamais être comme sa mère, les yeux baignés de larmes, la voix brisée par le chagrin. Quand on atteint un certain âge, seule importe votre sérénité.

Après leur mariage et la lune de miel, Siddarth et Jaya vinrent leur rendre visite. Toute la journée, Janaki sentait le regard de Jaya les suivre, Prabhakar et elle, pendant qu'ils répétaient le ballet des corvées ménagères. Un exercice synchronisé qui, après des années de pratique, atteignait la perfection. Il épluchait. Elle faisait cuire. Il lavait la vaisselle. Elle essuyait et rangeait. Elle mettait le linge à sécher. Il le rentrait. Elle rabattait les draps. Il éteignait la lumière.

Un matin, quelques jours après leur arrivée, pendant que Janaki préparait des dosas dans la cuisine et que Prabhakar était assis à la table en train de couper les légumes pour le sambhar, Jaya dit, tout en buvant son thé : « Quelle chance vous avez, Maman, d'avoir un homme comme Tonton pour mari ! Il fait tout ce qu'il peut pour vous aider, n'est-ce pas ? »

Janaki vit l'air rayonnant de son mari et se dit que c'était vrai. Elle ne pouvait rien faire dans la maison sans son aide.

« Depuis la mort de Papa, Maman doit se débrouiller toute seule pour tout. Mais elle dit que ça la rend plus forte que la plupart des femmes. » La fierté qui transparaissait dans la voix de Jaya serra la gorge de Janaki. Ces paroles éveillèrent en elle un obscur sentiment d'infériorité. « Es-tu en train d'insinuer que je suis une créature faible et sans défense ? » aurait-elle voulu demander.

Prabhakar leva les yeux de la planche à découper. Il arrêta de couper en tranches un oignon et répondit : « Ce n'est pas parce qu'elle a besoin de moi pour ouvrir le mixeur ou pour émincer des oignons que tu dois croire que Maman est une faible femme. Peu après notre mariage, j'étais en poste dans une petite ville près d'Hyderabad quand, un après-midi, notre voisine, Madame Bhatt, enceinte de huit mois, a eu ses premières contractions. Il n'y avait personne à appeler à l'aide. Il n'y avait pas de téléphones à l'époque, pas d'auto-rickshaws ou de taxis à tous les coins de rue comme maintenant. Et l'hôpital le plus proche était à cinq kilomètres. Tu sais ce que Maman a fait? Elle est allée sur la route principale et a fait signe à un camion de s'arrêter. Le chauffeur de camion et Maman ont conduit Madame Bhatt à l'hôpital. Si Maman n'avait pas fait cela, Madame Bhatt serait morte... Elle a peut-être l'air fragile et choyée à tes yeux, mais c'est une femme forte. Maman est très courageuse quand elle le veut. »

Il racontait cette histoire à tout le monde. Il mettait tant de fierté dans son récit que Janaki en grinçait des dents. Il la racontait comme s'il s'agissait là du seul acte digne d'intérêt de toute sa vie. Elle avait envie de jeter à terre la spatule, de renverser le saladier qui contenait la pâte à dosas et de le gifler pour effacer de ses yeux cette fierté et l'éparpiller dans l'atmosphère. Elle avait envie de hurler: « Ne m'appelle pas Maman! Je ne suis pas ta maman. Je suis ton épouse. Rappelle-toi, tu m'appelais Janu autrefois. Ma bien-aimée. Chérie. Mon ange. Mais si ces mots t'écorchent la bouche, appelle-moi Femme mais ne m'appelle pas Maman! »

Janaki sentit le regard de sa belle-fille sur elle et détourna le visage. Elle ne voulait pas que celle-ci lise la fureur dans ses yeux. Janaki voulait que Jaya la considère comme une femme calme et comblée.

Janaki alluma la lampe de chevet. Voilà plus d'un quart d'heure qu'il était dans la salle de bains. Que faisait-il? Elle n'entendait pas les bruits familiers et rassurants. Avait-il glissé et était-il tombé ? Avait-il été pris d'une faiblesse soudaine et s'était-il effondré par terre ? Elle attendrait encore quelques minutes avant de se lever pour vérifier. Elle n'avait jamais été aux petits soins pour lui. Il trouverait ça bizarre si elle commençait maintenant.

Qu'avait ressenti sa mère quand son père était mort ? Comment ce serait quand il aurait disparu ?

Janaki refusa d'y penser. Siddarth abordait de temps en temps le sujet :

« Maman, quand Papa aura disparu, comment feras-tu pour rester seule dans cette maison immense ?... Il faudra que tu t'installes avec nous un jour ou l'autre... J'ai un ami qui travaille dans l'immobilier. Le moment venu, je lui en parlerai. »

Janaki changeait de sujet à chaque fois. Mais dans cette chambre, impossible d'y échapper. Qu'est-ce que ce serait quand chaque nuit se perdrait à l'horizon ?

Tu pourrais partir la première, disait une petite voix. Mais ça ne se passera pas comme ça, je le sais. Janaki sentit une larme couler jusque dans ses cheveux. Ce serait son lot de souffrir. Les âmes comme celles de Prabhakar savouraient la vie. Elles passaient allègrement de la naissance à la mort, pas une fois, mais des millions de fois.

Comment ce serait de dormir seule dans un lit et de se réveiller seule dans une chambre vide ? Le matin à l'aube, la nuit. Seule, seule. Dieu, s'il te plaît, pria Janaki, fais-moi dormir pour que j'arrête de penser.

Quand le moment vint pour Jaya d'être admise à la clinique pour subir une césarienne, Siddarth appela ses parents. « Ma, s'il te plaît, pourriez-vous venir tous les deux ? La mère de Jaya est ici et elle se débrouille très bien mais si vous étiez là, je me sentirais plus rassuré.
— Tu veux y aller ? demanda Prabhakar à Janaki.
— Comment pouvons-nous ne pas y aller ? répondit Janaki qui commençait déjà à sortir des saris de l'armoire et à les ranger en piles sur le lit pour que Prabhakar les mette dans la valise. C'est notre fils. Il faut que nous soyons là pour lui quand il a besoin de nous. »
Dès le troisième jour, les disputes commencèrent. Prabhakar savait qu'elles étaient inévitables. Depuis que Siddarth s'était marié, tout ce que sa mère disait, ou presque, le mettait hors de lui. On aurait dit qu'il s'était mis à la jauger avec de nouveaux critères et qu'elle n'arrivait jamais à la hauteur de ses attentes. Janu était pareille, pensa-t-il. Elle se plaignait que son fils avait changé et qu'elle ne reconnaissait plus cet homme dont la voix, quand il s'adressait à elle, trahissait une haine refoulée. Une haine refoulée de quoi ? « Qu'ai-je donc fait de mal ? » demandait-elle sans cesse à Prabhakar.

Ils n'avaient pas de raison objective de s'envoyer ainsi des piques mais c'était à chaque fois pareil. Siddarth et sa mère échangeaient des insultes déguisées tandis que Prabhakar restait au milieu, s'abstenant de prendre parti.

Puis, un jour, alors qu'il était allongé sur le lit de la chambre d'hôtes, Prabhakar entendit Siddarth qui disait: « Tu es trop gâtée. Tout le monde t'a gâtée. Ta famille puis Papa. Tu es une vraie princesse. Tu veux que tout soit fait à ta manière, comme ça t'arrange. Et si quelqu'un ne fait pas les choses comme tu veux, tu sais comment bouder et l'obliger à le faire. Je ne peux pas m'empêcher de te comparer à la mère de Jaya. Je vois à quel point elle est généreuse, combien elle veut se donner tout entière à ses enfants. Pas toi. Tu n'as jamais pensé aux autres, toujours à toi. »

Prabhakar était entré en trombe dans la salle à manger où ils étaient assis et avait dit d'une voix glaciale: « Janaki, fais tes bagages. Nous partons immédiatement. Tu n'as pas à écouter ces inepties. Comment ose-t-il te parler sur ce ton!

— Papa, arrête de dramatiser. Tu la défends toujours même si elle a tort. Ecoute aussi mon point de vue. C'est de ta faute si Maman est comme ça, dit Siddarth, levant les bras d'un air d'impuissance.

— Toi, dit Prabhakar en agitant son doigt vers lui en signe de colère, tais-toi! Tant que tu ne t'es pas excusé auprès de ta mère, je ne veux plus rien avoir à faire avec toi. Et si je ne suis pas là pour la défendre, qui va le faire ? Je suis son mari, bon sang, et je ne vois pas pourquoi je ne la défendrai pas. »

Janaki se mit à pleurer. Contrit, Siddarth s'était mis à genou et avait supplié sa mère d'arrêter de pleurer pendant que Prabhakar les regardait, les traits pâles et tirés.

Ce soir-là, il avait dit : « Nous partirons dans deux ou trois jours. Ça ne sert à rien de rester ici, s'il flotte tout le temps un malaise. Mais ce qui me perturbe plus que tout, c'est que s'il se comporte avec toi de cette façon alors que je suis encore en vie, je me demande comment il te traitera quand je serai mort et que je ne serai plus là pour m'occuper de toi. »

Mais Janaki avait posé sa main sur son bras pour essayer de recoller les morceaux du mieux qu'elle pouvait, car c'est à cela que servent les mères : « Ne te laisse pas bouleverser. Ce n'est pas un mauvais fils. Je sais qu'il a peur que son bébé naisse avec une malformation et qu'il subit beaucoup de pression au travail. C'est le stress qui le rend méchant. Ce n'est pas un mauvais fils. Je le sais. »

Un rai de lumière jaillit de la porte de la salle de bains. Janaki vit sa silhouette se dessiner dans l'embrasure et sentit le soulagement l'envahir. « Où étais-tu ? J'allais me lever et venir te chercher, dit-elle en s'asseyant dans le lit. J'avais peur que… que quelque chose te soit arrivé.

— Ne sois pas ridicule ! dit-il en s'approchant de son côté du lit. Veux-tu que je demande une autre couverture ? Il n'y a qu'une couette pour tous les deux. »

Elle sentit son cœur tressaillir. « Non, non, ne demande rien, dit-elle doucement.

— Tu es sûre ?

— Oui, je suis sûre. Viens dans le lit. Tu me donnes froid à rester là debout. »

Janaki rougit dans l'obscurité. Elle ne comprenait pas ce réchauffement de ses sens. Les femmes de son âge n'étaient pas censées éprouver cela. Elle se tourna vers lui et l'observa mettre entre eux la distance habituelle.

« Est-ce qu'on peut rentrer à la maison demain ? demanda-t-elle.

— Quoi ?

— Est-ce qu'on peut rentrer à la maison demain ? J'en ai assez de tous ces déplacements que nous avons faits depuis quelques semaines. J'aimerais rentrer à la maison.

— Ils ont réservé nos billets pour le vingt-quatre. Siddarth a dit qu'il lui avait fallu faire jouer son influence pour nous les obtenir. Il n'y aura plus de billets de première classe avant cette date.

— Ça ne me dérange pas de voyager en seconde, dit-elle.

— Tu es sûre ? Ce ne sera pas très propre et les couchettes ne sont ni larges ni confortables. Tu seras fatiguée en arrivant à la maison. » Il s'allongea et se racla la gorge.

« Ça ne fait rien.

— Ça ne fera pas plaisir à Siddarth. Il fera sûrement toute une histoire.

— Tant pis. Je veux juste rentrer à la maison », dit-elle. Puis, doucement, parce qu'elle n'avait encore jamais prononcé ces mots, elle murmura : « J'en ai assez de te partager avec tout le monde. Je te veux pour moi toute seule. »

Elle s'approcha et se colla contre lui. Elle le sentit se retenir de respirer puis, lentement, médusé, expirer.

Elle ajusta sa respiration à la sienne, inspirant le mélange d'humidité, de dentifrice et de savon qui était son parfum. Il la prit dans ses bras et elle resta là, la tête nichée au creux de son épaule.

Amour amical. Sous une couverture, tout était possible, pensa-t-elle, alors que ses paupières se fermaient et que sa chaleur l'envahissait.

3

La panique qui attise les flammes de la peur. La panique qui engourdit les sens. La panique qui paralyse. La panique qui jugule et ramène violemment sur terre les rêves trop ambitieux. La panique qui détruit.

Akhila sentit des picotements de panique parcourir son visage. Certes, elle s'était enfuie. Mais d'où et vers quoi ?

Quo vadis. Akhila se souvint du nom des sandales à bride de chez Bata que son père avait achetées juste avant de mourir.

« *Quo vadis,* Appa avait lu à haute voix ce qui était écrit sur la boîte. Sais-tu ce que ça veut dire ? En latin, ça signifie "où vas-tu ?" Une paire de sandales qui a l'audace de poser cette question, ça me plaît. Cela fait longtemps que je ne me la suis pas posée. » C'est ainsi qu'il justifia cet achat coûteux, et qu'il expliqua s'être laissé tenter par des chaussures vues dans une vitrine plutôt que chez leur marchand habituel.

Quo vadis ? se demanda Akhila. Puis en sanskrit : *Kim gacchami.* Et en tamoul : *Nee yenga selgirai.* Akhila ne connaissait pas d'autres langues, mais la question alla rebondir hors des limites de son esprit, en langues connues et inconnues. Lancée par une créature vêtue d'un maillot jaune et rouge, et de chaussures à crampons, une créature nommée panique.

Akhila s'imagina être un serpent lové et en hibernation depuis des années. Elle se représenta la vie sous l'image d'un lotus aux mille pétales qu'elle devrait d'abord découvrir avant de connaître l'épanouissement. Elle fut saisie de panique. Comment allait-elle commencer sa recherche, et par où ?

Elle appuya son front contre les barreaux marron-rouge qui s'effritaient. Pour le restant de ses jours, l'odeur de la peau d'orange mêlée à celle de la rouille resterait pour elle synonyme de panique.

*

Le train avançait, haletant, dans la nuit. Akhila sentait sur sa peau le froid des barreaux de la fenêtre. La voix douce de Janaki résonnait encore à ses oreilles. Akhila réalisa soudain qu'elle s'y prenait mal en envisageant la vie d'une autre femme comme un mode d'emploi destiné à lui fournir des réponses toutes prêtes. Akhila exprima sa pensée, chose qu'elle n'avait pas faite depuis longtemps, réalisa-t-elle. Partager ses sentiments, sans se soucier qu'on puisse un jour s'en servir contre elle. « Vous avez raison. » Akhila se tourna lentement vers

Margaret, et sentit avec un plaisir nouveau les mots se former sur ses lèvres. « Je n'ai pas le droit de demander aux autres de décider à ma place. Si je devais décider d'après ce que Janaki a raconté de sa vie, je continuerais à vivre avec ma famille. Sans les aimer, peut-être. Mais au moins, ils sont là.

— Vous avez seulement entendu l'histoire de Janaki. Comment pouvez-vous abandonner si vite ? demanda Prabha Devi, dont la voix trahissait une déception palpable.

— Je n'ai pas dit que j'abandonnais, répondit Akhila.

— Qu'allez-vous faire ?

— Je ne sais pas. Pas encore... Quand je travaillais à Madras, j'avais une amie. Une jeune Anglo-Indienne. Elle s'appelait Katherine Weber. J'allais lui rendre visite chez elle chaque semaine et parfois, je bavardais avec sa mère. Un jour, elle m'a dit quelque chose à propos de sermons qu'on pouvait lire jusque dans les pierres. Je ne me souviens pas pourquoi elle m'a dit ça, et je n'ai pas non plus compris ce qu'elle voulait dire. Maintenant, je comprends. Votre vie est différente de la mienne. Et j'ai tort de penser que si vous me parlez de vous, de votre vie, ça me guidera dans ma décision. Pourtant... » Akhila haussa les épaules, incapable de poursuivre, les idées soudain confuses.

Janaki arrêta de se peigner et sourit.

« Pourquoi souriez-vous ? demanda Akhila.

— Parce que je vois déjà un changement en vous. Pour la première fois de la soirée, votre regard est plein de vie. L'excitation qui vous agite est presque palpable. Plus tôt dans la soirée, quand je vous ai vue sur le quai en train d'attendre, je me suis dit, quel air rigide ! Une femme aux mains expertes et au visage sévère. Je vous voyais bien directrice d'école ou infirmière en chef.

— Je ne savais pas que les directrices d'école avaient un air particulier, dit Margaret, sans chercher à cacher son irritation.

— Oh que si ! intervint Prabha Devi. On dirait que pour elles, le monde entier n'est composé que d'enfants indisciplinés qu'il importe de faire filer droit. Mais vous n'avez pas du tout l'air d'une directrice... Vous avez l'air de quelqu'un qui travaille dans une multinationale, de quelqu'un qui a réussi, qui a confiance en elle...

— Bon, d'accord, je vois ce que vous voulez dire, dit Margaret avec un sourire radieux qui illumina son regard, les surprenant toutes.

— Je ne suis pas celle que l'on croit, dit Akhila lentement.

— Maintenant, je le sais. Mais vous vous cachez derrière une carapace si rigide et si maîtrisée que vous devez impressionner la plupart des gens », dit Janaki. Devant le silence d'Akhila, elle ajouta avec douceur : « Je ne disais pas cela pour vous blesser.

— Vous ne m'avez pas blessée. Pas du tout ! répondit Akhila. Je réfléchissais seulement à ce que vous avez dit. Je n'ai pas toujours été comme ça : rigide et réservée. Il a fallu que je me forme une cuirasse. Pour me protéger. Pour éviter la douleur et la souffrance. Sinon, je serais devenue folle. »

Janaki se pencha en avant et lui toucha le bras. « Je suis désolée si je vous ai rappelé involontairement un passé douloureux. N'y pensez plus. Oubliez tout simplement cette conversation. » Elle tressa ses cheveux avec vivacité et, s'adressant aux autres, ajouta : « Il est l'heure de songer à nous préparer à dormir, non ? »

Une à une, elles ouvrirent leur sac et en sortirent des draps et des oreillers. Janaki avait la couchette la plus basse. Elle se leva pour laisser Margaret et Prabha Devi soulever la couchette du milieu et l'attacher à celle du haut.

« Laquelle voulez-vous ? Celle du milieu ou celle du haut ? » demanda Prabha Devi à Margaret.

Celle-ci haussa les épaules. « N'importe !

— Dans ce cas, je prends celle du haut. »

Janaki se versa de l'eau dans un verre, dévissa un petit flacon et en sortit un comprimé. Quand elle croisa le regard d'Akhila, un sourire narquois flotta sur ses lèvres, qui semblait suggérer qu'elle n'avait plus de secret. Soudain, le malaise qui était né entre elles parut se dissiper.

Prabha Devi s'approcha de la porte du compartiment. « Est-ce que je mets le loquet ? demanda-t-elle.

— Non, ne vous inquiétez pas. Je le mettrai après l'arrivée de la dernière passagère. Je n'ai pas encore sommeil », dit Akhila.

Les souhaits de bonne nuit se firent écho de couchette à couchette, de femme à femme.

« Faites de beaux rêves, dit Prabha Devi en pouffant.

— Je ne rêve jamais, dit Janaki d'une voix mélancolique.

— Moi si, je crois. Mais je ne me souviens jamais de mes rêves », dit Margaret.

Akhila entendit leurs voix glisser au loin. Elle se remit à regarder par la fenêtre. Elle ferma les yeux et laissa le rythme du train la bercer.

*

Appa était un homme calme, aux épaules voûtées et à la chevelure grisonnante. Un simple employé des impôts qui faisait passer le temps en comptant le nombre de dossiers qui arrivaient au bureau le lundi et en repartaient le samedi. Du matin au soir, il traversait les heures à pas traînants, sans beaucoup exiger d'elles ou de quiconque, sinon qu'on le laisse tranquille un jour par semaine.

Pour Appa, le dimanche était une répétition générale hebdomadaire du jour où il prendrait sa retraite et où il pourrait vivre à nouveau comme il l'entendait. Il aurait dû être savant, quelqu'un dont le travail consiste à se pencher sur des textes anciens, à souffler la poussière de monceaux de manuscrits en feuilles de palmier sur lesquels une plume bien taillée a gravé les principes de la vie et les doctrines de la religion. A marmonner, à mémoriser, à inventer des théories qui lui auraient permis de naviguer sur les canaux de son esprit tandis que la vie le prenait dans ses bras en silence.

Au lieu de cela, il s'était retrouvé parachuté dans un bureau où quelqu'un était toujours prêt à lui décocher qui une raillerie, qui un quolibet, qui une insulte, qui une anecdote en apparence insignifiante mais pleine, de manière détournée, de sous-entendus. Il était la cible de multiples plaisanteries et l'on riait beaucoup à ses dépens. Sur sa façon de marcher, de s'habiller, la nourriture qu'il mangeait... Ils riaient même de sa manière d'endurer leurs moqueries. Il ravalait en silence son humiliation, croyant à tort que s'il ne réagissait pas, ils finiraient bien par se lasser. Cela avait pour seul effet d'encourager ses tourmenteurs et de les inciter à lui infliger de plus cruelles railleries.

A cela venait s'ajouter la question des pots-de-vin. Dans ce bureau, un dossier ne passait d'une table à l'autre qu'à la condition que l'on graisse des pattes pour faciliter sa circulation et lubrifier les rouages de la machine. Si ce n'est qu'Appa n'acceptait pas les pots-de-vin. Ce qui voulait dire que les dossiers qui arrivaient sur le bureau d'Appa circulaient moins vite. Il n'y apposait sa signature qu'après en avoir lu chaque mot et vérifié tous les chiffres de manière à s'assurer que tout était en règle. Certains des employés pestaient qu'il le faisait exprès, qu'il ne voulait peut-être pas accepter de pots-de-vin mais que ce n'était pas une raison pour les empêcher d'en recevoir. « S'il continue à retarder tous les dossiers, qui va en pâtir ? » protestaient-ils.

Les autres, des inspecteurs des impôts retors et parfois des contribuables ayant fait de fausses déclarations, méprisaient Appa pour sa probité ridicule et disaient : « Vous n'avez rien de particulier à faire. Faites comme nous tous. Détournez le regard et ne posez pas de questions embarrassantes. Vous en serez généreusement récompensé. Vous êtes bien bête ! Vous ne savez pas profiter d'une occasion ! »

Pourtant, Appa obéissait toujours à sa conscience. Alors il baissait la tête, courbait les épaules et répondait : « Le seul moyen pour moi d'être en mesure de me regarder dans la glace le matin, c'est d'agir comme je le fais. »

Appa parlait souvent de son supérieur, un homme du nom de Koshy : « Comment ce Koshy arrive-t-il à dormir la nuit ? Il est si corrompu qu'il faut lui graisser la patte si vous voulez la permission d'éternuer dans son bureau. Même les dossiers que j'ai vérifiés et signés, il les met de côté sur sa table sous prétexte qu'il a trouvé un écart important dans les calculs et que le seul moyen de faire circuler le dossier serait de lui payer un dessous-de-table.

Cet après-midi même, je l'ai entendu dire à quelqu'un : "Je ne prends pas de pots-de-vin. Je ne suis pas au courant pour les autres." Qui vise-t-il par ça ? Moi. Et tout le monde repart persuadé que c'est à cause de moi qu'ils sont obligés de repasser aux impôts. Comme si cela ne suffisait pas, comme il sait que je n'accepte pas de dessous-de-table, il a donné l'ordre au planton de faire passer l'argent par ce type, ce Jain qui l'accepte sans scrupules, que ce soit pour lui ou pour les autres. »

Jain, le profiteur sans scrupules, Babu, le planton, Dorai, son voisin de bureau, ces noms faisaient partie de leur vie, mais celui qu'Akhila et sa famille avaient appris à haïr, c'était Koshy. Ils ne savaient pas à quoi Koshy ressemblait mais ils l'imaginaient pareil à un véritable démon. Un monstre abject dont le sang était du poison et la langue une pointe acérée, croisement de Narakasura, d'Hiranyakashyapu et de Ravana. Koshy, qui tourmentait Appa et mettait à l'épreuve sa bonté. Koshy, qui avait une dent contre Appa et veillait à ce que les évaluations confidentielles le concernant n'aient rien à voir avec ses activités dans ce bureau.

Tous les ans, Akhila et sa mère espéraient qu'Appa obtiendrait une promotion, que son salaire et ses primes augmenteraient assez pour lui rendre le sourire et fournir à Amma davantage d'argent pour couvrir les dépenses. Tous les ans, hélas, c'était la même déception pour Appa. « Tant que ce Koshy sera mon supérieur hiérarchique, je suis condamné à travailler comme une mule sans récompense », disait Appa, la voix teintée de colère. Et ils passaient à autre chose, conscients que rien dans leur vie ne changerait tant que régnerait ce Koshy.

Le dimanche, le premier plaisir d'Appa était d'aller à pied jusqu'au marchand du coin acheter le *Hindu*. Aux impôts, quand le journal lui parvenait entre les mains, il était taché de thé, d'encre et déchiré aux coins. Il y manquait toujours une page ou deux. Le dimanche, Appa le lisait du début à la fin, en commençant par la chronique d'Art Buchwald au dos et en remontant jusqu'à la première page, ce qui lui faisait parcourir des kilomètres de petites annonces. Parfois Akhila se disait qu'il devait les lire elles aussi. Nul n'avait le droit d'y toucher tant qu'il n'avait pas terminé.

A dix heures et quart, Amma apparaissait à la porte de la cuisine, en train de s'essuyer les mains sur un chiffon. Il levait les yeux du journal et la regardait avec des yeux flatteurs. Quand elle ouvrait la bouche, c'était avec une invitation s'adressant à lui à l'exclusion de tous les autres. « Tu n'as pas faim ? Si, sûrement. Tu n'as rien mangé depuis que tu t'es levé. »

Akhila et ses frères et sœur savaient qu'il leur faudrait attendre qu'Amma ait servi leur père pour avoir droit à leur repas du matin. Si leur estomac criait famine, ils devaient s'éloigner pour ne pas que leur père ait à se presser pour manger. Parfois, Akhila se demandait si Appa n'aurait pas préféré qu'ils mangent tous ensemble mais elle ne le sut jamais. On faisait comme Amma en avait décidé.

Il s'asseyait sur un petit banc de bois et Amma posait devant lui une feuille de bananier verte. La montagne de riz était d'un blanc plus éclatant que jamais. Le dimanche, Amma préparait les plats préférés d'Appa. Fumants, parfumés d'une alchimie de vapeurs, d'épices et de la dévotion d'Amma à cet homme qui, pour elle et pour les enfants, déjeunait six jours par semaine, sans jamais se plaindre, de riz au yaourt avec une tranche de citron aux achards.

Après un rot de satiété, Appa se dirigeait vers la large planche de bois suspendue par d'épaisses chaînes d'acier fixées au plafond. Il s'y allongeait, jambes croisées au niveau des genoux, et, bercé par le balancement, se laissait envahir par une torpeur où ses soucis et ses craintes n'avaient plus de place.

Les autres, Amma, les garçons, Narayan et Narsi, Padma, le bébé de la famille, et Akhila, s'allongeaient sur des nattes en raphia. Alors que, dehors, le soleil écorchait le ciel, les pierres froides du sol les rafraîchissaient. Allongés là, repus, les paupières lourdes de sommeil, ils se laissaient porter par la langueur des flots de leurs désirs personnels.

Que manquait-il aux frères d'Akhila pour parfaire le cercle de leur vie ? Un jouet ? Un livre ? De l'argent pour s'acheter une entrée à la séance de cinéma de l'après-midi ?

De quoi sa mère avait-elle besoin ? D'une maison à elle ? D'un bijou ? Akhila connaissait les rêves de Padma. Cette dernière rêvait d'une jupe de soie et d'un corsage. Akhila, elle, ne savait pas ce qu'elle voulait. Tout ce qu'elle savait, c'est que le long gémissement de la balançoire qui allait et venait faisait écho à l'étrange émoi qu'elle ressentait.

Pendant une heure, la maison restait plongée dans un état second. Vers midi, Akhila était chargée d'allumer la radio. Le dimanche après-midi, ils suivaient plusieurs émissions. Appa tenait à ce que les garçons écoutent attentivement le jeu-concours de culture générale sponsorisé par Bournvita. Amma et Akhila attendaient la série Horlicks : *Suchitravin Kudumbam*. « La famille de Suchitra, l'heureuse famille Horlicks » était le slogan des publicités de la série. On y voyait des images de Suchitra et de sa famille, se livrant, en famille, à des activités joyeuses, sur fond de bouteille géante de Horlicks et de tasses fumantes. Suchitra et ses proches tenaient lieu à Amma de famille élargie. Quand elles tombaient sur une publicité pour Horlicks dans un magazine ou un journal, leur regard s'attardait, scrutant l'image, gravant dans leur esprit les visages de Suchitra et de ses enfants.

Chaque semaine, elles étaient impatientes de suivre les événements qui rythmaient la vie de Suchitra et de rire aux frasques des enfants, Raju et Sujatha. Il y avait aussi son mari,

Shankar, et le meilleur ami de la famille, Bhaskar. Mais celle qu'elles adoraient, c'était Suchitra. Dégourdie, drôle, chaleureuse, Suchitra trouvait une solution à tous les problèmes et prodiguait sa générosité et son affection. La mère et l'épouse parfaite. Elle était la femme qu'Akhila rêvait de devenir.

Quand l'émission s'achevait et que commençait le programme musical, Amma, adossée au mur, lavait le riz pour la semaine. On y trouvait de la poussière et des grains noirs, des graviers et des enveloppes de riz vides. Il fallait donc trier tout cela avec soin. Amma aurait aimé que sa fille l'aide. Mais cette dernière s'asseyait avec sa pelote de fil de jute. Elle collectionnait tous les bouts de fil de jute qu'elle pouvait trouver. Tous les vendredis, quand elles faisaient les courses pour la semaine, elle en récupérait un tas assez imposant pour la satisfaire.

En effet, les courses étaient emballées dans du papier journal et attachées avec du fil de jute. Quand on les rangeait dans des boîtes, Akhila mettait de côté le fil dans un sac et, le dimanche après-midi, elle s'asseyait, défaisait les nœuds et reliait un à un les bouts. Il ne lui restait plus qu'à rattacher le fil à la pelote qui était déjà aussi grosse qu'une noix de coco.

Amma faisait une moue dédaigneuse. « A te voir, on croirait que c'est du fil de soie ! Pourquoi perds-tu ton temps avec ça ? A quoi cela sert-il ? On dirait une épicière. Tu ferais mieux de profiter de ton dimanche pour recopier mille fois *Sri Rama Jayam*, au moins, ça te rapporterait assez de bienfaits pour te trouver un bon mari. »

Akhila faisait la sourde oreille. Elle aimait voir grossir sa pelote de fil. Et puis, quand Amma ou quelqu'un d'autre avait besoin de fil de jute pour attacher quelque chose, c'était à elle qu'ils s'adressaient. Dans ces moments-là, Akhila aurait aimé dire à Amma : « Tu vois, ce n'est pas avec *Sri Rama Jayam* que tu aurais pu attacher ton paquet ! »

Akhila était assise le dos tourné, occupée à dénouer le fil et à l'enrouler autour de son doigt, témoin involontaire de ce rituel d'amour, d'échange et de consolation du dimanche après-midi.

Parfois, parfois seulement, une pensée aussi âcre que l'arrière-goût d'un masala dosa particulièrement gras lui montait aux lèvres : quand vont-ils enfin se rendre compte que je ne suis plus une enfant ? Quand vont-ils voir que s'agitent en moi des désirs que je ne comprends pas ? Cette douleur, cette moiteur, ces sens en émoi, qu'est-ce que ça signifie ? Mais dès que les mots pour le dire arrivaient au bord de ses lèvres, elle les ravalait et se précipitait à la cuisine pour calmer ses pensées coupables.

Le dimanche, Amma tenait absolument à préparer elle-même chaque plat et repoussait toute proposition d'aide. Elle coupait les aubergines en demi-lunes, les trempait dans une pâte mouchetée d'oignons finement hachés, de piments verts et de feuilles de curry, puis les mettait dans une poêle d'huile chaude qui fumait sur le réchaud à pétrole. Les aubergines, enrobées de ce désir qu'avait Amma de prouver l'estime qu'elle avait pour Appa, grésillaient, crépitaient pour devenir des reliques dorées de sa dévotion. Une chair succulente et frémissante, avec juste ce qu'il fallait d'épices pour titiller les papilles. Régale-toi, régale-toi, mon mari, mon seigneur et maître. Régale-toi de ma chair, de mon âme, de mes kathrika-bhajis.

Attention ! Amma n'ajoutait jamais le lait au café-filtre avant d'avoir préparé le dessert, fait revenir la semoule jusqu'à ce qu'elle dore, ajouté deux fois la quantité d'eau, une proportion équivalente de sucre, beaucoup de ghee et un soupçon de cardamome, remué jusqu'à ce que les graines luisent, séparées et entières, teinté avec du safran, décoré de raisins secs et de noix de cajou rôties. Ils buvaient le café à petites gorgées, mordaient dans les bhajis, enfonçaient les dents dans le kesari sucré et riche, et regardaient Appa pendant que leur mère empilait dans son assiette des doubles rations qu'il laissait intactes, alors que Padma et les garçons mouraient d'envie d'en avoir un petit peu plus.

Ensuite, les garçons couraient jouer sous le manguier et Amma allait chercher le jeu de dés, qui venait de sa dot.

Le tintement des dés de laiton quand on les lançait. Le crissement de la craie sur l'ardoise tandis que Padma révisait son alphabet. Le grésillement de la radio qui chantait en toile de fond. Le bourdonnement de leurs voix. Voilà ce qui aidait Appa à supporter une semaine stressante aux impôts.

Plus tard, lorsque leurs vies se désagrégèrent, Akhila repensait à ces dimanches où Appa était encore vivant comme à des moments où tout était parfait, où tout était comme cela devait être.

*

Le jour où Appa était mort avait débuté comme à l'accoutumée. Plus tard, Amma affirmerait qu'elle avait eu de sombres pressentiments. Qu'un chien solitaire avait hurlé toute la nuit. Que lorsqu'elle s'était levée, sa paupière droite avait cligné. Que le lait avait tourné lorsqu'elle l'avait fait bouillir et que le saladier contenant la pâte à dosas lui avait glissé des mains et s'était renversé au sol, répandant en une flaque laiteuse des germes d'inquiétude. Sur le seuil, quand elle avait dit au revoir à Appa, elle avait vu un chat galeux croiser son chemin…

« J'aurais dû lui dire de faire demi-tour à ce moment-là. J'aurais dû lire dans tous ces signes qui m'indiquaient que sa vie était en danger et lui dire de rester avec moi à la maison. Au lieu de ça, je n'ai rien fait et je l'ai regardé s'éloigner vers la mort », répétait sans cesse Amma en gémissant aux femmes qui se pressaient autour d'elle alors qu'elle veillait au chevet du corps roide et froid d'Appa.

Si les dieux avaient jugé bon de prévenir Amma du changement imminent qui allait frapper son destin, ils décidèrent qu'Akhila pouvait se passer de tels présages. Au contraire, lorsqu'elle se leva ce matin-là, ses sens étaient en alerte. Une joie intense la fit bondir du lit et procéder à la hâte à ses ablutions matinales.

En général, Akhila détestait le matin. Etant donné qu'elle avait terminé ses cours de préparation à l'université, ses parents jugeaient que son éducation était terminée et qu'elle devait se consacrer à perfectionner ses talents de ménagère en vue de son mariage.

Amma tenait à ce que, tous les matins, Akhila dessine le kolam devant la porte d'entrée. Elle ne se lassait pas de lui répéter que « c'était à cela que l'on jugeait une maison. Sais-tu ce que Thiruvalluvar a dit ? La véritable épouse est celle dont les vertus reflètent celles de son foyer ».

Akhila soupirait. Le saint poète barbu aux cheveux emmêlés l'avait tourmentée pendant toute sa scolarité avec ses innombrables poèmes. Le professeur qui leur enseignait le tamoul était outré qu'elle hésite en récitant la poésie de Thiruvalluvar alors qu'elle connaissait sur le bout des doigts des poèmes en anglais. « Qui est ce Wordsworth ? Un minus si on compare sa poésie à celle de l'immortel Thiruvalluvar !

Est-ce qu'il vous apprend à être une bonne épouse et une bonne mère ? Est-ce que ses vers vous permettent de comprendre ce qu'on est en droit d'attendre d'un fils ou d'un élève ? Pourtant, vous préférez apprendre ses poèmes. Qu'est-ce que vous avez récité à l'Assemblée l'autre jour, déjà ? » Il la regardait, le sourcil haussé.

« *Les Jonquilles*, Monsieur, marmonnait Akhila.

— *Les Jonquilles* ! Et qu'est-ce que c'est que ça ? En avez-vous déjà vu une seule ? Pensez-vous que vous en verrez un jour ? raillait-il. Est-ce que le parfum des jonquilles vaut celui de notre jasmin et leur couleur celle de nos soucis ?

— Je ne sais pas, Monsieur.

— Asseyez-vous. Ne restez pas plantée là comme un piquet, disait-il, adossé au tableau et soudain envahi par l'émotion. Le tamoul est la plus vieille langue vivante. Est-ce qu'on lui donne l'importance qu'il mérite ? On préfère les jonquilles et les rossignols. Je vous le dis, l'Inde a peut-être obtenu son indépendance mais nous sommes encore les esclaves de la langue anglaise... Allez, la classe, prenez la page seize. »

Le spectre de Thiruvalluvar poursuivait Akhila. A chaque fois qu'elle montait dans un bus, son portrait trônait. La plupart des bus qui desservaient les rues de Chennai et de sa banlieue étaient pourvus d'un panneau métallique brun foncé fixé près de la tête du chauffeur et agrémenté d'une illustration et d'une citation.

Comme il savait qu'Akhila se rendait à l'école en bus, le professeur de tamoul avait trouvé là un moyen original de lui faire retenir quelques centaines de strophes de tout ce qu'avait pu dire Thiruvalluvar. Tous les matins, en cours de tamoul, elle devait réciter à voix haute les vers qui l'avaient accompagnée pendant son trajet. Le professeur de tamoul se moquait bien que la strophe ait pour objet les passagers modèles, ou les chauffeurs ou encore les voyages… tant que l'auteur en était Thiruvalluvar. Et le voilà qui resurgissait. Perché au bout de la langue d'Amma, il accablait son cerveau de dix-neuf ans de conseils concernant les devoirs d'une femme au foyer.

« Un kolam tracé à la va-vite reflète une maîtresse de maison négligente, indifférente et malhabile. Quant à un kolam dessiné de manière recherchée, il indique un certain égocentrisme, de la vanité et une incapacité à faire passer les besoins des autres avant les siens. Les kolams sophistiqués et compliqués doivent être réservés aux occasions particulières. Ton kolam de tous les jours doit montrer que, si tu es économe, tu n'es pas avare. Il doit témoigner de ton amour de la beauté et du soin que tu apportes aux détails. D'une retenue. D'une certaine élégance et, surtout, d'une bonne compréhension de ta place dans la vie. Ton kolam doit refléter ce que tu es : une bonne maîtresse de maison », dit Amma, dès que sa fille eut rangé pour de bon ses livres d'école.

Amma avait un cahier plein de motifs de kolams découpés dans les pages des magazines tamouls qu'elle lisait. On y trouvait des kolams adaptés à toutes les occasions possibles et imaginables dans un foyer brahmane. Puis, il y avait un choix de kolams ordinaires. De parfaits kolams de maîtresse de maison parée de toutes les vertus ménagères qui justifient que les belles-mères appellent leur belle-fille « la lumière qui guide la famille ».

Ce qui, pour la plupart des familles, n'était qu'un simple rituel devenait pour Amma un art. Et le kolam ordinaire que dessinait Akhila se transformait en une expérience scientifique qu'elle évaluait tous les matins. D'abord, Akhila devait balayer, puis arroser pour éviter que la poussière ne vole. Habitant dans une ville, elle échappait à l'eau mélangée à de la bouse de vache. Puis elle prenait le bol de craie brute qu'Amma rapportait par sac entier tous les mois et entreprenait de tracer un kolam. Huit points à la suite. Quatre en haut et quatre en dessous… Une fois les points dessinés, il fallait les entourer de lignes entrecroisées. Quand elle avait terminé, Amma venait y jeter un coup d'œil. « Pas mal, mais la prochaine fois arrange-toi pour que les points soient à égale distance et que les lignes ne s'interrompent pas entre deux points. L'astuce, c'est de laisser s'écouler entre tes doigts un filet régulier de poudre de craie. Maintenant, viens me regarder dessiner le kolam dans la maison. »

Amma traçait elle-même le kolam de la salle de puja. Pour celui-là, elle utilisait de la farine de riz fine et les motifs étaient tirés des pages de sa mémoire. Akhila avait tout cela en horreur. Elle détestait tous les kolams. Ceux de l'extérieur comme ceux de l'intérieur. Elle détestait cette préparation, cette attente, cette incertitude quant à ce que serait sa vie, la vraie.

Pourtant, ce matin-là, Akhila voulait dessiner un si beau kolam qu'Amma ne pourrait que lui faire des compliments autrement si rares. Akhila voulait l'entendre dire : « Akhilandeshwari, voilà un beau kolam qui fait honneur à une bonne famille brahmane. » Et c'est ce que fit Amma. Peut-être était-ce là le présage qu'avaient choisi de lui envoyer les dieux pour la prévenir que ce jour-là ne serait pas un jour ordinaire.

Plus tard dans l'après-midi, une fois qu'Akhila eut fini le reste des corvées ménagères, elle alla trouver sa mère qui était allongée sur la balancelle en train de lire un magazine. « Amma, je vais chez Sarasa Mami. Elle m'a demandé de venir l'aider à préparer des vadaams. »

Amma leva les yeux de son magazine et grommela : « Ce n'est pas un peu tard pour se mettre à faire des vadaams ?

— Jaya et moi nous allons juste nettoyer le sagou et le mettre à tremper. Sarasa Mami a dit qu'elle le moudrait et qu'elle aromatiserait la pâte avec. Tout ce qu'il me restera à faire, c'est y aller demain matin de bonne heure avant que le soleil tape trop et l'aider à verser des cuillerées de pâte sur les bouts de tissu. Ah oui ! Amma, elle a aussi demandé si tu avais encore de vieux dhotis d'Appa pour qu'elle s'en serve... »

Amma se releva en soupirant. « Elle est rusée, cette Sarasa. Depuis le temps que je lui demande ce qu'elle met dans ses vadaams pour leur donner ce goût, elle ne m'a jamais révélé tous ses ingrédients. Peut-être qu'elle te dira son secret. Dis-lui que tu apporteras les vieux dhotis demain et dis-lui aussi que je ne veux pas que tu restes au soleil. Je ne tiens pas à ce que tu bronzes. Il faut que tu fasses attention à ton teint. Les hommes veulent des femmes à la peau claire même s'ils sont noirs comme de l'ébène ! »

C'était sa façon d'autoriser Akhila à sortir. Padma et les garçons avaient des amis dans la même rue mais Sarasa Mami habitait à deux pâtés de maisons. Et, à chaque fois, Akhila devait demander à sa mère la permission d'aller les voir. Selon Amma, les rues regorgeaient de toutes sortes de dangers susceptibles de rompre son hymen avant que l'homme qui serait son mari puisse légalement s'en charger. Susceptibles donc d'entacher l'honneur de son père, de leur famille et de toute la communauté brahmane.

A l'extérieur, le soleil tapait. Mai était le mois le plus chaud d'une année essentiellement constituée de mois chauds et de quelques mois chauds et humides. L'étoile Kathiri était apparue dans le ciel et aucune personne dotée d'un peu de bon sens ne mettait le pied dehors pendant la journée. La chaleur écorchait le cuir chevelu et desséchait la gorge. Même à trois heures de l'après-midi, il y avait encore très peu d'ombre. Les feuilles décolorées et grises du ficus géant au bout de la rue frémissaient dans la canicule. Des chiens étaient couchés le long du caniveau qui passait d'un côté de la rue. Quelques minutes suffisaient à provoquer des mirages. Akhila se dépêcha d'aller chez Sarasa Mami. Si elle se moquait de la chaleur ou des rues désertes, ce n'était pas le cas de ses voisins. Si l'un d'eux la voyait, il trouverait bien le moyen de rappeler à sa mère les dangers qui guettaient une jeune fille comme Akhila quand on la laissait sortir seule dans la rue.

Sarasa Mami avait une malle pleine de livres. Des romans que son beau-frère avait achetés pendant ses études à l'université et dont il n'avait plus l'utilité. Personne n'y avait touché jusqu'à ce qu'un jour, Sarasa Mami demande à Akhila de l'aider à nettoyer cette malle. « Deux ou trois fois par an, je l'ouvre, je la dépoussière, je tue les poissons d'argent qui se multiplient entre les pages des livres avant de la remettre à sa place, dit-elle en ouvrant la malle. Je n'arrête pas de dire à mon beau-frère qu'il faut qu'il la récupère mais, à chaque fois, il trouve une nouvelle excuse. »

Akhila caressa les livres. Il y avait des James Hadley Chase et des Perry Mason, des Harold

Robbins et des Irving Wallace, et quelques classiques. Des livres à l'odeur douceâtre, écornés, jaunis par les années, de ceux qui font battre le cœur plus vite et naître des pensées coupables. Sarasa Mami la laissa les emprunter l'un après l'autre. « Tu es sûre que ta mère sera d'accord pour que tu lises ce genre de littérature ? demanda-t-elle la première fois.

— Ce ne sont pas de mauvais livres. C'est pour attirer l'attention qu'ils ont ce type de couverture, se hâta d'expliquer Akhila avant que Sarasa Mami ne change d'avis sur la question.

— Tu as sans doute raison. Mais si ta mère n'est pas contente, ne lui dis pas que c'est moi qui te les prête. Elle sera furieuse contre moi sinon. »

« Sarasa Mami ! » appela Akhila en frappant à la porte.

Le visage de Subramani Iyer s'éclaira d'un large sourire. « Regardez qui voilà », dit-il. Il était rare de ne pas le voir sourire. « Habillée comme une princesse, dis donc ! »

Akhila baissa les yeux vers son davani, gênée. Sa jupe et son corsage n'étaient pas neufs mais le demi-sari de crêpe violette l'était presque. Subramani Iyer était le seul à remarquer ce genre de chose.

Akhila ne connaissait personne qui lui ressemblât. Elle l'avait vu aller vers Sarasa Mami et la prendre dans ses bras pendant que, rougissante, elle se tortillait pour échapper à son étreinte. Il l'appelait sa reine et ses enfants, ses trésors. Akhila l'avait entendu verser de gros sanglots mouillés tant il était ému par la trame d'un film qu'ils étaient allés voir tous ensemble un après-midi. Tous les mois, le jour de sa paie, il rapportait à la maison une grande boîte de friandises de la principale pâtisserie de Broadway – Ramakrishna Lunch Home. Pour Dipavali, il achetait assez de pétards pour combler dix enfants. Il les offrait aux frères d'Akhila puis se joignait à eux quand ils les faisaient brasiller, siffler et exploser, emplissant l'air de fumée et de l'odeur âcre de la poudre. Tout ce qu'il voulait, c'était qu'on tende de temps en temps un pétard allumé à Srini qui était aveugle, afin qu'il ne se sente pas exclu. « Il ne voit pas, c'est tout. Mais tous ses autres sens sont intacts et fonctionnent sans doute mieux que les nôtres », disait Subramani Iyer en ébouriffant tendrement les cheveux de son fils.

Il avait le front haut et orné d'une cicatrice en forme de demi-lune juste au-dessus de l'arête du nez. « J'en ai de la chance ! Même quand j'oublie de me mettre un vibhuti au front, personne ne le devine... » Il riait en montrant du doigt sa cicatrice. Il écarquillait les yeux avec une éternelle expression d'émerveillement. Tel un enfant que l'on amène pour la première fois à la fête foraine.

Il était toujours dépenaillé, avec des vêtements qui semblaient appartenir à quelqu'un d'autre. Les manches de ses chemises pendaient et les ourlets de ses pantalons s'arrêtaient dix centimètres au-dessus de ses chevilles. Il travaillait comme planton dans un bureau où il était chargé d'aller chercher des tasses de thé et de café, de porter des dossiers d'une table à l'autre, de vider les corbeilles à papier et de nettoyer le bureau tous les matins, en plus d'un nombre interminable de corvées, et pourtant il n'était pas auréolé de cette souffrance qu'Appa, avec son poste plus élevé, portait constamment.

« C'est un type insouciant, aimait à dire le père morose d'Akhila. Je me demande comment il fait avec une fille en âge d'être mariée, un fils aveugle et deux petites filles. »

Mais lorsque la sirène de l'ambulance déchira l'air en arrivant dans la rue en début de soirée et quand quelqu'un arriva d'urgence chez Sarasa Mami pour dire à Akhila de rentrer immédiatement chez elle parce qu'il y avait eu un accident, c'est Subramani Iyer qui sortit précipitamment avec elle en murmurant : « Ne t'inquiète pas, ce ne sera rien de sérieux. Pattabhi Iyer est un homme bon. Il ne peut rien lui arriver de mal. »

Qui étaient tous ces gens ? D'où venaient-ils ? Que faisaient-ils tous là ? Telles furent les questions qui les assaillirent alors qu'ils se précipitaient chez Akhila. Ils furent accueillis par le spectacle du crâne dégarni du père d'Akhila, par le bourdonnement monotone des voix et par les pleurs d'Amma. Comment est-ce possible ? Comment a-t-il pu me faire ça ?

Appa était allongé au sol sur un tapis de jonc de mer. Un drap blanc lui remontait jusqu'au menton et couvrait sa dépouille qu'on avait apprêtée. Ses paupières étaient baissées et on lui avait garni les narines de coton. Il avait l'air de dormir profondément. Son visage était dénué de cet épuisement harassé, de cette frustration, de l'amertume qui se lisait sur son visage quand il était éveillé. Dans la mort, il semblait à la fois comblé et soulagé.

« Cela s'est passé juste devant la gare. A l'angle entre Central Station et Ripon Building… Dieu sait à quoi il pouvait bien penser quand il a mis le pied sur la route. Le chauffeur de bus soutient qu'il avait la priorité… Il y aura une enquête et tout le toutim. Grâce à mes relations dans la police, le corps a été rendu il y a une heure. Ils ont fait une autopsie, alors arrangez-vous pour que la famille ne le touche pas trop. Comme tout a été fait en vitesse, les points ne seront peut-être pas trop solides… » C'était quelqu'un du bureau d'Appa qui parlait doucement à Subramani Iyer. Akhila essayait de mettre un visage sur cette voix mais, à travers un brouillard de larmes, elle ne distinguait qu'un magma de traits.

Etait-ce là l'un des tortionnaires de son père ? Etait-il un de ceux qu'ils avaient appris à haïr parce que les angoisses qu'ils causaient à leur père lui avaient fait perdre toute capacité à se réjouir de leurs petits triomphes ?

A tel point que lorsque Narayan ou Akhila remportaient un prix à l'école, il ne savait répondre autrement qu'en se renfermant sur lui-même et en soupirant. « C'est très bien tout cela, mais est-ce que ça va vous aider dans la vie ? A quoi bon un certificat de récitation anglaise ou un prix de la plus belle écriture ? Ils devraient vous apprendre à rendre coup pour coup, à fouler au pied les espoirs des autres, ça, au moins, ça vous aiderait à survivre. Je ne dis pas que ça ne me fait pas plaisir... » concluait-il, en se passant la main sur le front dans un petit geste de défaite fatiguée qu'ils avaient appris à reconnaître comme le prélude à une migraine.

C'était l'autre tourment d'Appa. Ses migraines. Il fallait peu de chose pour en déclencher une. La chaleur. Un ciel couvert. Un haut-parleur, dans une rue voisine, qui braillait des chants dévotionnels tamouls. L'odeur de l'encens. Une indigestion. Le babillage de Padma. Narsi qui s'était écorché le genou dans la rue. Une lumière qui clignotait. Le fracas de la vaisselle. Un chien qui hurlait. Une moto qui vrombissait dehors. Une mauvaise journée au travail. Les trains bondés. Le souvenir d'une blessure passée. Une lettre alarmante d'un parent...

En dépit des précautions qu'ils avaient appris à prendre pour prévenir les migraines d'Appa, ce dernier avait souvent des crises. Il se retirait alors dans une pièce sombre de la maison en claquant la porte derrière lui. Quelques heures plus tard, il réapparaissait, empestant le baume

Amrutanjan, plissant les yeux à la lumière après avoir été dans le noir si longtemps. Même une fois la migraine calmée, il ouvrait un pot d'onguent, y plongeait le doigt et en ressortait une dose de cette pommade jaune et luisante, dont l'ingrédient principal était sans doute l'huile de citronnelle. Il s'en massait les tempes d'un mouvement prolongé, remplissant la maison d'une puanteur caractéristique et tenace. Puis il essuyait contre son pouce le reste de produit qui collait à son index et le reniflait. Une fois. Deux fois. Avant une profonde inspiration finale qui transporterait peut-être l'odeur du baume jusqu'à l'intérieur de son crâne. Pour terminer, il s'essuyait les doigts sur les narines.

Maintenant, Appa ne souffrirait plus jamais de migraine. Il restait là, allongé, totalement indifférent au bruit des pleurs de ces gens, aux voitures s'arrêtant et redémarrant au fur et à mesure que de nouveaux groupes venaient présenter leurs condoléances et compatir, aux volutes de cette fumée douceâtre et écœurante qui s'élevait d'un bouquet entier de bâtons d'encens allumés et placés près de son oreille... Appa était enfin en paix.

Amma restait par terre, repliée en boule sur elle-même, déchirée par l'émotion.

En voyant Akhila, elle se leva. Les femmes qui étaient à ses côtés la soutinrent de leurs bras. Une d'elles surveillait la fenêtre. Le chagrin pouvait provoquer chez des gens sensés des réactions stupides et déraisonnables. Amma se défit de leur étreinte et leva le visage vers Akhila. « Comment a-t-il pu nous faire ça ? Pourquoi cela nous arrive à nous ? »

Akhila la regarda, désemparée. Que dire ? « Où sont les enfants ? murmura-t-elle en s'asseyant à côté d'Amma.

— Quelque part par là », dit-elle en posant la tête sur l'épaule d'Akhila. Quelques instants plus tard, Akhila repoussa délicatement la tête de sa mère pour aller à la recherche de ses frères et sœurs. Narsi et Padma étaient assis sur la véranda en train de jouer à un jeu compliqué avec des numéros de plaques d'immatriculation. Ils semblaient assez excités par le choc et par les allées et venues. Ils ne paraissaient pas avoir encore réalisé que leur père était mort. Ou, s'ils l'avaient réalisé, ils n'étaient pas affectés par ce que cela impliquait. Narsi n'avait que huit ans et Padma six.

Akhila trouva Narayan recroquevillé dans un coin, les bras autour des genoux. Il avait le visage crispé par les efforts qu'il faisait pour ne pas fondre en larmes. Il avait quinze ans, cette période fragile où l'on n'est plus un enfant et pas encore un homme. Il ne savait pas comment il devait réagir, en homme assez fort pour accepter la mort, même une mort aussi prématurée que celle-là, ou en enfant, effrayé par la mort et par le vide qu'elle entraînait. Akhila l'entoura de ses bras. Les muscles de ses épaules étaient noués. « Akka, demanda-t-il en regardant au sol, pourquoi crois-tu qu'il a fait ça ?

— Fait quoi ?

— Pourquoi a-t-il essayé de traverser la route quand le feu était au vert ? Il sait bien que cette rue est très dangereuse... »

La voix de Narayan se brisa.

Pour la première fois, Akhila se dit que ce n'était peut-être pas un accident. Elle se souvint du soupçon qui perçait dans les mots du collègue d'Appa. Et maintenant, la question de Narayan, innocente en apparence mais où transparaissait le doute.

Arrivé au passage piéton, ce matin-là, Appa avait-il résolu d'en finir ? Cela lui avait-il semblé être la solution à ses migraines devenues de plus en plus fréquentes ? Est-ce qu'être le père d'une fille en âge d'être mariée et de trois autres enfants s'était avéré trop dur pour lui ? Avait-il décidé qu'il ne pouvait plus supporter Koshy et les tortures que ce dernier lui faisait subir ? A quoi pensait Appa en posant le pied dans le fleuve de circulation ? *Quo vadis*. Où vas-tu ? *Kim gacchami. Nee yenga selgirai.*

Avait-il fermé les yeux et plongé ? Avait-il marché vers la mort sans réaliser où ses pas le menaient ?

Oh ! Appa, pourquoi ? Qu'est-ce qui était donc si intolérable pour que le seul moyen d'y échapper soit la mort ?

« Akka, dit Narayan, qu'allons-nous faire ?

— Le faire incinérer et ensuite... ensuite nous allons trouver un moyen de continuer à vivre. » La dureté de sa voix la surprit autant que Narayan. Les larmes qui lui montaient aux yeux se tarirent brusquement. Le chagrin avait laissé place à la colère et ce sentiment, Akhila le connaissait. Les larmes, cela vous oblige à chercher alentour quelqu'un à qui s'accrocher et sur qui déverser votre chagrin. Les larmes fragilisent, elles brouillent la vue. La colère, elle, rend plus fort. La colère rend invulnérable. La colère permet de mieux affronter la réalité.

« D'où viennent ces gens ? Qui les a amenés ici ? » La perplexité de Narayan pénétra les pensées d'Akhila qui s'enroulaient autour d'elle comme un ruban d'acier.

Appa avait toujours tenu leur famille à distance. Ils la voyaient rarement, parfois lors d'un mariage ou de réunions de famille du même acabit. Pendant les vacances scolaires, alors que les autres rendaient visite aux leurs, ils restaient chez eux à Ambattur.

Parfois, l'été, Amma arrivait à convaincre Appa de les emmener tous à Madras. « Ce n'est pas loin. Et les enfants ont besoin de s'amuser », disait-elle.

Appa commençait par froncer les sourcils. « Quand j'étais jeune, on ne s'amusait pas. On n'estimait pas cela indispensable. On étudiait, ou on aidait les parents. » Ce n'était qu'une dépense supplémentaire et puis, qu'y avait-il à voir à Madras ? C'était juste une autre ville, pas loin. Mais Amma suppliait et utilisait son ton cajoleur jusqu'à ce qu'il cède, contre son gré.

Avec Amma, le voyage ressemblait à une grande expédition. D'abord, il fallait prendre un bus pour la ville. Les changements et l'attente à chaque correspondance mettaient immanquablement Appa de mauvaise humeur. Alors ils s'arrangeaient pour partir en milieu de journée, quand les bus étaient vides et qu'ils étaient sûrs de trouver un siège. Ils descendaient près de la gare centrale et allaient à pied jusqu'à Moore Market. Ses murs rouges et imposants et ses tourelles lui donnaient l'apparence d'un fort ; en parcourant ses longues allées sombres bordées de stands qui offraient le nécessaire et le superflu, Akhila et les enfants avaient l'impression d'être des princes et des princesses d'un jour. Chacun avait deux roupies à dépenser. Amma leur choisissait en général quelque chose d'utile et le payait avec cet argent. C'était la nouveauté du cadeau, un sac, un corsage ou tout simplement un atlas pour l'école, qui en faisait tout le prix.

Ils allaient prendre un café et un casse-croûte dans un restaurant en bord de route, puis un autre bref trajet de bus les amenait jusqu'à Marina Beach. Amma et Appa s'asseyaient sur le sable pendant que les enfants couraient pieds nus. Akhila, Narayan, Narsi et Padma se tenaient la main et laissaient les vagues leur chatouiller les orteils.

« Attention ! Ne vous éloignez pas », disait Amma.

Ils achetaient des cacahouètes dans des cônes en papier et de la glace dans des petits pots.

Appa laissait la brise marine lui ébouriffer les cheveux et emporter au loin ses soucis.

« Il faudra qu'on revienne », disait-il en souriant.

Les enfants souriaient en retour, heureux. Tout au moins les plus jeunes. Akhila et Narayan savaient qu'avant même leur retour à la maison, Appa aurait une migraine. Et qu'il pesterait pour le restant des vacances contre l'idiotie de se balader en ville en pleine chaleur, à faire des achats inutiles et à manger de la nourriture frite dans de l'huile rance et remplie de millions de microbes.

Une fois, Appa avait profité de ses indemnités de congés pour les emmener visiter quelques centres de pèlerinage. C'est ainsi qu'Akhila avait vu Rameshwaram, Madurai et Palani. Ils n'avaient jamais suffisamment d'argent pour se rendre dans des endroits touristiques. Tous les quatre ans, le bureau d'Appa lui offrait un trajet pour la destination de son choix en Inde mais le reste était à ses frais. S'ils avaient eu eux aussi une famille à aller voir, ils n'auraient rien eu à payer. Vous étiez nourris, logés, blanchis. Une année, Narayan et Akhila avaient eu l'idée de demander à leur père de les emmener au village où il était né.

« Ce village n'a plus rien d'intéressant pour nous, avait répondu Appa.

— On pourrait y aller juste une fois. Pour voir où tu es né, avait insisté Narayan.

— Laissez votre père tranquille ! Vous ne voyez donc pas qu'il est fatigué ? » avait crié

Amma. Effectivement, Appa plissait déjà le front et se massait les tempes.

Pourtant la mort d'Appa avait amené chez eux des parents dont ils ne connaissaient même pas le nom. Et avec eux un cortège de pleureuses professionnelles. Qui les avait appelés ? Comment avaient-ils fait pour venir si vite ?

Narayan et Akhila regardèrent la famille et les pleureuses se rassembler autour du corps d'Appa en se lamentant. Que connaissaient-ils d'Appa pour ressentir de la peine à sa mort ? Et pourtant, leur peine semblait si réelle...

Amma, que l'émotion avait terrassée et qui s'était réfugiée dans le silence, se remit à pleurer. Subramani Iyer vint les trouver. « C'est la famille de Pattabhi Iyer. Ils sont tous de Poonamalli. Allez voir votre mère, leur dit-il à tous deux. C'est à vous deux d'être grands maintenant. »

Amma avait regardé les yeux secs d'Akhila, incrédule. « Tu ne pleures pas ? Pleure, pleure, pour l'amour du ciel. Verse quelques larmes pour cet homme qui est étendu là. Tu ne pleureras plus jamais pour lui après ça. Pleure, au moins pour la forme ! »

Et Akhila pleura. Pendant les dix jours qui suivirent, au cours desquels ils accomplirent tous les rituels de la mort et du deuil, Akhila versa toutes les larmes de son corps. Akhila pleura en voyant ses frères accomplir les rites funéraires. Ils avaient l'air si jeunes et si fragiles. Comment pouvait-elle les accabler de responsabilités ? Akhila pleura chaque nuit en préparant un bol de riz et en posant une carafe d'eau à côté afin que l'âme d'Appa qui hantait encore la maison ne souffre ni de la faim ni de la soif. Appa, pleurait-elle, tout comme je m'occupe de toi ce soir, il va falloir que je m'occupe de cette famille que tu as abandonnée si cruellement. Comment vais-je faire ?

Quand Amma revêtit sa tenue de jeune mariée avant l'aube du dixième jour et que les autres veuves l'entourèrent pour lui ôter tous les symboles du mariage, Akhila pleura car elle savait que c'était cela, être une femme.

Ce fut la dernière fois qu'elle pleura.

Le train s'arrêta dans un grincement de freins. La gare était plongée dans l'obscurité. Akhila regarda sa montre. Il était presque minuit. Elle tendit le cou pour essayer de lire le nom de la gare mais on distinguait mal les lettres. C'était une petite gare. Le train s'y arrêterait à peine plus d'une minute.

Akhila entendit la porte de la voiture qu'on ouvrait. Elle regarda par la fenêtre pour voir qui c'était. Les trains n'étaient plus aussi sûrs qu'autrefois. Toutes sortes de gens montaient et commettaient toutes sortes de crimes. La région était sûre mais il fallait tout de même se méfier.

Une jeune fille arriva à la porte du compartiment. Ce devait être la passagère dont avait parlé Janaki, pensa Akhila. Elle entra et rangea son sac sous le siège. Elle regarda autour d'elle avant de poser les yeux sur Akhila.

D'un côté, toutes les couchettes étaient occupées. En face, celle de la jeune fille était celle du milieu.

« Veux-tu dormir ? demanda Akhila. Tu peux lever la couchette, si tu veux.

— Non, non, répondit-elle. Ça va. Je n'ai pas sommeil. »

Akhila s'attendait à ce qu'elle sorte un baladeur ou un roman à l'eau de rose. Mais elle restait assise, un sac serré contre sa poitrine, les yeux rivés au sol.

Elle devait avoir quatorze ou quinze ans. Une enfant. Un je-ne-sais-quoi dans son attitude rappelait à Akhila son frère Narayan, le jour du décès de leur père. Un même blocage à l'intérieur. La même volonté de ne pas se rabaisser en cédant aux larmes. La même dignité. Déjà plus une enfant. Pas encore une femme. En jean avec un haut à rayures rouges et blanches.

« Ça va ? » demanda doucement Akhila.

Surprise, elle leva les yeux vers Akhila. « Ça va, dit-elle. Je vous remercie. »

Akhila sentit que quelque chose n'allait pas.

« Comment t'appelles-tu ? demanda-t-elle.

— Sheela, répondit la jeune fille.

— En quelle classe es-tu ? » demanda Akhila, surprise d'être aussi bavarde. Ce n'était pas son genre de bavarder ou d'engager la conversation avec des étrangers. Mais ce soir, rien de ce qu'elle avait fait jusqu'à présent ne lui ressemblait. Ce désir de confier des secrets. Cette envie de fouiller dans la vie des autres. Cette soif de parler.

« Je suis en troisième au couvent des Saints-Anges.

— Tu voyages seule ? » demanda Akhila.

La fille secoua la tête. « Mon père est dans le compartiment d'à côté.

— Et ta mère ? »

Elle regarda ses pieds et traîna par terre le bout de sa basket droite. « Ma mère est partie en début d'après-midi avec… – sa voix se brisa – ma grand-mère. Ma grand-mère… poursuivit-elle en cherchant ses mots, ma grand-mère était très malade. Elle était mourante. Elle est morte sur le chemin de la maison. »

Akhila posa la main sur le coude de la jeune fille. « Je suis désolée de l'apprendre.

— Elle était très malade et je suis contente qu'elle soit morte. Et je pense qu'elle était contente de mourir elle aussi. Elle ne tenait plus à la vie que par un fil, de toute façon », répondit Sheela.

4

Pars, Grand-Mère, pars

Tout juste quatre mois après les quatorze ans de Sheela, sa grand-mère avait envoyé une lettre pour leur annoncer qu'elle allait leur rendre visite. Sheela ne se souvenait pas que sa grand-mère fût jamais venue les voir. C'était toujours à eux de se déplacer, en loyaux sujets chargés d'offrandes de tabac parfumé à chiquer et de paquets de biscuits Marie. Elle les accueillait comme une reine, n'exigeant rien moins qu'une vénération absolue.

A la naissance de Sheela, quand était venu le moment de lui trouver un prénom, c'était sa grand-mère qui avait décidé. Elle était tombée dessus dans un magazine. « J'aime la sonorité, avait-elle dit. De plus, j'ai bien le droit de choisir un prénom pour ma petite-fille. »

C'est ainsi que Sheela avait été baptisée Sheela et non pas Mini ou Girija ou Sharmila ou Asha ou Vidya, selon la liste dressée par ses parents à sa naissance.

Sheela ne se souvenait pas s'être blottie dans le giron de sa grand-mère ou s'être endormie au creux de son bras. Sa mère affirmait pourtant que quand Sheela était bébé, sa grand-mère l'emmenait partout avec elle. Les marques d'affection venant d'elle se limitaient à une pression sur son bras, à un billet de cent roupies glissé dans la main de Sheela à la fin des vacances et à un repas au meilleur restaurant de la ville. De toute façon, elle n'était pas comme les autres grands-mères.

Sheela avait une autre grand-mère, Achamma. La mère de son père. Elle leur rendait visite plusieurs fois par an et restait à chaque fois plusieurs semaines. Achamma était petite et maigre : un moineau gris avec une minuscule bouche et des cheveux ramassés en un léger chignon sur la nuque. Ses visites ne requéraient pas de préparatifs particuliers. Achamma était peu exigeante. Elle picorait la nourriture et, la plupart du temps, lisait, en boule sous une couverture. Le soir, elle faisait ses prières et allait se coucher tôt. Parfois, seul le dentier qu'elle mettait dans un récipient de plastique près du lavabo de la salle de bains rappelait sa présence.

Achamma se fondait dans le décor. Sheela trouvait qu'elle s'adaptait si bien à leur vie qu'on en oubliait son existence. Ce qui était impossible avec sa grand-mère maternelle.

Sheela l'appelait Ammumma plutôt qu'Ammama, selon les vœux de sa grand-mère qui détestait tout ce qui lui rappelait qu'elle vieillissait. Ammumma restait ambigu tandis qu'Ammama ne signifiait qu'une seule chose : Grand-Mère.

Ammumma avait soixante-neuf ans, était propriétaire de plusieurs maisons à Alwaye, d'un hectare de forêt de teck et de plusieurs rizières. Elle avait aussi six poils gris qui lui poussaient au menton et qu'elle épilait avec soin régulièrement. Sheela habitait un appartement dans un immeuble qui en comprenait quatre. Il y avait deux chambres et un balcon presque carré à l'avant qui surplombait un parc rempli de manguiers. Ammumma aimait rester sur ce balcon décoré de pots de crotons, de bégonias et d'un buisson de jasmin rabougri. Elle contemplait les arbres en silence, en tripotant les bouts de bois bleu-gris et cylindriques coincés entre le parapet et la balustrade. Parfois, elle reniflait l'air avec nostalgie en disant : « Mmm ! l'odeur de la maison... »

Les parents de Sheela acquiesçaient en se jetant des coups d'œil triomphants. C'était pour eux une victoire qu'elle commence à se sentir chez elle dans l'appartement. Sheela savait pourtant que la seule chose qu'Ammumma supportait chez eux était la profusion de fleurs de manguier tout autour.

Sheela savait cela et tout le reste. Sheela savait que sa grand-mère était ici parce qu'elle était mourante. Ammumma, elle, ne le savait pas. Après tout, une excroissance dans son utérus n'avait rien de neuf à ses yeux. A sept reprises, son utérus avait porté fruit et expulsé ce dernier le moment venu. Pourquoi serait-ce différent cette fois ? Mais cette fois, le bébé dans son ventre était un gnome malin aux intentions malveillantes. Son visage rouge de colère et ses mains tentaculaires avides fourrageaient en elle avec voracité, se nourrissant de sa vie pour subsister. Un enfant parasite qui ne quitterait le sanctuaire de son corps que lorsque la mort les séparerait.

Sheela savait pourquoi Ammumma habitait leur appartement et non la maison gigantesque qu'elle possédait. Sheela savait pourquoi Ammumma répétait que les médecins près de chez eux étaient meilleurs que partout ailleurs. Ammumma tenait à ce que ses fils sachent qu'ils l'avaient poussée hors de chez elle. Elle espérait qu'ils seraient tenaillés par la culpabilité en pensant à elle. Elle leur en voulait de lui préférer leur épouse. De laisser ces femmes au doux visage et au cœur insensible corrompre leur esprit et ternir l'amour qu'ils lui portaient.

Sheela savait qu'Ammumma était tout à fait consciente que Maman, qu'elle avait ignorée pendant la majeure partie de sa vie d'adulte, était avide des miettes d'affection qu'elle lui jetterait, anxieuse d'être préférée à ses frères et sœur. Sheela savait qu'Ammumma se servait du manque de confiance en elle de Maman. Elle savait que Maman serait ravie de revenir dans les bonnes grâces d'Ammumma après un an de rupture. L'été précédent, elles s'étaient amèrement disputées à propos de la rédaction d'un testament. Et toute l'année, elles étaient restées en froid. Finis, les regards qui se croisent, les mains qui se touchent, les cœurs qui se rencontrent ! Les lettres échangées étaient distantes et formelles. Pour la première fois, Maman n'alla pas rendre visite à Ammumma pendant les vacances scolaires.

Sheela savait pourquoi Ammumma répugnait tant à écrire son testament, à diviser sa propriété et à la léguer à ses enfants. Tout cela devait lui sembler respirer la trahison et la traîtrise. Ses enfants en train d'attendre et de souhaiter continuer à vivre après sa mort. Ce désir de construire leur avenir sur ses cendres. Comment osaient-ils envisager d'être heureux après sa disparition ? Comment pourraient-ils se passer d'elle si facilement ? Et puis, une fois qu'elle aurait écrit son testament, que lui resterait-il à faire sinon mourir ?

Sheela savait donc pourquoi Ammumma avait attendu un instant, après l'arrivée de ses parents dans la chambre, pour sortir un collier en or et l'attacher autour du cou de Sheela. Elle s'assurait juste ainsi que la loyauté de Maman, contrairement à celle de ses frères, ne virerait pas de bord.

Pendant une semaine, Ammumma régna en maître. Elle exigea que l'on oblige Sheela à rester à la maison à son retour de l'école. « C'est presque une adulte. Vous ne devriez pas la laisser aller à droite et à gauche. Et puis, qui sont tous ces hommes avec qui elle joue au badminton ? Elle les appelle peut-être "Tonton" mais ce ne sont pas des oncles. Et comment ce Naazar ose-t-il mettre son bras autour d'elle ? Ce n'est plus une petite fille. Et j'ai bien vu comme il la regardait... Si vous ne faites pas attention, vous le regretterez un jour.

— Amma, dit Maman, ce sont les amis de son père. Elle est comme leur fille.

— J'ai déjà entendu ça ! Tu ne te souviens pas de ce qui est arrivé à cette fille, votre ancienne voisine ? Cette grande perche du nom de Céline. »

Maman toussa pour empêcher Ammumma de continuer. Elle avait remarqué que Sheela écoutait.

Mais Sheela était au courant de l'histoire de Céline, même si cela remontait à l'époque où elle avait cinq ans. Tout le quartier savait ce qui était arrivé à Céline. Comment elle allait jouer chez son amie et comment le père de cette amie lui avait fait des choses que les pères des amies ne sont pas supposés faire. Céline était tombée enceinte et les deux familles avaient quitté le quartier et la ville, couvertes de honte. Céline et ses parents s'étaient installés quelque part où personne ne serait au courant de l'avortement. Et tout le monde racontait que le père de son amie était parti pour une ville éloignée, où il trouverait plein de jeunes filles à déshonorer.

Sheela savait qu'il serait facile de devenir une nouvelle Céline. De succomber aux attentions d'un homme plus âgé. Naazar était le père de son amie et l'ami de son père. Sa fille,

Hasina, était une camarade de classe. Un dimanche après-midi, quand Sheela était arrivé chez eux, la sueur perlant au visage à cause de la chaleur qu'il faisait dehors, Naazar avait tendu la main et l'avait essuyée de son index. Le contact de ce doigt resta sur sa peau pendant longtemps. Par la suite, Sheela s'essuyait le visage avec un mouchoir à chaque fois qu'elle entrait chez Hasina. Une autre fois, les nœuds des manches de son corsage étaient défaits et, sous les yeux d'Hasina et de sa mère, Naazar les renoua. Lentement, minutieusement. Sheela sentit son souffle se coincer dans sa gorge et quand elle lut la peine dans les yeux d'Hasina et de sa mère, la honte l'enveloppa. Sheela ne porta plus jamais ce corsage.

Sheela savait pourquoi Ammumma critiquait ainsi les amis de papa. Elle pensait que la mère de Sheela était trop confiante, trop naïve. Ammumma avait raison et Sheela décida qu'elle n'irait plus jamais chez Hasina.

La veille de son admission à l'hôpital, Ammumma dévora comme une ogresse. Elle commença dès le petit déjeuner par une corbeille de raisins vert jade. Elle les mangea un par un, en crachant les pépins dans la paume de sa main. Quand elle les eut presque terminés, elle s'approcha du balcon pour appeler un marchand de fruits sur la route. Elle lui acheta presque tous ses fruits. Des sapotilles si rondes et pulpeuses qu'elles embaumaient l'haleine de leur parfum mûr. Plongeant dans leur chair avec une cuillère à café, elle n'en fit qu'une bouchée. Au déjeuner, il ne restait plus qu'un tas de peaux languissantes et de noyaux noirs et brillants. Puis elle mangea la totalité du repas qui avait été préparé pour tous les quatre. Une montagne de riz, un poulet entier émincé et frit avec des oignons et des épices, une boîte de papads, un bol plein de yaourt épais et crémeux, tous les légumes et le curry de crevettes que Sheela attendait depuis le matin. Quand elle eut fini ce qu'il y avait sur la table, elle alla à la cuisine chercher les casseroles et les poêles dans lesquelles on avait fait cuire le repas. Elle sauça son plat avec des bouts de pain qu'elle engloutit. Elle continua jusqu'à ce qu'il ne reste plus rien à manger à la maison. Maman contempla sa cuisine dévastée et poussa un soupir. Papa sortit sans rien dire faire des courses et Ammumma s'endormit. Tout l'après-midi, la soirée et jusqu'à la tombée de la nuit, elle ronfla tandis que Maman secouait la tête en murmurant : « Pourquoi ? Pourquoi agit-elle si bizarrement ? Qu'est-ce qui lui arrive ? »

Sheela aurait pu expliquer à sa mère mais elle savait qu'elle ne l'aurait pas prise au sérieux. Ce jour-là, c'était le dernier jour où Ammumma était une femme à part entière et c'était sa façon d'oublier ce qui l'attendait. Le lendemain, ils lui enlèveraient une partie d'elle et elle savait qu'elle ne serait plus jamais la même.

Ammumma appréciait toutes les marques de la féminité. Elle jaugeait soigneusement toutes les femmes qu'elle voyait pour trouver des défauts à la plupart d'entre elles. « Tu appelles ça une femme! Une vraie femme, ça a une belle chevelure et une belle poitrine. » Et un ventre qui porte fruit facilement. Demain, la féminité d'Ammumma serait menacée. Ammumma détestait toute imperfection. Chez elle, on ne trouvait pas d'assiette fêlée, de serviette tachée ou de coussin décoloré. Et maintenant, voilà qu'elle allait dans un hôpital où l'on décréterait sans doute qu'il fallait lui enlever une partie d'elle, la condamnant ainsi à l'imperfection pour le restant de ses jours. Sheela savait qu'Ammumma était dégoûtée par son propre corps.

Tard cette nuit-là, elle voulut que Sheela lui arrache les poils éparpillés sous son menton. Maman dit en riant : « Tu crois qu'on va te regarder ? »

Ammumma lui jeta un regard froid et répondit : « Ce n'est pas la question. »

Pendant que Sheela, assise sur le balcon, maniait la pince à épiler tout en tenant un petit miroir de poche dans lequel Ammumma pouvait s'examiner, cette dernière lui dit : « Ne deviens pas une de ces femmes qui se soignent pour séduire. La seule personne à qui tu dois plaire, c'est toi. Quand tu te regardes dans la glace, c'est à toi que ton reflet doit plaire. J'ai essayé d'apprendre cela à ta mère et à ta tante, mais elles sont stupides. Elles ne comprennent pas ce que j'essaie de leur expliquer. Toi... toi, j'espère que tu ne seras pas aussi bornée. »

Quand Sheela acquiesça, Ammumma caressa ses cheveux et ajouta : « Tu me rappelles moi quand j'avais ton âge. Sauf que j'étais plus plantureuse et féminine. Tu ne manges pas assez. Tu es trop maigre. Un homme ne voudra pas de toi pour femme. Les hommes n'aiment pas les os au lit. Ils préfèrent les rondeurs. »

« Mais tu as dit à Maman que tu n'aimais pas la façon qu'avait Oncle Naazar de me regarder. Si j'étais maigre et moche, pourquoi me regarderait-il ainsi ? » voulait demander Sheela. Sauf que Maman intervint avant qu'elle n'en ait le temps.

« Ne lui raconte pas n'importe quoi ! dit celle-ci depuis la porte.

— Comment ça, n'importe quoi ! Tu oublies que je suis sa grand-mère et que j'ai le droit de lui dire ce que je veux », répondit Ammumma d'un ton cassant.

Maman resta près d'elles une minute puis s'éloigna, et Sheela se remit à examiner le menton d'Ammumma, à la recherche d'un poil qui aurait échappé à la pince.

Sheela savait qu'Ammumma voulait se sentir impeccable ce dernier soir. Toutes les nuits, avant d'aller au lit, elle se tenait devant la glace dans sa chambre et s'aspergeait le visage et le cou de lotion à la calamine. Puis elle poudrait de talc parfumé à la lavande son visage encore lisse, sa gorge ridée, ses épaules bien rembourrées et son énorme poitrine tombante. Enfin, elle ouvrait sa boîte à bijoux, caressait les joyaux d'or étincelant, mettait sa parure favorite et allait dormir, les bijoux pesant sur sa peau nue. Comme un poing chaud niché entre des seins couvrant son buste. Sheela savait que sa grand-mère faisait cela car si elle mourait pendant son sommeil, elle mourrait sur son trente et un. Ses enfants, bien sûr, prenaient cela pour un signe de vieillesse et de l'excentricité qui en découle.

De retour de l'hôpital deux semaines plus tard, Papa annonça : « Le cancer est inopérable. Ils veulent essayer les rayons. »

La sœur et les frères de Maman arrivèrent. Une nuée d'insectes troublant la tranquillité de leur vie.

Maman, toujours si efficace, devint distraite. Le médecin de famille dit que c'était le contrecoup du stress, que c'était une dépression causée par la maladie d'un être cher. Il ajouta qu'il n'y avait rien dont le temps, le repos et une cure d'antidépresseurs ne puissent venir à bout.

Seule Sheela savait qu'il ne s'agissait pas de cela. Maman dépendait d'Ammumma pour donner à sa vie une certaine cohérence. Maman voulait croire en l'existence de quelqu'un qui pourrait lui dire quoi faire et qui ne se tromperait jamais. Quelqu'un qui avait toutes les réponses aux millions de doutes s'infiltrant dans son esprit depuis les replis de son âme inquiète. Et soudain, il semblait que cette personne ne serait bientôt plus là. Sheela savait que Maman se retrouvait perdue et désemparée, que, pour la première fois, celle-ci sentait le poids des responsabilités qui lui incomberaient maintenant qu'Ammumma était mourante. Sa sœur et ses frères rechercheraient chez elle la sagesse et la force d'Ammumma. Alors qu'elle ne souhaitait qu'une chose : continuer à être une éternelle enfant. Chouchoutée, protégée et déchargée des vertus maternelles pour le restant de sa vie.

Papa, si gentil autrement, devint un monstre. Rien de ce que faisait Sheela ne lui convenait. Il la harcelait et la critiquait sans cesse : « Tu n'aides pas assez ta mère. Tes amis ont mauvais genre ! Tu regardes trop la télé. Tu passes trop de temps dehors. Qui t'a appris à dire merde à chaque phrase ? Qui est ce garçon à qui tu parlais à l'entrée du parc ? »

La liste était interminable et absurde. Sheela n'essayait pas d'argumenter, comme elle l'aurait fait dans d'autres circonstances. « Comment est-ce que je peux trop regarder la télé et passer trop de temps dehors, comme tu le dis ? » aurait-elle demandé autrefois.

Mais Sheela ne parlait plus ainsi à son père. Depuis quelque temps, quand elle pensait être spirituelle, il la grondait pour son insolence.

« Mais je croyais que tu voulais que je sois spirituelle ! Que tu étais fier de mon sens de l'humour ! » avait-elle envie de crier. Quand elle était petite, il l'encourageait à parler comme une adulte. Avec un esprit acéré et un sens de la repartie bien développé. Maintenant qu'elle était grande, il ne voyait plus sa petite fille mais une femme et ne ressentait que de la colère devant ce qu'il pensait être un défi à son autorité.

Parfois, quand des amis passaient chez eux et que Sheela voyait un père fier d'entendre sa fille répondre du tac au tac, elle aurait voulu interrompre et supplier : « Ne lui faites pas ça ! Mon père était pareil. Ça le faisait rire quand j'étais impertinente. Mais maintenant, il dit que je réponds et ça le rend furieux. S'il vous plaît, ne faites pas cela à votre fille. Elle va grandir en pensant que c'est la seule façon d'être. Apprenez-lui au contraire à ravaler ses mots, à dire des paroles plaisantes et inoffensives. Découragez son esprit et apprivoisez sa langue. Comme ça, quand elle sera grande, elle ne sera pas, comme moi, à se demander ce qu'elle a dit de mal et quelle bourde elle va commettre en ouvrant la bouche. »

Sheela écouta son père jusqu'au bout et attendit qu'il quitte la pièce. Quand il était en colère, il sortait toujours de la pièce comme s'il ne pouvait pas y rester sans risquer de faire du mal. Sheela en prenait son parti. Il était comme ça quand il allait chez Ammumma. Sheela devenait alors souvent la cible de sa colère.

Elle savait pourquoi il était si détestable. Il vivait mal le fait de ne plus être le chef de famille, l'homme de la maison. Les riches frères de Maman avaient pris en main la direction de la maison : les factures, les courses, ils s'occupaient de tout. La nourriture que Papa achetait ne leur convenait pas. Il leur fallait des mets rares et délicats, qu'ils étaient les seuls à pouvoir s'offrir. Quand Papa sortait une bouteille de rhum, ils l'ignoraient et lui préféraient du whisky qu'ils avaient acheté en *duty free*.

Dans la maison flottaient des parfums d'avion et de pays étrangers. La sœur nantie avait pris les rênes de leur vie et distribuait à qui voulait des conseils pleins de suffisance et de mépris. Sheela était la seule sur qui Papa pouvait encore exercer son pouvoir. Et elle savait qu'elle n'échapperait pas à la colère du monstre tant qu'Ammumma ne serait pas partie ou bien morte.

La grand-mère de Sheela perdit la tête. Assise dans son lit, Ammumma repoussa le tissu de coton fin dont le frère aîné de Maman, qui était aussi son fils préféré, l'avait recouverte. Elle fixa les murs rose pâle et se mit à parler en s'adressant au coin du mur près de son lit. « Maman », dit-elle. Et la mère de Sheela et sa tante se regardèrent, surprises. Pourquoi leur mère parlait-elle à leur grand-mère disparue ?

Les femmes se tournent vers leur mère quand elles n'ont plus personne vers qui se tourner. Les femmes savent que seule une mère a la force de faire renaître la compassion et l'amour quand tout le reste n'est plus que cendres.

Sheela savait bien pourquoi Ammumma cherchait sa mère.

« Mère, dit Ammumma avec une note d'insistance dans la voix, regarde cette salope qui entre dans la chambre avec ses longues jambes. Il voit la peau claire de ses cuisses, son teint de lait et le voilà qui s'entiche un peu plus d'elle. Cet idiot ! » Elle parlait de la femme de l'oncle aîné de Sheela, sa bête noire et la cible constante de ses piques. Selon Ammumma, elle était la source de tous les problèmes, réels ou imaginaires.

Maman calma son frère, bouleversé. « Ne fais pas attention. C'est la chaleur. Les rayons provoquent un échauffement intense de son organisme et elle dit n'importe quoi. Monte la climatisation. » Et plus tard, elle dit à sa sœur : « La chaleur a libéré tous les démons qui dormaient dans notre mère. »

Sheela savait que ça n'avait rien à voir avec la chaleur. Ammumma avait enfin réalisé que ses jours étaient comptés et elle ne voulait pas mourir sans avoir dit ce qu'elle avait sur le cœur. Mais Sheela alla quand même à la cantine de l'hôpital et commanda un bol de rasam au poivre. Le serveur lui jeta un regard étonné. Elle était la seule en cette journée caniculaire à commander un plat qui emporte la bouche au lieu de quelque chose de frais, un badam kheer ou un basundi, comme tout le monde.

Sheela s'assit, en nage, la sueur lui ruisselant sur le front, et avala le rasam au poivre pour voir s'il libérerait en elle les démons. S'il lui donnerait le courage de dire à son père : « Lâche-moi ! Arrête un peu de te défouler sur moi. Tout ce que tu fais, c'est me regarder de travers et m'engueuler. Ce n'est pas ma faute si Ammumma est malade. Tu comprends ? » S'il lui ferait dire à sa sorcière de tante : « Tais-toi, la grosse, va tyranniser quelqu'un d'autre : ton mari, tes enfants, ta demi-douzaine de domestiques, et laisse ma pauvre mère tranquille. »

S'il lui donnerait l'audace de foudroyer ses oncles du regard et de leur dire : « Si vous voulez étaler votre richesse et votre générosité, engagez donc une aide pour ma mère qui est débordée et un coursier pour cavaler entre la maison et l'hôpital, et se charger de vos commissions au lieu de traiter mon père comme votre garçon de course à demeure. »

Les flammes firent rage mais les démons ne se déchaînèrent pas. Elle demanda une double ration de glace au Grand Marnier et éteignit le feu. Elle savait qu'elle avait raison depuis le début.

Six semaines plus tard, ils ramenèrent Ammumma à la maison. Les oncles et la tante partirent dans les jours suivants. Maman et Papa se relayaient pour s'occuper d'Ammumma. Mais le cancer ne voulait pas lâcher prise. De plus, les problèmes se multipliaient : sa tension grimpa en flèche, elle souffrit de défaillance rénale et pendant ce temps le gnome ne cessait de croître dans son ventre. Une fois de plus, on appela les oncles et tante à son chevet.

Sheela se tint sur le balcon, en attendant l'arrivée d'Ammumma. Soudain, le monde lui parut fatigué. Les manguiers avaient l'air las. Les haies étaient couvertes d'une couche de poussière et même les crotons dans les pots avaient perdu leurs couleurs. A l'intérieur, Maman et sa sœur pleuraient. Dans les bras l'une de l'autre, elles gémissaient : « Maman, ne nous quitte pas ! »

Sheela les vit s'essuyer mutuellement leurs larmes jusqu'à ce qu'une nouvelle bouffée de chagrin fasse jaillir un autre torrent d'eau salée. A les voir, on n'aurait jamais cru que ces femmes étaient en perpétuel conflit, à compter les points marqués. Mais Sheela était sûre que ça ne durerait pas. Que leur proximité retrouvée se terminerait bien vite.

Quand la fourgonnette noire s'arrêta devant l'immeuble, Sheela savait qu'elle ramenait Ammumma. Elle les vit la garer à l'ombre allongée de l'ashoka. Elle attendit qu'Ammumma sorte derrière les hommes. Mais elle ne venait pas. Pour la première fois, Sheela ne savait pas ce qui se passait.

« Où est-elle ? » voulait-elle hurler. Elle sentit Papa lui toucher le coude. Quand elle se retourna, il lui dit doucement : « Va t'asseoir à côté d'elle. Elle est dans la fourgonnette. »

Une créature sans défense, une montagne de chair sentant l'urine et l'eau de Cologne était allongée au fond de la fourgonnette. Sa bouche était entrouverte, ses lèvres gercées et desséchées. Sa peau s'était flétrie en de multiples plis parcheminés et ses cheveux avaient l'aspect de la paille de fer. Allongée, la chose aspirait l'air par petits halètements rauques. Sheela la regarda et sut sans l'ombre d'un doute que sa grand-mère avait déjà quitté son corps. Elle se trouvait dans un royaume céleste, assise sur un nuage à baldaquin, en train de se parer de milliers d'étoiles.

C'était pourtant là le corps abandonné d'Ammumma, et Sheela pensa qu'elle détesterait se voir ainsi. Une année où elle était allée passer l'été chez sa grand-mère, elle l'avait vue revenir des obsèques d'une parente l'air préoccupé. Plus tard, elle en avait expliqué la raison à Sheela. « Lakshmi était une femme si soignée de son vivant ! Tu aurais dû voir ce qu'ils lui ont fait aujourd'hui. Ils l'ont étendue totalement nue sur une feuille de bananier, verrues, veines et défauts à la vue de tous. Ses cheveux n'étaient pas peignés, on aurait dit qu'elle n'était pas lavée et elle n'avait pas un gramme d'or sur elle. Comment ont-ils pu la priver de sa dignité, de sa grâce ? J'ai réalisé que c'est de cela que j'aurai l'air quand je serai morte. Et je ne pourrai rien faire pour l'empêcher. »

Sheela éventa le visage de la créature, approcha de l'eau de ses lèvres et lui parla : « Ne t'en fais pas, je ne laisserai pas le monde te voir ainsi. » Elle épila les poils de son menton, brossa soigneusement les cheveux cassants et les tressa avant de les attacher avec un élastique brillant. Elle étala du fond de teint appartenant à sa tante sur le visage de sa grand-mère, sur ses épaules et sa poitrine. Avec le talc de luxe de sa tante, elle poudra, comme Ammumma aimait le faire, son visage, son cou, ses épaules et le dessous de ses seins qui pendaient mollement comme des outres vides. Une fois Ammumma enveloppée de cette patine de craie grise parfumée, Sheela lui borda les yeux au crayon de khôl et lui peigna les sourcils de quelques délicates touches de brosse, comme le recommandait son manuel de maquillage. La tante avait déjà accaparé tous les bijoux d'Ammumma. Sheela la para de bijoux fantaisie. Un croissant de lune reposait sur sa poitrine flasque. Une cascade de cristaux lui pendait aux oreilles.

Quand la famille les rejoignit, il y eut des glapissements d'horreur. « Fille indigne ! s'écria Maman. Comment as-tu pu faire ça ? »

Sheela vit le visage de Papa se crisper de façon menaçante et sentit ses doigts s'enfoncer dans la chair de son bras en une colère muette. Sheela savait qu'ils pensaient tous qu'elle avait commis un sacrilège et qu'elle avait transformé Ammumma en créature de cirque, en catin vulgaire et travestie. Mais Sheela était sûre qu'Ammumma préférerait cela à un air malade et fané.

Ils n'auraient pas le temps de la nettoyer. Elle avait toujours voulu mourir dans son lit et ils avaient encore beaucoup de route à faire avant d'arriver à la maison. Chez elle. A travers un brouillard de chagrin et d'humiliation, Sheela vit les frères et sœur entrer dans la fourgonnette et s'attrouper autour du corps mourant de leur mère. Papa resta à côté de Sheela, raide de reproche et de déception. Elle s'en moquait. Elle savait qu'Ammumma aurait été contente.

5

Le décès du père d'Akhila amena deux changements : le dimanche devint un jour de la semaine comme les autres et Akhila, le chef de famille.

Comme Appa était mort « dans l'exercice de ses fonctions » et que sa fille avait réussi ses examens de préparation à l'université avec mention, on lui offrit un travail aux impôts « pour raisons familiales » et, avec ça, la responsabilité de maintenir l'intégrité physique et morale de la famille. Akhila n'avait que dix-neuf ans mais elle savait très bien ce qu'il fallait faire et ne se sentait pas dépassée par la tâche qui l'attendait.

Narayan, l'aîné de ses frères et sœurs cadets, devait entrer au collège polytechnique l'année suivante. Narsi, qui avait seulement onze ans, devait continuer sa scolarité. Il lui restait encore quatre ans et, d'ici là, ils auraient les moyens de lui payer ses études, dit Akhila. « Tu te rends compte. Il sera le premier diplômé du supérieur dans la famille. Un licencié ès lettres ou ès sciences, selon la discipline qu'il choisira. Quant à Padma, il n'y a pas de souci à se faire pour elle dans l'immédiat. Tant que je lui achète des rubans de satin pour ses cheveux et des bracelets de verre à mettre à son poignet, elle est contente. »

Il restait Amma, dont le front était traversé par un pli d'inquiétude et qui s'était mise à se tordre les mains comme si elles étaient prisonnières des replis du volumineux sari de neuf mètres dans lequel elle se drapait.

« Je me moque de ce que les gens penseront, lui dit Akhila. Je ne te laisserai pas te raser la tête ou échanger tes jolis madisars pour un sari jaune safran. Ce n'est pas parce que Papa n'est plus là que tu dois devenir une créature hideuse ! »

Lisant le soulagement dans les yeux d'Amma, Akhila en ressentit ce qui au début était de la fierté. Ce n'est que plus tard que ce sentiment se transforma en un poids qui lui nouait les muscles des épaules en boules dures et tendues. Pour Amma, Akhila était devenue le chef de famille. Celle qui guiderait la destinée de la famille et la conduirait à bon port sans encombre.

Les quelques années qui suivirent s'écoulèrent sans incident majeur. Leurs vies étaient réglées avec une discipline toute militaire. C'était la seule méthode qu'Akhila connaissait pour préserver l'ordre et empêcher sa famille de partir à la dérive. L'aube laissait place au crépuscule et le dimanche avait fini par être le jour où elle lavait, amidonnait, séchait et repassait les six saris de coton qui composaient sa garde-robe pour aller au bureau.

Akhila pensait à son père tous les matins quand, lourd d'amidon et de lumière, le sari bruissait autour d'elle comme un journal dont on tourne les pages. Quand elle rentrait le dernier pli à la taille et jetait le pallu par-dessus son épaule gauche, le bas du sari lui remontait malicieusement le long des jambes, si bien que la dernière chose que faisait Padma avant le départ d'Akhila était de s'accroupir à ses pieds et d'apprendre au sari les lois de la pesanteur. Deux petits coups…, ce qui monte doit descendre et rester en bas. Le soir, le sari n'avait plus assez de vitalité ni d'amidon pour résister à l'attraction terrestre. L'air humide et la chaleur moite minaient le moral le plus solide, alors, qu'espérer d'une motte d'amidon ? Peut-être est-ce pendant ces années-là que cette substance finit par s'infiltrer dans l'âme d'Akhila. Imprégnant tous ses actes et ses mots d'une pellicule délicate de raideur qui devint bientôt sa manière d'être et de parler.

Parfois, le dimanche après-midi, Akhila s'allongeait sur la balancelle comme son père avait coutume de le faire. Les chaînes d'acier gémissaient comme autrefois mais maintenant elles faisaient écho à son chagrin et à ce qui avait été et ne serait jamais plus.

Amma peignait les cheveux d'Akhila. Elle tirait sur les nœuds et les démêlait avec une douceur qui faisait presque pleurer sa fille.

C'était le seul moment où elle avait l'impression de pouvoir fermer les yeux et laisser la vie se dérouler à son gré sans être obligée de planifier et de prévoir.

Narayan entra dans l'usine de chars d'assaut comme opérateur. Narsi fut le premier licencié de la famille puis le premier titulaire d'une maîtrise. Il trouva un emploi d'enseignant. Akhila sentit se relâcher les griffes de fer qui l'oppressaient : vais-je pouvoir respirer ? Vais-je pouvoir rêver ? Maintenant que les garçons sont grands, puis-je recommencer à me sentir femme ?

Narsi décida qu'il voulait se marier. Avec la fille du principal du lycée, une brahmane. Son choix ne pouvait être mis en défaut. La seule objection qu'on aurait pu lui faire était : « Tu ne penses pas que tu devrais attendre que ta sœur aînée se marie avant d'envisager de prendre une épouse et de fonder une famille ? »

Mais qui allait émettre ce reproche ?

Akhila attendait que Narayan ou Amma dise quelque chose, aborde le sujet de son propre mariage. Ils n'en firent rien et Akhila ravala sa blessure en trouvant un exutoire à la colère qui montait en elle. Elle insista pour qu'on trouve aussi une fille convenable pour Narayan. « Pourquoi ne pas organiser les deux mariages en même temps ? Dans la même salle, le même jour, à la même heure... Narayan s'est occupé de notre famille et ce n'est pas juste qu'il soit mis sur la touche parce que Monsieur le Professeur a le feu pour se marier. »

Cependant, ni Amma ni ses frères ne demandèrent jamais : « Et toi ? Tu as eu la responsabilité de la famille depuis la mort de Papa. Ne veux-tu pas un mari, des enfants, un foyer ? »

A leurs yeux, Akhila avait cessé d'être une femme pour devenir prématurément une vieille fille.

Et puis il restait Padma. Quand elle eut ses règles, Amma lui fit revêtir une tenue de mariée et la fit photographier dans le studio du quartier, le dos devant un miroir afin qu'on puisse voir aussi les savantes décorations florales qui ornaient sa tresse. Elle donna la photo à Akhila afin qu'elle l'admire et se pencha par-dessus son épaule pour la contempler.

« Ma petite fille est une femme maintenant », dit-elle doucement.

Le message ne pouvait être plus explicite. Il serait bientôt temps de la marier et l'argent d'une dot ne se trouve pas sous les sabots d'un cheval.

Padma avait vingt-deux ans quand Akhila eut réuni une dot pour son mariage. Des bijoux en or, un ornement de nez en diamant, une armoire en fer, un sommier et un matelas, des couverts en inox et en bronze, des lampes en argent, une bague en or et un bracelet-montre de prix pour le marié ainsi que vingt-sept mille roupies en liquide. Même cela ne suffisait pas. Les éventuels prétendants s'inquiétaient de ce qu'ils n'obtiendraient rien de plus de sa famille après le mariage. Finalement, ils trouvèrent quelqu'un qui accepta de croire Akhila quand elle dit qu'elle n'abandonnerait pas sa Padma. Akhila avait trente-quatre ans. Quel avenir reste-t-il à une célibataire ?

Elle prenait le train tous les matins d'Ambattur pour aller travailler à Madras. Son travail n'était pas bien accaparant : elle était simple employée. Le soir, elle reprenait le même chemin et était de retour chez elle à sept heures. Sa mère l'attendait pour mettre la Cocotte-Minute sur le feu. Elles mangeaient, écoutaient la radio et à dix heures et quart étaient au lit. Elles vivaient des existences tranquilles, lisses et amidonnées, où il n'y avait pas de place pour la fioriture de la mousseline ou pour l'extravagance de la lourde soie festonnée d'un zari.

Quand elles tombaient malades, elles allaient à l'hôpital Stetford. Et pour la paix de leur âme, elles se rendaient le lundi au temple de Shiva à Thirumulavayil. Pendant que sa mère, debout, paumes jointes, yeux clos, murmurait une prière, Akhila restait captivée par la statue de Nandi qui gardait l'entrée du temple. Elle touchait les flancs du taureau de pierre qui, contrairement à toutes les autres statues de Nandi, tournait le dos au sanctuaire. Une aberration, comme moi, se disait-elle tous les lundis avec un sourire narquois.

Si la position du Nandi avait été correcte, ce temple dédié à Shiva aurait été l'un des plus sacrés de tous, rivalisant avec le temple de

Kailasa. Car dans les jardins du temple de Thirumulavayil poussait la rare fleur du lingam et yoni, dont chaque branche était une manifestation de la présence de Shakti et de Shiva, et qui parfumait l'air de la fragrance de l'accomplissement divin.

Elle avait beau le voir à chaque fois, il l'intriguait, ce Nandi qui avait tourné le dos à son Seigneur et Maître pour protéger un dévot qui allait se faire tuer par ses ennemis. Nandi s'était-il parfois demandé ce qui primait, la dévotion ou le devoir ? Avait-il eu conscience que son geste avait désacralisé le temple et écarté la présence de Shiva ? Avait-il su ce qu'il faisait, ce Nandi ?

Une fois par mois, Akhila emmenait sa mère déjeuner au restaurant Dasaprakash, où elles choisissaient toujours le Menu Spécial. Une soupe de tomates épaisse et exagérément rouge, deux puris et un bol de korma de légumes, une portion de riz au yaourt, une portion de riz au sambhar, un bol de rasam, trois types de légumes, un appalum, deux condiments, du riz blanc à volonté, et enfin une salade de fruits décorée d'une cerise et servie avec une gaufrette fourrée enfoncée dans de la glace fondante.

Akhila regardait sa mère manger en taisant son irritation. Amma picorait la nourriture comme si elle en détestait chaque miette et pourtant, si Akhila proposait qu'elles essayent un nouveau restaurant, Amma protestait avec véhémence : « Quel est le problème avec Dasaprakash ? Au moins c'est un endroit où les brahmanes peuvent manger sans s'inquiéter de qui coupe, cuisine ou fait la vaisselle. As-tu remarqué que même les garçons qui nous servent portent le cordon sacré ? »

Quel que fût leur âge, pour Amma, tous les serveurs étaient des garçons. En tant que brahmanes, ils étaient à ses yeux au-dessus de tout reproche, comme tous les brahmanes d'ailleurs. C'est pourquoi, alors qu'elles avaient toutes deux très bien vu la veuve de Subramani Iyer, Sarasa Mami, attendre à l'arrêt de bus en compagnie de sa fille aînée Jaya, Amma s'était contentée de s'envelopper un peu plus dans le drapé de son sari en faisant semblant de ne pas les avoir remarquées.

S'il s'était agi de quelqu'un d'autre, Amma aurait usé de sa langue bien acérée pour mettre en pièces leur réputation, leur dignité, leur manque de sens de l'honneur, en terminant par son trait favori : « A sa place, j'aurais donné du poison à mes enfants et je me serais suicidée. Rien n'est pire que de vendre son honneur ! »

Or Sarasa Mami était brahmane. Et, quel que fût le crime, on le pardonnait plus aisément à un brahmane qu'aux carnivores et aux fossoyeurs qui composaient le reste du monde.

Peut-être suis-je injuste envers Amma, pensa Akhila en observant sa mère du coin de l'œil. Peut-être trouvait-elle plus facile d'accepter ce qu'avait fait la veuve de Subramani Iyer parce que cela aurait pu lui arriver, à elle aussi.

Lorsque, un matin, les yeux de Subramani Iyer restèrent rivés au plafond, comme si, à l'aube, il avait subitement eu une révélation, Sarasa Mami leva quant à elle les yeux vers le ciel, pour chercher de l'aide. « Que vais-je devenir ? pleurait-elle en se frappant la poitrine. Comment vais-je m'en sortir ? Comment faire pour m'occuper de trois filles et d'un fils aveugle ? »

Qu'espérait-elle ? Akhila regarda Sarasa Mami invoquer et implorer tous les dieux que sa famille avait révérés depuis des générations. Pensait-elle sérieusement que l'un d'entre eux allait descendre sur terre pour la secourir dans sa détresse ?

Au début, Sarasa Mami fit face à l'adversité. Elle vendit jusqu'à ses derniers bijoux. Puis, quand il n'y eut plus rien à vendre et que les élancements de la faim commencèrent à entamer leur honneur mollissant et à ronger le peu qui leur restait de respectabilité, elle vendit Jaya, sa fille aînée.

Elle sortit de sa malle en fer-blanc le seul sari de Kanchipuram qu'elle possédait et le déplia lentement. Elle l'avait conservé pour son dernier voyage. Comme toutes les bonnes épouses hindoues, elle avait prié chaque jour pour mourir avant son mari. Elle avait rêvé de monter au ciel, guidée par l'éclat du point de kumkum rouge vif qui ornerait encore son front. Les guirlandes de jasmin tressées dans ses cheveux répandraient sur son passage leur parfum et tous ceux qui la verraient se diraient qu'elle avait bien de la chance de mourir dans ses atours de jeune mariée. Ce sari était celui qui narguerait tous ceux qui viendraient rendre un dernier hommage à une femme qu'ils avaient ignorée de son vivant. Maintenant que tous ces rêves n'avaient plus de raison d'être, Sarasa les laissa s'envoler des plis du sari, comme des boules de naphtaline se volatilisant au contact de l'air.

A quoi pensait Sarasa Mami en aidant Jaya à mettre le sari ? « Un peu plus bas sur les hanches. Laisse voir la courbe de ta taille. Plus moulant au niveau de la poitrine. Ne cache pas le galbe de tes seins. Laisse-le passer par-dessus ton épaule et retomber sur tes reins, comme ça, quand tu marches, cela met en valeur la rondeur de tes hanches. » Peut-être avait-elle l'impression d'aider une jeune mariée à s'habiller ou bien était-ce l'image d'un cadavre qui affleurait dans son esprit alors qu'elle aplatissait et arrangeait les couches d'étoffe tissée.

Et Jaya ? A quoi pensait Jaya quand, ce soir-là, sa mère lui demanda de faire sa toilette plus tôt qu'à l'accoutumée ? Avait-elle eu l'estomac serré quand Sarasa lui surligna les paupières d'une épaisseur d'ombre et tressa des boutons de jasmin dans sa natte ? Jaya devait se dire que ce soir-là, au moins, elle ne resterait pas le ventre vide. D'ailleurs, par la suite, ce ne fut plus jamais le cas.

Et puis Jaya n'était pas sur le trottoir à racoler des passants. Sarasa entendait dissimuler sous une mince couche de respectabilité ce qui était attendu de sa fille. Les hommes qui habitaient seuls dans les meublés du quartier avaient besoin de quelqu'un pour leur faire la cuisine, disait-elle. Quand on lui posait la question, elle se défendait en affirmant que Jaya ne faisait rien de plus. « Ils la traitent avec bonté et générosité », ajoutait-elle.

La scène devint familière : tous les soirs, sur le chemin des garçonnières, Srini l'aveugle cavalait aux côtés de sa sœur en faisant semblant d'être une voiture. Tut... tut... Il imitait les klaxons en traversant la route. Vroum... vroum... vrombissait-il tandis qu'elle se dépêchait d'échapper aux regards lourds de sous-entendus que les voisins lui décochaient, telles des flèches.

Et les morts, que pensaient-ils du chaos entraîné par leur disparition ? Subramani Iyer ? Appa ? La souffrance les tenaillait-elle, dans leur royaume de non-retour ? Ou était-ce tout simplement ça la mort ? Pouvoir partir. Cesser d'être concerné. Etre libre.

Au début, tout le quartier, muet sous le choc, se contenta d'observer. Puis les langues se délièrent et, de la voix tremblant d'indignation des vertueux, les voisins se mirent à parler de l'opprobre que le comportement éhonté de Sarasa Mami rejetait sur le nom de Subramani Iyer. Et sur la communauté brahmane dans son ensemble. Et sur les femmes. N'existait-il donc pas de moyen plus honorable pour survivre ?

« Dites-le-moi, vous ! répondit Sarasa à une voisine qui s'était résolue à la défier. Je suis prête à travailler. A faire n'importe quel travail pour gagner ma vie. J'ai frappé à toutes les portes du quartier en demandant si quelqu'un avait besoin d'une aide-ménagère. Et tout le monde a réagi comme vous. En me donnant une poignée de riz comme à une mendiante avant de me chasser.

— Je n'ai pas fait cela ! se défendit la voisine.

— Non. Vous avez fait pire. Vous vous êtes cachée à l'intérieur en demandant à votre fille de me dire que vous étiez sortie faire les courses.

— C'était la vérité. J'étais partie aux courses », insista la voisine.

Sarasa haussa les épaules, refusant de revenir sur ce qui s'était passé des mois auparavant, dans l'espoir que son silence ferait déguerpir de son seuil cette femme et sa curiosité malsaine maquillée en inquiétude de bonne voisine.

« Mais tout de même, en arriver là ? persistait celle-ci, trahissant son écœurement par une moue dégoûtée, des narines pincées et un geste de la main qui voulait tout dire.

— Si j'avais été plus jeune, je me serais vendue pour donner à ma famille de quoi manger et s'habiller. Mais ma chair est fatiguée et elle n'intéresse plus personne. Et puis, ce n'est pas comme si elle fréquentait plusieurs hommes. Elle n'en a qu'un seul. Un régulier. Elle est heureuse.

— Vous êtes répugnante ! cracha la voisine en s'éloignant. Et immorale. Comment osez-vous dire que votre fille a un régulier ? »

Ce soir-là, pour la communauté brahmane du quartier, les habitants du numéro 21 cessèrent à jamais d'exister.

Heureusement, pensa Akhila, qu'ils n'habitaient pas un agraharam. Un de ces ghettos brahmanes où l'on ne laisse passer l'air que par d'étroits passages ; où les traits vermillon qui ornent les murs extérieurs des maisons, blanchis à la chaux, évoquent la rigidité des esprits et l'étroitesse des principes ; où, sur le seuil de chaque porte, les kolams sophistiqués en poudre de riz empêchent toute idée neuve de pénétrer ; et où tout comportement hors norme est conjuré par la censure et un isolement absolu.

Akhila se disait souvent que si un dieu vagabond venait à passer par là, il reconnaîtrait un agraharam à la seule vue de ces maisons collées les unes aux autres. Semblables à une espèce exotique de chenille au million de pattes rouges et blanches qui s'entremêlent, et à l'odeur étrangement singulière d'asa-fœtida et de saponaire.

Pourtant, alors qu'ils n'habitaient pas un agraharam, la communauté brahmane avait réagi comme si c'était le cas. Sarasa, sa prostituée de fille, son fils aveugle et ses filles promises à un avenir de putain furent excommuniés. Pour Amma, ce sort-là était pire que la mort. Un brahmane n'était rien s'il n'était pas accepté par ses pairs.

« Regarde qui est là », dit Akhila à voix basse. Mais Amma refusa de mordre à l'hameçon. Elle fit la sourde oreille et regarda droit devant elle en souhaitant très fort que le bus apparaisse et les emmène avant que sa fille ne fasse quelque chose d'embarrassant, comme par exemple les saluer et se mettre à parler avec elles.

« C'est Jaya et sa mère, insista Akhila. Tu ne veux pas parler à Sarasa Mami ? Autrefois c'était ta meilleure amie, pourtant ? Pourquoi ne t'approches-tu pas ? Personne ne le saura. On est si loin de la maison. Ou est-ce que tu ne veux plus rien avoir à faire avec une femme dont on dit qu'elle a poussé sa fille à se prostituer ? »

Amma serra les lèvres et fronça les sourcils. « Vas-tu te taire ? Ne sois pas injuste ! ajouta-t-elle après coup.

— Qui est-ce qui est injuste ? répondit Akhila d'un ton cassant, irritée par le ton vertueux de sa mère. C'est moi peut-être ? Non. C'est toi et tes semblables brahmanes qui avez mis au ban cette pauvre femme et sa famille.

— Ce n'est pas ce que je souhaitais. Mais quand on vit dans une certaine société, il faut se conformer à ses normes. Je ne suis pas une de ces révolutionnaires qui sont capables de tenir tête au monde entier. J'ai besoin d'être acceptée par la société à laquelle nous appartenons.

— Est-ce que tu te rends compte que cela aurait pu nous arriver, Amma ? demanda Akhila doucement.

— Je sais que ça aurait pu nous arriver. C'est pourquoi je ne la critique jamais, en dépit de tout ce que les autres peuvent lui reprocher. » Puis Amma se tourna vers Akhila et mit sa main sur son épaule. « Et puis, tu étais là ! »

Akhila sentit le poids de cette main l'accabler. Oui, elle était là pour sauver Amma de la menace du dénuement et de la déchéance. Amma avait eu Akhila pour remplacer son mari en tant que chef du foyer. Amma l'avait – Akhila, Akhilandeswari. Maîtresse de tous les mondes, reine d'aucun.

Ce qui manquait le plus à Akhila, c'est qu'on ait cessé de l'appeler par son prénom. Ses frères et sœurs l'avaient toujours appelée Akka, sœur aînée. Au bureau, ses collègues l'appelaient Madame. Toutes les femmes étaient Madame et tous les hommes Monsieur. Amma, quant à elle, s'était mise à l'appeler Ammadi, comme si appeler Akhila par son prénom eût été faire injure à son statut de chef de famille.

Qui était donc Akhilandeswari ? Existait-elle vraiment ? Quel genre de femme était-elle ? Son cœur faisait-il un bond à la vue d'un manguier en fleur ? Son dos était-il parcouru de frissons lorsque la pluie glissait sur sa peau nue ? Chantait-elle ? Rêvait-elle ? Pleurait-elle sans raison ?

Akhila repensait souvent à un film tamoul qu'elle avait vu quelques années auparavant.

Sur une femme qui, comme elle, était vouée à n'être rien de plus qu'une bête de travail. Une femme qui sacrifiait sa vie et son amour pour sa famille.

Quand le film était passé au cinéma à côté de chez elle, elle était allée le voir avec Amma. Bien qu'elles aient suffisamment lu d'articles le concernant pour en connaître l'intrigue et les rôles principaux, le film les prit toutes deux par surprise. Akhila aurait pu être l'héroïne, et le désespoir de celle-ci le sien. Elles regardèrent le film en silence et à l'entracte, lorsque la lumière revint, Akhila remarqua que sa mère évitait de croiser son regard. Ce soir-là, elles n'échangèrent que peu de mots et Amma alla au lit de bonne heure. Akhila n'arrivait pas à trouver le sommeil. Elle regardait Padma dormir en chien de fusil à côté d'elle. Padma qui devenait une femme et dont le visage avait perdu sa rondeur enfantine pour commencer à évoquer les traits de son visage adulte. S'il y avait dans ma vie un homme qui m'aimait à la folie et qui veuille m'épouser, renoncerais-je à lui pour Padma ? se demandait Akhila. Non ! se dit-elle. Ce film n'était qu'une bluette sentimentale, décida-t-elle en se tournant sur le côté. A l'époque, elle était encore assez jeune pour croire que le reste de sa vie ne suivrait pas ce même chemin. Un jour, elle aussi aurait un foyer et une famille à elle.

Pourtant, dix ans plus tard, en repensant à ce film, Akhila sentait l'angoisse la saisir. Sa vie se terminerait-elle comme celle de l'héroïne du film ?

Akhila ne s'autorisait pas à ruminer ces pensées. C'eût été pénétrer sur des terrains mouvants. Pour son trente-cinquième anniversaire, en revanche, elle décida de reprendre ses études.

Elle s'inscrivit à une licence de lettres par correspondance. Et elle choisit l'histoire comme matière principale. Qui donc peut mieux étudier l'histoire qu'une vieille fille ? pensa-t-elle. Pour suivre l'essor et le déclin des civilisations ; étudier en détail ce qui présidait aux destinées de telle ou telle dynastie ; observer depuis les coulisses le déroulement de la vie ; lire des livres consacrés aux monarques et à leurs concubines, aux guerres et aux héros. En simple spectatrice.

C'est Katherine Weber qui introduisit l'œuf dans la vie d'Akhila.

Dans la vie d'Akhila, Katherine était ce qui s'approchait le plus d'une amie. Elle avait beau travailler depuis plus de seize ans dans le même bureau aux impôts, elle ne s'y était fait aucun ami. Les autres employés restaient des collègues, avec lesquels elle partageait ses heures de bureau et rien de plus. Pourtant, malgré les offres amicales qu'ils lui faisaient, Akhila préférait garder ses distances avec eux et leurs préoccupations. Akhila était la seule célibataire dans ce bureau de vingt-quatre personnes. Avec lesquelles elle n'avait rien en commun. Comment comprendrait-elle l'anxiété d'un père dont le fils était sans cesse malade ? Ou la joie d'une mère aux premiers pas de son enfant ? Le monde de ces pères et mères n'était pas le sien.

Elle était passée sans transition de la période du gurukula à celle du vanaprastha. Et elle ne souhaitait pas partager le flot karmique des autres.

Dans ce bureau de maris et d'épouses, il était naturel que Katherine et Akhila deviennent proches. Katherine Weber avait quitté Bangalore pour prendre ce poste. Sa famille habitait Madras. Elle dit qu'elle avait obtenu sa mutation avec beaucoup de difficultés. Akhila aimait bien Katherine. Elle aimait ses robes qui s'arrêtaient au mollet et la manière dont ses fins cheveux châtains encadraient son visage. (La seule fois où Amma la vit, elle murmura sombrement : « Ils n'ont donc pas d'huile chez eux ? Si j'étais sa mère, je lui mettrais de l'huile dans les cheveux et je les lui ramasserais en une belle tresse bien serrée. Sa mère est bien insouciante pour laisser une jeune fille encore célibataire se promener avec les cheveux qui lui tombent dans le dos et les jambes à l'air ! »)

Akhila aimait la manière qu'avait Katherine de parler sans cesse, en ne s'arrêtant que pour pouffer. Mais surtout, Akhila aimait Katherine parce qu'elle était peut-être la seule personne de son entourage à n'être pas obsédée par les quatre fondements du grihasthashrama : mari, enfant, maison et belle-mère.

« Vous avez l'air de bien aimer cette Anglo-Indienne, dites donc ? dit un jour à voix basse Sarala, sa supérieure, tandis qu'elles examinaient ensemble un dossier.

— Pourquoi ? Il ne faut pas ? demanda calmement Akhila.

— Non, il n'y a rien de mal à cela. Mais vous savez ce qu'on dit des Anglo-Indiens ? Ils mangent du bœuf et ils sentent mauvais. Les hommes comme les femmes fument et boivent. Et ils n'ont aucune moralité, ce n'est pas comme nous, les hindous. Si vous cherchez une amie, il y a plein d'autres femmes dans ce bureau. Qui viennent toutes de familles respectables, comme la vôtre, dit Sarala, en appuyant l'index sur l'éponge humide avant de tourner une page.

— Voyons, c'est ridicule ! répondit avec hargne Akhila. Katherine est une gentille fille, aussi respectable que vous et moi. Le fait qu'elle ne soit pas hindoue n'en fait pas automatiquement une débauchée. »

Un rictus se dessina sur les lèvres de Sarala : « Un de ces jours, vous verrez bien par vous-même. »

La mise en garde de Sarala ne fit que renforcer leur amitié. Katherine et Akhila se mirent à discuter. Pas le papotage habituel dont leurs conversations étaient faites jusque-là. Elles parlaient de ce qui leur tenait vraiment à cœur. Katherine parla à Akhila de son papa, son papa professeur de piano qui était ivre de bonheur quand il jouait et ivre d'alcool bon marché le reste du temps. Elle parla à Akhila de sa maman, dont elle avait hérité la peau claire, les cheveux châtains et une faiblesse pour les hommes moustachus au menton marqué d'une fossette. (Son papa était de ceux-là.) Elle parla à Akhila de ses frères et de sa sœur, qui avaient fui la brume des vapeurs d'alcool de Papa et de la tristesse de Maman, pour aller construire leur vie ailleurs. Puis elle parla à Akhila de Raymond, son petit ami, qui était parti pour Melbourne et l'avait complètement oubliée. Etrangement, Akhila se sentait rassurée. Voilà une compagne qui savait ce que c'était d'être, comme elle, célibataire et seule.

Elles partageaient confidences et déjeuners. Katherine appréciait la cuisine d'Amma : le riz au citron et le riz à la noix de coco, les idlis et vadas, le puri et le korma. Akhila aimait quant à elle le sandwich au beurre et à la confiture que Katherine lui emballait séparément. Puis un jour, Katherine ouvrit sa gamelle et en sortit un œuf.

C'était la première fois qu'Akhila voyait un œuf d'aussi près. Elle regarda Katherine le tapoter sur la table et vit sa coquille se fissurer en zigzag. Elle observa Katherine qui enlevait les fragments de coquille et il lui sembla qu'on ne pouvait trouver activité plus agréable au monde. Puis, comme une poupée russe, la coquille laissa la place à une autre couche de blanc. Qu'y avait-il à l'intérieur ? Quelle était l'odeur de cette substance ? Comment était-ce au toucher ?

Akhila ressentit une envie pressante de savoir et, avant même de pouvoir se retenir, elle laissa échapper : « Est-ce que je peux goûter ? »

Surprise, Katherine resta bouche bée avant de répondre : « Bien sûr ! Tiens, prends-le », ajouta-t-elle en passant l'œuf à Akhila.

Celle-ci le saisit avec précaution. Il était froid et lisse au toucher. La prochaine fois, elle briserait elle-même la coquille. Mais maintenant qu'elle le tenait dans sa main, Akhila eut peur. Que dirait Amma si elle l'apprenait ? C'était la première fois qu'elle faisait une chose pareille.

« Mange-le avec ça », dit Katherine, en lançant vers elle un petit bout de papier replié, avec du sel à l'intérieur. Puis elle eut un petit rire. « Ma mère dit toujours que manger un œuf sans sel, c'est comme embrasser un homme sans moustache.

— Ah bon ? »

Katherine rit de nouveau. « J'oubliais. On ne t'a jamais embrassée ! »

Akhila haussa les épaules et mordit dans l'œuf. Cette première bouchée ne lui fit aucun effet. Elle ne trouva cela ni bon ni mauvais.

« Le blanc d'œuf n'a pas de goût », dit Katherine en voyant la surprise se peindre sur le visage d'Akhila.

Puis vint le jaune. Il s'émietta dans sa bouche, lui recouvrit la langue et s'accrocha à son palais tout en glissant dans sa gorge et éveillant dans son sillage une sensation de pur délice.

« Je vois que tu aimes ! dit Katherine, amusée par l'effet qu'un simple œuf avait sur Akhila. Je devrais t'en apporter un de temps en temps pour déjeuner. »

Akhila hocha de la tête, encore sous le choc de ce qu'elle avait osé faire. Elle venait de manger un œuf.

Pendant toute une année, Akhila se régala en secret d'œufs durs. En dépit de ce que croyait la mère de Katherine, elle n'avait besoin ni de sel ni de poivre. Elle l'aimait nature afin de pouvoir savourer le blanc translucide de l'albumen, le jaune opaque du cœur, la joie mêlée des plaisirs clandestins.

Puis les papiers pour le départ de Katherine arrivèrent. Elle partait en Australie, où, disait-elle, elle avait cinquante-deux cousins, neuf oncles et douze tantes. Ils s'occuperaient d'elle, l'aideraient à s'installer, la présenteraient à leurs amis et lui façonneraient une nouvelle vie.

Akhila comprit que rien ne serait plus jamais comme avant. Comme cadeau de départ, elle offrit à Katherine un fin anneau d'or serti d'une perle. Et Katherine lui acheta une paire de sandales à talons à fines brides et un rouge à lèvres. « Akhila, tu es une très jolie femme. C'est juste pour que tu sois plus élégante et que tu te souviennes que tu n'as que trente-six ans. Alors, arrête de faire comme si tu en avais cinquante », dit-elle en posant le paquet dans son papier cadeau sur le bureau d'Akhila.

Akhila remercia d'un sourire, en devinant par avance qu'elle n'utiliserait jamais aucun des cadeaux de son amie. Puis Katherine posa sur le bureau un cabas en jute et murmura malicieusement : « Regarde à l'intérieur. »

Akhila s'exécuta et vit quelque chose qui ressemblait à une boîte à œufs en plastique vert.

« Elle contient quatre œufs, poursuivit Katherine à voix basse. C'est pour que tu les emportes chez toi. Tu peux peut-être les cacher et les faire cuire pendant que ta mère dort, par exemple. Tu sais comment faire cuire un œuf ? Tu remplis un petit récipient d'une quantité d'eau suffisante pour recouvrir les œufs et tu les fais bouillir pendant environ huit minutes. Puis tu verses de l'eau froide par-dessus pour qu'ils soient bien fermes. Si tu les laisses bouillir seulement cinq minutes, le blanc sera dur mais le jaune sera mollet. C'est bon aussi. Essaie l'œuf à la coque. A mon avis, tu aimeras. »

Akhila posa le sac à côté d'elle et s'inquiéta de ce qu'elle allait en faire. Elle pourrait le laisser dans le train et ne plus y penser. Mais, au moment de descendre, Akhila emporta machinalement le sac avec elle. Sur le chemin, elle se demanda si elle pouvait le jeter dans un buisson, puis soudain, en tournant dans sa rue, elle sut qu'elle emportait les œufs à la maison. Et qu'elle allait le dire à sa mère.

Amma toléra son goût pour les œufs comme elle avait toléré celui de son père pour le tabac à priser. Ça ne se faisait pas mais il y avait pire. Par exemple si Akhila s'était mise à manger de la viande. Un œuf, par beaucoup d'aspects, s'apparentait au lait. Tout ce que demandait Amma était que sa fille achète les œufs en ville et qu'elle se débarrasse des coquilles en douce, loin de la maison et du quartier.

Akhila faisait cuire ses œufs et les mangeait dans la cuisine de sa mère. Amma lui donna une casserole, une cuillère à long manche et un petit bol qui étaient relégués dans un coin de la cuisine le reste du temps.

Toutes les explorations merveilleuses d'Akhila et ses découvertes magiques étaient contenues dans la fragile coquille d'un œuf. D'abord, il y avait l'œuf parfait de huit minutes qu'elle coupait en rondelles et mettait sur une tranche de pain beurré. Puis, il y avait l'œuf de cinq minutes. Akhila faisait un petit trou au sommet et, à la cuillère, vidait le blanc presque durci et le jaune tremblotant et mollet. C'était en mangeant l'œuf cuit trois minutes qu'Akhila se sentait la plus aventureuse. C'était un œuf presque cru qu'elle avalait d'un trait. Mais il fallait qu'il soit brûlant. Un jour, elle avait essayé de mélanger un œuf cru à une tasse de lait. Elle avait failli vomir. Pour Akhila, un œuf ne devenait œuf qu'entouré d'une coquille et baptisé d'eau bouillante.

*

Akhila, vieille fille, fonctionnaire, historienne, mangeuse d'œufs, se remémorait les années passées. Comme les souvenirs rejaillissaient facilement, ce soir ! Comme il était facile de se rappeler le passé tandis que le rythme du train la berçait, à la manière d'une mère qui lui dirait en lui caressant le front : « Souviens-toi mon enfant, rêve, mon enfant. »

Akhila se haussa sur le coude et regarda à l'extérieur. La campagne, plongée dans l'obscurité, défilait sous ses yeux. Sheela avait finalement annoncé qu'elle allait dormir. Elles avaient hissé la couchette du milieu toutes les deux et maintenant Sheela, roulée en boule, dormait, son sac en cuir encore serré contre sa poitrine.

Sheela et Janaki, les deux extrémités d'une même gamme. Une jeune fille, une vieille femme, et pourtant leurs vies étaient-elles si différentes de la sienne ? Elles pourraient être à sa place, pensa Akhila. Elle pourrait être à la leur. Chacune d'elles affrontant la vie et essayant de donner un sens à ses contours incertains. Si elles y arrivaient, du mieux qu'elles pouvaient, pourquoi pas elle ? A cette pensée, Akhila sentit la joie la remplir doucement. Un courant timide qui donnait petit à petit naissance à de minces affluents d'espoir. Une excitation à la pensée que son entreprise ne serait peut-être pas entièrement vaine. Qu'elle triompherait d'une manière ou d'une autre.

Elle s'allongea sur la couchette. L'accouplement ardent et tumultueux de la roue et des rails résonnait à son esprit. Tirant le drap à son menton, elle ferma les paupières. Pour la première fois, elle se sentait protégée, à l'abri d'elle-même. Le train savait où il allait. Elle n'avait pas à lui dire ce qu'il fallait faire. Il veillerait tandis qu'elle dormait.

Akhila, choyée, protégée, en sécurité, sentit le sommeil la gagner. Ses paupières s'alourdirent. Elle savourait un répit d'elle-même. Elle rêva.

Akhila, enfant. Elle est dans un compartiment de train. Une voiture de première classe. Ils sont tous là : Appa, Amma, Narayan, Narsi et Padma, en route pour Vishakapatnam. Pourquoi Vishakapatnam, Akhila ne le sait pas. Mais elle sait que c'est loin et près de la mer. Le paysage est différent de tout ce qu'elle connaît, des dunes de sable et une mer d'un bleu marine presque irréel. Appa est heureux, Amma aussi. Les garçons jouent avec une voiture et Padma chante à tue-tête. Akhila est si heureuse que son cœur est près d'éclater.

Amma ouvre la volumineuse gamelle, posée sur la tablette fixée au mur du compartiment. Une pyramide de ses préparations délicieuses. Du mysorepak dégoulinant de ghee et des cheedas marron et ronds comme des galets. Du riz à la noix de coco et du puliyodhare. Du riz au yaourt serti de perles de grenades luisantes, d'éclats émeraude de piments et de boucles de coriandre.

Ils mangent. Akhila sent le parfum de l'origan dans le murukku. Son sel lui met l'eau à la bouche. Une miette reste accrochée à la commissure de ses lèvres. Comme un serpent, elle fait sortir sa langue pour la récupérer.

Amma se lève et peigne ses cheveux en se regardant dans le miroir situé au-dessus de la tablette. Elle sourit à son image avant de proposer : « Et si on faisait une petite sieste ? »

Akhila reste perplexe devant ce nouvel Appa qui n'arrête pas de sourire.

Ils s'allongent. C'est un compartiment de première avec seulement quatre couchettes. Amma et Appa en ont une chacun. Les garçons en partagent une et les filles une autre. Akhila met son bras autour de la taille de Padma et la berce d'une chanson douce.

Akhila se réveille en sursaut. Le compartiment est plongé dans l'obscurité. Il est vide. Elle est seule. Elle appelle « Amma, Appa ! » mais personne ne lui répond.

« Narayan, Narsi, Padma, où êtes-vous ? » Elle se met à pleurer. Elle descend de sa couchette. Le compartiment est vide, pense-t-elle. Puis elle voit l'homme, assis près de la fenêtre. Elle fait demi-tour, prise de panique. La porte est verrouillée.

« Qui êtes-vous ? Que faites-vous ici ? » demande-t-elle, avec une voix d'adulte. Akhila n'est plus une petite fille.

« Tu ne me connais pas, dit-il. Moi, je te connais. Je sais tout de toi.

— Co... comment ça ? bredouille-t-elle.

— Tu es Akhila, dit-il en s'approchant d'elle. Tu es Akhila, tu es une femme. Tous les autres ont peut-être oublié la femme qui est en toi. Moi je la vois. Je vois le désir dans son regard, les couleurs dans son cœur. »

Sa voix est grave et rauque. Akhila la sent qui s'enroule autour d'elle. Un python qui l'enveloppe de ses anneaux avides.

« Tu ne me connais pas, Akhila ? Tu es sûre de ne pas me connaître ? Réfléchis. Réfléchis bien. »

Mais Akhila ne se souvient pas. Tout ce qu'elle ressent, c'est une soudaine et étrange allégresse. « Si, si, je me souviens, ment-elle.

— Et de ça, tu t'en souviens ? » dit-il en dessinant de l'index de sa main droite le contour de ses lèvres. Sa respiration se fait haletante. Elle sait qu'elle devrait se sentir outragée. Mais non. Elle se sent parcourue de secousses électriques.

Son doigt avance le long de son visage. Elle ferme les yeux. Il souffle sur ses paupières. Elle arque la tête en arrière. Son doigt descend. Effleure la longueur de son bras. Passe entre ses doigts à elle. Elle gémit.

« Tu te souviens de ça ? » dit-il.

Non, ces sensations sont nouvelles mais elle a peur qu'il s'arrête si elle l'avoue. « Oui, oui », implore-t-elle.

D'un petit mouvement du doigt, il fait glisser son sari. C'est de la mousseline très fine qui s'affaisse rapidement en un tas jaune à ses pieds. Il touche ses seins. D'abord l'un, puis l'autre. Elle a envie de défaire son corsage et de lui offrir sa chair nue. Ses doigts se ruent sur les boutons. Il murmure : « Chut, chut, pas encore. »

A travers le tissu, il caresse le pourtour de ses mamelons. Elle est saisie d'une douloureuse tension. Elle se penche vers lui.

Soudain, la porte du compartiment s'ouvre. Ils sont tous là. Appa et Amma, ses frères et sœur, sauf que ce ne sont plus des enfants. « Créature éhontée ! Putain dépravée ! tonne Appa.

— Comment peux-tu ? s'écrie Amma.

— Que fais-tu ? » crient ses frères avant de détourner le regard, honteux du désir qu'ils voient danser sur son visage.

Akhila sent le sang lui monter aux joues. « Tiens, couvre-toi, dit Padma, une Padma adulte qui lui lance son sari.

— Je… je… balbutie Akhila.

— Ne les laisse pas t'étouffer », murmure sa voix à son oreille. Et, sous leurs yeux, il prend ses seins dans le creux de ses mains. Les soupèse et presse les tétons entre son pouce et son index. Akhila ne se soucie plus des autres. Elle se contente de s'appuyer contre lui et de fermer les yeux. Elle n'a jamais rien goûté d'aussi bon. Elle entend claquer la porte du compartiment.

*

Akhila se réveilla en sursaut. Où suis-je ? se demanda-t-elle en regardant tout autour d'elle, affolée. Elle ne reconnaissait rien… puis, lentement, la mémoire lui revint.

Repensant à son rêve, elle rougit. Elle passa la main sur sa poitrine. Ses tétons étaient dressés. Comment pouvait-elle faire des rêves pareils ?

Elle vit Margaret ouvrir la porte du compartiment. « Il faut que j'aille aux toilettes », dit la jeune femme.

Le train était à l'arrêt. Akhila regarda par la fenêtre. Cet arrêt au milieu de nulle part n'était pas prévu. Akhila jeta un coup d'œil à sa montre. Il était trois heures et quart. Heure du jugement où les rêves s'écroulent et les peurs remontent à la surface.

Margaret revint. « Voilà plus de vingt minutes que le train est arrêté. J'ai été réveillée par un petit cri. »

Akhila porta involontairement sa main à sa bouche. Avait-elle manifesté la volupté de son rêve ?

« C'est cette jeune fille. Elle pleurait dans son sommeil, dit Margaret. Personne d'autre ne l'a entendue. Je suis descendue et je l'ai réveillée. Elle semble s'être rendormie. »

Akhila la regarda, recroquevillée sur le flanc.

« Je ne vais pas me rendormir. Le train arrive à Coimbatore à cinq heures du matin et si je me rendors maintenant, je risque de ne pas me réveiller et de rater mon arrêt. »

Akhila acquiesça. Que comptait donc faire la jeune femme ?

Margaret s'appuya contre la couchette du milieu. « Quel dommage que nous ne dormions pas du même côté ! On aurait pu baisser la couchette et être plus à l'aise. Je vous ai entendues parler, vous et la jeune fille », continua Margaret. Elle chuchotait, comme si elle ne voulait pas que les autres l'entendent. « Je ne dormais pas. »

Akhila ne répondit pas. Il lui semblait que Margaret n'attendait de toute façon pas de réponse.

« Je pensais à nous, dans ce compartiment. Pas la femme de la couchette du haut ou la jeune fille. Elles ne comptent pas… pas vraiment. Je pensais à Janaki et à Prabha Devi. Des femmes comme vous et moi, et je n'arrêtais pas de ressasser la colère que j'avais ressentie, non, colère n'est pas le mot, plutôt à quel point cela m'avait contrariée de voir votre visage après que Janaki a fini de vous parler d'elle. J'ai vu combien vous manquiez de confiance en vous. Comme s'il vous semblait avoir fait une erreur, et je me suis dit… même si Prabha Devi vous parle, sa vie sera-t-elle si différente de celle de Janaki ? C'est ce qui m'a gênée. Vous comprenez ce que j'essaie de vous dire ?

« Elles sont gentilles. Mais c'est le genre de femmes à qui il faut la présence d'un homme pour se sentir épanouies. Elles vous diront peut-être le contraire mais je les connais, elles et les femmes comme elles. Au fond de leur cœur, elles se disent que le monde n'est pas fait pour les femmes seules. »

Margaret s'arrêta un instant, l'air de délibérer de la direction que prendraient ses mots. « La vérité, selon moi et selon mon expérience, c'est qu'une femme a besoin d'un homme, mais pas pour se sentir complète. Vous devez vous dire, qu'est-ce qu'elle en sait ? Une femme mariée qui dit qu'on peut se passer d'homme…

« C'est pour ça qu'il faut que je vous parle de moi et Ebe. Quand je l'aurai fait, vous comprendrez pourquoi je dis qu'une femme n'a pas besoin d'homme. C'est un mythe que les hommes ont essayé de faire passer pour la réalité.

« Savez-vous ce que je faisais à Bangalore ? »

Akhila secoua la tête. Elle était sous l'effet de l'intensité des paroles de Margaret. Quelle révélation saisissante allait-elle entendre ?

« Je suis venue déposer mon mari dans un centre médical. Un endroit où les gens vont tenter de récupérer la maîtrise de leur poids et de leur vie. Il y va tous les ans. Il en a besoin, Ebe. Je ne sais pas ce qu'il en est pour les autres, mais avec Ebe, les effets du régime ne durent pas longtemps. Pendant quelques jours, il redevient l'homme qu'il était autrefois. Ce qui lui fait croire qu'il a réussi à reprendre sa vie en main. Alors, il faut que j'intervienne et que je la lui arrache à nouveau. Une fois que c'est fait, Ebe redevient sans importance. »

6
Huile de vitriol

Ce n'est pas Dieu qui a fait d'Ebenezer Paulraj un homme gros. C'est moi.

C'est moi, Margaret Shanti, avec pour seule motivation un désir de revanche. De démolir son amour-propre et d'ébranler jusqu'aux fondations mêmes de son être. De débarrasser ce monde d'une créature qui, si on l'avait autorisée à rester telle qu'elle était, mince, leste et arrogante, aurait continué à semer le malheur avec une joie farouche.

Parmi les cinq éléments dont la vie est composée, c'est à l'eau que je m'identifie. L'eau qui mouille. Qui soigne. Qui efface. Qui accepte. L'eau qui coule sans relâche. Mais qui détruit aussi. Car cette capacité à dissoudre et à détruire est une qualité intrinsèque de l'eau, au même titre que son caractère liquide.

Dans l'univers des substances chimiques, l'eau est le solvant universel. Elle dissout la nature de tout ce à quoi elle se mélange. Le fait d'être un élément familier ne me rend pas pour autant anodine. C'est l'erreur qu'Ebe a faite. Il m'a traitée comme une quantité négligeable. Je n'ai donc eu d'autre choix que de lui montrer la véritable nature de l'eau et l'étendue de sa puissance. De lui montrer que c'est l'eau sous diverses formes qui façonne la terre, l'atmosphère, le ciel, les montagnes, les dieux et les hommes, les bêtes et les oiseaux, l'herbe et les arbres, et tous les animaux jusqu'aux vers, aux mouches et aux fourmis. Que tous ne sont que de l'eau sous différentes formes. Que l'eau doit être maniée avec prudence sinon elle aura raison de vous ! C'est la première leçon que j'ai dû lui enseigner.

Pendant des années, j'ai été figée à l'état solide. Sous cette forme, ma capacité à agir restait limitée. Je me suis laissée flotter à la surface du temps, indifférente et insensible à ce qu'était devenue ma vie.

Prise dans cet étau de glace, j'avais oublié ce qu'était l'état aqueux. Puis quelque chose en moi lâcha prise. Quelque chose se produisit, comme une réaction chimique.

Il existe un terme technique pour désigner cette eau que j'étais devenue. L'eau supercritique. Capable de dissoudre tout ce à quoi elle n'aurait jamais osé s'attaquer si elle était restée un simple liquide. Et dont la violence est telle qu'elle peut détruire des poisons susceptibles d'anéantir tout ce qui est naturel et bon pour peu qu'on les laisse agir.

*

Quand je me réveillai ce matin-là, c'était un jour comme un autre. J'exécutai les corvées du matin et me rendis à pied à l'école, comme à l'accoutumée. Quelques minutes avant que ne retentisse la sonnerie, j'allai regarder par la fenêtre du laboratoire de chimie. De là, je voyais la majeure partie de la cour où se rassemblent les élèves, mais aussi les classes du lycée et, au loin, les grilles de l'école. Les inévitables retardataires arrivaient au compte-gouttes, poussant leur bicyclette.

Les élèves plus âgés étaient rarement en retard. En fait, ils avaient tendance à être en avance. Pendant ces précieuses minutes avant que la petite clique ne commence à inspecter de son regard vigilant les couloirs de l'école, on se passait des mots d'amour, on échangeait des caresses timides et on tissait des rêves adolescents.

Encore épargnés par leurs hormones, les plus jeunes avaient du mal à sortir de leur lit à l'aube. Le temps viendrait où eux aussi seraient aux prises avec les émois de l'adolescence, où ils deviendraient trop grands pour leurs shorts et leurs jupes, et où ils arriveraient à l'école bien avant l'horaire réglementaire. Pour l'instant, en retard et essoufflés d'avoir couru, ils devaient affronter aux grilles le professeur et le surveillant de service.

Trois minutes avant la sonnerie, on fermait le portail. Et un surveillant notait les noms des élèves arrivés trop tard. Ces noms étaient épinglés sur le panneau d'affichage et, selon la fréquence des retards des fautifs, on leur infligeait des punitions.

Je tendis le cou pour voir qui était le professeur de service. Cerbère de l'école et terreur des pré-adolescents pour la journée. Sa position était à la fois familière et caractéristique. Jambes légèrement écartées, mains serrées dans le dos, un mince bâton que les doigts de la main droite tenaient on ne peut plus délicatement, tout son être exsudant l'autorité et la rigueur puritaine. Le principal par excellence. Et en l'occurrence mon mari. Ebenezer Paulraj.

Le ciel était de la couleur du zinc fraîchement fondu. Une surface d'un bleu argenté qui s'oxyderait, au fil des heures, pour former une pellicule grisâtre. Des tourbillons de poussière s'élevaient des vastes terrains de jeux. Piétinée par des centaines de pieds, la plus tenace des herbes ne pouvait survivre. Les rares brindilles qui osaient faire preuve d'effronterie en levant leur tête verte étaient arrachées sans la moindre pitié et jetées dans le tas de compost, selon les ordres d'Ebenezer Paulraj – pourfendeur des jeunes pousses, végétales aussi bien qu'humaines.

Je restai à l'observer pendant qu'il surveillait son royaume. Le bâton était son sceptre, symbole de l'autorité qu'il exerçait. Il remuait le bâton et moi, je voyais d'ici sa lèvre supérieure se retrousser, j'entendais sa voix qui s'élevait à peine à quelques décibels et qui pourtant, en quelques secondes, pouvait mettre en lambeaux l'amour-propre d'un enfant. Et je réalisai que je le haïssais plus que je n'avais jamais haï quiconque.

JE LE DÉTESTE. JE DÉTESTE MON MARI. JE DÉTESTE EBENEZER PAULRAJ. JE LE DÉTESTE. JE LE DÉTESTE, articulai-je avant de me mettre à attendre un coup de tonnerre, une chute de météore, une tornade, une tempête de poussière... bref, un de ces phénomènes extraordinaires censés accompagner des révélations aussi capitales, voire sacrilèges.

Le ciel resta d'un bleu argenté et la brise ne fit qu'effleurer les feuilles du ficus. Je sus alors que la littérature qui avait donné naissance à toutes ces hyperboles s'avérait encore une fois mensongère.

Je tournai le dos à la fenêtre. La salle sentait légèrement le soufre. Sur les paillasses était disposé l'attirail étincelant des laboratoires : éprouvettes, vases à bec, pipettes, préparés pour les expériences de la matinée. Un monde soigneusement divisé en solides, liquides et gaz. Prévisible et ordonné, où la composition d'un élément déterminait son comportement. Ici, il n'y avait pas de place pour les excès et le chaos. Dans mon domaine, l'ordre et le calme régnaient.

Je me sentis parcourue d'un soulagement, un soulagement pur, incolore, inodore, dense. Je n'hésitai plus. Mes sentiments, qui jusqu'alors avaient refusé de révéler leur structure chimique, s'étaient fait jour.

Pendant longtemps, je m'étais demandé ce que je ressentais à son égard. Comment sait-on si l'on aime ou si l'on déteste un homme, ou s'il vous est tout bonnement indifférent ? Comment mesure-t-on ses sentiments ? Avec une éprouvette ou une pipette ? Avec une spatule ou une balance ?

Désormais, je savais. Une paix luminescente m'envahit tandis que je dévalais les escaliers. Les enfants passaient à côté de moi en rangées bien ordonnées. Des surveillants, postés aux escaliers, montaient la garde des deux côtés pour veiller à ce qu'il n'y ait ni bousculade ni désordre. Aux yeux d'Ebenezer Paulraj, c'était un crime grave qui méritait une punition des plus sévère.

Il n'avait pas recours aux châtiments corporels. Il était le roi du monde incorporel. Il lui suffisait de découvrir l'activité préférée d'un élève et de la lui interdire pendant une semaine, ou aussi longtemps qu'il le jugeait bon. Pour l'un, interdiction de bibliothèque. Pour l'autre, plus de hockey. Privation de participation à un match interétablissements. Ou à un quiz où l'élève devait représenter l'école. J'avais pourtant essayé de lui faire comprendre qu'il existait d'autres manières de discipliner un enfant, qu'il n'était pas nécessaire d'en arriver là. Mais il avait fait mine de ne pas m'entendre. Ebenezer Paulraj n'écoutait personne d'autre que lui-même.

Ça se voyait rien qu'à son allure. A sa manière de se tenir debout sur l'estrade à contempler ses élèves qui se mettaient en rang. Les plus petits devant, les plus grands derrière. Des collégiens aux lycéens. Frères, sœurs, voisins, amis. Les ternes bûcheurs, les petits malins... peu importe, devant Ebenezer Paulraj, ils étaient tous réduits à une masse de gélatine muette, les yeux ronds, buvant chacune de ses paroles, chaque subtilité, chaque inflexion de voix dont, tous les jours, il les gratifiait. Ebenezer Paulraj suscitait la crainte. Je doute qu'il ait jamais été vénéré, adoré, idolâtré comme l'étaient d'autres professeurs. Quant à la petite clique, elle le considérait comme son capitaine : un capitaine bon, un capitaine juste.

La petite clique se tenait deux pas en arrière sur l'estrade. J'étais la seule, moi, Margaret Paulraj, à rester à l'écart. Derrière les enfants, j'étais postée là pour réprimander les traînards, les petits plaisantins et les tricheurs du lycée. Mais de là où j'étais, tête penchée, je ne voyais que son visage. Je voyais le véritable Ebenezer Paulraj.

*

A une époque, il avait sur mes pensées l'effet du rouge d'Angleterre. De l'oxyde de fer réduit en fine poudre, poussière rose-rouge utilisée pour polir les métaux précieux, les diamants et les rêves. Hélas ! l'oxyde de fer se change en rouille, et il en fut de même pour les espoirs que j'avais quant à notre vie commune.

J'avais à peine vingt-deux ans quand j'ai rencontré Ebenezer Paulraj. A l'époque, j'étais portée par une vague de triomphe. Les résultats des examens venaient de paraître et j'avais obtenu la médaille d'or. « Une médaille d'or en maîtrise de chimie. Elle a toujours été une excellente élève mais là... disaient mes parents avec fierté à tous ceux qui voulaient les entendre. On aimerait qu'elle poursuive ses études. Qu'elle se dirige vers un doctorat et qu'elle aille éventuellement en Amérique où ils apprécient les cerveaux comme elle », ajoutaient-ils, convaincus que je partageais leurs rêves.

Je n'étais pas certaine de vouloir continuer mes études ni même quitter Kodaikanal, où nous habitions. J'aimais rester à la maison. M'occuper du jardinage ou faire de longues siestes paresseuses l'après-midi. Et puis il y avait Ebenezer Paulraj. Il s'était déjà immiscé dans ma vie, entamant ambitions académiques et aspirations parentales. Ebenezer Paulraj voulait que je sois enseignante, comme lui.

Pendant toute la durée de mes études, j'avais travaillé si dur pour être la meilleure qu'il me restait peu de temps à consacrer aux garçons et aux histoires d'amour, si ce n'est en rêve. Je lisais de temps à autre des romans à l'eau de rose et m'autorisais à fantasmer sur le moment où je rencontrerais quelqu'un qui serait tout ce qu'un homme doit être. Quelqu'un qui soit digne de figurer dans les pages d'un roman sentimental.

J'ai toujours pris les traits fins pour un gage de sensibilité. Les traits d'Ebenezer Paulraj étaient finement ciselés et il était grand et bien bâti, le teint sombre. Je tombai amoureuse de lui au premier coup d'œil, lors d'une assemblée de la section jeunesse de l'Eglise. Qui est donc cet homme splendide ? me demandai-je sans pouvoir détourner le regard. Il était habillé simplement et n'affectait aucune des manières des hommes de ma génération. Il restait à l'écart, et je pris cette réserve pour de la dignité. Voilà quelqu'un qu'auraient apprécié mes auteurs favoris de chez Mills & Boons et j'avais envie de mieux le connaître. Lorsqu'il se mit à chanter, je sus que j'étais prête à renoncer à tout pour qu'il m'appartienne. Pendant la chanson, il me regarda dans les yeux et me sourit. Il ressentait la même chose pour moi. Je rayonnais.

Le bonheur m'enveloppait comme un halo. De phosphore luminescent. Brillant dans l'obscurité. Faisant naître lumière et éclats de rire.

Deux mois plus tard, avant qu'un début de scandale ne puisse voir le jour, Ebenezer Paulraj fit ce qu'on attendait de lui. Il organisa une rencontre entre ses parents et les miens, et la date de notre mariage fut fixée.

« Quelle cachottière ! Pourquoi ne nous as-tu pas parlé de lui ? » me taquina ma sœur aînée, Sara, dès qu'Ebenezer Paulraj et ses parents furent partis. Nous étions assis dans la salle à manger devant une deuxième tasse de thé, en cet après-midi d'hiver.

Je souris, embarrassée. « Je ne savais pas comment vous réagiriez. S'il vous conviendrait…

— Comment ne nous conviendrait-il pas ? On n'aurait pas pu trouver mieux pour toi si on avait cherché nous-mêmes, dit mon beau-frère en éclatant de rire.

— Il sera très beau en costume, avec ses épaules larges et son maintien si droit », s'extasia ma mère.

Elle attachait beaucoup d'importance aux apparences, ma mère. Elle consacrait toute son énergie à la maison. Mon père disait souvent en plaisantant qu'on aurait pu manger à même le sol. Il ne plaisantait pas lorsqu'il s'exclama : « Et quelle intelligence et quel charme ! Mais ça ne me surprend pas. Tout le monde sait que la famille Paulraj de Trichy est une famille d'aristocrates. Il faut voir tous les Paulraj qui sont avocats, juges, universitaires, hauts fonctionnaires. C'est une race d'intellectuels !

— A mon avis, c'est un excellent parti. Il a à peine vingt-neuf ans et il est déjà vice-principal d'une école prestigieuse, ajouta mon oncle.

— Vous serez très beaux tous les deux. Lui, si grand et sombre, et toi, menue et gracieuse. Un chevalier et sa damoiselle », me murmura à l'oreille ma tante, qui chérissait Walter Scott tout autant qu'elle chérissait mon oncle.

Ma famille l'adorait. Et moi, je me repaissais des compliments qu'ils lui prodiguaient. Il était mien et j'étais celle qui avait amené cet homme extraordinaire dans leur vie.

La nuit qui précéda notre mariage, ma mère vint me trouver dans ma chambre. Ma mère, d'ordinaire si frivole avec son gai papotage, était soudain sérieuse. Elle était venue combler les vides laissés par le prêtre qui m'avait éclairée sur le saint sacrement du mariage. Elle me parla de ce que signifiait être une épouse. De la loyauté qu'on attendait de moi. De la fidélité. De la nécessité de faire plus d'efforts qu'un homme n'en ferait jamais pour faire du mariage une union réussie. Elle me parla du divorce, conséquence d'un manque d'efforts de la part de la femme. Du sexe, qu'elle appela l'aspect physique du mariage. Et me dit comment une bonne épouse ne refuse jamais, même si elle n'est pas d'humeur à ça. J'écoutai patiemment, en me demandant si elle croyait vraiment que je ne savais rien du mariage ni du sexe. J'étais vierge, comme le sont les filles sages de bonne famille, mais Ebenezer Paulraj et moi avions échangé quelques baisers furtifs et quelques caresses expérimentales. De plus, contrairement à elle, j'épousais l'homme dont j'étais tombée amoureuse et non pas quelqu'un qu'on m'avait choisi sous prétexte qu'il remplissait les bons critères.

Quelques minutes après le départ de ma mère, mon père entra. Je me demandais ce qu'il allait pouvoir me dire, mon père d'ordinaire si taciturne et qui laissait ma mère se charger de s'enthousiasmer, d'expliquer, de raconter. Il poussa de côté la pile de saris repassés et pliés qui devaient m'accompagner dans mon nouveau foyer, et s'assit sur le lit. Il me regarda et sourit. « Demain, c'est le grand jour », commença-t-il.

J'acquiesçai.

Mon père prit ma main dans la sienne. « C'est un homme bon, Ebenezer. Il fera de toi une femme comblée. »

Pourquoi essayait-il de me convaincre d'un fait que je savais déjà ? Je hochai la tête et souris, heureuse de l'entendre prononcer ces mots. Je voulais que tout le monde aime Ebe, comme je l'appelais à l'époque, autant que moi je l'aimais.

« Il a l'air si fort et si solide. Mais il a le cœur tendre. C'est une âme sensible, continua mon père d'une voix douce. Un homme qui aime autant la littérature est forcément quelqu'un de sensible », ajouta mon père, ingénieur en électricité et poète à ses heures.

Je le regardai, perplexe.

« Il faut que tu t'occupes de lui et que tu veilles à ne jamais lui faire de mal. Il ne supportera pas que tu le blesses. »

Je hochai la tête derechef. Moi, faire du mal à Ebe ? Mais de quoi parlait donc mon père ?

Lorsque je me retrouvai seule, mes yeux allèrent se poser sur la photo d'Ebe qui, après nos fiançailles, avait obtenu le droit de trôner sur ma coiffeuse. Ma famille l'aimait autant que moi. Nous allions être si heureux ensemble !

*

L'amour est un liquide incolore et volatil. L'amour enflamme et brûle. L'amour ne laisse aucun résidu : ni fumée, ni cendres. L'amour est un poison déguisé en esprit-de-vin.

Au cours de cette première année, mon amour pour Ebe eut l'effet d'un solvant. Il relâcha et affaiblit la ténacité et la détermination qui faisaient jusqu'alors partie de mon caractère. J'étais tellement ivre de mes sentiments pour lui que je n'avais qu'un souhait : être avec lui. Lui plaire. Lui montrer de mille façons à quel point je l'aimais. Rien d'autre ne comptait.

C'était comme si quelqu'un m'avait mis un masque à gaz sur la figure pour me forcer à respirer du chloroforme. A compter à rebours. Nuit de noces. Jour du mariage… Tout ce qui précédait ces moments était comme enveloppé de plusieurs épaisseurs de cellophane et remisé.

Le seul souvenir que j'ai gardé de cette année-là est celui de la foire qui s'est tenue à Kodaikanal. Nous y avons passé toute une soirée à acheter des objets pour décorer la maison. Des paillassons pour l'entrée, un tapis en lirette pour le couloir menant à la cuisine, des assiettes en verre et un couvre-lit réversible. Qui pouvait être mis d'un sens comme de l'autre. Deux pour le prix d'un. Nous avons mordu dans la barbe à papa et senti ce rose se dissoudre dans notre bouche en cristaux de sucre. Nous nous tenions la main en échangeant des sourires béats. L'amour était un carburant liquide qui nous propulsait vers l'avant.

Dix-huit mois après notre mariage, je découvris que j'étais enceinte. En revenant de la maternité, j'étais si excitée que je ne remarquai pas à quel point Ebe restait calme et pensif. Je voulais appeler mes parents pour leur annoncer la nouvelle. Je voulais monter sur le toit et crier à la cantonade : « Je vais avoir un bébé ! »

« Maragatham », dit Ebe, d'une voix plus douce que d'ordinaire. (Ebe m'appelait alors Maragatham. Il disait que Margaret Shanti était le nom que tout le monde utilisait. Que Margaret et Shanti étaient des prénoms communs et que je méritais un nom plus poétique. Il me donna donc un nom spécial, Maragatham. Emeraude en tamoul. Maragatham. Et moi je rayonnais, d'une flamme intérieure verte et intense.) « Maragatham, je ne sais pas si c'est une bonne idée d'avoir un enfant tout de suite. »

Est-ce à ce moment-là que pour la première fois un relent de Wintergreen est monté à mes narines ? L'esprit-de-bois, toxique, destructeur, lorsqu'on le chauffe en le mélangeant à de l'acide salicylique et quelques gouttes d'acide sulfurique concentré, produit du salicylate de méthyle. Un composé qui a l'odeur de l'essence de Wintergreen. L'amour, que je comparais à de l'alcool éthylique, ne produit pas ce genre d'odeur. J'aurais dû me méfier dès ce moment-là. Mais j'étais si amoureuse que ce qu'il voulait tenait lieu de loi.

« A quoi bon essayer d'avoir un doctorat ? Passe ton diplôme de pédagogie pour devenir professeur et on restera toujours ensemble.

« Les cheveux longs ne te vont pas. Coupe-les. Tu seras plus belle avec une coupe au carré.

« Faut-il vraiment que nous allions à l'église tous les dimanches ?

« Ce n'est pas très prudent de manger le bhelpuri de ces stands du bord de route. On peut toujours aller au restaurant…

« Attendons d'avoir une situation stable tous les deux avant d'avoir un bébé. Nous sommes là l'un pour l'autre. Que demander de plus ? »

J'acceptai donc de me faire avorter.

« Tu ne sentiras rien », dit-il alors que nous marchions dans le couloir de l'aile semi-privée de l'hôpital. Il s'était occupé de tout. Je n'avais qu'à suivre. « J'ai longuement parlé au médecin à ce sujet et il m'a dit qu'il n'y avait rien à craindre. A sept semaines, ce que tu as dans l'utérus n'est rien de plus qu'un zygote. »

Je levai les yeux, surprise. Ebe se servait rarement de termes scientifiques. Il leur préférait la version poétique et parfois erronée. Et c'est en l'entendant prononcer le mot zygote que du fond de ma mémoire m'est revenu le souvenir d'un manuel : « A la conception, les cellules sexuelles haploïdes, le spermatozoïde et l'ovule, qui contiennent chacun seulement une partie du matériel génétique nécessaire à la formation d'un individu, fusionnent pour former une nouvelle entité biologique. Contrairement au spermatozoïde ou à l'ovule, le zygote diploïde possède un génotype humain unique et a acquis des propriétés fonctionnelles différenciées, sans lesquelles nulle vie humaine ne peut voir le jour. Le spermatozoïde et l'ovule haploïdes ne sont qu'une partie du potentiel de vie humaine. C'est le zygote qui est la vie humaine biologique. »

J'arrêtai de marcher et tirai sur sa manche. « Ebe, je ne suis pas sûre. Il y a quelque chose qui me gêne. » Quand je vis ses lèvres se pincer, j'ajoutai : « Et puis, je ne crois pas que l'Eglise approuve. »

Il passa sa main dans ses cheveux et soupira. « Tout d'abord, le mot avortement n'apparaît pas dans la Bible. Et puis, si tu étudies l'histoire de l'Eglise, tu t'apercevras qu'elle ne prohibe l'avortement qu'à partir d'un certain moment. Celui de l'"animation", qui n'a lieu qu'au quatre-vingtième jour après la conception. C'est aussi ce qu'Aristote disait : l'âme n'entre dans une vie humaine qu'après que celle-ci a survécu à quatre-vingts jours de vie physique. A ce jour, ce que tu portes en toi n'est rien de plus qu'une cellule sans âme ni sentiments. Si tu avais un furoncle qui s'infecte, n'irais-tu pas te le faire percer ? Considère que c'est une tumeur qui doit être ôtée. »

Je cherchai sa main. J'avais peur. Je n'étais pas sûre. Et je me sentais coupable.

La chambre semi-privée pouvait être divisée en deux parties en tirant un épais rideau de tissu vert. J'étais près de la fenêtre mais, de toute façon, je n'allais pas y rester assez longtemps pour profiter de la vue.

Allongée, je regardais le ciel. La veille, j'avais passé la journée à organiser ma maison et nos vies en fonction des trois jours qui allaient suivre. « Vous pouvez partir dans l'après-midi mais essayez de vous reposer le plus possible », avait dit le médecin.

J'avais passé la journée de la veille à me préparer pour ce matin. J'avais demandé à la bonne de laver les vitres et le sol. J'avais changé les draps. J'avais fait assez de cuisine pour nourrir une armée d'Ebenezer affamés et avais tout mis au frigidaire. Comme je n'étais toujours pas satisfaite, j'avais envoyé la bonne acheter du poisson.

Elle rapporta du marché un rouget de taille moyenne. Je me mis à l'écailler. « Laissez-moi faire », proposa Kasturi.

Mais je voulais le faire moi-même. Il fallait que je m'occupe les mains et l'esprit. « Non, je m'en charge. Pourquoi ne fais-tu pas la lessive ? J'ai mis le linge à tremper dans un seau. »

J'entendais Kasturi grommeler dans la salle de bains : « Elle part en vacances ? Pourquoi a-t-elle vidé la panière à linge ? Ça va me prendre un temps fou pour tout laver... »

J'eus un instant d'hésitation, me demandant si je devais lui dire la vérité, à Kasturi, qui habitait une hutte avec quatre enfants et un ivrogne pour époux. Qu'est-ce que cela voudrait dire pour Kasturi, de vouloir une situation stable avant d'avoir un bébé ?

Je revins au poisson. Alors que je le vidais, la laitance mêlée aux entrailles sortit du ventre du poisson, en une substance dorée qui me coulait entre les doigts...

Je fixai ce fluide et j'entendis une voix me murmurer à l'oreille. Une faible voix mue par la foi qui, naguère, avait été partie intégrante de ma vie : « Tes mains m'ont sculpté, tes mains m'ont fait. Vas-tu maintenant te détourner de moi et me détruire ? Tu as créé mon être le plus intime. Tu m'as fabriqué dans ton ventre... Quand j'ai été créé en ton sein, je n'ai pas caché mes intentions. Quand j'ai été tissé dans les profondeurs de la terre, tes yeux ont vu mon corps encore informe. Chacun des jours qui m'étaient destinés était inscrit dans le livre de ta vie... »

Une larme glissa doucement le long de ma joue.

L'infirmière n'était pas méchante. Mais elle avait peu de patience pour les préparatifs de ce genre. Elle m'aida à mettre ma chemise d'hôpital, tressa mes cheveux qui m'arrivaient aux épaules, les enroula et me les attacha bien serrés à la nuque. « Enlevez tous vos bijoux et donnez-les à Monsieur », dit-elle d'une voix tonitruante, en jetant à Ebe ce qui me parut être un regard méprisant. Peut-être avait-elle vu de nombreux maris comme lui se tenir au pied du lit où était assise leur femme, occupée à ôter ses bijoux. Peut-être avait-elle aidé de nombreuses femmes comme moi, angoissées et torturées par la culpabilité, pendant que leurs maris allaient et venaient en faisant semblant de ne rien voir.

Mon alliance. J'hésitai. Comment pouvais-je ôter mon alliance ? C'est en me la donnant qu'il avait promis de m'aimer et me chérir pour le meilleur et pour le pire, jusqu'à ce que la mort nous sépare. « Enlevez-la également, dit-elle sans chercher à taire l'impatience qui perçait dans sa voix. Pas de bijoux dans la salle d'opération. Ni de vernis à ongles. Ni d'épingles à cheveux. Rien du tout… »

J'ôtai mon alliance et la donnai à Ebe qui la prit au creux de sa main et me lança un regard plein de reproche. Je n'avais pas le choix. N'avais-je pas fait tout ce qu'il voulait que je fasse ? Je ne savais pas ce qu'il attendait encore de moi. Et soudain, je me sentis bien trop lasse pour m'en préoccuper.

« Attendez dehors, je vous prie, dit l'infirmière à Ebe, en le chassant de mon box et de la chambre. Il faut que nous préparions la patiente pour son opération. »

Je m'appuyai aux oreillers et attendis qu'elle revienne auprès de moi pour prendre ma main et me dire que ce que j'avais accepté de faire n'était pas répréhensible. Que j'avais encore du temps devant moi pour être une mère. J'attendais qu'elle vienne me rassurer et me réconforter, me préparer à affronter la suite.

Elle tira les rideaux verts afin de me protéger des regards et posa un plateau sur la table de chevet.

« Avez-vous enlevé votre culotte ? »

Je la regardai, ahurie. Qu'est-ce qu'elle racontait ? Où étaient les mots doux et compatissants qu'elle était censée prononcer ?

« Madame, je vous ai demandé si vous avez enlevé votre culotte ! »

J'acquiesçai.

Elle retroussa la chemise d'hôpital et la remonta jusqu'à mon abdomen. Puis elle couvrit mes cuisses d'une serviette et dit : « Ne bougez pas. Si vous bougez, je risque de vous écorcher. »

Et pendant que je fixais les décorations du plafond, elle me rasa les poils du pubis. Avec un soin et une froideur extrêmes.

De l'autre côté du rideau, j'entendis des murmures. Apaisants. Réconfortants. L'ange de dévouement avait élu ma voisine, une vieille femme qui n'était pas coupable de ce qui arrivait à son corps. Alors que j'étais l'unique responsable de cette destruction de vie gratuite.

Une larme brûlante coula lentement le long de ma joue.

A travers le brouillard des larmes, je vis le visage de l'infirmière s'adoucir. « Il n'est pas encore trop tard. Vous pouvez changer d'avis si vous voulez. Pourquoi faites-vous donc ça ? Vous êtes mariée pourtant, et c'est votre premier enfant après tout », dit l'infirmière, en me tapotant le bras et en m'essuyant, faisant retentir dans la chambre les mêmes mots qui résonnaient dans ma tête depuis quelques jours.

Ebe entra quand elle sortit. « Je suppose qu'elle t'a dit que ce que tu faisais était mal, un péché aux yeux du Seigneur », dit-il. Il chuchotait mais ses yeux avaient une lueur féroce et son ton, bien que bas, était cinglant.

Comment avait-il deviné ?

« Ne sois pas surprise ! C'est une catholique. Tu sais bien ce qu'ils pensent de la contraception et de l'avortement. De quoi se mêle-t-elle à vouloir t'influencer avec ses idées malsaines ? J'ai bien envie de me plaindre d'elle. »

Ce nouvel Ebenezer me déconcertait. Lui, bigot ? Sentait-il qu'elle menaçait son autorité ? Ce que personne n'avait jamais osé faire auparavant...

Soudain, sa voix changea et son regard s'adoucit. Il me caressa le front en disant : « Maragatham, chérie, j'espère que tu comprends que c'est pour notre bien. Pour notre avenir. »

Comme d'habitude, je me laissai apaiser par sa voix. Après tout, c'était Ebe, mon Ebe. Il avait raison. Il avait toujours raison.

Une demi-heure plus tard, un aréopage d'employés de l'hôpital arriva en poussant un lit sur roulettes. « Avez-vous uriné ? » me demanda l'infirmière de son ton brusque.

Alors qu'ils m'emmenaient, Ebe m'accompagna jusqu'au bout du couloir où se trouvaient les ascenseurs. « Bonne chance ! » dit-il.

Pour la première fois, je ressentis de la colère. Bonne chance ! Qu'est-ce qu'il voulait dire par là ? S'imaginait-il que j'allais passer un examen ou réciter un poème ? Que j'allais courir dans une compétition ou me livrer à une expérience de chimie ? Bonne chance pour quoi ? Je n'avais rien d'autre à faire que rester allongée pendant qu'ils allaient me cureter l'intérieur du ventre pour en arracher mon bébé. Dézygote-moi la membrane interne de l'utérus, Ebe, je te prie.

Dans la salle préopératoire, ma colère se dissipa et laissa place à la nervosité. Des infirmières et des médecins vêtus de blouses et de coiffes vertes s'affairaient. Six autres femmes comme moi attendaient leur tour.

Des voix flottaient. Des voix désincarnées qui transperçaient mes paupières baissées comme des aiguillons. Mais je gardais les yeux bien fermés.

« Qui s'occupe de cette patiente ?

— C'est une procédure longue mais il n'y a pas de souci à avoir.

— Pourquoi Sœur Sheela n'est-elle pas là ? N'est-elle pas de service ce matin ?

— Détendez-vous. Si vous vous détendez, ça ne fera pas mal. »

Et à chaque fois, les différentes voix marquaient une pause au pied de ma civière. J'entendais le bruit de ma feuille d'hospitalisation que l'on consultait. Suivi d'une voix sentencieuse et teintée de mépris qui semblait nier ma présence d'un « Ah ! IVG... »

Interruption volontaire de grossesse. En d'autres termes : esprit opiniâtre. Créature dépravée. Ennemie de la maternité et de l'œuvre de Dieu. Je me dis que peu importait ce qu'ils pensaient. Ebe savait ce qui était bon pour moi, pour nous.

Puis vint mon tour. Calme froid. Tubes et moniteurs. Une énorme lampe sphérique vint planer au-dessus de mon corps. On aurait dit une assiette avec des alvéoles, du genre de celles que les restaurants végétariens utilisent pour servir leurs repas.

« Comment ça va, Margaret Shanti ? »

Sous le calot vert, je reconnus le visage de mon médecin.

Comment ça va ? « Je ne sais pas... » avais-je sur le bout de la langue. Comprendrait-elle si j'essayais d'expliquer ? Je la dévisageai et réalisai qu'il s'agissait là d'une question de routine. Sans doute de celles qu'on pose à tous ceux que l'on conduit dans le bloc opératoire.

Je souris. « Bien », répondis-je, en devinant que c'était là ce qu'elle voulait entendre.

Un autre médecin m'enfonça une seringue dans le bras et me mit sous perfusion. On me couvrit le visage d'un masque et quelqu'un dit : « Comptez à rebours, Margaret. »

C'est ce que je fis. Aujourd'hui. Hier. Le jour où nous avons décidé de l'avortement. Le jour où j'ai appris que j'étais enceinte…

Des heures, ou ce qui me parut être des années plus tard, une voix m'appela depuis l'arrière de mon crâne : « Margaret, Margaret, réveillez-vous ! »

Ce que je fis, reprenant conscience à contre-cœur. Un vide. Une douleur. Une impression de manque. En bas de mon dos, un poing en colère frappait ma colonne vertébrale. Des spirales de douleur. Je sentis le tampon de coton entre mes jambes. Un saignement silencieux.

Une larme descendit lentement le long de ma joue.

L'amour vous séduit avec un parfum rare. L'amour exige qu'on le boive jusqu'à la lie. Alors il brûle la langue et les sens. L'amour rend aveugle. L'amour rend fou. L'amour sépare la raison de la pensée. L'amour tue. L'amour est de l'alcool de méthyle camouflé en alcool éthylique.

Une semaine plus tard, vers minuit, Ebe me réveilla par des caresses. « Qu'est-ce que tu fais ? murmurai-je dans mon sommeil.

— Rien, je veux juste te toucher. » Sa voix avait un timbre étrange.

Ses doigts palpaient et exploraient. « Ma petite fille ! roucoula-t-il. Ma fillette chérie ! »

Je pris peur. Qu'arrivait-il à Ebe ? « Ebe, Ebe ! dis-je en chuchotant, sans pouvoir cacher la panique dans ma voix.

— J'adore quand tu m'appelles "Ebe, Ebe", comme tu viens de le faire. Comme une petite fille. Je t'aime comme cela, murmura Ebe. Si pure et propre. Ma petite chérie. Mon adorable petite fille. Sans gros seins qui pendent ni cette horrible toison qu'ont les femmes. Je ne veux pas que tu changes. Je veux que tu restes ainsi toute ta vie. »

Et moi, où étais-je dans tout ça ? Margaret Shanti, la femme. Aux yeux d'Ebenezer, avais-je cessé d'exister ? Que voyait-il en moi ? Une petite fille qu'il pouvait diriger et modeler à sa guise ? Qu'il pouvait dominer et puis à laquelle il ferait l'amour ? Il semblait avoir nié tout ce qui en moi était adulte et féminin... Que se passerait-il quand je changerais ? Quand le temps me rattraperait et laisserait ses marques sur moi. Quand je ne serais plus la petite fille d'Ebe aux cheveux courts, aux seins à peine bourgeonnants, à la vulve glabre et aux chevilles délicates... Dans le noir, j'étouffai un sanglot.

J'avais devant moi une pile de travaux pratiques de laboratoire, des examens de fin de trimestre. Mais, pour la première fois depuis des années, je n'arrivais pas à me concentrer. Je pensais à lui, à nous, à ce qu'il me fallait faire. Si je le quittais, où irais-je ? Qui serait là pour me réconforter et me dire que j'avais pris la bonne décision, que tout ce que j'avais à faire dorénavant, c'était oublier le passé et commencer une nouvelle vie ? Qui me tendrait la main et m'offrirait son épaule pour pleurer ?

Au fil des années, ma famille s'était mise à l'aimer et à l'admirer encore davantage. Ils voyaient en lui un homme qui avait réussi, un membre respectable de la communauté, un bon mari, et ils se disaient que c'était à moi, avec tous mes défauts, mon obésité et ma stérilité, mes longs silences moroses et mon tempérament mélancolique, de m'agenouiller tous les jours pour remercier le ciel que mon mari ne m'ait pas quittée.

Quand j'essayai de parler à ma mère de la tristesse qui enflait en moi, obscurcissait mes pensées et me nouait la gorge, elle balaya mes préoccupations d'un : « C'est normal de se disputer avec son mari. Au bout de plusieurs années de mariage, tous les jours ne se vaudront pas. Il y aura des jours avec et des jours sans. Ce qu'il faut, c'est se souvenir des bons moments. Et comme je te l'ai déjà dit à plusieurs reprises, c'est la femme qui est responsable de l'équilibre de son ménage. Les hommes ont tant de préoccupations qu'ils n'ont sans doute pas le temps ni l'envie de mettre de l'huile dans les rouages du mariage. Ebenezer est un homme occupé, principal d'une grande école très prestigieuse. Il faut que tu l'acceptes et que tu agisses en conséquence, et non pas que tu l'accueilles avec tes silences maussades et tes mots acerbes quand il rentre à la maison d'une journée de travail. »

« Et moi dans tout ça ? avais-je envie de demander. Est-ce que je n'ai pas le droit d'avoir des exigences à son égard ? Est-ce que je ne travaille pas autant que lui, sinon plus, étant donné que je m'occupe aussi de la maison ? Tu crois que moi, je reste à me tourner les pouces pendant que lui se tue au travail ? Est-ce que toi, ma mère, tu ne devrais pas me soutenir ? Ecouter mon point de vue ? Où est passé ce soi-disant "amour inconditionnel" que les parents sont censés éprouver à l'égard de leurs enfants ? »

Ma mère, comme mon père, je le savais bien, ne voulait rien entendre qui risquât de menacer le monde idyllique qu'ils s'étaient construit. Une retraite confortable, une maison cossue avec son joli jardin, deux filles mariées à des notables et bien installées, l'aîné de leurs petits-enfants premier aux examens… Comment pouvais-je bouleverser ce calme et cet ordre avec mon amertume, ma colère, ma haine et ma tristesse ?

Et puis, il y avait le stigmate du divorce. Personne n'avait divorcé dans ma famille. Ceux que Dieu avait réunis, ni homme ni femme ne les avait séparés. Dans les familles respectables comme la nôtre, personne n'avouait l'échec d'un mariage. On serrait les dents en faisant des efforts pour le sauver. Si je quittais Ebenezer Paulraj, je devais être prête à perdre aussi ma famille.

Je me demandais sans cesse que faire.

Quand la sonnerie retentit, je me dépêchai de sortir. L'école n'était qu'à quelques minutes de la rue où nous habitions et, tous les soirs, je descendais l'avenue bordée d'arbres, et m'arrêtais chez l'épicier du coin. J'achetais juste de quoi cuisiner pour la journée. Ebenezer Paulraj n'aimait pas les légumes qui étaient restés au frigidaire. Mais ce soir-là, je décidai de me débrouiller avec les restes de la veille. Une impatience me poussait à briser la routine, à faire les choses différemment.

Quand j'arrivai à la maison, je mis la bouilloire en route et allumai la télé. Le silence de la maison me rendait nerveuse. La musique, les rires et les refrains publicitaires m'aidaient à peupler le vide des pièces de la maison. Je me changeai et bus mon thé.

Nous n'avions pas d'enfant. Je ne tombais pas enceinte. Les médecins disaient que tout était normal chez l'un comme chez l'autre. Ils affirmaient que cela finirait par arriver un jour ou l'autre… J'essayais de ne pas y penser. Mais parfois, l'image d'un bébé me venait à l'esprit. Un bébé qui essayait de se tenir aux murs de mon imagination et de se hisser, un bébé qui tendait les bras vers moi…

Je décidai de me mettre à faire la cuisine. C'était le deuxième vendredi du mois, jour où la petite clique venait dîner. Ces soirs-là, Ebenezer Paulraj était toujours déchaîné. J'essayais quant à moi de me fondre dans le décor mais il ne se faisait pas prier pour commencer son numéro.

La petite clique était son public et il adorait les séduire par sa voix mélodieuse et sa méchanceté déguisée en humour.

Quand on avait offert, quatre ans auparavant, à Ebenezer Paulraj le poste de principal de l'école de la fondation SRP, nous avions quitté Kodaikanal pour Coimbatore. Comme j'étais son épouse et titulaire d'une maîtrise de chimie assortie d'un diplôme de pédagogie et d'une longue expérience, on me proposa le poste de directrice du Département de chimie. Je devais enseigner au niveau lycée. « Mais comme c'est la première année et qu'il n'y a qu'une seule classe, tu devras peut-être donner des cours au collège aussi », dit Ebenezer Paulraj en me décrivant l'école, les professeurs, le défi que constituait son nouveau travail, l'opportunité que ce serait pour lui. Je l'écoutai en silence, en me demandant pourquoi il se donnait tout ce mal puisqu'il avait déjà pris sa décision.

La petite clique se forma pendant la première année du règne d'Ebenezer Paulraj. Il n'était pas parti avec l'intention de constituer un groupe de partisans. Dans son nouveau personnage de « Père de l'Etat », qui était le rôle qu'il s'était attribué pour l'école, Ebenezer Paulraj avait instauré un déjeuner mensuel qui aurait lieu chez nous. On demandait aux professeurs de venir avec leurs épouses et d'apporter un plat chacun. Les invités étaient au complet les premières fois. Puis les participants se firent moins nombreux jusqu'à ce qu'il ne reste plus que la petite clique. Le déjeuner se transforma en dîner et le pouvoir d'Ebenezer Paulraj fut absolu.

Comme il n'y avait plus que six bouches à nourrir et six esprits à distraire (aucun des membres de la clique n'était marié), la préparation du dîner me revenait. Impossible de blâmer la clique : ils apportaient toujours quelque chose, une boîte de gâteaux, un paquet de chips et parfois des fruits. Aux yeux d'Ebenezer Paulraj, ils faisaient des efforts et il fallait que j'en fasse moi aussi.

« Je ne te demande jamais rien. Alors, si c'est une telle corvée, je proposerai à Premilla ou à Daphne de cuisiner. Réfléchis, de quoi auras-tu l'air ? dit-il quand, au bout de quelques soirées, j'émis des objections.

— On n'est tout de même pas obligés de les inviter tous les mois ! Ce n'est pas comme si tu ne les voyais jamais, répondis-je, contrariée à l'idée de devoir recevoir un groupe de personnes qui, je le savais bien, me considéraient comme le fardeau du principal.

— Je n'ai pas beaucoup d'amis. Tu ne veux même pas m'accorder cela ? » dit-il calmement en quittant la pièce.

Ebe ne discutait jamais. Ebe ne perdait jamais son calme. Ebe n'élevait jamais la voix. Il se renfermait sur lui-même et, assis, gardait un silence stoïque jusqu'à ce que je faiblisse et me rabaisse en acceptant de faire ce qu'il voulait.

Au début de notre mariage, il voulait jouer au papa, faire sa part des corvées ménagères.

Quand je refusais ses offres pour m'aider, il insistait. J'avais une bonne pour les corvées les plus lourdes et lui, comme tous les hommes, confirmant ce que j'avais entendu ma mère dire à mon père, ne faisait que me gêner.

Lorsque notre relation commença à se gâter, je réalisai qu'Ebe traitait la maison comme un hôtel. Tout devait fonctionner tout seul sans qu'il ait rien d'autre à faire que payer les services offerts. Le repas sur la table. Les vêtements lavés et repassés, prêts à être mis. Le lit fait, les étagères époussetées, les serviettes changées, la salle de bains nettoyée, les commissions faites, tout cela comme par miracle. Etouffant d'occasionnels accès de colère devant son égoïsme, je laissais faire. Mais qu'il ne fasse même pas l'effort d'apprécier combien tout était bien réglé me restait en travers de la gorge.

Quand nous déménageâmes pour Coimbatore, la situation changea. J'avais davantage d'heures de cours et mes responsabilités s'alourdirent. Toutefois, Ebe resta indifférent à la transformation de notre vie. Je réalisai que, sans son aide, je n'y arrivais plus comme avant. L'irritation que j'avais réussi à maîtriser auparavant se fit jour dans mes paroles, dans le ton de ma voix, dans ma manière de diriger la maison.

Il se plaignait de la nourriture quand je réchauffais des restes. Les domestiques ne convenaient jamais : il leur reprochait leurs ongles sales, leur voix criarde et dissonante, leurs manières sournoises et, quant à leurs cheveux, il les trouvait partout. « Débarrasse-t'en ! s'écriait-il à chaque fois au bout de quelques jours.

— Kasturi n'était pas mieux, mais tu ne te plaignais jamais, essayai-je d'argumenter.

— Kasturi n'était jamais à la maison en même temps que moi. Elle n'était pas dans mes pattes. Alors que celles-là, si. Franchement, nous pouvons nous passer d'une bonne. Nous n'avons qu'à acheter une machine à laver et ça les remplacera », dit-il en jetant un regard à la domestique en train de passer une serpillière par terre.

Et la vaisselle ? Et balayer et laver le sol ? Tout ce dont une bonne s'occupe ? pensai-je avec lassitude. Et colère.

A mesure qu'augmentait ma fatigue, nos querelles devinrent de plus en plus sordides. Je ne cachais plus mon exaspération devant son insensibilité. Il ripostait en utilisant le sarcasme. Plus il se montrait railleur, plus je le harcelais. Nous étions comme des gamins qui rivalisent de méchanceté.

Nous nous disputions à propos des repas que je préparais, qui, disait-il, étaient si sommaires qu'on aurait pu se contenter de mordre dans des légumes crus et de manger de la viande bouillie. « Tu n'as qu'à cuisiner, alors ! » rétorquais-je. Il se levait de table avant d'avoir terminé de manger et je le retrouvais en train de jeter les restes à la poubelle.

Nous nous querellions à propos de toiles d'araignée que je n'avais pas vues et du linge sale qu'il laissait à même le sol en attendant qu'il aille tout seul dans la machine à laver. « Ah ! arrête de m'importuner, veux-tu ? J'ai dit que je le mettrais à la machine, ce linge. Il te le faut à la minute ? »

Et puis il y avait les diplômes d'Ebe. Tous les titres qu'il avait remportés, depuis la maternelle où il était arrivé premier dans la course en sac des tout-petits jusqu'au concours de joute oratoire où on lui avait décerné le titre de meilleur débatteur, étaient dûment encadrés et suspendus.

Ces diplômes occupaient un mur entier et débordaient sur ceux d'à côté. Ebe se plaignait de ce que je ne les époussetais pas assez. Que le verre était sale et que, lorsqu'il descendait un cadre, il y avait de la poussière dessus. « Tu n'as qu'à le faire toi-même ! répliquais-je. Et puis, c'est absurde ! Quel adulte irait suspendre un diplôme qui dit qu'il est arrivé premier en enfilage d'aiguille à l'âge de trois ans et deuxième en course en sac quand il en avait quatre ? Tu ne vois pas que même tes amis se moquent de toi, Ebe ? »

Au début, je racontais à Ebe la moindre des choses que je faisais, toutes les pensées qui me venaient à l'esprit. Je pensais qu'il voulait connaître les détails de ma journée, de la même façon que moi je m'intéressais à la sienne. Un jour, je remarquai qu'il ne m'écoutait pas, qu'il faisait seulement semblant. Je vis un voile d'indifférence passer devant son regard pendant que je parlais. Je le vis se saisir d'un magazine et le feuilleter. J'arrêtai net, désemparée. Cette nuit-là, je n'arrivai pas à trouver le sommeil. Je ressassais : si je ne peux pas me confier à lui, à qui vais-je parler ? Le lendemain, je me tus. J'attendais qu'il remarque ce silence, qu'il me demande si tout allait bien, qu'il cherche à savoir ce qui me perturbait. Il n'en fit rien. C'est alors que je réalisai qu'Ebe se moquait bien de ce que je faisais quand il n'était pas là. Et progressivement, j'arrêtai de lui parler. S'il ne souhaitait pas savoir, me dis-je, je n'allais pas lui dire.

Le fait que nous n'ayons plus de conversations ne me surprenait pas. Mais j'étais déconcertée par notre capacité à nous lancer des piques et par nos disputes qui se terminaient systématiquement en récriminations de ma part sur son manque de participation aux tâches ménagères.

« Tu n'as jamais de temps à consacrer à la maison, grommelais-je. Tu as sans arrêt des réunions avec le conseil d'administration ou avec le comité d'aide sociale. Pourquoi ne consacres-tu pas quelques instants à aider ta femme ? Qu'est-ce que c'est déjà que tu prônes avec tant d'emphase à l'école ? Ah oui ! les TIG, Travaux d'intérêt général. Ha ! tu pourrais commencer par des TIG à la maison. »

Il écrasa net ma révolte. « Ne sois pas ridicule ! J'ai beaucoup de responsabilités au travail. Je ne peux pas me contenter de demi-mesures. Contrairement à toi, je prends mes responsabilités au sérieux et je les assume. »

Je restai bouche bée. Quelles responsabilités ne prenais-je pas au sérieux ?

« Et puis, de quoi te plains-tu ? Nous ne sommes que deux à la maison. Ce n'est tout de même pas si difficile que ça de s'occuper d'une maison où vivent seulement deux personnes ! »

Au bout de quelque temps, je baissai les bras. Je n'avais pas l'énergie suffisante pour essayer de remporter la bataille. Peut-être avais-je perdu espoir. Cela aurait dû me mettre la puce à l'oreille. Lorsque je compris que je ne pouvais pas le changer, je renonçai à espérer quoi que ce soit de ce mariage et de cette relation…

Je ne protestais plus. Je souriais et m'associais aux rires. Je devins ce qu'il voulait faire de moi : quelqu'un qui savait être bonne perdante et jouer en équipe. Le solvant universel.

*

A chaque fois que je rencontre quelqu'un, au bout de quelques minutes, je cesse de voir en elle ou en lui un individu pour y voir un produit chimique. Quelqu'un dont la nature a été identifiée, mesurée et archivée. Cela m'aide à mieux comprendre la personne en question, à modifier mon comportement en sa compagnie et donc à réduire le risque d'explosion accidentelle. C'est une manie bizarre mais inoffensive. Et jusqu'à présent, elle a toujours fonctionné. Après tout, qu'est-ce qu'une créature sans sa nature chimique ?

Ebenezer Paulraj eut un sourire méprisant quand j'essayai de lui expliquer ma théorie. « Tu te crois originale ? Je peux te dire que Virginia Woolf n'a pas attendu ta naissance pour avoir la même idée. Sauf qu'elle a eu recours à des animaux. Ça, c'est de l'imagination ! Qui irait penser à des produits chimiques sinon quelqu'un qui en est totalement dépourvu ? Ces horribles trucs puants ! »

Peu m'importait comment Virginia Woolf comprenait la nature humaine. Les produits chimiques étaient mon univers. Des amis, des complices et des guides qui m'ont accompagnée quasiment tout au long de mes trente-cinq années d'existence. Et lorsque je regardais Ebenezer Paulraj et sa petite clique faire parade d'unité et de camaraderie, c'était eux que j'avais présents à l'esprit.

Je n'étais pas sûre que tous les membres du personnel enseignant fassent preuve d'une égale adulation à l'égard d'Ebenezer Paulraj. Je ne le saurai jamais. Comme j'étais sa femme, ils pensaient que je lui restais loyale. Ils ne me faisaient pas confiance. A chaque fois que je pénétrais dans la salle des professeurs, un silence gêné s'installait, se faufilant à travers les rangées de tables et de chaises.

Pendant des années, je passai tout mon temps libre dans le labo de chimie. Parfois, un membre de la petite clique venait me chercher. Je les évitais aussi habilement que possible. Et quand mon silence n'arrivait pas à les chasser, je m'assurais que l'odeur du labo s'en charge à ma place. Je n'avais qu'à ouvrir le bocal de sulfure d'hydrogène et à laisser sa puanteur d'œuf pourri envahir l'atmosphère. Pourquoi venaient-ils à moi, je ne sais. Peut-être mus par une certaine loyauté à l'égard de leur capitaine.

La petite clique n'était pas très nombreuse mais elle tenait les rênes de l'école.

Il y avait Premilla Yadav, professeur d'économie au lycée. Elément chimique : le brome. Epaisse, aux cheveux teints en acajou. Lunatique et émettant une odeur corporelle forte et désagréable. Pas très active en elle-même, elle s'alliait aisément avec les autres. Elle avait besoin d'être surveillée car elle avait la capacité de causer beaucoup de dégâts, d'infliger des blessures qui ne guérissaient presque jamais. Il fallait prendre un maximum de précautions en la manipulant.

Ensuite venait Daphne, la professeur d'anglais. Légère et argentée comme le lithium, elle éblouissait tout le monde par son charme et son sourire. Quand elle s'animait, le rouge lui montait aux joues, lui donnant encore plus d'allure. Parfois, quand il croyait que personne ne l'observait, Ebenezer Paulraj la contemplait, fasciné. Elle était à part, c'était certain. Plus que son charme ou que sa beauté, ce qui la rendait si particulière était sa capacité à rendre les gens moins malheureux par sa simple présence. Mais elle n'était pas très populaire chez les femmes qui se sentaient lourdaudes en sa compagnie.

Puis il y avait Shankar Narayan, le maître de hindi. Il ne pouvait correspondre qu'à un seul élément: le cobalt. Lutin. Esprit malin. Petit et boulot. Dur et cassant mais prenant l'apparence plaisante du fer et du nickel. On pouvait lui faire confiance pour remonter à la source de tous les incidents qui avaient lieu à l'école, des vols aux graffitis dans les toilettes en passant par les histoires de cœur. Les enfants me confièrent qu'ils l'appelaient Rayon Gamma Traceur et qu'un refrain paillard sur lui circulait dans l'école, transmis de classe en classe:

> *Shankar Narayan Gamma*
> *Est allé au cinéma*
> *Mais sans son pyjama*
> *Et on a vu sa banana.*

Tous les membres de la clique n'étaient pas des éléments simples. Certains étaient tellement complexes qu'ils ne pouvaient entrer que dans la catégorie des sels, des acides ou des gaz, autrement dit de dérivés présentant plusieurs caractéristiques. C'est à ce groupe qu'appartenaient les trois derniers membres de la clique d'Ebenezer Paulraj. Il y avait tout d'abord Xavier, le professeur d'histoire. Incolore, agréable, doux et totalement imprévisible si l'on était dans le pétrin. Une gorgée d'alcool et c'était un autre homme. Amusant, plein d'humour, il provoquait dans son entourage des fous rires incontrôlables. Xavier, oxyde nitreux, gaz hilarant. Très sensible à toute combustion, il était par lui-même incapable d'enflammer quoi que ce soit, *a fortiori* le cerveau d'un enfant.

Arsenic. Prénom, Kalavati. Cheveux gris et visage barbouillé de curcuma. Professeur de mathématiques et empoisonneuse d'esprits. Empestant l'ail, avec un tempérament qui la portait aux extrêmes, Madame Arsenic ne connaissait pas la voie médiane, le juste milieu. Elle était soit votre meilleure amie, soit votre pire ennemie.

Enfin, nitrite de soufre. Le plus traître du lot. Nawaz, le vice-principal. Adjoint aux commandes, fidèle auxiliaire, il changeait de couleur avec la température de la pièce. Véhément lors d'une discussion générale, neutre quand les opinions étaient partagées, et presque invisible quand un conflit atteignait son paroxysme. Assez stable, il était pourtant capable d'exploser en réaction à un désaccord soudain. Il valait donc peut-être mieux qu'il reste à l'écart de toutes les controverses et se contente d'être le supraconducteur des théories d'Ebenezer Paulraj.

Et puis il y avait Ebenezer Paulraj. Corrosif. Cinglant. Incolore. Huileux. Dense. Acide. Explosif. Porté aux extrêmes. Capable d'annihiler tout ce qui était eau, fluide et vivant. Conçu pour calciner presque tout ce qui était organique : bois, papier, sucre, rêves. Acide sulfurique concentré. H_2SO_4. Sulfate d'hydrogène. Roi des produits chimiques. Huile de vitriol.

Ebenezer Paulraj avait des nuances. Parfois, il était le vitriol bleu, imprégné de cuivre. Rayonnant de bonté et d'énergie positive, remédiant par sa seule présence à toute déficience, secourant, purifiant, guérissant. D'autres fois, il était le vitriol vert, marqué par le fer. Capable de réduire à néant toute chose et tout être par la seule puissance de sa personnalité. Il le faisait inconsciemment et naturellement. Quand il était gouverné par le cobalt, il était le vitriol rose. Protégeant les faibles et les sans-défense. Puis, il y avait les fois où le zinc dominait et où il devenait le vitriol blanc. Corrosif et destructeur de tout ce qu'il considérait comme quantité négligeable. Mais rien ne pouvait changer sa nature fondamentale, qui déterminait son tempérament : huile de vitriol.

Ebenezer Paulraj aimait courir. Ebe aimait s'imaginer en train de courir. Lors de mes premières rencontres avec Ebe, il emportait partout un livre appelé *La Solitude du coureur de fond*. « C'est un des meilleurs livres jamais écrits. Ecoute ça… »

Je ne comprenais pas ce que voulait dire l'auteur ni pourquoi Ebe était si enthousiaste à son propos. Mais j'étais prête à croire Ebe sur parole. C'était un des meilleurs livres jamais écrits.

C'est seulement plus tard, bien plus tard, après l'avoir enfin lu, que je réalisai que c'était le titre qu'Ebe préférait dans ce livre. C'était le genre de livre avec lequel il aimait être vu. Il y avait un exemplaire dans la bibliothèque à la maison et un autre sur son bureau à l'école, la couverture bien en évidence afin que tous ceux qui entrent puissent le voir et en tirer leurs conclusions. Il était original. Un ton en colère. Et juste la date qu'il fallait : trop récent pour faire partie des classiques à part entière, et trop vieux pour être appelé avant-gardiste ou moderne. C'était tout Ebe : un contemporain qui réussissait constituait pour lui une menace. Qu'il vive à l'étranger n'y changeait rien.

Ebe emportait le livre avec lui partout où il allait. Il le connaissait assez pour en réciter de tête quelques passages. Mais j'ai des doutes sur l'intérêt qu'il a pu porter au contenu du livre. C'était surtout sa manière à lui de faire passer un message sur son habitude de faire du jogging. Comme avec le film *Les Chariots de feu* qu'il adorait. Il demanda à un ami d'en rapporter une cassette vidéo des Etats-Unis et il la visionna maintes fois. Tous ces hommes jeunes et souples qui couraient et rivalisaient entre eux. Ebe se voyait comme l'un d'eux. Le coureur. Le coureur solitaire. Le coureur qui continuait à courir car c'était ce qu'il faisait le mieux.

Ebe aurait aimé courir au bord de la mer. Ou sur un chemin de montagne. Mais comme il aimait aussi avoir un public qui lui prête toute son attention, il avait choisi l'école. Il restait après la fin des classes, attendait la dernière sonnerie avant de changer de vêtements et de chaussures. Dans la cour, les enfants observaient les équipes sportives et les entraîneurs qui se consacraient à leur entraînement de football et de hockey du soir. Ebe savait qu'ils seraient tous là en train d'attendre, de regarder. Il allait sur le terrain de sport de l'école, sur la piste, et courait pendant quarante-cinq minutes. Certains jours, il courait plus longtemps. Quand il s'arrêtait, dégoulinant de transpiration et haletant, les enfants et les entraîneurs le regardaient avec admiration. « Courir, leur lançait alors Ebe, est le meilleur des exercices. Rien ne vaut la course, pas même la natation ou le tennis, mes autres sports favoris. »

Courir l'aidait à se concentrer et à focaliser son esprit, prétendait-il. Ce qu'il ne disait pas, c'est que l'exercice physique avait fait de lui l'homme qu'il était.

Ebenezer Paulraj était un homme routinier, qui suivait scrupuleusement son emploi du temps. Tous les soirs, il rentrait à la maison à sept heures moins le quart, sauf s'il avait une réunion ou s'il était pris par autre chose. Quand j'entendais la voiture au portail, je mettais la bouilloire en route. Il buvait son thé tout en marchant dans la maison. Souvent, il s'arrêtait devant le miroir à bordure dorée suspendu près de la porte pour s'y regarder complaisamment. Il était encore très beau, avec des muscles fermes et une peau lisse comme de la soie.

Autrefois, je l'avais désiré rien qu'en le regardant. Maintenant, je n'éprouvais que mépris pour sa vanité de paon sur le retour !

Après avoir pris une douche et mis des vêtements propres, Ebe allumait la stéréo. Ses goûts musicaux, comme son appétit, étaient marqués par la retenue.

Car si Ebe avait une faiblesse, c'était la nourriture. Il adorait manger et plus la nourriture était riche, plus il l'aimait. Le bacon bien gras, les sardines remplies de laitance, le foie de poulet, les bouts de gras que les bouchers mélangeaient à l'agneau pour faire du poids, les œufs doubles, les mangues à la crème et les sapotilles mûres, les puris, les beignets, les frites, tout ce qui baignait dans l'huile et regorgeait de calories. Mais Ebe aimait son physique encore davantage. Il contrôlait donc ses tendances naturelles à la gourmandise. Il ne se resservait jamais, jeûnait un jour par semaine et m'avait interdit de rien cuisiner qui soit susceptible de le tenter et de le faire succomber.

J'étais la plus faible de nous deux. Je m'autorisais tout ce que je n'aurais pas dû manger. Parfois c'était ma seule source de réconfort. Je m'achetais la plus grosse tablette de chocolat disponible et la dissimulais. A un endroit différent à chaque fois : dans le frigidaire, dans l'armoire, en haut de la bibliothèque... Savoir qu'elle était là quelque part dans la maison me faisait battre le cœur en secret et oublier à quel point j'étais insatisfaite de ma vie. Ebe se mettait en colère quand il me voyait grignoter. J'attendais qu'il parte pour sortir ma tablette de chocolat. Je m'autorisais le plaisir d'éplucher l'emballage de papier violet et de déchirer la feuille dorée au fur et à mesure que je la savourais. Parfois, quand le chocolat ne me suffisait pas, j'ouvrais une boîte de lait concentré, y plongeais une cuillère et m'en régalais jusqu'à en avoir mal au cœur. Toutefois mes journées « lait concentré » n'étaient pas trop fréquentes. En général, une tablette de chocolat et un paquet de chips pour m'ôter de la bouche ce goût sucré suffisaient à calmer mes envies.

Cela laissait des traces : mon double menton, mes bourrelets à la taille, l'épaisseur de mes chevilles et mes poignets boursouflés. Je détestais me voir dans la glace. Mais au moins, je n'étais plus la petite fille à son papa.

Ebe aimait la musique classique occidentale. Je ne sais pas s'il l'aimait vraiment ou s'il s'était forcé à l'apprécier parce que c'était le genre de musique que les directeurs d'écoles prestigieuses se devaient d'écouter. Pour ma part, elle me faisait penser à la musique qu'on met dans les ascenseurs ou dans les halls d'hôtels de luxe.

Ebe adorait les grands maîtres. Mais il était méticuleux jusque dans son adoration. Il choisissait un compositeur et lisait tout ce qu'il pouvait trouver à son sujet. Il mettait la musique de ce compositeur tout en lisant. Il se faisait sans arrêt envoyer des cassettes ou des CD. Cette nuit-là, c'était du Bach.

« Bahh! Bah! Bah! » Je proférais son nom à voix basse en me prenant pour une adolescente rebelle.

Pourquoi ne pouvions-nous pas écouter la même musique que tout le monde ? Simon & Garfunkel, les Beatles, Madonna, Chicago, des ghazals et des chansons tamoules... Non, il fallait que ce soit Bach ou Beethoven, Chopin ou Mozart. Parfois, la voix dans ma tête rageait et fulminait si fort que j'avais l'impression que mon crâne allait exploser.

Ce soir-là, Ebe posa son livre et vint se tenir dans l'embrasure de la porte de la cuisine. « Qu'est-ce que tu as préparé ? demanda-t-il.

— Un pulao aux légumes, des vadas au yaourt. Un curry de choux-fleurs et un masala d'œufs. Il y a aussi des papads et des pickles pour accompagner », dis-je en levant le couvercle de chaque plat pour les lui montrer.

Il fit une grimace que je fis semblant de ne pas voir.

« Mais c'est exactement ce que tu as fait la dernière fois ! Pourquoi refais-tu la même chose ? Tout le monde va penser que tu n'as pas d'imagination. »

J'encaissai l'insulte. Pourquoi est-ce que ça faisait encore si mal ? Et c'est cette blessure qui me fit rétorquer : « Si ce que j'ai préparé ne te plaît pas, tu n'as qu'à commander le repas chez un traiteur. Je ne peux pas faire mieux. Et puis, qui essaies-tu d'impressionner ? Ce sont toujours les mêmes invités qui viennent et ils nous connaissent très bien. Ce n'est pas comme si on attendait la reine... »

Ebe était déjà parti et je me retrouvai seule avec ma douleur, ma colère et un vague sentiment de honte. Comment pouvais-je me montrer si mesquine ? Cependant, je ne m'autorisai qu'un bref instant de remords.

Ce soir-là, ma haine fut mon moteur. L'huile de vitriol détruit l'eau. Elle absorbe toute trace d'eau de n'importe quel autre composé. Mais ce soir, j'étais *Aqua Regia*. L'eau régale. Acide et haine. Capable de dissoudre même l'or, comme le savaient les alchimistes. Capable de dissoudre la honte et le remords, et de garder intacte ma haine pour lui.

« Mmm... Comme ça sent bon ! » La voix cristalline de Daphne tinta lorsqu'elle passa la porte.

Mademoiselle Lithium. C'était celle que je préférais de la clique, même si je savais qu'Ebe s'en était entiché. Je lui souris.

Les autres, Premilla Brome, Xavier Gaz Hilarant, Nawaz Composé Soufré, Shankar Narayan Rayon Gamma me sourirent et reniflèrent admirativement. Seule Kala Arsenic fit la moue. En arrivant, elle avait tenu à me dire qu'elle espérait que le pulao n'était ni trop épicé ni trop gras car elle ne voulait pas avoir d'indigestion dans la nuit.

Daphne s'assit à côté de moi en disant : « J'ai cru ne jamais trouver de rickshaw pour venir ici. Il faudra que vous me raccompagniez, Monsieur le Principal. » Et elle partit d'un nouvel éclat de rire.

Ebe lui sourit avec adoration. Je lus de l'admiration dans son regard et sentis mon estomac se nouer. A quand remontait la dernière fois qu'il m'avait regardée avec ces yeux-là ?

Que nous était-il donc arrivé ? Etait-ce moi qui avais changé ? Et, par ricochet, les attentes que j'avais de lui ?

« Vous avez encore réussi à finir les mots croisés ! dit Daphne, en feuilletant les journaux qu'Ebe venait de poser.

— Comment fait-il pour les terminer à chaque coup ? Maggie, quel est son secret ? » fit Daphne avec une moue.

Je secouai la tête en souriant. Le jour où la clique devait venir dîner, il se levait de bonne heure et, muni d'un dictionnaire et d'un recueil d'expressions, se mettait à faire les mots croisés en vue de la soirée. Ainsi, quand les membres de la clique arrivaient, ils le trouvaient immanquablement en train de terminer sa grille d'un air triomphant. J'aurais pu le leur dire mais je me contentais de sourire et de répondre : « Il ne veut pas me le dire.

— Je n'ai pas de secret. J'ai sans doute une certaine facilité pour les mots croisés, dit Ebe, ramenant l'attention vers lui.

— Daphne, avez-vous du nouveau pour nous ? » demanda Shankar Narayan.

Daphne écrivait des poèmes, qui parlaient d'arbres en forme de mains, de nuages qui volaient à travers le ciel comme des oiseaux et de bourgeons voués à « mourir intacts, indemnes, délaissés ». Daphne était quelqu'un de plutôt sensé sauf quand il s'agissait de sa poésie, et quand on arrivait à la convaincre, elle sortait son carnet à couverture de cuir bordeaux de son sac et lisait à haute voix son œuvre la plus récente.

Elle s'arrêta donc en milieu de phrase et dit : « En fait, j'en ai un nouveau mais je n'en suis pas très sûre.

— Allons, allons, ne soyez pas si modeste. Faites-nous écouter », dit Ebe.

Daphne réservait à ses poèmes un carnet spécial et une inflexion particulière pour les lire. Une voix rauque, au souffle court. Celle d'une jeune créature attendrissante, bouleversée par ce qu'elle trouvait lyrique dans des expressions comme « des mers maladroites ». Cette voix m'embarrassait. Sa poésie aussi. Quand elle sortait son jeu de petite fille, j'étais au supplice. Mais je me contrôlais et essayais toujours d'avoir l'air captivée quand elle se mettait à lire. J'avais peur que quelqu'un n'éclate de rire et ne mette tous ses effets par terre.

Une fois la récitation de poésie passée sans encombre, la clique se mit à discuter des problèmes de l'école. Rayon Gamma s'éclaircit la gorge. De toute évidence, il mourait d'envie de dévoiler une nouvelle histoire.

« Je ne sais pas si vous avez remarqué, mais j'ai repéré les débuts d'une idylle dans les couloirs de l'école. »

Ebe fronça les sourcils. Il détestait que quelqu'un soit au courant d'un fait qu'il n'avait même pas soupçonné.

« Allons bon, qui sont les nouveaux tourtereaux ? »

Daphne pouffa. Ebe haussa un sourcil et répéta : « Alors, qui sont les tourtereaux ?

— Nisha de 9ᵉ D… »

Daphne eut le souffle coupé. Tout le monde savait qu'elle aimait beaucoup cette élève et qu'elle la préparait à représenter l'école dans les débats interétablissements.

« Et Mansoor de 11ᵉ A. Ça fait un petit moment que j'ai l'œil sur eux. Et depuis le début du trimestre, ils sont ensemble à chaque récréation, blottis dans un coin, en train de discuter de Dieu sait quoi… Un matin, je les ai mis en garde. Je leur ai dit que si je les reprenais à parler dans les couloirs, je vous les enverrais. Nisha s'est dirigée vers sa classe à lui, où ils ont des amis prêts à les défendre. Je l'ai appelée pour lui demander ce qu'elle allait faire en 11ᵉ A, et elle a eu le culot de me répondre qu'elle avait des amies dans cette classe et qu'il n'était pas interdit que les collégiens se mélangent aux lycéens. Il ne faut pas laisser passer ça !

— C'est une petite snob, cette fille, ajouta Kala Arsenic. Quand je lui ai fait remarquer qu'elle ferait mieux d'améliorer ses résultats de mathématiques au lieu de participer aux débats, elle m'a répondu qu'elle n'avait aucune intention de continuer les maths après ses examens de seconde.

— C'est une gentille élève, dit Daphne qui défendait sa protégée.

— Peut-être, ajouta Ebe, mais nous ne pouvons pas tolérer de tels agissements. La prochaine fois que vous les repérez ensemble, ajouta-t-il en se tournant vers Shankar Narayan, veuillez m'en informer immédiatement. Je réglerai ça une bonne fois pour toutes. »

Daphne essaya de changer de sujet et se mit à parler d'un festival culturel interscolaire qui commencerait le mois prochain. J'écoutai les voix tomber en trombe et en cascade, et elles me rappelaient des molécules qui s'unissent et se séparent...

« Maggie, on ne vous entend pas ! » Personne ne m'appelait Maggie hormis Daphne.

Tout le monde se tourna vers moi.

« Elle n'aime pas beaucoup les discussions. Elle n'a d'opinion sur rien. La seule fois où je l'ai vue s'animer, c'était il y a des années, à Kodaikanal. Il y avait un élève qui s'appelait Alfred... » interrompit Ebe, focalisant l'attention de tout le monde sur un souvenir qui serait une nouvelle illustration de l'homme d'exception qu'il était.

Alfred Arokiaswami. Neuf ans, des fossettes et des yeux malicieux. Il avait des cheveux souples et bouclés que sa mère ne coupait jamais assez court au goût d'Ebenezer Paulraj.

Ebenezer Paulraj envoya à la mère d'Alfred un mot, que cette dernière ignora. Ebenezer Paulraj priva Alfred d'entraînement de football et, à la place, lui demanda de rejoindre le groupe qui se consacrait aux TIG et allait dans chaque classe vider les corbeilles à papier. Les volutes de boucles d'Alfred restèrent malgré tout bien en évidence.

Le lundi suivant, Ebenezer Paulraj convoqua Alfred dans son bureau après l'assemblée du matin. Puis il saisit une poignée des cheveux d'Alfred et l'attacha avec un élastique, en donnant à la mèche bouclée l'apparence d'un palmier.

« Tu vas garder ça jusqu'à la sonnerie du soir. Tu as compris ? dit Ebenezer Paulraj à Alfred qui pleurait. Puisque tu aimes tant tes cheveux, tu ne me laisses pas d'autre choix. Dans mon école, seules les filles sont autorisées à porter les cheveux longs », ajouta-t-il en renvoyant Alfred en cours.

Pendant la pause déjeuner, j'aperçus un groupe hilare attroupé autour d'un élève dans la classe des 4e B. J'entendis des sanglots étouffés. « Que se passe-t-il ici ? » demandai-je en entrant.

Le pauvre Alfred était assis là, devenu la risée du groupe. La cible des moqueries et un objet d'hilarité. Je lus de l'humiliation dans son regard, vis son air accablé, perdu et sentis une rage intense me saisir.

« Vous n'avez pas honte ? » demandai-je. Le groupe se dispersa.

Je défis l'élastique, qui d'ailleurs était à moi, et aplatis les boucles d'Alfred. J'essuyai ses larmes et lui dis de ne pas accorder d'importance aux quolibets. Il était un gentil garçon, répétai-je en insistant sur le mot garçon car j'avais entendu les autres enfants l'appeler Alfreda.

Puis, l'élastique en main, j'entrai en trombe dans le bureau d'Ebenezer Paulraj.

« Qu'est-ce que ça veut dire ? » demandai-je.

Ebenezer Paulraj leva les yeux de son tas de papiers et répondit : « Que veut dire quoi ? »

Je lançai l'élastique sur son bureau et aboyai : « Comment as-tu pu faire ça à un enfant ? L'humilier à ce point ? Tu te rends compte des conséquences que cela peut avoir sur lui ? Tu l'as peut-être traumatisé à vie. Et tout ça pour quoi ? Pour trois centimètres de cheveux de trop ! »

Ebenezer Paulraj tripota les perles bleues qui ornaient l'élastique d'un air pensif. « Je suppose que tu as enlevé cela des cheveux d'Alfred ? C'était stupide de ta part.

— Réponds-moi, Ebe. Et ne me dis pas que je suis stupide. Pourquoi t'es-tu montré si cruel envers un enfant ? » La colère rendait mon ton de voix plus acerbe que je ne l'aurais voulu.

« Madame, dit Ebenezer Paulraj d'une voix que je n'avais jamais entendue auparavant, je vous rappelle que c'est moi le patron ici et non pas vous. Je n'aime pas que l'on remette en cause mon autorité et la prochaine fois que ça se produira, vous serez sévèrement punie. Je ne vous laisserai pas influencer mes décisions. C'est compris ? Ceci est mon école et je sais ce qui est bon pour mes élèves. »

Il baissa la tête et fit semblant de se plonger dans ses papiers pour me signifier que j'étais congédiée.

Alfred demanda à sa mère de l'emmener chez le coiffeur et de lui raser les cheveux. Ebenezer Paulraj avait eu ce qu'il voulait.

Quant à Alfred, il se mit à tourmenter les élèves plus jeunes, à être grossier en classe et à relever tous les défis possibles, comme grimper en haut d'un arbre ou glisser le long de la rampe des escaliers. Ebenezer Paulraj n'accepta jamais d'en porter la responsabilité. Quand je lui fis remarquer le changement d'attitude d'Alfred, tout ce qu'il trouva à dire, c'est : « Il faut bien que jeunesse se passe. »

Quant à moi, ce fut sans doute la première fois que je me mis à douter de mes sentiments à l'égard d'Ebenezer Paulraj. Ebe devint un étranger, qui plus est méprisable. Un despote et un tyran.

Mais la version d'Ebe différait de la mienne. Je m'en souvenais comme d'un épisode horrible. Pour lui, c'était un nouvel exemple de la guerre psychologique qu'il fallait mener pour leur bien contre les jeunes voyous un peu trop impertinents. « Si vous punissez un élève à coups de badine, en une semaine il a oublié. Mais il n'oubliera jamais quelque chose comme ça, dit Ebe, en conclusion de son histoire, avant de faire circuler un bol de cacahouètes.

— Personne d'autre que vous n'irait penser à quelque chose d'aussi ingénieux, s'extasia Kala, en prenant une cacahouète avant de la remettre dans le bol.

— C'est qu'il faut se servir de son imagination, ajouta Xavier, la bouche pleine.

— L'imagination ! s'exclama Ebenezer Paulraj en se frappant la cuisse. Voilà la clé. Sans vouloir blesser personne, vous ne vous êtes jamais demandé pourquoi la plupart des proviseurs sont d'anciens professeurs de lettres ou d'histoire ? Bien sûr, j'ai une hypothèse là-dessus : seuls ceux qui ont enseigné des matières qui font appel à l'imagination et la nourrissent sont capables de diriger une école. Il faut de l'imagination pour être à même d'intéresser un enfant à la poésie ou de lui faire comprendre les tenants et les aboutissants d'une bataille qui s'est déroulée des centaines d'années auparavant... Ce n'est pas comme d'enseigner l'algèbre ou la biologie. A mes yeux, il n'y a pas matière plus aride ou plus ennuyeuse que la chimie. Mais ces petits diables aiment ça car pour eux c'est un jeu. Ça plus ça égale ça ! Franchement, si vous voulez que je vous dise, quand je pense à la chimie, tout ce qui me vient à l'esprit, c'est l'odeur des œufs pourris... »

Rires. Bruits de cacahouètes qu'on décortique, de chips qu'on croque.

Je baissai les yeux vers mes mains, étroitement serrées sur mon estomac. Que savait-il de la chimie ou de la poésie des éléments ?

De la magie de la réaction au papier tournesol : le tournesol bleu vire au rouge quand on le trempe dans l'acide et le tournesol rouge vire au bleu quand on le trempe dans une solution alcaline. Du lyrisme du phosphore qui s'allume spontanément quand on le sort de l'eau, puis brûle et devient un gaz. De la force du nitrate de potassium, mélangé au soufre et au charbon, causant des explosions à faire trembler la terre. Des mirages que crée le calcite transparent. Des couleurs : le rouge brique du carbure de béryllium, le jaune cuivré de la chalcopyrite, le blanc argenté de l'uranium... Les mots me brûlaient les lèvres

Je voulais me lever et crier : « Lui qui est si fier de sa soi-disant imagination, vous voulez que je vous dise un peu ce qu'elle vaut ? Allez donc à la bibliothèque et ouvrez les livres que les lycéens sont censés lire, ou bien à celle du Cercle ou à la bibliothèque de prêt du quartier, vous allez voir l'œuvre d'un homme qui a de l'imagination. »

Ebe était rusé. Il choisissait les livres avec grand soin et sévissait en alternance sur les trois bibliothèques dont il était membre. De façon à ce que personne ne puisse faire remonter à lui les dégradations qu'il faisait subir aux livres. Et puis, qui irait le soupçonner de telles obscénités? En effet, Ebe, avec une méticulosité parfaite, dessinait des organes génitaux: des pénis, des testicules, des anus, des vagins qui portaient sa signature, à savoir les poils pubiens. Des organes génitaux sur des êtres humains et des organes génitaux isolés. Des esquisses soignées et explicites d'organes sexuels réalisées par Ebenezer Paulraj, le Léonard de Vinci des marges livresques. Ebenezer Paulraj, l'homme qui avait de l'imagination…

Je fus saisie d'une envie d'éclater d'un rire hystérique mais je le ravalai tout comme j'avais ravalé ma fierté pendant toutes ces années. Soudain, je me sentis prisonnière de mon mariage.

Cette nuit-là, une fois que tout le monde fut parti et que j'eus lavé la vaisselle, je m'allongeai de mon côté du lit et observai Ebe se préparer à aller dormir. Impuissante, je bouillais de colère. Je repensai à la manière dont il avait transformé la soirée en un nouveau triomphe personnel. Je repensai à Alfred Arokiaswami et à la poésie des substances chimiques. Je repensai à tout ce que ma vie avait de bon et de noble, et qu'il avait détruit. Je repensai au bébé qui était mort avant même d'avoir une âme. Je repensai enfin qu'il ne me restait plus aucun rêve et les mots me montèrent une nouvelle fois à la gorge : JE LE HAIS. JE LE HAIS. Qu'allais-je faire ?

Près de la fenêtre se trouvait le bocal dans lequel Ebe avait mis un couple de poissons rouges. Selon une de ses théories, les regarder nager en rond un quart d'heure deux fois par jour calmait les nerfs, diminuait le stress et redonnait le moral. A lui. Certainement pas aux poissons rouges.

Ebe claqua la langue, ennuyé. Que se passait-il encore ? Leurs cercles n'étaient-ils pas assez réguliers à son goût ?

« Pauvre James ! Il a eu les yeux plus gros que le ventre. Je savais qu'il n'était pas dans son assiette. Il était moins fringant depuis quelques jours. Il avait l'air de se traîner. C'est dommage. Il va falloir que je trouve un nouveau James. »

Je me levai sur le coude. Un poisson mort.

Ebe appelait son couple James et Joyce. Une plaisanterie pour initiés, disait-il, en s'assurant bien que tout le monde la connaisse et apprécie le sens de l'humour du principal. Et maintenant, James était mort. D'une maladie de poisson. Ou peut-être de gourmandise et d'excès.

Il flottait à la surface, le ventre ouvert. Je regardai son cadavre puis mes yeux se posèrent sur Joyce qui avait l'air plus mince, plus alerte, et s'ébattait avec plus d'entrain que jamais. Joyce était-elle la coupable ?

Je sentis un sourire se dessiner sur mes lèvres. Une légèreté, un calme me gagner.

Suis-je injuste ? Suis-je en train de laisser la haine obscurcir mon jugement ? Eh bien ! qu'il en soit ainsi. Il n'y a ni amour, ni guerre juste, disait souvent Ebe. Cette fois, c'était la guerre.

Je suis une bonne cuisinière quand je m'en donne la peine, un fin cordon-bleu, et si je le souhaite, les ingrédients obéissent à mes ordres. Pendant longtemps, j'avais cuisiné un peu comme un littéraire fait une expérience de chimie. Il fallait le faire, donc on s'exécutait. Sans joie ni fierté dans les résultats. Ce ne serait plus le cas, décidai-je. Ma cuisine aurait un but désormais. Mais d'abord, il fallait que je persuade Ebe de baisser la garde. De m'ouvrir ses sens et ses papilles.

Quand Ebe vint se coucher, je fis semblant de dormir, comme à l'accoutumée. J'avais oublié la dernière fois que nous avions eu des rapports sexuels. J'avais même oublié qui s'était détourné le premier. Etait-ce lui, dégoûté par mon corps, mes bourrelets, mes contours flous, mes muscles flasques et ma toison de femme ? Ou bien moi, qui voulais un égal au lit et qui avais décidé que j'en avais assez de faire semblant d'être une petite fille ?

Mais cette nuit-là, une fois Ebe endormi, je me tournai vers lui et fis courir ma langue le long de son cou. Je laissai mes doigts fouiller et tirer les poils de sa poitrine. Tout doucement, comme une petite fille... Je l'aguichai comme je savais le faire. Sans avoir l'air d'y toucher.

Avec des baisers de papillon et des caresses audacieuses. Avec la bouche en cœur et la peau rasée. Avec une détermination inébranlable et des cuisses ouvertes.

Le matin, je me levai à l'aube et me précipitai dans la cuisine. « A partir de maintenant, ça va être ta fête, Ebe, dis-je à un Ebe encore endormi. Et elle commence avec des puris frits au ghee et un korma de pommes de terre, de pois et de choux-fleurs. Deux œufs sur le plat et un grand verre de lait froid et crémeux avec deux bonnes cuillerées de sucre. »

Ebe resta médusé devant l'éventail de plats posés devant lui et s'exclama : « Qu'est-ce que c'est que tout ça ? Tu ne crois quand même pas que je vais tout manger ? Débarrasse-moi ça !

— Allons, allons », l'invitai-je. Comme c'était facile de paraître enjouée et gamine maintenant que la liberté se profilait à l'horizon ! « Tu es un homme costaud qui a besoin d'un repas solide. Et puis, si tu ne faisais pas de sport, ce ne serait pas pareil. Sans compter que tu as besoin de toutes tes forces », ajoutai-je en minaudant.

Ebe était très sensible à la flatterie. Il n'en discernait jamais la fausseté. A ses yeux, elle était toujours justifiée. Il mangea donc avec enthousiasme et plaisir le premier de ses nombreux copieux petits déjeuners à venir.

Ebe mangea. Petits déjeuners. Déjeuners. Dîners. Un en-cas du soir dès qu'il rentrait à la maison. Un en-cas la nuit quand il travaillait tard sur ses dossiers. Je n'espérais pas de miracle, une soudaine métamorphose. Ce ne serait pas aussi facile ni aussi simple que ça l'avait été pour Joyce. Mais j'étais prête à attendre le temps qu'il faudrait.

Il fallut presque un an pour que la graisse s'installe. Pour qu'elle passe de lui à moi. Sa silhouette mince et harmonieuse devint floue, sa respiration saccadée et son rythme plus lent. Son cou se plissa. Il eut bientôt un double menton. Un ventre replet. Ebe ne se pavanait plus, il se dandinait. Quand il montait des escaliers, il soufflait. Il ne parcourait plus fébrilement les couloirs de l'école quand l'envie l'en prenait. Il se limitait maintenant à deux tournées, une le matin et l'autre dans l'après-midi.

Ebe devint progressivement un homme gros. Un homme calme. Un homme arrangeant. Un homme dont la gourmandise avait émoussé le mordant. Comme c'était moi qui apaisais sa faim, il pouvait de moins en moins se passer de moi. J'excitais son appétit pour la nourriture, et à l'occasion pour le sexe, à ma manière. Il avait plus que jamais besoin de moi. Et je pus de nouveau vivre avec lui.

Je tombai enceinte pour la deuxième fois et donnai naissance à une fille. J'observai ses traits fins et ciselés, ses longs doigts minces qui ressemblaient à ceux d'Ebe. Puis je vis l'innocence nue de son pubis et sentis une vaste ombre noire nous menacer. Je me souvins de la nuit où Ebe m'avait réveillée avec ses attouchements.

L'étrange inflexion de sa voix. Comme il m'avait palpée et fouillée tout en fredonnant : « Ma petite fille ! Ma fillette chérie ! »

La peur m'envahit alors. Une peur comme je n'en avais jamais connu auparavant. Mon bébé était pur et innocent. Exactement ce que mon mari aimait chez les femmes. Il devenait donc vital que je l'empêche de redevenir comme avant. Je n'osais imaginer la catastrophe à laquelle nous courrions en cas d'échec.

Si je m'étais mise aux fourneaux pour reprendre le contrôle de ma vie, je cuisinais maintenant pour l'empêcher de nuire. Je commençais à ne plus supporter l'odeur de la friture ni celle de la viande et du poisson. Mais je préparais des repas riches et somptueux auxquels Ebe ne serait pas capable de résister. Je rassasiais son appétit et sa gourmandise. Je laissais fondre la graisse qui couvrait mes os afin qu'elle aille se déposer sur les siens. Quand il me demandait pourquoi, la plupart du temps, je ne mangeais pas ce que je lui avais préparé, je le flattais d'un : « Toi tu as une carrure qu'un peu de poids met en valeur. Quand un homme aussi grand et aussi bien charpenté que toi prend du poids, ça lui donne un air d'autorité. Une présence. Si je grossis, je vais ressembler à une grosse dondon. »

Ebe souriait et se resservait. Et je lui souriais à mon tour. Car tant qu'il restait gros, il n'y avait ni poussées d'adrénaline, ni lutte pour le pouvoir. Tout restait calme et tranquille, comme dilué, dans nos vies.

Quand vous ajoutez de l'eau à l'acide sulfurique, l'acide commence par bouillonner. Puis, très vite, il perd de sa force, de son mordant. Il suffit de savoir quand l'ajouter, et en quelle quantité.

7

Akhila était allongée sur le dos. Elle avait les paupières lourdes et pourtant elle n'arrivait pas à trouver le sommeil.

Margaret était descendue à Coimbatore. Avant de partir, elle s'était passé un coup de peigne dans les cheveux, avait ajusté les plis de son sari et dit : « Akhila, si j'ai une vertu, c'est l'indifférence à ce que les gens peuvent penser de moi. Evidemment, ils m'en détestent encore davantage. Les gens n'aiment pas quand l'opinion qu'ils ont de quelqu'un ne compte pas pour cette personne. Et quand cette dernière est une femme... ils ne le supportent pas. Mais je m'en moque. Je ne dis pas que vous devriez penser comme moi. Mais vous verrez que lorsque vous aurez cessé de vous préoccuper de ce que les autres vont dire de vous, votre vie n'en deviendra que plus aisée. »

Elle ajouta : « Souvenez-vous seulement que c'est à vous de vous prendre en charge, personne d'autre ne le fera à votre place. »

Akhila avait souri, sans oser répondre. Que dire à cette femme qu'elle n'était même pas sûre de trouver sympathique ? Qui, en fait, lui faisait un peu peur. Comment quelqu'un pouvait-il être aussi insensible à l'opinion des autres ? Etait-elle honnête ? Ou bien masquait-elle derrière une façade l'angoisse qu'elle éprouvait d'être considérée comme une marginale ?

Akhila réalisa soudain que c'était en racontant leur vie que toutes ces femmes, Janaki, Sheela et même Margaret, qui s'enorgueillissait de son indépendance, tentaient de lui donner un sens. Et moi qui croyais être la seule à essayer de définir les contours de mon existence ! Elles ont tout autant besoin que moi de justifier leurs échecs. C'est en explorant la texture de la vie des autres, en cherchant des ressemblances, susceptibles de connecter nos vies entre elles, que nous essayons de nous libérer d'un sentiment de culpabilité à l'égard de ce que nous sommes et de ce que nous sommes devenues.

Akhila se tourna sur le côté et nicha sa tête au creux de son bras. La paroi métallique du compartiment était froide au toucher. Qu'avait-elle dit, Margaret, déjà ?

L'amour est un liquide incolore et volatil. L'amour enflamme et brûle. L'amour ne laisse aucun résidu : ni fumée, ni cendres. L'amour est un poison déguisé en esprit-de-vin.

Comment l'amour pouvait-il changer à ce point ? Aurait-elle été, elle aussi, remplie d'amertume, comme l'était Margaret, si elle avait choisi d'épouser l'homme qu'elle avait aimé ? Aurait-elle, elle aussi, cherché un moyen de réduire à néant le rôle qu'il jouait dans sa vie une fois la passion éteinte ? Comment sait-on quand on n'aime plus ?

Dans la bouche de Margaret, l'amour ressemblait à un animal sauvage qu'il fallait apprivoiser. Une créature docile étendue à ses pieds que l'on pouvait dominer à loisir. Etait-ce ce qu'elle espérait de la vie ? Un amour en demi-teinte ?

Akhila tourna soudain la tête et regarda la femme endormie sur la couchette d'en face. Voilà Janaki qui, après avoir confondu pendant quasiment toute sa vie d'adulte la sécurité et l'amour, avait lutté contre elle-même et saisi sa dernière chance de véritablement aimer et être aimée. Et la jeune Sheela... Elle aussi avait écouté son instinct au lieu de faire ce que l'on attendait d'elle, d'obéir aux diktats de la raison et des convenances.

Puis, pour la première fois depuis des années, Akhila repensa à Hari. A la naissance de ce qui avait été sa première chance...

*

Au cours des premières années de sa vie de femme active, quand tout autour d'elle semblait en état de perpétuel changement, Akhila avait cherché un réconfort dans la routine. Tant qu'elle ne sortait pas des habitudes et du prévisible, elle savait qu'elle avait encore une certaine maîtrise sur la direction qu'empruntaient ses journées.

Elle prenait tous les matins à Ambattur le train de 7h20 pour Madras. Il fallait donc qu'elle quitte la maison à sept heures pile. Cette heure-là du matin l'enchantait. C'était l'heure de la paix et des nouveaux départs. Le soleil et la lune, de chaque côté de l'horizon, se dévisageaient, tolérant la présence de l'autre. Une douce brise ébouriffait les sommets des arbres d'une caresse paternelle. On balayait le seuil des maisons et les arabesques des kolams étaient d'un blanc éclatant.

A cette heure-là, les rues étaient désertes. Akhila avait pour compagnons les livreurs de journaux et de lait, le vendeur de kérosène qui tirait son chariot et la saluait d'un « Krishnoil ! » d'une vigueur redoublée, et puis le vendeur de sel gemme, son chargement sur la tête, qui grommelait « uppu » en parcourant les rues. Et l'homme, une serviette autour des hanches, qui, près d'une pompe à eau au coin de la rue, faisait mousser le savon dans ses cheveux et sur sa peau, pendant que sa femme remplissait un seau en actionnant énergiquement la pompe. Ils la connaissaient tous de vue et, à son passage, lui adressaient qui un regard, qui un sourire, qui un hochement de tête. Ils savaient qu'elle ne faisait pas partie de ces promeneurs matinaux qui ne sortaient que pour faire un peu d'exercice. Ils savaient que, comme eux, si elle ne partait pas de bonne heure de chez elle, sa famille aurait faim. Ça créait un lien.

« Pourquoi faut-il que tu partes si tôt ? » grommelait Padma, qui n'aimait pas être réveillée à l'aube. Car lorsque Akhila se levait à cinq heures du matin, elle tenait à ce que les autres en fassent autant. Si ce n'était pas à cinq heures, il fallait que ce soit assez tôt pour bien démarrer la journée. Akhila n'appréciait pas de quitter la maison quand ils n'avaient pas encore ouvert les yeux.

« Il y a moins de monde dans le train de 7 h 20. Les suivants sont bondés et je suis debout tout le trajet », expliquait-elle.

Pendant ces premières années, ce trajet en train faisait partie de la routine. Akhila connaissait par cœur toutes les gares, tous les repères, tous les passages à niveau, tous les fossés à côté desquels ils passaient. Avant même que le train ne traverse Korattur, elle retenait sa respiration et faisait la grimace pour empêcher la puanteur de l'usine de pasteurisation du lait de lui monter au nez. A la gare de Madras Central, elle traversait la rue jusqu'à l'arrêt de bus de la faculté de médecine et prenait un bus pour Nuggambakkam. A 8 h 45, elle était à son bureau. Toujours à l'heure.

Après le départ des garçons et de Padma, Akhila avait continué de s'en tenir à cette routine. Elle avait trente-huit ans et ne connaissait pas d'autre manière d'organiser sa journée.

En y repensant par la suite, Akhila n'arrivait pas à se souvenir pourquoi, ce jour-là, pour la première fois en près de dix-neuf ans, elle avait raté à la suite le train de 7h20 et celui de 7h35. Elle marcha jusqu'à l'arrêt de bus et dut se faire violence pour monter dans un bus bondé. Elle n'avait pas le temps d'en attendre un moins rempli. Elle se fraya un chemin pour se retrouver coincée contre une barre d'acier. Elle s'y agrippa pour ne pas être poussée plus loin et ne bougea plus, essayant de ne pas se laisser incommoder par la sensation d'être comprimée contre tous ces corps.

Il y avait quelques femmes dans cette marée de peau et de parfums. Mais c'était l'odeur de la gomina et de l'huile de noix de coco, du savon Lifebuoy et du tabac qui dominait et lui montait à la tête. Depuis la mort d'Appa, Akhila n'avait plus respiré d'aussi près ces parfums masculins. Elle ferma les yeux et inspira profondément.

Au début, quand le dos d'une main lui effleura la taille, elle mit ça sur le compte du hasard. Il y avait une telle foule dans ce bus dont tous les mouvements jetaient les corps les uns contre les autres!

Puis elle la sentit à nouveau. Cette fois, la main, comme enhardie par sa précédente incursion, se posa sur son ventre. Elle retint sa respiration, comme pour repousser ainsi la main baladeuse. Cette dernière s'éloigna, effarouchée par les muscles contractés, par les millions de pores hurlant: « Laissez-moi tranquille! » Pour mieux revenir se poser quelques secondes plus tard.

Akhila portait son sari comme toutes les femmes de son âge, trois centimètres au-dessous du nombril. Seules les femmes âgées ou les femmes enceintes le portaient au-dessus. Entre son corsage et le bas du sari, sa peau était dénudée sur près de vingt-cinq centimètres, protégée par un simple voile. C'était là, dissimulée sous cette couche de tissu, que la main avait choisi de s'en donner à cœur joie.

Cinq doigts. Une peau légèrement rugueuse. Des ongles coupés ras, sauf celui du petit doigt qui mesurait presque trois centimètres et était légèrement recourbé, unique soupçon de férocité sur une main sinon pleine de douceur. Elle se laissait ondoyer sur la peau du ventre d'Akhila en dessinant des lignes. Akhila sentit la chaleur s'emparer de son corps... Elle n'avait jamais rien connu de pareil. Un déploiement des sensations. Des perles de transpiration, sa respiration retenue qui en devenait presque rauque, un épanouissement silencieux.

Elle ne bougea pas, consentante, et laissa la main envoyer un millier de messages à ses sens endormis : « Réveille-toi, réveille-toi ! »

Pendant une quinzaine de jours, la main et Akhila se retrouvèrent. Elle se mit à prendre le bus tous les matins. Où qu'elle se tienne, la main la retrouvait. Douce pour commencer. Puis baladeuse et enfin avide. Elle apprit ainsi le contact d'un pouce contre le bas de ses reins, celui de l'articulation des doigts qui suivaient la courbe de sa taille. Celui de l'ongle long de l'auriculaire qui dessinait des cercles et des huit. Celui du bout de l'index qui faisait le tour de son nombril puis y plongeait furtivement...

Parfois, Akhila s'autorisait à s'appuyer contre ce corps qui se tenait derrière elle, et la main arrêtait ses explorations pour s'immobiliser, détendue, une présence qu'elle en était venue à rechercher.

Quand elle descendait du bus, elle mettait de côté les sensations que la main avait éveillées en elle et ne pensait plus à ce qu'elle avait fait. Elle savait qu'elle agissait comme aucune femme qui se respecte n'agirait. Mais elle y trouvait une certaine gratification. Elle se sentait désirée. Elle avait l'impression d'avoir assouvi un appétit. Elle se sentait femme.

Parfois, elle se disait qu'elle aimerait connaître le propriétaire de cette main, avant de repousser immédiatement cette pensée.

Un matin, alors qu'elle se tenait les sens en éveil et les yeux baissés pendant que la main se régalait de son corps, le bus s'arrêta brusquement. Elle leva les yeux et croisa le regard d'un homme qui l'observait. Le contrôleur de l'autobus. Lisant du dégoût dans ses yeux, elle baissa les siens. Il avait vu la main baladeuse et l'avait vue l'accueillir. Quelle femme laisserait un étranger prendre de telles libertés ?

« Il y a une place libre ici. Asseyez-vous donc ! » dit-il en montrant les sièges.

Akhila rougit et fit semblant de lui être reconnaissante de l'avoir sauvée des griffes d'une créature importune.

Tandis qu'elle s'approchait du siège resté vacant à côté d'une femme, le contrôleur ajouta : « Vous ne devriez pas voyager serrée entre tous ces hommes alors qu'il y a des places réservées aux femmes. Essayez de prendre un bus plus tôt. Il n'y a jamais autant de monde. »

Akhila fit semblant de ne pas entendre et s'assit, sentant la bile jaune et aqueuse de la mortification lui monter à la gorge. Que suis-je en train de faire ? Comment ai-je pu laisser mes sens m'égarer à ce point ? Comment ai-je pu oublier qui j'étais ?

Akhila reprit le train de 7h20 et, ne supportant plus le souvenir de cette quinzaine où la folie s'était emparée d'elle, elle prit un abonnement en première classe et voyagea dans un luxe quasi solitaire. Nul corps alentour qui puisse la provoquer ou la tenter.

Le soir, Akhila rentrait par le train de 17h55. Il allait jusqu'à Arakonnam, une gare de jonction à une heure de Madras. C'était un train express, qui desservait peu de gares et que la majorité des voyageurs choisissaient. Cependant il restait toujours des places dans les voitures de première.

Au début, Akhila ne remarqua même pas cet homme qui s'asseyait toujours près de la fenêtre. Comme le train se formait à la gare centrale, ils n'avaient que l'embarras du choix pour les sièges. Elle choisissait une place près de la fenêtre et lui se mettait en face d'elle. Akhila ne le voyait pas, pas plus qu'elle ne voyait les autres passagers. Elle n'arrivait pas à oublier l'expression du visage du contrôleur. Face à un homme, tout ce qu'elle voulait c'était baisser la tête et se voiler la face. Devinerait-il, lui aussi, à quel point elle était dépravée ? se demandait-elle.

Un soir, Akhila, légèrement en retard, se dit que son siège près de la fenêtre serait pris. Il n'était pas possible de réserver les places dans les trains de banlieue mais les passagers respectaient une règle tacite qui voulait que si un livre ou un mouchoir était placé sur un siège, cela signifiait que celui-ci était occupé et que l'occupant arriverait bientôt. Akhila vit un magazine et un mouchoir à sa place habituelle, et, alors qu'elle s'apprêtait à chercher à s'asseoir ailleurs, une voix l'appela : « Madame, votre place est libre. »

Surprise, Akhila se retourna. L'homme qui était assis près de la fenêtre sourit, en montrant le siège en face de lui. « Quand je ne vous ai pas vue à votre place habituelle, je me suis dit que vous deviez être en retard et j'ai mis mes affaires afin que personne ne la prenne, expliqua-t-il.

— Merci, dit Akhila en s'asseyant. Il ne fallait pas vous donner cette peine.

— Peut-être, répondit-il. Mais depuis des semaines, je vous vois assise au même endroit, alors j'ai pensé que vous deviez aimer cette place. Et puis, mettre un mouchoir sur un siège, ce n'est pas ce qu'on peut appeler se donner de la peine ! » ajouta-t-il avec un large sourire.

Il était plus jeune qu'elle. Beaucoup plus jeune. Sans doute de l'âge de son petit frère Narsi. Toutefois, il émanait de son visage une honnêteté dont celui de Narsi était dépourvu. Narsi ressemblait à un chacal, avec des yeux étroits et un visage pointu constamment à l'affût d'une occasion dont il pouvait profiter. Ce garçon avait un visage franc, aux traits réguliers, dont se dégageait une gentillesse touchante. Akhila soupira, soulagée. C'était des hommes qu'elle avait peur, pas des gamins.

« Vous vous appelez comment ? demanda Akhila, de sa voix de sœur aînée.

— Hari, répondit-il.

— Hari tout court ? Pas Hari Prasad ou Hari Kumar ?

— Non, Hari tout court. Et vous ? »

Qu'allait-elle répondre. Akhila ? Akhilandeswari ? Easwari ?

« Akhila », dit-elle, car c'était ce qui ressemblait le plus à Akka. Akhila voulait d'emblée définir les limites de leur relation. Akka. Sœur aînée. C'est ainsi qu'il faut me traiter. C'est mon identité. Je ne veux pas que l'on me considère comme une femme car cela ne ferait qu'ouvrir en moi la boîte de Pandore.

Ils devinrent amis, sans mal. Il s'installa entre eux une camaraderie instantanée qu'ils entretenaient au cours des trente-cinq minutes du trajet qu'ils accomplissaient assis l'un en face de l'autre. Puis ils se mirent à prendre le même train le matin. Elle lui parla d'elle et il lui dépeignit sa vie.

Vingt-huit ans. Dessinateur industriel au Département de production des chemins de fer. Il était originaire du nord de l'Inde, d'une petite ville du Madhya Pradesh, mais il avait grandi à Avadi, la ville voisine d'Ambattur. Son père avait une confiserie et sa sœur étudiait au Saint Mary's College. Il parlait aussi bien tamoul que hindi, disait-il. Ses parents voulaient qu'il se marie bientôt. De temps en temps, ils lui faisaient rencontrer une éventuelle épouse. Mais il trouvait tout cela répugnant. « Comment peut-on décider d'épouser une femme rien qu'en l'ayant vue une fois ? » demanda-t-il à Akhila.

Elle haussa les épaules : « Ça s'est toujours fait ainsi. Le seul choix qui vous reste, c'est de tomber amoureux d'une fille, d'apprendre à la connaître et puis de parler d'elle à vos parents... »

Hari fit la grimace : « Si jamais je fais cela, mes parents lui trouveront cent défauts rédhibitoires.

— Dans ce cas, vous devriez épouser celle qu'ils vous choisiront. C'est ce que font des milliers de gens tous les jours et ils ne s'en portent pas plus mal. »

Il apporta un rayon de soleil dans la journée d'Akhila. Hari. Tous les soirs, ils arrivaient à la gare un peu avant le train. Il ajouta un rituel au temps qu'ils passaient ensemble. Il l'emmenait au restaurant végétarien de la gare où ils s'achetaient une assiette de samosas aux légumes et prenaient un café dans un gobelet en plastique. Debout côte à côte, sur le quai envahi par la foule, ils partageaient une assiette maculée de chutney à la menthe et au tamarin. Hari trempait ses samosas dans les chutneys mais Akhila préférait les siens secs. Ils mordaient dedans et sirotaient leur café. Epices et chaleur. Miettes et prières liquides.

Il lui parlait de ses collègues, de la frustration qu'il ressentait dans son travail, d'une tante en visite qui voulait à tout prix le marier à la nièce de son amie, d'un film qu'il avait vu la veille au soir... Et il parvenait à faire sortir Akhila de sa coquille. Tant et si bien qu'arrivée à destination Akhila descendait du train à regret. Elle se consolait en pensant qu'il serait là le lendemain. Je ne désire rien de plus, pensait-elle.

Bientôt, Hari se mit à remplir chaque pensée d'Akhila, du réveil au coucher. Elle s'arrêtait en plein geste, repensant à l'une de ses plaisanteries, et laissait échapper un petit rire. Un panneau publicitaire lui rappelait une formule qu'il avait un jour utilisée. En regardant sa mère faire craquer ses doigts, elle se souvenait que c'était la première chose qu'il faisait en s'asseyant. Elle feuilletait un magazine et l'expression d'un mannequin lui évoquait la sienne. Le sourire d'un inconnu lui faisait penser à la manière dont ses yeux se plissaient quand il souriait...

Les rares fois où il ratait son train et où elle devait voyager seule, sa journée en était gâchée. Le soir, il arrivait en général avant elle et, en l'apercevant, elle sentait une chaleur dorée s'insinuer en elle.

Akhila essaya de se raisonner. Il était bien plus jeune qu'elle. Elle ne devait pas oublier qu'il la considérait sans doute comme une sœur aînée et rien d'autre. Quelqu'un avec qui il pouvait badiner sans s'inquiéter qu'un jour elle ne se décide à lui mettre le grappin dessus.

Un soir, alors que la plupart des sièges étaient vides dans le compartiment, après quelques minutes de discussion, Hari se tut, ce qui ne lui ressemblait pas.

« Que se passe-t-il ? demanda Akhila.

— Rien, répondit-il.

— Si, je sais que quelque chose ne va pas. Vous ne voulez pas m'en parler ?

— Akhila, il faut arrêter de me parler comme si j'étais votre petit frère !

— Vous êtes plus jeune que moi !

— C'est juste, mais je n'en suis pas moins un homme. Combien de temps allons-nous continuer ainsi ?

— De quoi parlez-vous ? demanda Akhila, et elle entendit une inflexion aiguë de panique dans sa voix.

— Je parle du fait que vous devriez commencer à me considérer comme un homme. Un homme qui s'intéresse à vous et qui est amoureux de vous », répondit Hari à voix basse, afin qu'on n'entende pas ce qu'il disait.

Elle aurait dû s'en réjouir. Elle ne rêvait que de cela.

Pourtant, elle s'entendit lui répondre sur un ton féroce : « Arrêtez, Hari. N'en dites pas davantage. Vous allez tout gâcher.

— Gâcher quoi ?

— Hari, continua calmement Akhila, vous rendez-vous compte de ce que vous êtes en train de dire ? » Du coin de l'œil, elle vit approcher son arrêt. « Oublions cette conversation.

— Ce n'est pas possible », dit-il, et la tristesse de sa voix donna envie de pleurer à Akhila.

Quand elle descendit, il l'appela : « Réfléchissez. C'est tout ce que je demande. »

Sa voix qui résonna sur le quai fit sursauter tout le monde. Akhila fit semblant de ne pas avoir entendu et s'éloigna aussi vite qu'elle put.

Le lendemain matin, quand elle prit le chemin du bureau, le vendeur de kérosène s'arrêta et lui cria depuis l'autre côté de la rue : « Vous allez travailler ce matin ? Vous n'avez pas entendu la nouvelle ?

— Quelle nouvelle ? demanda Akhila, soudain frappée par le silence de la rue à cette heure de la journée.

— Puraichi Thalaivar est mort. Ce matin. Il va y avoir du grabuge, alors vous feriez mieux de faire des provisions. Vous ne vous en souvenez sûrement pas mais, à la mort d'Anna Durai, la ville a perdu la raison. Aujourd'hui ce sera la même chose, sinon pire. Achetez tout ce que vous pouvez et rentrez vite chez vous. Il faut que j'y aille moi aussi. » Il reprit les bras de sa voiture et se remit en route.

Akhila resta là un moment, désemparée. Comment un homme qui portait une toque de fourrure et des lunettes de soleil à l'intérieur comme à l'extérieur pouvait-il changer le cours de sa vie ? se demanda-t-elle. Puraichi Thalaivar. Leader révolutionnaire. Gouverneur. Il était peut-être mort mais il fallait qu'elle aille travailler. Il fallait qu'elle voie Hari. Il fallait qu'elle lui dise qu'il ne devait pas la considérer comme une femme, mais comme une amie et rien de plus.

Un vendeur de lait poussant sa bicyclette aperçut Akhila qui marchait vers la gare et la héla : « N'allez pas travailler madame, vous allez être coincée en ville. Des milliers de gens vont débarquer d'ici cet après-midi et ça va être la pagaille. »

Le vendeur de sel gemme s'y mit lui aussi : « Tout le monde savait qu'il était au plus mal mais personne ne pensait qu'il mourrait un jour. Les pauvres gens comme nous ont perdu leur seul allié. Il n'y en aura pas d'autres comme lui. » Il avait les larmes aux yeux. Il posa son sac de sel et s'accroupit. Il regarda au loin comme pour prendre la mesure de son chagrin puis se mit à sangloter ouvertement. « Qu'est-ce qui nous reste ? Thalaivar est mort. Nous avons perdu notre père et notre gardien. »

Le vendeur de lait, un jeune homme qui étudiait à l'institut polytechnique pour devenir technicien frigoriste, croisa le regard d'Akhila. Le message était sans ambiguïté : « Voilà ce que vous allez trouver sur votre chemin ce matin et les jours qui vont suivre. Un chagrin démesuré qui ne va pas tarder à devenir incontrôlable. Vous voulez vous retrouver prise en otage ? Rentrez chez vous. Fermez les portes et attendez que ça passe. »

Akhila revint sur ses pas et, en chemin, fit des provisions et acheta des légumes. Des hommes se tenaient regroupés au coin des rues, certains avaient des bâtons à la main. Qui étaient-ils ? D'où venaient-ils ? Puis soudain Akhila pensa à Hari. Se risquerait-il à monter dans le train ? L'y attendrait-il ? Se demanderait-il ce qui lui était arrivé ? Dans de tels moments, des haines enfouies remontaient à la surface. La foule devinerait-elle en le voyant qu'il venait d'Inde du Nord ? Lui tailladerait-elle le visage avant de le passer à tabac ?

Des millions de gens étaient en deuil. Un chagrin qui se transmua vite en violence. Des vitrines furent brisées et les magasins pillés. Les membres des partis de l'opposition gardaient un profil bas, par peur que la colère de la foule ne se tourne contre eux. Quelques personnes se suicidèrent, incapables de supporter l'idée que Thalaivar était mort.

Les journaux rapportaient d'innombrables cas de violence et d'incendies criminels. La radio passait des chansons extraites des films dans lesquels avait joué Thalaivar. Sauf qu'à l'époque on l'appelait Makkal Thilagam. L'icône du peuple. Akhila ne l'avait pas vraiment admiré en tant qu'acteur ou homme politique, mais le chagrin empiéta sur sa vie et se mêla aux sentiments qu'elle éprouvait pour Hari, si bien qu'elle ne savait plus si elle pleurait pour l'homme qui venait de mourir ou pour celui qui était vivant. Etait-il sain et sauf ? Comment allait-il ? s'inquiétait Akhila. Pourquoi n'avait-elle jamais pensé à lui demander son adresse ou le numéro de téléphone de son oncle qui habitait à côté de chez lui et possédait un magasin de tissu ? Comment allait-elle patienter jusqu'au jour où elle reverrait enfin son Hari ?

L'année approchait de sa fin. Son chagrin s'apaisa et sa résolution diminua. Akhila voulait revoir Hari, être avec lui. Rien ne comptait davantage.

Une semaine après la mort de Thalaivar, la vie reprit son cours normal et Akhila se dépêcha de terminer les corvées du ménage, pour être à la gare en avance. Quand le train arriva, elle se précipita dans le compartiment de première classe et chercha du regard : il était là. Quand il l'aperçut, il se leva avec un large sourire et il fallut qu'elle se retienne pour ne pas se jeter dans ses bras.

Akhila se dirigea lentement vers lui. Son cœur battait la chamade et tout ce qu'elle comptait dire se figea sur sa langue en un amas de mots incohérents. Elle fit alors la première chose qui lui traversa l'esprit : au lieu de s'installer en face de lui comme à l'accoutumée, elle alla s'asseoir à ses côtés.

« Est-ce que ça signifie que vous avez changé d'avis ? » demanda-t-il.

Akhila acquiesça, encore réticente à exprimer ce qu'elle ressentait pour lui.

« Maintenant, que faisons-nous ? » Elle sentait son souffle lui caresser l'oreille.

Akhila le regarda. Elle n'avait aucune réponse et aucune idée de ce qu'ils allaient faire ou de leur avenir. Le regard de Hari rencontra le sien et le soutint. C'était suffisant, se dit-elle. Elle avait lu dans ses yeux tout ce qu'une femme peut oser espérer d'un homme.

Ils restèrent assis côte à côte en silence, les contours de leurs corps se frôlant, les tourbillons de leurs pensées s'entremêlant, nuage de lucioles reliées entre elles par des liens invisibles.

Leur relation avait gagné en intensité. Une tension qui rendait accablants les sentiments inexprimés, qui dotait un simple regard de multiples significations et laissait un effleurement de mains enflammer des ardeurs inextinguibles. Déclenchant une éruption de petites étincelles qui annihilaient toute raison : touche-moi, serre-moi, fais-moi l'amour.

Tous les soirs, il venait la chercher à son bureau et ils descendaient ensemble Sterling

Road. Petit à petit, elle lui laissa prendre sa main. Un soir, tandis qu'ils marchaient, Hari avait passé son bras autour de sa taille. Elle sentait son corps pressé contre le sien, ses doigts appuyant sur sa peau. Elle voulait se tourner vers lui, se serrer contre lui, ne rien connaître que lui, laisser tout le reste dans le brouillard. Alors qu'ils tournaient à l'angle d'une rue, un policier les dépassa à bicyclette. Il s'arrêta et les toisa d'un œil soupçonneux. Agitant un doigt crochu, il fit un signe en demandant à Hari : « Qui est-ce ? »

Malgré l'obscurité, Akhila remarqua le mouvement de la pomme d'Adam de Hari tandis qu'il déglutissait. « Ma femme », répondit-il.

Le policier la regarda attentivement. Akhila vit ses yeux s'arrêter sur le long collier de perles noires et d'or qu'elle portait et qui ressemblait à un thali. Pendant longtemps, il lui avait servi de parade. Ce n'était pas un thali traditionnel mais cela suffisait à faire taire ceux qui cherchaient à savoir si elle était mariée ou pas.

« Votre femme ? »

Akhila discerna de l'incrédulité dans la voix du policier, lut de la dérision dans son regard et eut envie de rentrer sous terre. Pourquoi Hari n'avait-il pas dit qu'elle était sa sœur aînée, sa tante, sa voisine ?

« Bon, dit le policier. Dans ce cas, vous devriez faire ça chez vous et non pas dans la rue en public. »

Pendant quelques jours, ils se contentèrent de rester assis l'un contre l'autre dans le train. Puis Hari et Akhila cherchèrent des endroits où ils pourraient être ensemble sans la censure de la loi et de la société.

Comme beaucoup d'autres à Madras, ils allaient sur la plage et dans des parcs isolés pour leurs rendez-vous. Dans l'ombre du soir, bercés par le bruit de fond des vagues qui s'écrasaient, accueillis au creux du sable, embarrassés par leurs vêtements, ils devinrent amants. Mais, contrairement à leur amitié, cette relation était assombrie et lourde de malaise.

Aimer Hari vint naturellement à Akhila et quand il se tournait vers elle avec désir, elle savait d'instinct le satisfaire et le ravir. Et Akhila savourait ce ravissement, car elle savait que même si elle était plus âgée que lui, son corps était encore ferme et jeune, et qu'elle le comblait.

Au début, ça leur suffit. Les lentes incursions, les timides explorations… Mais bientôt il leur fallut davantage et quand ils se séparaient pour rentrer chez eux, c'était toujours avec un goût d'inachevé. Avec une insatisfaction qui jetait une ombre violet foncé sur ces crépuscules dérobés et les rendait encore plus éperdus de désir quand ils se retrouvaient le lendemain matin.

Parfois, Akhila aurait souhaité qu'ils partent et passent une nuit ensemble. Elle aurait aimé dormir dans ses bras et se réveiller en sentant sa barbe naissante lui effleurer la joue. Elle savait si peu de lui : dormait-il sur le côté droit ou gauche ? Se lavait-il les dents avant de prendre sa douche, ou après ? Combien de cuillerées de sucre mettait-il dans son café ? Lisait-il les journaux de la dernière page à la première ou l'inverse ? S'endormait-il à peine couché ou, au contraire, après de longues délibérations ?

Ils prévoyaient de se marier un jour mais Hari précisa qu'il faudrait qu'il attende que sa sœur cadette soit mariée. Il ne lui restait que quelques mois avant d'obtenir son diplôme et on lui cherchait déjà un futur époux. Akhila comprenait. Elle savait qu'au moindre soupçon de scandale, les prétendants potentiels s'éloigneraient.

« Tu es sûr ? Tu es sûr ? » s'écriait Akhila pour ne plus y penser quand la bouche et les mains de Hari trouvaient le moyen d'apaiser les démons qui l'assaillaient.

Une semaine avant le vingt-neuvième anniversaire de Hari, ils étaient assis dans un coin tranquille de Marina Beach Park. Le soleil était presque couché et une forte brise soulevait un pan du sari d'Akhila.

Avant qu'ils ne deviennent amants, il n'y avait jamais eu de blancs dans leurs conversations. Elle parlait ouvertement. Maintenant, elle faisait attention à ses mots. Elle craignait de le perdre par des paroles inconsidérées.

A plusieurs reprises, Akhila essaya de lui expliquer ce qu'il représentait à ses yeux, l'importance de son amour dans sa vie. Mais Hari la regarda sans comprendre. Pour lui, les gens tombaient amoureux, se mariaient, vivaient ensemble. Son amour était un sentiment simple qui se passait d'explications et de raisonnements. Il n'y avait qu'elle pour sans cesse essayer de disséquer ses sentiments sans arriver à aucune conclusion.

« Tu réfléchis trop », dit-il, alors qu'elle fixait le lointain, soudain envahie d'une grande tristesse. Akhila n'arrivait pas à expliquer ses émotions. Elle aurait dû être heureuse, mais tout ce qu'elle ressentait, c'était le poids de cet amour qui l'accablait.

« Tu ne m'as pas demandé ce que je veux pour mon anniversaire, lui dit-il avec un sourire goguenard.

— Qu'est-ce que tu veux pour ton anniversaire ? »

Hari passa un doigt le long du coude d'Akhila et dit : « Je sais ce que je veux mais je ne crois pas que tu accepteras de me l'offrir.

— Arrête de me taquiner. Qu'est-ce que c'est ?

— J'aimerais te voir toute nue. »

Elle reçut un choc dans la poitrine et, soudain, prit conscience des années qui les séparaient. C'était là les mots d'un enfant. Un homme n'aurait jamais été si maladroit… si gauche…

« Veux-tu passer un week-end avec moi ? Il y a une jolie station balnéaire sur la route de Mahabalipuram. On peut y aller vendredi soir et revenir dimanche après-midi. C'est tout ce que je veux comme cadeau d'anniversaire. »

Devant le silence d'Akhila, sa voix se fit plaintive et caressante. « S'il te plaît, Akhila ! » Il la perçait de son regard et elle céda, comme elle l'avait toujours fait, sous la pression de cet amour.

Deux jours plus tard, Akhila annonça à Amma qu'elle partait en week-end avec ses collègues de bureau. « Nous allons à Mysore, dit-elle, en réalisant à quel point il était facile de mentir.

— Je ne vois pas pourquoi tu tiens à partir avec tous ces gens que tu ne connais même pas ! dit Amma. Tu devrais commencer par demander la permission à tes frères.

— Amma, je suis leur aînée. Depuis quand ai-je besoin de leur permission pour partir en voyage avec le bureau ?

— Tu es peut-être l'aînée mais tu es une femme, ce sont eux les hommes de la famille, répondit Amma, sans chercher à cacher sa désapprobation.

— C'est ridicule ! Je ne vais pas leur demander l'autorisation de partir en voyage. J'aime autant y renoncer », dit Akhila en quittant la pièce.

Le lendemain matin, elle ne desserra pas les lèvres et Amma capitula, comme l'avait prévu Akhila. « Si tu penses pouvoir faire confiance aux gens avec lesquels tu pars, je suppose qu'il n'y a pas de problème. Mais sois prudente. Tu es une femme seule et tu sais qu'il n'en faut pas beaucoup pour que les gens se mettent à jaser. »

« Amma ! » Akhila mourrait d'envie de s'écrier : « Amma, je suis amoureuse de ce garçon. Il doit avoir l'âge de Narsi mais il m'aime vraiment. Je te jure que c'est vrai, Amma. Tu te souviens de l'amour qu'il y avait entre toi et Appa ? C'est pareil pour nous, Amma. C'est avec lui que je pars. Nous allons au bord de la mer. Il a choisi une nuit de pleine lune et il a dit qu'on pourrait s'asseoir sur la plage et se baigner au clair de lune. C'est un romantique, Amma, comme Appa. Il me rend heureuse comme personne ne l'avait fait depuis longtemps. J'avais oublié ce que c'était qu'être une femme et avec lui j'ai l'impression de renaître à la vie. Est-ce que tu refuses de m'accorder cela, Amma ? Vas-tu me priver de cet amour ? »

Comment Akhila pouvait-elle dire cela à Amma ? Elle ne comprendrait pas. Dans son monde, les hommes épousaient des femmes plus jeunes qu'eux. Les femmes n'offraient jamais leur corps aux hommes avant que cette union ne soit sanctifiée par le mariage. Elles ne partaient jamais avec des hommes qui n'étaient pas leur mari. Et elles ne connaissaient pas le désir.

La lune rayonna pour eux, Akhila et Hari. Pleine et dorée, bordant la crête des vagues d'une teinte chaude et argentée. Ils s'assirent sur le sable et Akhila se dit que c'était sans doute là l'instant le plus heureux de sa vie.

Un peu plus tard, ils regagnèrent une des cabanes bâties sur pilotis au bord de la plage.

Des tintements de verres et des rires masculins parvenaient à Akhila. « Je vais me servir un verre. Ça ne t'ennuie pas ? » demanda Hari.

Elle secoua la tête. Tous les jeunes hommes buvaient ces temps-ci, Akhila le savait. Et puis elle craignait que, si elle lui demandait de s'abstenir, il ne se dise qu'elle se comportait à nouveau en sœur aînée.

Dans le huis clos de leur chambre, Akhila se sentit mal à l'aise. Que suis-je en train de faire ici ? Pourquoi suis-je là ? Elle n'arrivait pas à faire taire ce refrain qui l'obsédait. Hari était sur le balcon en train de fumer une cigarette. Akhila éteignit la lumière et se laissa guider dans ses ablutions par l'éclat de la lune. Elle se glissa dans le lit toute habillée. Quand Hari s'assit à ses côtés, elle respira dans son haleine les effluves de l'alcool. Ce parfum étrange l'excita et lui donna des frissons dans le dos.

« Ce n'est pas juste ! s'exclama-t-il. Où est mon cadeau d'anniversaire ?

— Comment... comment ça ? balbutia Akhila.

— Tu sais très bien de quoi je parle », répondit-il, attendant, les yeux brillants, tandis qu'elle se dévêtait lentement.

Cette nuit-là, ils firent l'amour pour la première fois. Un véritable amour adulte, et non plus ces caresses furtives auxquelles s'étaient résumés leurs rapports jusqu'alors. La première fois, elle eut mal, puis le bonheur d'être avec lui la submergea, métamorphosant cette douleur en contentement.

Le lendemain matin, Akhila se réveilla avant lui. Le soleil inondait la pièce, baignant de ses rayons le visage de Hari et le sien. Elle contempla leurs corps, leurs jambes emmêlées dans les draps, les vêtements éparpillés au sol... Il avait un visage si jeune, sans une ride. A la lumière du jour, Akhila voyait bien les années qui marquaient le contour de ses yeux. Les rides qui trahissaient son âge. Elle se représenta ce qui les attendait. Un homme jeune et une femme plus âgée. Et le passage du temps qui ne ferait qu'empirer la situation.

Akhila repensa aux bribes de commentaires flottant dans l'air la veille au soir. Portés par la brise jusqu'à ses oreilles.

« C'est sans doute sa sœur aînée.

— Tu plaisantes. Tu crois que les hommes amènent leur sœur dans des endroits pareils ?

— Plutôt une femme mûre qui en a assez de son mari et qui a trouvé un gigolo pour passer le temps.

— Pas seulement pour passer le temps, à mon avis. »

Akhila avait eu envie de rentrer sous terre. Ces mots l'avaient blessée et ils faisaient encore plus mal maintenant. Elle repensa au policier à bicyclette. A tous ces regards pleins de sous-entendus qui pesaient sur eux lorsqu'ils étaient ensemble au restaurant, au cinéma, dans le train. Ils ne rentraient pas dans la norme, Hari et Akhila, et rien de ce qu'il pouvait dire n'y changerait quoi que ce soit.

Est-ce que c'est vraiment ce que je veux ? se demanda Akhila. Cette souffrance perpétuelle, cette peur constante de vieillir avant lui et de le voir se détourner d'elle. Cette crainte qu'un jour, il regrette leur relation, regrette d'avoir rejeté sa famille pour elle, de se retrouver enchaîné à elle alors qu'il aurait pu être avec quelqu'un de plus jeune, de mieux assorti. Ce poids permanent d'un amour insupportable qui détruirait tout et ne lui laisserait plus rien, pas même l'estime d'elle-même.

Akhila le regarda dormir, sur le côté droit, celui qu'il préférait car il pouvait ainsi se recroqueviller contre elle. Elle l'observa émerger du sommeil, ouvrir les yeux et se tourner sur le dos pour s'étirer. Elle le regarda pendant qu'il se brossait les dents et vit qu'il se rasait en commençant par la joue gauche pour continuer par la joue droite. Qu'il prenait son bain avant de boire son café auquel il ajoutait deux cuillerées de sucre. Et qu'il lisait le journal en commençant par les pages sportives. Akhila le regarda, toute la journée et toute la nuit, et vit qu'à chaque fois qu'ils avaient fait l'amour il s'endormait comme un bébé, instantanément.

Sur le chemin du retour, dans le train, Akhila prit ses mains dans les siennes et dit : « Hari, je te dis adieu. C'est la dernière fois qu'on se voit. »

Elle vit la stupeur se peindre sur son visage. « Pourquoi ? Que dis-tu là ? Akhila, que se passe-t-il ? Quelle erreur ai-je commise ?

— C'est cette relation qui est une erreur, répondit Akhila. Depuis le début, j'ai essayé de me convaincre que ça n'avait pas d'importance, que notre amour nous permettrait de combler le fossé des années, mais c'est au-dessus de mes forces. A chaque fois que je vois quelqu'un qui nous observe, je lis dans ses pensées cette question : que fait-il avec une femme plus vieille ? Ça me mine, Hari. Ça me perturbe que nous soyons mal assortis. Que je sois plus vieille et paraisse mon âge. Je n'arriverai pas à supporter l'idée que tu puisses un jour regretter notre relation, que tu te détournes et me laisses sans rien, ni toi, ni ma famille.

— Tu as terminé ? » demanda Hari. Akhila voyait bien qu'il était en colère. Blessé et bouleversé à la fois. Mais elle était plus âgée que lui et c'était à elle de rompre.

« Oui, dit Akhila. J'ai terminé et je ne te reverrai plus. Ne m'appelle pas au bureau et n'essaie pas de me revoir. Sinon je n'aurai d'autre choix que de quitter cette ville. Je t'aime, Hari. Je n'aimerai peut-être jamais personne d'autre mais cet amour n'a pas d'avenir. »

Tu ne me laisses aucune chance ? implorait son regard. Mais Akhila tourna les talons et se dirigea vers la porte du compartiment.

Ce soir-là, elle écrivit une lettre à Katherine. A une époque, elles s'étaient écrit régulièrement. Pourtant, Akhila ne lui avait pas parlé de Hari, à elle non plus. Maintenant elle se confiait à elle, et lui parlait de cet amour, de la tristesse qui lui écrasait la poitrine. Tout en écrivant, Akhila essayait d'expliquer pourquoi elle avait agi de cette manière. Katherine comprendrait-elle ? La soutiendrait-elle ? Aurait-elle fait de même ?

Le lendemain matin, Akhila réalisa qu'il lui était impossible de parler de cet amour, pas même à Katherine. Elle déchira la lettre, appela une collègue et, prétextant que sa mère était malade, lui dit qu'elle serait en congé les deux semaines à venir. Elle dit à Amma qu'elle avait des jours à poser et resta à la maison. Au cours de la quinzaine qui suivit, elle revécut chacun des moments qu'ils avaient passés ensemble, puis elle reprit le travail. Elle partait par le train de 6h55 et prenait un train plus tard pour revenir. Leurs chemins ne se croisèrent plus jamais.

Parfois, Akhila apercevait la courbe d'une joue ou l'arrondi d'une tête dans une foule et son cœur se mettait à battre la chamade : Hari ! Mais il ne s'agissait jamais de Hari et quand bien même c'eût été lui, Akhila aurait fait semblant de ne pas le voir.

*

Akhila se recroquevilla sur le côté, genoux repliés vers la poitrine. Elle se sentit soudain seule et abandonnée. Avait-elle fait une erreur en quittant Hari ? Avait-elle pris la bonne décision ? Qu'est-ce qui l'avait retenue ? Comment allait-elle se débarrasser de ces fragments de regret qui lui collaient encore à la peau ?

Peut-être que si je m'y autorise, moi aussi je trouverai le bonheur. Une douce folie, une satisfaction magique, une paix intérieure que me donnerait la certitude de savoir que les années qui se sont écoulées ne sont pas passées en vain et que l'avenir m'apportera bien davantage que ce que je me suis résignée à accepter comme mon lot. Peut-être n'est-il pas trop tard, pensa Akhila et peut-être que si ce qu'elle avait perdu l'était sans doute à jamais, la vie lui offrirait une deuxième chance, comme elle l'avait fait pour Janaki. Ainsi que pour Margaret, de manière plus détournée.

Puis Akhila se souvint que cette deuxième chance s'était déjà présentée, mais qu'à ce moment-là elle n'avait pas su la reconnaître…

*

Cinq ans auparavant, quand Amma était morte, le train-train de la vie d'Akhila avait déraillé une nouvelle fois. Qu'allait-elle faire ? Comment allait-elle vivre seule ?

Après moult palabres, on décida qu'Akhila demanderait sa mutation pour Trichy, où se trouvait Narsi, ou pour Bangalore, auprès de Padma. Narayan étant souvent muté, elle ne pouvait s'installer avec lui.

Le responsable de la division d'Akhila réussit à lui trouver un poste à Bangalore, et ce fut donc la fin de sa vie à Ambattur. « Il faudra un petit moment avant qu'ils vous attribuent un logement. Mais quand ils l'auront fait, vous vous y trouverez très bien. J'ai visité les appartements et ils sont assez spacieux. Un des avantages à être fonctionnaire, c'est que l'on est toujours logé correctement, dit-il en lui donnant son arrêté de mutation.

— Ma sœur habite à Bangalore. Je logerai chez elle jusqu'à ce qu'on m'autorise à emménager. Cela ne devrait pas poser de problème. Je vous remercie, Monsieur », répondit-elle, anticipant les joies d'avoir son propre chez-soi.

Tout ce qu'elle avait à faire, c'était emballer ses quelques biens et donner les clés à Narayan. La maison ne leur appartenant pas, il ne leur restait qu'à répartir entre Narayan et Narsi les quelques meubles et appareils ménagers qui étaient à eux.

Akhila commença par la cuisine. Il n'y avait pas grand-chose à partager. Padma, lors de ses fréquentes visites, avait emporté tout ce qui était d'une quelconque valeur. Quand elles verraient ce qui leur revenait, les femmes de Narayan et de Narsi protesteraient, se dit-elle. Mais elle n'y pouvait rien. Sur la dernière étagère du placard en bois se trouvait un carton. Il contenait quelques boîtes vides, des couteaux aux lames cassées, une boîte de clous rouillés et une énorme pelote de fil de jute. Akhila la prit dans ses mains et la contempla. Elle la croyait terminée depuis longtemps. Mais elle était toujours là, relique de son passé. Elle en défit une longueur et tira dessus.

Le fil tint bon, ce qui fit sourire Akhila. Il avait encore de la résistance. Allait-elle jeter la pelote ou la conserver ? Elle la mit finalement dans la boîte où elle avait rangé ses quelques affaires. Ce fil lui servirait bien un jour ou l'autre.

L'après-midi, Akhila nettoya l'armoire métallique qui avait toujours été dans la pièce intérieure. Elle se souvenait du jour où on l'avait livrée. Amma tenait tellement à en avoir une ! Tout le monde dans le quartier possédait une armoire métallique. Elle lançait régulièrement un regard noir en direction de l'armoire en bois qui faisait partie de sa dot en disant : « Je ne veux pas forcément une Godrej, une marque moins chère fera tout aussi bien l'affaire. Tous nos vêtements sentent le moisi et tes papiers sont rongés par les insectes. Si seulement on avait une armoire métallique, tout resterait intact... »

Appa avait réussi à trouver un magasin de meubles qui lui avait permis d'en acheter une par versements mensualisés et sans dépôt de garantie. Tout ce qu'ils voulaient, c'était le versement de six mensualités d'un coup. Il pouvait alors repartir avec l'armoire et payer le reliquat sur dix-huit mois.

Quand elle avait été livrée à la maison, chacun d'eux avait sorti un trésor à y enfermer. Amma les avait chassés en feignant la colère. « Ce n'est pas un endroit pour ranger vos bêtises. Nous y mettrons seulement des choses importantes. Comme mes saris de soie et les chemises d'Appa, compris ? »

Le coffre intérieur était exclusivement réservé à Appa. Il y conserverait tous ses papiers importants, avait-il annoncé. A sa mort, c'était à Akhila qu'était revenu ce privilège.

Elle en sortit ses documents administratifs et tira de sous la pile une petite enveloppe marron contenant cinq cartes du Nouvel An. Akhila la contempla un long moment. Allait-elle la garder ou s'en débarrasser? Et puis, pourquoi l'avait-elle conservée tout ce temps?

Akhila ouvrit l'une des cartes. Elle était signée Hari. Hari et rien d'autre. Il lui envoyait une carte tous les ans, comme pour lui rappeler son existence. Mais Akhila n'avait jamais voulu donner suite. Une fois que c'était fini, c'était pour de bon, se disait-elle.

Sur la dernière carte, il y avait un numéro de téléphone et une adresse. « Je n'habite plus chez mes parents », avait-il écrit. Après avoir reçu la carte, Akhila avait été tentée d'appeler. Mais elle avait tenu bon. Sa vie suivait maintenant un cours régulier qu'elle ne voulait pas perturber. C'était long, cinq ans. Mais cela ne comblait pas le fossé qui les séparait. Il n'aurait d'ailleurs peut-être fait que s'agrandir.

Akhila se mit à déchirer les cartes. Elle décida de les brûler. Puis, sur un coup de tête, et aussi parce qu'elle n'arrivait pas à renoncer tout à fait à lui, elle sortit le petit répertoire qu'elle avait apporté pour noter les coordonnées de ses collègues de bureau et écrivit l'adresse de Hari avec son numéro de téléphone. Voilà la place qu'il tenait dans sa vie, se dit-elle. Un nom parmi d'autres. Soudain, Akhila repensa à Sarasa Mami et à Jaya.

Plus tard dans la même soirée, elle se rendit chez Sarasa Mami. C'est une chose que j'aurais dû faire depuis longtemps, se dit-elle en descendant la rue. Je n'aurais jamais dû tourner le dos à Sarasa Mami et aux enfants. Amma n'aurait sans doute pas apprécié mais j'aurais dû aller les voir malgré tout, leur dire que rien n'avait changé.

Devant l'entrée, elle s'arrêta. La porte, qui autrefois était toujours décorée d'une guirlande de feuilles de manguier en plastique, était nue et fermée. Le kolam blanc peint sur le seuil avait été effacé. Qu'était-il arrivé à Sarasa Mami ? Avait-elle totalement renoncé à sa vie d'autrefois ? Par l'une des fenêtres ouvertes, Akhila distingua la lueur bleutée d'un écran de télévision et eut un moment de surprise. Puis elle appuya sur la sonnette, nouvelle étrangeté pour une maison qui n'avait jamais comporté ce genre de gadget, car elle avait toujours été ouverte à tous.

Un étranger ouvrit la porte. « Oui ? » demanda-t-il.

Akhila sentit la sueur lui perler au front. Etait-ce là un des clients de Jaya ?

« Sarasa Mami... dit-elle. Est-ce que Sarasa Mami est ici ? »

L'homme la dévisagea quelques instants comme pour essayer de mettre un nom sur son visage. Puis il soupira. « Il n'y a personne de ce nom ici. Nous nous sommes installés dans cette maison il y a quatre ans. Elle était vide depuis près de six mois quand nous avons emménagé. Le propriétaire ne trouvait pas de locataire. Puis, au bout de quelque temps, nous en avons découvert la raison. J'ai été muté ici et je n'étais au courant de rien.

— Savez-vous ce qui leur est arrivé ? » demanda Akhila, ne sachant que dire d'autre.

L'homme haussa les épaules. « Non... Quelqu'un a dit à ma femme qu'ils avaient été chassés et avaient déménagé à... – il hésita – Kodambakkam. »

Akhila baissa la tête, embarrassée. Elle savait ce que signifiait son hésitation. Elle sous-entendait : qu'avez-vous donc à voir avec une famille qui s'est installée dans un quartier célèbre pour ses putains ?

« D'où les connaissez-vous ? » demanda l'homme, incapable de faire taire sa curiosité. Vous avez l'air trop respectable pour avoir un quelconque rapport avec une famille de mauvaise réputation, disait son expression.

Akhila le regarda dans les yeux, ne sachant que répondre. Que penserait-il d'elle si elle disait qu'à une époque, la famille de Sarasa Mami et la sienne étaient presque comme une même famille ? Puis, par défi, elle répondit : « C'était des amis de la famille », avant de perdre courage et d'ajouter : « Mais nous ne les avons pas vus depuis des années.

— Je comprends. Vous ne saviez donc pas ce qui leur était arrivé. Ni que la fille était devenue une... enfin vous voyez... » dit l'homme, incapable d'articuler le mot prostituée.

Akhila tourna les talons pour partir. *Pourquoi ai-je attendu si longtemps ? Pourquoi ai-je attendu jusqu'à aujourd'hui pour avoir le courage ? Et pourtant, si je l'avais eu plus tôt, qu'est-ce que cela aurait changé ?*

La veille de son départ, elle n'arriva pas à dormir. Elle n'allait plus jamais revenir. Etait-ce là ce que ressentait une future mariée la veille de la cérémonie ? Ou bien une femme enceinte lorsque la première vague des douleurs de l'accouchement commençait à lui déchirer les entrailles ? De la peur. De l'excitation. Une furieuse oscillation entre une complète torpeur mentale et une explosion de sensations électriques au bout des nerfs.

Ma vie va être à jamais transformée. Ma vie ne sera plus jamais la même, se répétait Akhila comme un mantra à la déesse. Que l'on récite pour préserver. Protéger. Bénir. Régénérer.

*

L'appartement avait été conçu pour accueillir une famille. Un mari, son épouse et leurs deux enfants, conformément au projet gouvernemental.

En pensant aux efforts désespérés du gouvernement pour juguler la croissance démographique, Akhila se mit à rire. Il y avait tout d'abord les slogans gentillets visant à encourager le planning familial. A l'arrière des camions, autour des poubelles et sur les abris de bus, un triangle rouge à l'envers diffusait gaiement ce simple message : *Nous deux et nos deux enfants, petite famille, famille heureuse.* Puis il y avait le congé maternité. Les employées du gouvernement avaient droit au congé maternité seulement pour les deux premières grossesses. Ensuite, le seul congé autorisé était celui leur permettant de subir une IVG. Et enfin, les appartements. Au moins, c'était plus sensé que les mesures des années précédentes : conduire de force des hommes de tous âges dans des centres de planning familial et les soumettre contre leur gré à une vasectomie. Elle avait entendu dire que, pour les consoler de ne plus être en mesure de peupler le monde de leur progéniture, on leur offrait un seau en plastique et cinquante roupies.

La maison avait une pièce principale où l'on pouvait facilement installer un canapé à trois places, deux fauteuils et une table basse de salon. Et si l'on y tenait vraiment, on pouvait caser contre le mur une petite table de salle à manger. C'était une pièce où la famille pouvait passer du temps ensemble, regarder la télévision et recevoir des invités. Deux pièces contiguës donnaient sur cette pièce principale : deux chambres avec des étagères de rangement et d'immenses fenêtres. La cuisine, longue et étroite, faisait la largeur de la maison et était située derrière la pièce principale. Il y avait aussi une véranda à l'arrière, en partie fermée par un grillage, et sur un côté, la salle de bains et les toilettes. L'appartement était entouré sur trois côtés par un petit terrain. Le quatrième était occupé par un appartement identique. Les deux appartements jumeaux partageaient un mur mitoyen sur toute la longueur de la maison, comme deux siamois reliés par la hanche. Au-dessus, il y avait deux appartements supplémentaires, construits à l'identique, sans jardin. Il était entendu que la terrasse leur revenait.

Sans doute était-il logique, d'un point de vue économique, de construire tout un immeuble. Ou peut-être le gouvernement estimait-il qu'en attribuant une maison individuelle à des employés sans ancienneté, on les encouragerait par là à exagérer leur importance. Peut-être s'imaginait-il encore que partager un mur et des odeurs de cuisine favorisait l'intégration nationale.

Akhila s'en moquait bien. Elle se réjouissait d'avance à l'idée d'avoir son propre chez-soi. Elle se disait que sa vie allait enfin acquérir une dimension personnelle. Puis, elle entendit Padma qui disait : « C'est un peu vieillot. Et plutôt ordinaire. Tu as vu la cuisine ? Je ne m'attendais pas à un évier en Inox mais je croyais qu'il serait au moins en émail. Et les plans de travail sont de simples blocs de ciment... pas même carrelés ! »

Akhila resta muette. Quoi qu'en dise Padma, elle adorait son petit logement. C'est alors que

Padma ajouta : « Mais l'ensemble a un certain charme. Ce sera parfait pour nous. »

« Comment ça, "nous" ? voulait s'écrier Akhila. N'est-il pas temps que tu me laisses vivre ma vie ? »

« Il me semble que nous allons être très heureux ici. Je peux aller à pied jusqu'à l'école pour accompagner les petites. Les magasins sont à deux pas et les voisins ont l'air très corrects. »

Akhila la regarda, abasourdie. Elle avait cru que Padma serait ravie de retrouver sa maison. Akhila avait logé chez elle pendant les neuf derniers mois, jusqu'à ce qu'elle obtienne le feu vert pour son logement, et ça n'avait pas été facile tous les jours. Il fallait souvent qu'Akhila se répète que cette femme qui lui mettait les nerfs en pelote était sa sœur. Sa chair et son sang. Il lui avait fallu pardonner à Padma d'avoir été transformée par son mariage et sa maternité en une créature dure et dominatrice. Et voilà maintenant qu'elle se proposait de venir habiter avec elle !

Akhila pensa aux taches de dentifrice et aux cheveux dans le lavabo de la salle de bains, aux traces de doigts sales que les filles de Padma laisseraient sur ses murs d'un blanc immaculé, aux jouets sur lesquels elle trébuchait à chaque fois, à son lit bien fait mis en désordre, à ses saris qu'on empruntait sans même un « s'il te plaît », à la télé mise à plein volume, aux odeurs, aux bruits, aux désordres, aux intrusions dans sa vie... et étouffa le sanglot qui lui nouait la gorge.

« Tu crois que ça plaira à Murthy ? Il sera probablement vexé à l'idée de devoir vivre sous mon toit », répondit Akhila, en essayant de dominer la panique qui perçait dans sa voix. Murthy, le mari de Padma, n'avait pas une once de dignité. Mais Akhila, en désespoir de cause, s'accrochait à tout ce qu'elle pouvait trouver.

« Oh ! ça ne le dérange pas. Une fois qu'il aura obtenu sa promotion, il sera souvent en déplacement dans tout le Sud. Un jour à Madras, deux jours plus tard à Hyderabad, la semaine d'après à Hubli... et ça ne m'enchante guère de me retrouver seule avec les filles. Pourquoi entretenir deux maisons alors que nous pouvons être ensemble ? Et puis, comment vas-tu faire toute seule ? ajouta Padma avec aplomb, et Akhila la vit déjà en train de tirer des plans et de choisir le tissu des rideaux.

— Mais... » commença Akhila.

C'est alors que Padma sortit l'atout qui, elle le savait d'avance, balayerait toutes les objections de sa sœur : « Je ne crois pas pouvoir m'en sortir toute seule, Akka. »

Akhila regrettait de n'avoir pas parlé à ce moment-là. Elle regrettait de n'avoir pas admis l'urgence de son désir et de n'avoir pas dit à Padma combien elle préférait être seule. Au lieu de cela, elle s'était réfugiée dans le silence.

Un silence embarrassé qui volait souvent en éclats, éparpillant alentour des débris de verre, qui coupaient et blessaient. Akhila regrettait presque toujours ces accès, après coup. Car elle était aussi coupable que Padma. Elle aurait dû avoir le courage de parler. Elle s'était laissé convaincre par Padma de partager son appartement avec elle. Et avait permis à la fange nauséabonde du regret de venir caresser ses pieds avec de petits bruits de succion : comme tout aurait été différent si elle avait vécu seule. Rien de tout cela ne serait jamais arrivé.

Puis il y avait eu l'affaire de l'œuf. Peut-être était-ce à ce moment-là que Padma avait choisi le fil de soie avec lequel elle allait tisser la réputation d'Akhila.

Pendant neuf mois, Akhila avait dû renoncer au plaisir de manger un œuf. Après tout, elle habitait chez Padma et n'avait aucun désir de prendre des libertés qui gêneraient sa sœur. Mais maintenant qu'elle habitait dans ses quartiers attitrés, elle décida de ressusciter son œuf quotidien.

« Qu'est-ce que ça fait ici ? » La voix de Padma résonna en vagues de perplexité aux oreilles d'Akhila quand elle lui vit à la main la boîte à œufs de Katherine.

« D'après toi ? murmura Akhila, sans pouvoir réprimer l'irritation qui perçait dans ses mots.

— Je sais très bien ce que c'est. Je te demande ce que fait une boîte à œufs dans cette maison, dans une maison brahmane, rétorqua Padma.

— Figure-toi que dans cette maison brahmane, quelqu'un mange des œufs.

— Qui ça ? » demanda Padma. Puis soudain elle prit un air stupéfait : « Ne me dis pas que c'est toi qui manges des œufs ! »

Akhila fit celle qui n'entendait pas.

« Comment oses-tu ? N'as-tu pas honte ? commença Padma, piquée par le silence d'Akhila.

— Honte de quoi ? Ce n'est qu'un œuf, rien de plus !

— Comment oses-tu ? Nous sommes brahmanes. Nous n'avons pas le droit. Cela va à l'encontre des règles de notre caste.

— Et la fois où le médecin a dit que tes enfants avaient besoin de prendre des forces, tu leur as bien donné un œuf battu avec du lait ! Tu ne commettais pas de sacrilège à ce moment-là, peut-être ? répondit Akhila, se laissant entraîner malgré elle dans une dispute.

— C'était pour des raisons de santé. Toi, tu manges des œufs parce que tu aimes ça. Tu as pensé à ce que notre mère aurait dit si elle l'avait su ?

— Amma était au courant. Elle n'a rien dit.

— Pauvre Amma ! Ça devait lui faire horreur. Mais elle avait sans doute trop peur de ta langue acérée pour oser te contrarier. » Les mots de Padma atteignirent Akhila en plein cœur. Etait-ce là la raison pour laquelle Amma n'avait jamais rien dit ? Ma mère avait-elle peur de moi ? Suis-je devenue un monstre au visage de pierre et à la langue de vipère ?

Désemparée, Akhila se tourna vers Padma. « Regarde-moi ! voulait-elle s'écrier, je suis ta sœur aînée. Celle qui a sacrifié sa vie pour toi et pour notre famille. Te rends-tu compte de ce que tu dis ? Je croyais que c'était parce que tu m'aimais que tu me traitais avec autant de respect. Es-tu en train de me dire que ce n'était pas du respect mais de la crainte ? »

Mais tout ce que vit Akhila en regardant Padma, ce fut l'éclat du triomphe. Padma savait qu'elle avait touché le point sensible. Akhila sentit la colère lui obscurcir la vue et elle riposta : « Je suis ici chez moi, et si je veux manger des œufs ou me balader à poil, je le ferai. Si quelqu'un y trouve à redire, il n'a qu'à faire ses valises. »

En voyant que Padma en avait le souffle coupé, Akhila sut que, pour cette fois, elle avait marqué un point.

Pendant les quatre années qui suivirent, Akhila survécut tant bien que mal à de nombreux accrochages similaires. Padma se fit des amies parmi leurs voisines. La plupart d'entre elles étaient, comme elle, femmes au foyer et elles se rendaient souvent visite, chez l'une ou chez l'autre. Une des premières initiatives de Padma, ce fut de dire aux autres à quel point Akhila était une femme difficile. L'épouse de Monsieur Dharmappa, son voisin de palier, une femme au visage large et épanoui, était toute fière de raconter à tout le monde que son mari, très compétent professionnellement, ne savait rien faire une fois rentré chez lui. « Il n'est même pas capable de se préparer une tasse de thé. Il faut que je m'occupe de tout. Si je devais laisser les plats sur la table pour qu'il se serve tout seul, il ne saurait même pas comment s'y prendre. C'est à moi de le faire pour lui. »

Padma fit un petit bruit pour marquer son assentiment. Akhila, depuis sa chambre, tendait l'oreille. Elle attendit, curieuse d'entendre ce que Padma aurait à dire sur Murthy et ses défauts. C'est alors qu'elle l'entendit répondre : « Akka est exactement pareille. Au bureau, elle se débrouille très bien, mais à la maison... » Elle s'arrêta. « A sept ans, ma fille Madhavi est plus douée qu'elle pour s'occuper de la maison. Il faut que je fasse tout à sa place. La cuisine. Le repassage. Même recoudre les boutons de ses corsages ! »

Qu'avaient donc ces femmes dont le monde tournait autour de leur cuisine ? Pourquoi ne pouvaient-elles supporter l'idée de quelqu'un qui se débrouille aussi bien à la maison qu'à l'extérieur ? Akhila bouillait d'écœurement.

Au début, elle se consola avec la pensée que Padma lui en voulait de ne pouvoir échapper au périmètre de la maison. Peut-être rêvait-elle de nouveaux horizons, de l'indépendance financière que possédait Akhila. Mais celle-ci réalisa bientôt que les sentiments qu'éprouvait Padma à son égard étaient d'une complexité qu'elle avait du mal à pénétrer et à supporter. Il fallait, pour que Padma se sente comblée, qu'elle rabaisse Akhila aux yeux des autres.

Un autre après-midi, Akhila était dans la chambre, les couvertures ramenées jusqu'au menton. Elle avait la grippe. Des murmures lui parvenaient depuis la pièce principale. Padma s'était trouvé un groupe de cinq autres femmes brahmanes. Tous les mardis, elles se rendaient visite à tour de rôle pour chanter des bhajans de Mira. Cet après-midi-là, c'était au tour de Padma de recevoir le groupe de chant. Akhila entendit une voix demander : « Est-ce que ta sœur voudrait se joindre à nous ?

— Tu plaisantes. Elle est malade. Elle ne peut pas, répondit une autre voix.

— Et puis, elle n'aime pas tout ça. Elle n'est pas comme tout le monde. » Akhila reconnut cette voix. C'était celle de Padma.

« Comment ça, elle n'est pas comme tout le monde ? » demanda la première voix. Cette voix inconnue devint assez sympathique à Padma.

« Elle n'est pas comme nous. Elle ne s'intéresse pas à ce qui nous plaît ou à ce qui plaît aux gens normalement constitués. Elle aime qu'on la laisse tranquille. Et si quelqu'un s'avise d'essayer de la faire sortir de sa coquille, elle est capable d'être blessante. Je n'ai pas l'intention d'aller lui demander de se joindre à nous. Alors n'y pensez plus. » La voix de Padma avait juste l'inflexion qu'il fallait pour laisser entendre qu'elle vivait un enfer sous l'emprise d'une sœur aînée insensible.

« Mais elle n'est pas croyante ? demanda une voix incrédule. Ce sont des bhajans, après tout. Des chansons en l'honneur de Krishna.

— Je ne sais pas. Parfois j'ai l'impression qu'elle n'est même pas une hindoue pratiquante.

Elle n'allume pas de lampe dans la pièce consacrée aux pujas, ne va pas au temple et n'observe aucun des rituels que doivent suivre les brahmanes. Quand elle a ses règles, elle continue d'arroser les plantes, et si j'ai le malheur de lui en faire la remarque, elle m'envoie sur les roses.

— Pourquoi restes-tu avec elle, alors ? Pourquoi ne déménages-tu pas pour la laisser seule ? » demanda la première voix.

Padma soupira : « J'en rêverais. Mais c'est ma sœur aînée et elle est célibataire. Si nous la laissons, elle va se retrouver seule au monde.

— Mais il y a des limites à la tolérance.

— C'est ce que dit mon mari. Mais je dois faire mon devoir malgré son ingratitude. C'est ce que nous enseignent nos textes. » Dans le rôle de martyre, nul n'arrivait à la cheville de Padma.

Akhila savait qu'avant que la soirée se termine, ces femmes auraient répandu l'histoire des souffrances de la pauvre Padma, des excentricités d'Akhila, de son impiété, de la chance qu'elle avait d'avoir auprès d'elle une sœur comme Padma qui supportait son caractère acariâtre à longueur de temps.

Akhila toléra une invasion de son espace et de son intimité qui prenait des formes variables. Mais le pire était les nuits où le mari de Padma, Murthy, était à la maison. Leurs deux filles, Priya et Madhavi, étaient expédiées dans la chambre d'Akhila pour partager son lit. Et quand on avait éteint toutes les lampes – parce que les deux filles ne pouvaient pas dormir s'il y avait la moindre lumière dans la pièce et qu'il fallait qu'elles fassent leur nuit sous peine de s'assoupir le lendemain en classe –, des bruits étouffés filtraient à travers l'interstice entre la porte et le sol.

Une respiration contenue. Un soupir caressant. Le froissement du tissu. Une excitation fiévreuse. Et parfois, un murmure… « Chut, elle va nous entendre ! »

Akhila se tournait vers la fenêtre et remontait les draps sur ses oreilles. Ces nuits-là, Hari lui manquait avec une intensité qui l'accablait. Avait-elle commis une erreur en le laissant partir ? Où était-il maintenant ? Si elle le rencontrait à nouveau, éprouverait-il toujours pour elle les mêmes sentiments ? Hari, Hari, gémissait-elle, si seulement je n'avais pas été aussi lâche !

Son désir était teinté d'amertume. D'une rancœur qui pourrissait en elle, contre son gré, et qui se manifestait en de fines rides autour de ses lèvres.

Non, Akhila n'en voulait pas à Padma du bonheur qui semblait émailler sa vie. Mêler son corps à un autre, un bras autour de sa taille, une poitrine où reposer sa tête, la fertilité de son ventre, l'alourdissement de ses seins pleins de lait, le bruit de ses bébés, les rires, attendre que son mari rentre à la maison, partager un moment ordinaire… Akhila ne lui reprochait rien de tout cela.

Ce qu'elle ne supportait pas était de se retrouver contrainte d'être spectatrice de tout ce changement, de cet horizon qui s'élargissait, pendant que sa vie à elle se poursuivait à son rythme tranquille, monotone, sans à-coups, à son rythme de vie de vieille fille.

*

Le train s'arrêta avec un crachotement. On entendit les voix de la foule. Des bruits étranges sans queue ni tête. Akhila ouvrit les yeux. L'espace d'un instant, elle ne sut pas où elle était et fut prise de panique. Puis la mémoire lui revint et un lent sourire se dessina sur ses lèvres. Elle se tourna sur le ventre et se releva sur les coudes.

C'est étrange, se dit-elle. Tous les quais de gare se ressemblent. Avec leurs flaques d'eau près d'un robinet qui goutte. Leurs passagers aux visages fermés et aux yeux fiévreux. Leurs valises empilées. Leurs bancs occupés. Leurs porteurs. Leurs marchands avec leurs pots de thé et de café, leurs paquets de biscuits et leurs magazines illustrés. Leurs poubelles débordantes de déchets. Des mégots. Un gobelet en plastique écrasé. Un emballage de chocolat. Une peau de banane. Des sacs en plastique rose et vert accrochés aux rails et se gonflant ou se dégonflant au gré du vent. Une barrière autrefois blanche et devenue grise qui entourait la gare.

PALAKKAD. C'était le nom de la gare. Un col dans les montagnes qui permettait de traverser les Ghats occidentaux. C'était un important nœud ferroviaire et l'arrêt serait long.

Elle tourna la tête vers les autres passagères. Elles dormaient toutes, à l'exception de Prabha Devi qui était en train de descendre de sa couchette. « Bonjour, dit-elle. Bien dormi ? »

Akhila hocha la tête et s'assit. « Je vais m'acheter une tasse de thé. Vous en voulez une ? » Puis, en montrant Janaki, elle demanda : « Vous ne croyez pas qu'on devrait la réveiller. Il faut qu'elle descende à Ernakulam. La jeune fille aussi, et on dirait qu'elles dorment profondément.

— Il reste encore du temps. Nous les réveillerons dans un moment. Vous voulez prendre le petit déjeuner ? C'est l'endroit. La nourriture sera chaude et fraîchement préparée.

— Je ne peux pas. » Akhila secoua la tête. « Je ne me suis pas brossé les dents.

— Vous n'allez pas rester sans manger toute la journée ! Rincez-vous bien la bouche et ça fera l'affaire », répondit Prabha Devi avec impatience.

Lorsqu'elles se furent lavé la figure, eurent rincé leur bouche, peigné leurs cheveux et arrangé leur sari, elles entreprirent de commander à manger. « Qu'allez-vous prendre ? demanda Akhila.

— Un appam avec un korma de légumes, et des beignets de banane. Le reste, je le prépare aussi chez moi, alors à quoi ça sert de voyager si c'est pour faire comme à la maison ? Autant rester chez soi », dit Prabha Devi en sortant la main par la fenêtre et la secouant pour attirer l'attention d'un marchand installé non loin.

Akhila réfléchit quelques instants. « Très bien, je vais prendre la même chose.

— Voilà qui est mieux », dit Prabha Devi avec un sourire.

L'appam blanc et moelleux fut servi entouré d'une feuille de bananier recouverte de papier journal. « J'adore le parfum de la nourriture enveloppée de feuilles de bananier, dit Prabha Devi en respirant l'air profondément. Pas vous ? »

Akhila se posa la question. Elle n'y avait jamais réfléchi. Elle huma les parfums avant de répondre : « Oui, moi aussi. Mais je ne m'en étais jamais rendu compte. C'est étrange qu'il faille quelqu'un d'autre pour nous dire ce que nous aimons ou pas !

— Il n'y a rien d'étrange à cela. Nous sommes presque tous ainsi.

— J'ai du mal à croire à cela venant de vous. Vous avez l'air de savoir parfaitement qui vous êtes, ce que vous voulez, ce que vous aimez ou n'aimez pas. »

Prabha Devi avala sa bouchée, l'air pensif : « C'est comme ça que vous me voyez ?

— Vous êtes une des personnes les plus sûres d'elles et les plus épanouies que je connaisse, affirma Akhila, en mettant avec précaution dans sa bouche un morceau d'appam.

— Alors, ce n'était pas si difficile, si? taquina Prabha Devi. Vous savez, continua-t-elle une fois qu'elles eurent fini de manger et se furent lavé les mains, j'étais comme vous autrefois. Silencieuse, timide et effrayée par la nouveauté. Puis un jour, j'ai découvert que je n'aimais pas la personne que j'étais devenue. Alors j'ai changé.

— Comme ça, du jour au lendemain? demanda Akhila, incrédule.

— Non bien sûr, pas juste comme ça. Il y avait une cause et un effet, comme à chaque fois. Mais dans mon cas, j'ai été à la fois la cause et l'effet. »

8
A flot

Au cours d'une petite sieste, par un après-midi de septembre, une semaine après son quarantième anniversaire, Prabha Devi réalisa qu'elle avait oublié le son de sa propre voix. A quoi ressemblait-elle donc ? Etait-elle aiguë ou gutturale ? Haut perchée ou sourde ? Est-ce qu'elle était légère comme la brise ou pesante comme des briques ? Elle ouvrit la bouche et articula son nom : Pra-bha-De-vi. Il en sortit un son qui ressemblait un peu à un bêlement et plus encore à un miaulement. Voilà donc ma voix ! pensa-t-elle. Un croisement entre un mouton en colère et un chaton qu'on égorge.

Prabha Devi se leva du matelas à ressort, recouvert d'un dessus-de-lit de satin, et alla arrêter la climatisation. Elle tira les lourdes tentures qui transformaient cette chambre en un utérus inaccessible au monde extérieur et ouvrit la porte-fenêtre. La pelouse de la terrasse était resplendissante, baignée de soleil et d'humidité. Prabha Devi s'avança jusqu'au gazon. Les brins d'herbe lui chatouillaient les orteils. Levant la tête en direction du soleil couchant, elle entrouvrit la bouche. Les rayons du soleil y déversèrent leur chaleur. Elle s'humecta les lèvres et essaya une nouvelle fois d'articuler son nom. Cette fois, le fantôme d'une vie antérieure s'échappa de sa bouche. Et Prabha Devi se sentit progressivement revenir à la vie. Où étais-je tout ce temps ? se demanda-t-elle. Avec calme, tout d'abord, puis avec hésitation et enfin avec fureur. Que faisais-je donc pendant tout ce temps ?

Quand Prabha Devi était née, son père avait poussé un soupir. Il avait espéré un garçon. Il projetait d'ouvrir une cinquième bijouterie dans la ville. Madras était assez grande pour achalander cinq magasins et si seulement Prabha Devi avait été un garçon, tout aurait été pour le mieux. Cinq magasins, cinq fils et tout le monde aurait été content. Maintenant il lui faudrait mettre en sourdine son idée de cinquième magasin.

La mère de Prabha Devi, pour sa part, était ravie d'avoir une fille. « J'aurai quelqu'un à qui transmettre mes recettes. Quelqu'un qui prendra soin de mes bijoux. Quelqu'un qui voudra me ressembler. Quelqu'un qui dira "chez ma mère, voilà comment on faisait"... »

Le père de Prabha Devi lui jeta un regard désapprobateur et marmonna : « Ce bébé ne s'est pas contenté de fiche mes projets par terre, il t'a apparemment ramolli le cerveau par-dessus le marché. Si tu veux savoir, une fille, ce n'est qu'un tas d'embêtements. »

La mère de Prabha Devi soupira à son tour. Elle avait eu tort de dévoiler ses sentiments. Seule la chair viendrait à bout des résistances de son mari. Ses mamelons crémeux, impertinents de rondeur, gorgés de lait pour le nouveau-né, sa fille, et qui ne portaient plus aucun signe d'avoir nourri quatre vigoureux bébés. La mère de Prabha Devi défit les boutons de son corsage et blottit le bébé contre son sein. Un simple coup d'œil lui suffit pour s'assurer que la mauvaise humeur de son mari s'était dissipée. « Nous avons déjà quatre fils. Une fille ne peut pas nous nuire. Et puis, quand elle aura l'âge de se marier, il sera toujours temps de choisir une alliance avec une famille qui avantagera tes intérêts », lui dit-elle d'une voix douce.

Il la regarda d'un air pensif puis sourit. La situation n'était pas si terrible que cela à la réflexion. Il toucha la joue du bébé, caressa la courbe du sein de sa femme et sortit de la pièce, heureux de vivre.

Prabha Devi grandit. Sa mère veilla à ce qu'elle ait une enfance quasi parfaite. On lui acheta des poupées coûteuses venues de Singapour, aux cheveux blonds et qui fermaient les yeux quand on les couchait sur le dos. On découpa de vieux saris pour que Prabha Devi se déguise et joue à la maîtresse d'école. On lui installa une cuisine afin qu'elle puisse s'amuser à la maman. Parfois, la mère de Prabha Devi participait aux jeux de sa fille, et faisait semblant d'être une femme-enfant tandis que sa fille s'efforçait d'être une enfant-femme. Sa fille unique lui donnait plus de joie que ses quatre fils réunis. Elle se gardait bien de le dire. Elle avait découvert depuis longtemps qu'on réservait aux femmes qui avaient des opinions le même sort qu'aux mauvaises odeurs. On les fuyait. La mère de Prabha Devi tut ses pensées, comme elle l'avait fait toute sa vie.

Quand Prabha Devi eut quinze ans, elle quitta l'école de quartier et son père la fit inscrire dans une institution religieuse. Les sœurs étaient aussi strictes et exigeantes que pouvait l'espérer le père de Prabha Devi. « Elles vont parfaire son éducation. Et puis, si nous voulons qu'elle trouve un bon parti, il faut qu'elle sache bien parler anglais et qu'elle ait de bonnes manières », répondit son père à sa femme qui voulait que Prabha Devi quitte l'école après son brevet.

Quand Prabha Devi demanda à sa mère la permission d'aller voir un film en matinée en compagnie d'une amie, celle-ci secoua la tête avec anxiété : « Je ne crois pas que ton père sera d'accord. »

Toutefois, à sa grande surprise, ce dernier donna son autorisation. « Mais on ne traîne pas dans les rues après le film pour aller manger des glaces. Permission de deux heures tous les samedis matin. Les garçons d'aujourd'hui préfèrent les filles sociables qui savent tenir une conversation. Mais j'ai dit sociable, pas dévergondée, c'est compris ? »

Prabha Devi devint, en tous points de vue à l'exception de ce dernier, la femme que, depuis sa naissance, sa mère avait voulu qu'elle soit. Son clone.

Ses ouvrages de broderie étaient faits avec une telle délicatesse qu'on en discernait à peine les points. On n'y voyait que des ombres et des formes. Ses idlis étaient légers et moelleux. Mais une femme se révèle surtout dans sa façon de préparer le lait caillé et Prabha Devi y excellait. Il était sucré, légèrement acide, avec un arrière-goût de mangue. A chaque fois qu'elle était chargée de sa préparation, il tremblotait de délice et d'émoi dans le récipient de pierre réservé au caillage. La voix de Prabha Devi s'élevait, harmonieuse et ample, quand on lui demandait de chanter pendant la puja. Elle marchait à petits pas affectés, tête courbée, soumise, féminine.

Son teint resta clair, sa peau satinée et sans défaut, alors que les filles de son âge avaient de l'acné, conséquence de leur gourmandise et de leur négligence, Prabha Devi le savait bien. Elle évitait le chocolat, qu'elle n'aimait pas de toute façon. Et elle se faisait un masque tous les quinze jours. Farine de lentilles vertes, écorces d'orange et poudre de santal mélangées à de la crème aigre. Après s'être rincée, elle se passait sur la peau une demi-tranche de citron vert, autour de la bouche, sur les joues, le nez et le front, et tout autour du cou. Exactement comme sa mère le lui avait appris.

Prabha Devi avait dix-huit ans quand, un soir, son père rentra à la maison, radieux. Il lui avait trouvé un mari. Les frères de Prabha Devi et leurs femmes rayonnaient eux aussi. Une jeune sœur à marier donne des soucis, même si elle est docile et bien élevée. Ils n'arrivaient pas à comprendre que leur père ait attendu si longtemps. Toutefois, ce dernier n'avait pas l'habitude de leur expliquer le pourquoi et le comment de ses actes. C'est donc sans discuter qu'ils acceptèrent sa décision de donner Prabha Devi comme épouse à Jagdish. Le fils unique et seul héritier d'un riche diamantaire. Ils pourraient par la même occasion développer la section diamant de leurs quatre bijouteries.

La seule personne que la nouvelle attrista fut la mère de Prabha Devi. Elle savait qu'elle aurait dû se réjouir. Jagdish était beau garçon et intelligent. Il venait d'une excellente famille et sa fille avait de la chance de faire un si beau mariage. Et puis Prabha Devi s'installerait à Bangalore, qui n'était qu'à quelques centaines de kilomètres, et non pas dans une ville aussi éloignée que Delhi ou Bombay.

Mais une fois Prabha Devi partie, comment remplirait-elle ses journées ? Elever une fille, c'est une occupation à temps plein. Avec une fille, on ne cesse jamais d'être une mère. Les fils, ce n'est pas pareil. Leur loyauté fluctue au gré de leurs intérêts personnels et passe de leur mère à leur père, de leurs amis à leur épouse. Tant qu'elle vit sous votre toit, celle d'une fille reste immuable. La mère de Prabha Devi se sentait déjà délaissée. Bientôt, il ne lui resterait plus qu'un vide que rien au monde ne pourrait combler. Et pourtant, elle savait qu'elle n'était pas comme les autres femmes, auxquelles il tardait de se débarrasser de leurs filles. « Qu'est-ce que tu veux ? La garder auprès de toi toute ta vie ? J'ai rarement entendu quelque chose d'aussi saugrenu. Tu as toujours été un peu bizarre ! » s'entendait-elle répondre si elle essayait d'expliquer ses sentiments à ses amies ou ses sœurs. La mère de Prabha Devi se contenta donc de pleurer en silence dans le mouchoir festonné que lui avait brodé sa fille en laissant croire à tout le monde qu'elle versait des larmes de bonheur.

Prabha Devi souligna le contour de ses lèvres avec un rouge à lèvres rose pâle et en quelques touches habiles en colora l'intérieur. Elle se colla un bindi au milieu du front, exactement deux centimètres au-dessus du point d'intersection de la ligne de ses sourcils, et fit pleuvoir un filet de kumkum écarlate sur la raie de ses cheveux. Elle vérifia ses lourdes boucles d'oreilles en or, repoussa une mèche de cheveux déjà en place, et ramena le pan de son sari par-dessus sa tête afin qu'il encadre son visage de façon seyante. Elle jeta un œil à sa nouvelle montre en or. Il était cinq heures et demie du matin. La maisonnée était encore endormie. Son mari se tourna sur le côté et tira le drap jusqu'à son menton. Il fit claquer ses lèvres et avala sa salive. Sa pomme d'Adam fit un va-et-vient le long de son cou. Elle sentit une puissante vague d'émotion la submerger : amour, peur, espoir, désirs... Elle était mariée depuis moins d'une journée. Puis elle attendit.

Au cours des nombreuses années qui suivirent, c'est tout ce que fit Prabha Devi. Attendre. Que Jagdish rentre à la maison. Que les bébés naissent. Qu'ils fassent leurs premiers pas, disent leur premier mot, remportent leurs premiers trophées... Attendre que quelque chose se passe pendant que sa vie lui filait entre les doigts, dans le brouillard des jours qui se suivent et se ressemblent.

Certes, il y eut quelques moments isolés qui se détachaient du vide où elle s'enlisait et qui s'accrochaient à sa mémoire. Des miettes de bonheur fugitif, l'éclosion d'une joie envahissant Prabha Devi et laissant dans son sillage évanescent une seule pensée : quelle chance j'ai d'être qui je suis !

Quelques mois après son mariage, il y eut un décès dans la famille de Jagdish. Il fut convenu que les parents de ce dernier se rendraient aux funérailles tandis que le jeune couple garderait la maison. « Les domestiques s'occuperont de tout. Il faut juste les tenir à l'œil », dit la mère de Jagdish en remettant le porte-clés en argent filigrané entre les mains de Prabha Devi.

Prabha Devi l'attacha à sa taille, où il pendait, appuyant sur son bas-ventre, effleurant l'intérieur de ses cuisses à travers l'épaisseur du tissu, pesant du poids de la responsabilité et étincelant du reflet du pouvoir.

La mère de Jagdish sourit d'un air approbateur. « Fais attention. Ne fais confiance à personne et veille à ce que Jagdish prenne ses repas à des heures régulières. » Son « au revoir » entra par une oreille dans l'esprit de Prabha Devi pour ressortir par l'autre et aller tomber avec un léger floc dans le bassin aux nénuphars du jardin.

Prabha Devi décrocha le porte-clés de sa taille et le posa soigneusement dans le tiroir du haut de sa coiffeuse. Puis elle alla à la cuisine surveiller les domestiques qui étaient occupées à réorganiser les étagères. Elle referma la porte derrière elle et se dirigea vers le bassin où fleurissaient des nénuphars blancs, nageaient des poissons rouges et vivaient des grenouilles, baignant dans un bonheur perpétuel. Remontant son sari au-dessus du genou, elle entra dans le bassin. L'eau fut parcourue de remous, d'ondoiements, de vaguelettes et alla clapoter contre les rochers entassés les uns sur les autres d'un côté du bassin, derrière lesquels se dissimulait une pompe endormie. Il aurait suffi d'appuyer sur un bouton pour qu'elle se mette à ronfler, faisant naître une cascade. Mais Prabha Devi ne pensait plus qu'à la sensation de délice que lui procurait l'eau en coulant entre ses doigts de pied et caressant sa peau avec une audacieuse désinvolture. Les feuilles plates des nénuphars la frôlèrent et les poissons rouges vinrent examiner cette chair qui avait fait une soudaine irruption dans leur domaine, et essayer de la mordiller.

Prabha Devi sourit. Puis elle sentit un petit rire lui échapper. On aurait dit, pensa-t-elle, que tous les éléments s'étaient donné le mot pour contribuer à son plaisir. La brise souleva une mèche de ses cheveux qui lui chatouilla le nez. Les tiges des nénuphars firent courir derrière ses genoux des doigts de fantôme et les poissons frétillants effleurèrent ses orteils. Levant le visage vers le ciel, Prabha Devi laissa éclater un rire sonore.

Le soir, lorsque Jagdish rentra à la maison, elle attendit qu'il se soit douché et changé. Puis elle le prit par la main et le conduisit jusqu'au bassin. « Qu'est-ce qui se passe ? demanda-t-il, intimidé et surpris.

— Chut... murmura-t-elle. Fais ce que je te dis. »

Ils s'assirent au bord du bassin, les pieds dans l'eau, devenue d'un noir verdâtre dans l'obscurité de la nuit. Jagdish leva un pied et regarda les gouttes d'eau dégouliner de ses orteils. « Mon père sera furieux s'il apprend que nous avons pataugé dans son précieux bassin, dit-il avec un sourire en coin.

— Nous ne lui dirons rien. Juste pour une fois. Faisons comme si nous étions dans un jardin merveilleux comme on en voit dans les films. Quand le héros et l'héroïne se prennent par la main et chantent des chansons d'amour », dit-elle en glissant sa main dans la sienne.

Il la regarda dans les yeux, hésitant. Quelle était la part de duplicité dans sa proposition ? « Les femmes conduisent souvent leur mari sur le mauvais chemin. Elles les éloignent de leur famille et de leurs responsabilités. Nous ne disons pas que ce sera le cas de ta femme… l'avait mis en garde sa mère quelques jours avant son mariage. Mais il appartient à un bon mari de faire le tri dans les suggestions de son épouse. Et de ne pas s'en enticher au point de céder à tous ses caprices. »

Fallait-il se laisser tenter par la lubie de Prabha Devi ou bien la rejeter ? Son corps de vingt-trois ans et son goût encore puéril pour l'aventure l'emportèrent. Après tout, pour une fois…

Il allongea le bras vers le rocher et appuya sur l'interrupteur. Des lumières s'allumèrent sous l'eau qui jaillit pour retomber en cascade. Le bassin prit une nuance vert mordoré, les poissons entamèrent un ballet, les nénuphars déployèrent leurs pétales et les grenouilles coassèrent en chœur. Jagdish caressa le visage de Prabha Devi du doigt et fit courir sa langue sur ses lèvres. Elle frissonna : quelle chance j'ai d'être qui je suis !

Un mois plus tard, Prabha Devi était au comble de l'excitation. Jagdish l'emmenait avec lui en voyage d'affaires aux Etats-Unis et, sur le chemin du retour, ils s'arrêteraient à Londres.

Prabha Devi eut l'impression que la vraie vie venait à peine de commencer. A l'aéroport international de Bombay, assise dans le hall, elle essayait de lire un magazine pendant que Jagdish donnait un coup de fil de dernière minute, quand elle sentit des doigts se poser autour de son bras. « Prabha Devi, demanda une voix pleine de nervosité et d'hésitation, excusez-moi, vous êtes bien Prabha Devi ? »

Prabha Devi se retourna, perplexe. La voix était celle d'une ancienne camarade d'école, Sharmila. La meilleure élève que l'école ait jamais accueillie. Tout le monde lui prévoyait un avenir exceptionnel. Elle deviendrait médecin ou bien haut fonctionnaire, en tout cas elle aurait un destin remarquable. Et voilà qu'elle la retrouvait dans cet aéroport. Le front transpirant, en dépit de la climatisation, les cheveux plats, la bouche tombante, enchaînée à un marmot grincheux dans une poussette et à une belle-mère qui lançait des regards soupçonneux à tout ce qui l'entourait.

« Voici ma belle-mère », fit Sharmila avec un ample mouvement du bras. Prabha Devi devina dans ce geste toute l'histoire de la vie de Sharmila, une accumulation de griefs inexprimés : voici la femme dont le fils régente aujourd'hui mon destin et mes rêves. Mes préoccupations se résument à décider si je dois préparer du riz ou des chapatis pour déjeuner, faire frire des okras ou des aubergines, faire tourner une machine de blanc ou de couleur...

Prabha Devi sourit à la belle-mère. Que pouvait-elle faire d'autre ?

« Vous allez à New York ? » demanda-t-elle. Question idiote puisqu'elles embarquaient dans le même avion.

« Oui, New York. Puis nous traversons le fleuve pour aller dans le New Jersey. » Sharmila soupira. « Donne-moi une minute. Je les installe et je reviens tout de suite. »

Prabha Devi observa Sharmila. Cette dernière conduisit sa belle-mère vers un siège situé dans un coin. Elle cala la poussette entre les sacs posés près du siège. Puis il sembla à Prabha Devi qu'avant même de laisser à la belle-mère ou au bébé le temps d'émettre une protestation, sa camarade de classe s'empressa de les abandonner pour venir la retrouver.

« Tu es en beauté ! dit Sharmila en détaillant du regard l'ensemble pantalon-veste couleur pêche que portait Prabha Devi. Ça ne gêne pas ton mari que tu t'habilles à l'occidentale ?

— Ses parents sont un peu conservateurs, mais pas lui », répondit Prabha Devi, repensant aux trésors de persuasion qu'elle avait dû déployer afin de convaincre Jagdish de lui acheter une nouvelle garde-robe pour son premier voyage à l'étranger. Elle avait triomphé en plaidant que personne ne la reconnaîtrait ni ne saurait où ils allaient et que par conséquent peu importerait sa tenue.

« Et toi ? Je ne savais pas que tu étais mariée, commença Prabha Devi. Tout le monde te croyait en train de faire des études de médecine aux Etats-Unis. »

Sharmila baissa les yeux. « J'ai été piégée par ma famille. On m'a envoyée là-bas chez mon oncle qui était censé avoir tout organisé. J'avais même obtenu une bourse de premier cycle. C'est là que Naresh est entré en scène. Mon oncle le connaissait très bien. Un très bon parti, selon lui. Naresh a dit qu'il était d'accord pour que j'étudie après notre mariage.

— Alors, tu vas à l'université maintenant ? dit Prabha Devi en se demandant comment elle arrivait à combiner des études avec les corvées ménagères et un bébé.

— Tu plaisantes ! » La voix de Sharmila se teinta d'une légère trace d'accent américain. « Avec un bébé et une belle-mère à charge ? Tu te rends compte, voilà dix ans qu'elle habite aux Etats-Unis et elle ne parle toujours pas un mot d'anglais. Tu me vois lui confier le bébé et m'en aller ?... »

A ce moment même, le bébé se mit à pleurer. Sharmila griffonna son numéro de téléphone sur un bout de papier et le glissa dans la main de Prabha Devi. « Donne-moi un coup de fil quand tu en auras le temps. Vous pourriez venir manger à la maison, toi et ton mari. »

Prabha Devi fit oui de la tête. Elles savaient toutes deux très bien que c'était là un de ces gestes convenus que l'on fait sans conviction et qui restent sans lendemain.

Dans l'avion, Prabha Devi suivit Jagdish le long du couloir. Il avait pris les choses en main, brandissant carte d'embarquement et bagages de cabine. Il ne restait plus à Prabha Devi qu'à porter son sac à main et la pile de magazines qu'il lui avait achetés pour passer le temps pendant le vol. Elle aperçut Sharmila, l'air débordé, essayant de calmer le bébé, d'installer la belle-mère et de trouver une place pour les sacs qui ne rentraient pas dans le compartiment à bagages, tout en s'efforçant de ne pas perdre son calme.

Comment ce qui, pour elle, était une aventure pouvait constituer pour Sharmila une épreuve supplémentaire à ajouter à sa liste de doléances ?

Prabha Devi se sentit envahie par le soulagement.

Jagdish avait choisi des sièges en queue d'appareil. Quand l'avion s'apprêta à décoller, Prabha Devi sentit la main de Jagdish saisir la sienne. « N'aie pas peur, dit-il. Au début, on dirait qu'on est sur une balançoire mais ensuite tout ira bien… »

Elle sourit. Son contact la rassura, pourtant elle n'était pas inquiète, juste excitée. Quelle chance j'ai d'être qui je suis !

*

Il y avait cependant un souvenir sur lequel Prabha Devi s'efforçait de ne pas trop s'appesantir. Elle avait tout fait pour l'extirper de son esprit mais, comme une épine sous la peau ou une arête de poisson presque invisible, il refusait de s'en aller. Il restait donc là, mordant dans sa chair, provoquant épisodiquement un spasme de douleur, sécrétant un malaise et un sentiment persistant de honte.

Son origine remontait à l'aventure américaine. Prabha Devi rentra de ces vacances les bras chargés d'emplettes. Un service de table incassable couleur vert pomme, des flacons de parfum, une trousse à maquillage, de la lingerie vaporeuse en dentelle synthétique, tissée de rêves de femmes taiwanaises. Des gadgets pour la maison et des cadeaux pour tout le monde. Mais elle en avait rapporté encore autre chose : une sophistication dont elle se parait avec une application et une dextérité comparables à celles qu'elle mettait à préparer ses valises.

Prabha Devi voulait ressembler aux femmes qu'elle avait vues à New York. Aux cheveux pleins de ressort et à la démarche assurée. Avec cet air de savoir exactement où elles allaient et, une fois rendues à destination, ce qu'elles avaient à faire. Elles étaient les seules maîtresses de leur vie. Cet aplomb, cette assurance, cette célébration de la vie et de la beauté, voilà ce que voulait Prabha Devi.

Elle s'entraîna donc à acquérir cette allure : le dos droit et les épaules redressées, le ventre rentré, avec un balancement des hanches léger mais provoquant. Puis elle découvrit que des talons de neuf centimètres facilitaient grandement la tâche. Impossible de mal se tenir quand on porte des talons aiguilles.

Ensuite, ce fut le tour de son visage. Prabha Devi se rendit à trois reprises chez Macy, au rayon des cosmétiques, afin d'apprendre à se maquiller. Ses yeux prirent une expression rêveuse et ses lèvres semblaient avoir été piquées par une abeille qui leur aurait injecté les teintes d'une rose.

Prabha Devi s'abreuva de *talk-shows* et de *soap operas* jusqu'à acquérir une parfaite maîtrise du hochement nonchalant de la tête, du lent écarquillement des yeux qui accompagnaient le soupir dramatique destiné à rendre éloquente toute pause en milieu de phrase.

Il ne restait plus à Prabha Devi qu'à renouveler sa garde-robe pour que la métamorphose soit parfaite. Elle remisa ses saris et adopta des caftans en soie brodés de riches motifs autour du col et sur les manches. Au début, elle s'inquiéta de la réaction de sa belle-mère. Et si elle n'était pas d'accord ? Mais la vieille dame se contenta de palper la broderie en disant : « Il paraît que c'est fait à la machine. C'est très joli. Je suppose que c'est ce que les jeunes femmes portent de nos jours. Je dois dire que c'est pratique. Pas besoin de se préoccuper d'assortir jupon et corsage. Mais devant les hommes, n'oublie pas de couvrir ta poitrine avec une écharpe ou un tissu quelconque. »

Ce fut la touche finale qui permit à Prabha Devi de se sentir enfin femme du monde et d'oublier la nuque courbée, les yeux baissés et le pallu du sari qui empêchaient sa jeunesse de s'épanouir. Jagdish, inquiet, observait ce changement en se mordillant la lèvre inférieure. Et ses parents, que pensaient-ils de tout cela ? se demandait-il. Et comment cela allait-il se terminer ? Il fut rapidement fixé.

Un soir, dans le lit, Prabha Devi lui annonça qu'elle ne voulait pas d'enfant. « Pas tout de suite, ajouta-t-elle en voyant l'inquiétude se peindre sur son visage.

— Comment ça ? » Il était tellement choqué que tout ce qu'il put articuler fut cette question purement rhétorique.

Prabha Devi fixa le coin du drap. Pour la première fois, elle regrettait ses saris. Le pallu avait bien des avantages. Il pouvait servir à cacher un corsage mal ajusté ou un bouton manquant, si l'on s'en couvrait les épaules, comme avec un châle. Quand le soleil tapait, on pouvait l'utiliser comme foulard pour se protéger la tête, ou comme capuchon quand on était surprise par la pluie, ou encore comme voile quand on voulait éviter le regard pénétrant de quelqu'un. Et puis, il y avait les bords. Qui essuyaient les larmes, épongeaient la sueur d'un front, se prêtaient à tous les pliages et les tripotages servant à se donner une contenance. Tout ce qu'elle avait maintenant, c'était les bords de son drap qu'elle froissa et chiffonna tout en cherchant une réponse à la question de son mari.

« Il existe des moyens d'éviter une grossesse, commença-t-elle.

— Comme quoi par exemple ? demanda-t-il d'une voix sourde.

— Tu pourrais utiliser un préservatif. » Jagdish se raidit de honte et d'embarras. Quelle femme était-elle donc ? Le sexe, c'était une activité à laquelle se livraient un homme et une femme sous la protection de l'obscurité et d'un drap. Pas un sujet de conversation. S'imaginait-elle qu'il allait s'asseoir et en discuter ? Pour la énième fois, il regretta de l'avoir emmenée avec lui à l'étranger. Depuis son retour, elle était méconnaissable.

Il la regarda, dans sa nuisette à fines bretelles qui dénudait ses épaules et la plus grande partie de sa poitrine. Le désir céda la place au dégoût. Il se tourna sur le côté et fit semblant de dormir.

Cela ne dura pas. Son souffle lui chatouillait la nuque. Ils se rapprochèrent l'un de l'autre, imbriqués comme deux cuillères au milieu des draps.

Il grogna et se tourna vers elle. Il la sentit glisser vers lui et ramener un bras autour de sa taille. Il plaqua sa jambe sur la sienne. « Mes parents s'impatientent. Ils n'arrêtent pas de parler de leur futur petit-enfant. Voilà presque un an que nous sommes mariés maintenant, dit-il en caressant son cou.

— Mais moi aussi je veux un bébé. Seulement... pas déjà. Après, plus rien ne sera pareil. » Elle écarta une mèche du front de

Jagdish et le berça dans ses bras. « Ce soir, nous allons dormir et demain, quand tu seras prêt, nous nous aimerons », murmura-t-elle en fermant les paupières de Jagdish d'un baiser.

Au cours des trois mois qui suivirent, Prabha Devi sembla être sur un petit nuage. Quand les gens lui lançaient des regards admiratifs, elle faisait semblant de ne pas remarquer. Mais elle savait très bien qu'elle attirait l'attention partout où elle allait. Et elle s'en délectait. Je suis jeune, je suis belle. Je suis désirable. Quelle chance j'ai d'être qui je suis !

C'est pourquoi, lorsque Pramod resta indifférent à son charme, elle y vit un affront à la personne qu'elle était devenue. Elle le croisait tous les week-ends au club où Jagdish faisait sa partie de tennis hebdomadaire. Installée à une table sur la pelouse, en train de siroter du jus de citron glacé et de feuilleter un magazine, Prabha Devi se prit à attendre Pramod. Il s'arrêtait souvent pour bavarder quand Jagdish était là. Si elle se trouvait seule, il se contentait de hocher la tête en signe de salut et de l'ignorer. Cela déplut à Prabha Devi. Quel culot ! pensa-t-elle. Est-ce que je ne mérite pas d'être traitée comme un individu à part entière et non comme un simple prolongement de la personnalité de quelqu'un d'autre ? La moitié de Jagdish et rien de plus !

Comme Pramod s'entêtait à lui être indifférent, elle se mit instinctivement à user de ses charmes sur lui. L'inclinaison de la tête et l'élargissement de ses paupières, les pauses éloquentes et les sourires à la dérobée.

Si quelqu'un l'avait accusée de flirter, elle se serait récriée : « Je ne fais rien de plus que parler. Quel mal y a-t-il à cela ? Et puis je suis une femme mariée, non ? »

Mais personne ne lui fit de remarque. Jagdish encore moins que les autres, lui qui s'affalait dans son fauteuil après chaque jeu, le dos ruisselant de transpiration, trop épuisé pour remarquer quoi que ce soit.

Quant à Pramod, en simple mortel qu'il était, il fut vite envoûté par Prabha Devi, et l'étranger un peu distant devint un amoureux éperdu. Prabha Devi, triomphante devant cette nouvelle conquête, buvait son admiration comme du petit-lait. Jusqu'au jour où il vint lui rendre visite.

Il était trois heures et quart, cet après-midi-là. L'heure à laquelle Prabha Devi se levait de sa sieste. Elle prit une douche, débarrassant son corps du sommeil à grand renfort de brocs d'eau tiède. Une tenue propre. Maquillage de jour. Quand Pramod la vit descendre les escaliers, elle lui sembla fraîche et appétissante, et tellement désirable.

Prabha Devi fut parcourue d'un léger frisson d'angoisse quand elle aperçut Pramod. La domestique était montée lui dire : « Vous avez de la visite. Un homme et un enfant.

— De la visite ? Mais je n'attends personne cet après-midi, avait répondu Prabha Devi en s'examinant dans la glace. Tu sais qui c'est ? » s'était-elle enquise en se demandant si sa tenue lui permettait de recevoir des invités.

La domestique avait secoué la tête. « Des gens comme il faut. L'homme a dit qu'il vous connaissait », avait-elle ajouté pour se justifier de les avoir fait asseoir dans le salon.

Il se leva en la voyant et s'approcha d'elle, bras tendus. Prabha Devi fit un écart pour l'éviter. Elle afficha un grand sourire et scruta la pièce des yeux : « Quelle surprise de vous trouver là ! On m'a dit que vous étiez venu avec une enfant. Où est-elle ?

— Ma nièce ? Elle est dehors. Sur la balançoire, en train de lire une bande dessinée. Elle ne nous gênera pas », murmura-t-il, en lui prenant les mains.

Elle se dégagea de son étreinte et se laissa tomber sur une chaise. Ses jambes tremblaient tellement qu'elle craignait qu'elles se dérobent sous elle.

Il l'observa avant de s'asseoir sur une chaise en face d'elle. « Vous n'avez pas l'air très heureuse de me voir, chuchota-t-il d'un ton accusateur.

— Les amis sont toujours les bienvenus, répondit-elle d'une voix faussement enjouée, s'efforçant de calmer sa panique.

— Bienvenus ? Bienvenus… comment ?

— Voulez-vous une tasse de thé, ou du jus de fruits frais ? demanda-t-elle, afin de donner à la visite les apparences de la normalité. Nous avons de délicieux raisins au frais. J'en ai pour une minute à faire le jus. Et la petite fille ? Voudrait-elle des biscuits ?

— Ce n'est pas du thé ni du jus de raisin que je veux. C'est pour te voir que je suis venu, pour être avec toi. Sais-tu depuis combien de temps j'attends ce moment ? » dit doucement Pramod, plongeant ses yeux dans les siens. Prabha Devi détourna le regard. Il soupira.

« Hier, quand j'ai vu tes beaux-parents à la gare, j'ai su que le moment était venu. Que j'allais enfin pouvoir te voir seule. Que ce que je désire depuis si longtemps serait enfin mien.

— Qu'est-ce que vous désirez ? » demanda-t-elle. Pause. Regard oblique. Ebauche de sourire.

« Pas de ça avec moi ! gémit-il. Ne vois-tu pas que c'est toi que je veux ? Que je suis fou de toi ? »

Prabha Devi réalisa soudain, avec angoisse, qu'elle avait enflammé une passion qu'elle ne savait comment éteindre. Tout tournait dans sa tête. Un tourbillon de pensées où dominait l'incrédulité : pourquoi s'était-il mis en tête qu'elle allait accepter ses avances ? Ne savait-il pas qu'elle était mariée ? Pour quel genre de femme la prenait-il ?

Il était pourtant bien là. Un mouvement rapide et il se retrouva agenouillé à ses pieds, les bras autour de sa taille : « Tu es si belle ! » Des mots qu'elle entendait à peine. Elle ne pouvait penser à rien d'autre qu'au contact de ses doigts à travers la soie du caftan. A ses doigts étendus sur sa peau, errants, mouvants, araignée à l'affût de sa proie. Quand ses mains emprisonnèrent ses seins, elle en eut le souffle coupé.

Prabha Devi voulait hurler, crier, lui griffer le visage de ses ongles, serrer les poings et le frapper sur le nez, lui donner un coup de genou à l'aine, un coup de pied aux mollets... Mais sous le choc, elle restait figée, incapable de dire ou de faire quoi que ce soit. Ses mains continuaient à lui malaxer la chair. Sa bouche prononçait des paroles qu'elle ne comprenait plus. Ce n'est pas vrai. On n'est pas en train de porter atteinte à mon corps. Ceci est un cauchemar. Je suis en train de dormir, dans mon lit, et je vais me réveiller d'une minute à l'autre...

L'horloge retentit. Soudain, Prabha Devi revint à la vie. « Comment osez-vous ? hurla-t-elle, en rejetant les mains de Pramod avec violence. Comment osez-vous venir chez moi et prendre... – elle chercha ses mots – prendre de telles libertés avec moi ? N'avez-vous donc aucune décence ? Sortez d'ici. Sortez avant que je ne vous fasse jeter dehors.

— Allons ! dit Pramod, en entourant les poignets de Prabha Devi de ses doigts et en l'attirant à lui, arrête de jouer à l'épouse modèle, tu veux ? C'est toi qui m'as couru après en premier. Qui m'as séduit avec tes sourires et tes regards aguicheurs. Et maintenant, tu m'accuses d'attenter à ta pudeur par mes avances ! Prabha, tu me désires autant que je te désire. Tu peux pousser les hauts cris et le nier aussi longtemps que tu veux, mais je le sais. »

Prabha Devi dégagea ses poignets des mains de Pramod, leva le bras et le gifla. « Dehors, j'ai dit ! Je ne veux plus vous voir. »

Il allait riposter quand la petite fille l'appela depuis la véranda. Il s'arrêta dans son mouvement, la regarda un instant et dit : « Les femmes comme toi, ça porte un nom. Je n'ai pas besoin de te le dire, je crois que tu le connais. » Puis il tourna les talons et sortit.

Ce n'est qu'ensuite que Prabha Devi mesura la gravité de l'incident. Ce fut comme un coup de masse qui s'abattit sur elle, la faisant se recroqueviller sur sa chaise, les genoux ramenés sur la poitrine. Et si les domestiques étaient entrées au mauvais moment et l'avaient vue dans ses bras ? Et si elles avaient tout entendu de cette sordide entrevue entre Pramod et elle ? Et si l'une d'elles décidait d'en informer Jagdish ou ses parents ? Et si personne ne la croyait ? Si on l'accusait d'être une femme dépravée et qu'elle était chassée de chez elle, rejetée par sa famille ?

Elle pleura, le visage dans ses mains, honteuse et apeurée. Peut-être était-elle coupable. Peut-être lui avait-elle donné de faux espoirs. Peut-être son corps lui avait-il envoyé des signaux erronés. Les si et les peut-être virevoltaient dans sa tête, détruisant les rêves et les espoirs qu'elle avait mis dans sa vie, et réduisant à néant la confiance qu'elle avait en elle. Quand elle eut versé toutes les larmes de son corps, Prabha Devi prit une décision. Elle dissimulerait ce corps qui avait envoyé à tout va des messages aussi incontrôlés. Elle enfermerait la femme gaie et pleine d'entrain, cause de tant de souffrance, et elle s'efforcerait d'oublier toutes ces manières qu'elle avait acquises au prix de tant d'efforts. Elle ne demanderait plus jamais rien et se satisferait de ce qui lui serait offert. Elle redeviendrait ce qu'elle était avant d'épouser Jagdish. Une femme irréprochable et au-dessus de tout soupçon.

Prabha Devi devint la femme que sa mère avait espéré faire d'elle. Les yeux constamment baissés et les mains toujours occupées à broder, préparer les conserves, essuyer la poussière, mettre des enfants au monde, préserver l'ordre et le bonheur au sein de son foyer, tout en se répétant que tout était pour le mieux ainsi.

Certaines nuits, Jagdish restait éveillé pendant qu'elle dormait. Il se retournait vers elle pour contempler son visage endormi. Qu'était-il advenu de la femme qui avait croisé les jambes autour de son corps et enfiévré ses sens de ses lèvres ? Elle avait eu raison. Après la naissance de leur premier enfant, tout avait changé. En fait, le changement était intervenu dès le moment où il avait réalisé qu'elle voulait qu'il la mette enceinte. Du jour au lendemain, la fille sûre d'elle, qui exigeait que ses désirs et ses besoins soient satisfaits, était redevenue la créature timide et docile qu'il avait épousée, qui exigeait peu et donnait tout d'elle-même.

Il était content, bien qu'il regrettât la passion qu'elle avait jusqu'alors insufflé dans leur vie. C'était une bonne épouse et une excellente mère. Qu'est-ce qu'un homme pouvait donc vouloir de plus ?

Et de quoi pouvait avoir besoin une femme si ce n'est d'un mariage heureux et d'enfants bien portants ? pensait-il en se laissant gagner par le sommeil.

*

En cet après-midi de septembre, Prabha Devi se tenait debout devant la psyché de sa chambre. Une comptine lui revint soudain à l'esprit.

Prabha Devi, Prabha Devi, qu'es-tu devenue ?

Une femme, ni vue ni entendue, répliqua le miroir, en rimes où perçait l'amertume.

Prabha Devi, Prabha Devi, que faisais-tu ? continuait la parodie.

J'ai attendu, attendu, que mes cheveux argentés soient devenus.

Prabha Devi esquissa un sourire. Un petit sourire sans joie. Le passage des années réduit les femmes à n'être plus que de petits points à peine visibles. Et les chats tourmentent les souris jusque sous le siège de la reine. Ainsi va la vie, ma vie, se dit-elle, tandis que les larmes lui montaient aux yeux. Des larmes de pitié. Pour la femme qu'elle était devenue. Pour avoir cessé d'exiger toujours plus de la vie.

Quand elle eut séché ses yeux, Prabha Devi réalisa qu'il était l'heure d'aller chercher son fils au tennis. Ses enfants avaient vu le jour rapidement l'un à la suite de l'autre. D'abord une fille, puis un garçon. Des enfants qui, dès la naissance, semblaient pourvus d'un sens inné des convenances et du caractère égal de leur père. Si bien que lorsque des amis ou des parents s'exclamaient : « Quelle chance tu as d'avoir des enfants si mignons ! » Prabha Devi ne savait pas si elle devait être heureuse, ou triste qu'aucun d'eux n'ait hérité du grain de fantaisie qui s'était si fugitivement manifesté chez elle.

Nitya était à l'université et avait un emploi du temps tellement chargé qu'il lui restait très peu de temps à passer avec sa mère. Elle n'a pas besoin de moi, pensait souvent Prabha Devi en voyant sa fille sortir de la maison en coup de vent pour aller chez une amie, ou à la fac, ou voir un film ou à un cours de musique ; en tout cas, pas autant que j'avais besoin de ma mère à dix-huit ans. Au moins lui restait-il Vikram qui, à quinze ans, avait l'âge où l'on n'est pas sûr d'être encore un enfant ou déjà un homme et que sa mère pouvait aimer et choyer à loisir.

Comme Vikram n'avait pas terminé sa partie, Prabha Devi décida d'aller se balader sur le terrain du club en l'attendant. Elle avait longtemps évité ce lieu, par peur d'y rencontrer Pramod. Après la naissance des enfants, les excuses étaient devenues superflues. Les enfants avaient besoin d'elle. Ses heures et ses pensées étaient peuplées de gilets et de culottes, de nécessaires de géométrie et de cahiers de dessin, d'uniformes scolaires et de comprimés de vitamines, de devoirs et de vacances...

Cet après-midi-là, Prabha Devi découvrit qu'elle avait la possibilité d'ignorer l'inquiétude qui la gagnait dès qu'un de ses enfants ne prenait pas son repas à l'heure : il doit avoir faim, il doit être fatigué. Il faut que je le ramène immédiatement à la maison et que je lui donne à manger pour chasser la fatigue de ses membres et l'effacer de ses traits. Prabha Devi découvrit que cela n'avait plus autant d'importance. Contrairement à son habitude, elle ne fit donc pas les cent pas autour du terrain de tennis en espérant que le professeur aurait bientôt fini. Au lieu de cela, elle alla se promener.

Les arroseurs étaient en marche. D'ici la tombée de la nuit, la pelouse serait verte et humide, et la fente de chaque brin d'herbe mouillée par le jet d'eau continu. Prabha Devi fit un détour devant les arroseurs et marcha le long du chemin qui aboutissait à un mur recouvert d'une cascade de bougainvillées roses et blanches. Une petite porte dans le mur lui faisait signe. Un autre souvenir d'écolière lui revint à la mémoire. Etait-ce ce qu'avait ressenti Alice en voyant la petite porte dans le mur ? Sur quel pays des merveilles s'ouvrait-elle donc ?

Prabha Devi poussa la porte et entra. Une piscine gargouillait, reflétant la couleur bleue du ciel. Approche-toi, semblait-elle dire.

Prabha Devi s'accroupit au bord du bassin et fit glisser ses doigts dans l'eau. L'endroit était désert. D'un côté, poussait un massif de bambous dont le feuillage plumeux formait une niche ombragée. Prabha Devi se dirigea vers l'ombre et s'assit au bord du bassin, les pieds dans l'eau. Des vaguelettes venaient lui caresser les chevilles. Entre, lui susurrait l'eau.

Prabha Devi se sentit submergée d'une grande vague de désir. Elle n'avait jamais rien ressenti de pareil auparavant. Elle allait, décida-t-elle, apprendre à nager.

Prabha Devi aurait aimé partager ses sentiments avec quelqu'un. L'excitation, les picotements aux orteils, le sang lui montant à la tête à la simple idée de pénétrer les eaux fluctuantes de la piscine rectangulaire, de pouvoir nager. Mais il faudrait que cela reste un secret. Jagdish n'approuverait pas sa décision, serait loin de l'en féliciter. En fait, il serait horrifié, elle le savait. Peut-être davantage encore que la fois où elle avait suggéré qu'ils utilisent un préservatif, pensa-t-elle avec un petit rire. Elle se sentait déjà redevenir adolescente.

C'est donc avec une ruse et une discrétion qui font tout autant partie des qualités d'une maîtresse de maison que l'art d'accommoder les oignons au vinaigre, de mettre en conserve le chutney à la mangue, de vendre les vieux journaux ou de transformer les serviettes usées en tapis de bain en les pliant et en en cousant les bords que Prabha Devi se livra à ses manigances.

Elle alla s'acheter un maillot de bain dans le magasin où elle prenait sa lingerie. Bleu marine avec une petite bordure fantaisie au niveau des hanches.

« Voulez-vous un short cycliste ? La plupart des femmes en mettent et enfilent leur maillot par-dessus », dit la vendeuse en montrant du doigt une rangée de shorts en Lycra. Puis, en baissant la voix, elle ajouta : « Elles me disent qu'ainsi leurs cuisses sont couvertes et qu'elles n'ont pas à s'inquiéter d'attraper des microbes dans l'eau. »

Prabha Devi acquiesça. C'était la même chose à chaque fois qu'elle allait acheter des dessous. Une complicité instantanée semblait s'instaurer entre elle et la vendeuse. Un lien si familier que, l'espace d'un instant, elle pensait que c'était cela, avoir une sœur ou une meilleure amie. Au-delà de leurs différences extérieures, elles étaient semblables. Leurs problèmes étaient les mêmes. Les bretelles de soutien-gorge qui mordaient dans la chair. Une taille qui s'alourdissait. Des cuisses qui se marbraient. Un cœur brûlant du désir d'être aimé. Un esprit qui rêvait de prendre son essor.

Prabha Devi essaya le maillot. Le miroir ne mentait pas. Elle passa ses mains sur les contours de sa taille, sentant le tissu glisser sous ses paumes. Au moins, tu n'as pas des cuisses en forme de citrouilles, ni un ventre plus généreux que ta poitrine. Et quand bien même, ça ne devrait pas compter. C'est pour toi que tu fais cela. Pour la première fois depuis des années, tu fais ce que tu as choisi, non pas ce que tous les autres pensent que tu devrais vouloir, se dit-elle avec sévérité.

Au moment de payer, elle demanda s'ils pouvaient remplacer les noms d'articles par des numéros. Jagdish lui donnait autant d'argent qu'elle le voulait, mais il aimait que chaque roupie soit justifiée. « La facture ! N'oublie pas de prendre la facture quand tu achètes quelque chose », lui disait-il à chaque fois qu'il lui donnait une liasse de billets.

Elle se renseigna par des questions discrètes au club et apprit qu'il y avait un moniteur de natation mais qu'il venait l'après-midi et que son cours était destiné aux enfants de moins de quatorze ans.

« Il organise des stages pendant l'été. Vous pouvez peut-être vous inscrire à ce moment-là », suggéra l'employé.

Prabha Devi sentit son excitation retomber. Mais cela ne dura pas plus d'une minute. Quand l'employé lui conseilla d'observer le moniteur donner ses cours pendant quelques jours, l'enthousiasme la gagna à nouveau. « Ce n'est pas si facile que cela de nager. L'année dernière, nous avons eu beaucoup d'abandons en cours de stage. Des dames qui ont dit que c'était bien trop difficile et fatigant. »

Prabha Devi décida qu'elle allait apprendre à nager toute seule. Personne ne lui avait expliqué comment accueillir son mari en elle. Ni montré comment allaiter ses enfants. C'est l'instinct qui avait fait son travail. Il lui faudrait simplement faire à nouveau confiance à cet instinct. Après tout, elle avait bien passé neuf mois à nager dans l'utérus de sa mère.

Au cours des trois semaines qui suivirent, Prabha Devi alla chercher Vikram au tennis une heure à l'avance.

« Quel besoin as-tu d'y aller si tôt ? demanda Jagdish un matin.

— Si je n'y vais pas, il s'amuse au lieu de s'entraîner », mentit-elle. Comment en suis-je arrivée au point de devoir rendre des comptes pour chaque heure que je passe en plus de chaque roupie que je dépense ? Jagdish n'avait pas un tempérament despotique. Je l'ai laissé me mener par le bout du nez, et maintenant il ne connaît pas d'autre façon de me traiter, réalisa Prabha avec un pincement au cœur. C'est une leçon à retenir. Un jour, il faudra que j'en parle à ma fille. Que je lui dise comment, dans un mariage, ce sont les femmes qui donnent le ton.

Il faudra que je lui dise : « Ma fille, si tu lui montres que tu es incapable de te débrouiller en dehors du foyer, il dirigera ta vie, enverra les mandats, fera les comptes, réservera les billets de train et s'occupera du budget de la maison.

« Il te chouchoutera et te dorlotera, au début, étant donné qu'après tout, tu éveilles en lui le côté chevaleresque et protecteur qui sommeille en tout homme. Mais ce ne sera qu'une question de jours avant qu'il ne se transforme en un tyran qui voudra contrôler la moindre de tes pensées.

« Il existe une alternative. Tu peux essayer de lui montrer à quel point tu es indépendante et tu te débrouilles bien seule. Mais le jour où tu auras besoin d'une paire de bras autour de tes épaules, de quelqu'un qui te soutienne et te console, il se pourrait bien qu'il ne soit pas là car tu lui auras toujours fait comprendre que tu n'avais pas besoin de lui. Où est le juste milieu, l'équilibre ? Ma fille, j'aimerais bien le savoir. Je regrette que ma mère ne m'ait pas dit ce qu'il fallait faire. En fait, peut-être ne le savait-elle pas elle-même. »

Prabha Devi resta debout au bord de la piscine, essayant de calmer le trouble qui l'avait saisie.

« Lequel est à vous ? lui demanda le maître nageur avec un geste avant de s'approcher d'elle à la nage.

— Aucun, sourit-elle.

— Alors qu'est-ce que vous venez faire ici ? » interrogea-t-il, sans paraître s'intéresser particulièrement à la réponse. Il était simplement soulagé de parler à quelqu'un qui ne pleurnichait pas ou n'appelait pas sa mère en hurlant, et avait plus de quatorze ans. Et puis, cela mettait un peu de variété dans la routine qui consistait à essayer d'apprendre à nager à des enfants détestant l'eau.

« J'essaye d'apprendre à nager », répondit Prabha Devi, sans quitter des yeux les enfants qui, dans la partie la moins profonde du bassin, se tenaient à la barre et donnaient des coups de pied furieux et désespérés dans l'eau, tout en essayant de retenir leur respiration, de flotter, de vaincre leur peur de l'eau et de ne pas attirer vers eux l'attention du maître nageur.

« Alors, ça y est ? Vous avez appris à nager ? lui demanda le maître nageur d'un ton moqueur, quelques jours plus tard.

— Ça ne saurait tarder », répondit-elle calmement, en ignorant son mépris avec dignité.

Prabha Devi observa les enfants. Elle vit comment ils battaient des pieds à la surface de l'eau en envoyant gicler des arcs-en-ciel ruisselants. Comment ils étendaient les bras. Comment les mouvements de leurs jambes les propulsaient en avant. Et comment, en même temps, ils s'efforçaient désespérément de retenir dans leurs poumons de l'air emprisonné. De l'air qui ne demandait qu'à s'échapper. Prabha Devi inspira profondément et retint son souffle. Un jour, le moment viendrait.

Néanmoins, Prabha Devi faillit désespérer. Il lui semblait que ce moment ne viendrait jamais. Octobre passa avec son lot de tempêtes. La mousson s'abattit sur la ville, épuisant tout et tout le monde. Puis vint l'époque des festivals, Dussera et Dipavali, pour lesquels les préparatifs étaient nombreux. Jagdish présidait à l'emploi du temps de chaque journée et veillait à ce que les heures soient bien employées. Il y avait la puja à accomplir, les boîtes de sucreries à commander pour les employés, les associés et les clients, les pétards et les nouveaux vêtements à acheter, les visites à rendre chez les uns et les autres, les invités à recevoir... Prabha Devi pensait à la piscine avec nostalgie et dut se forcer à accomplir ces corvées.

« Qu'est-ce qui ne va pas ? demanda Jagdish. Tu ne te sens pas bien ? On dirait que tu es ailleurs. »

Prabha Devi secoua la tête en silence. « Tout va bien. Je suis juste un peu fatiguée. »

Il lui lança un regard appuyé avant d'aller téléphoner. Prabha Devi le regarda s'éloigner, abattue.

Voilà des années maintenant qu'il me parle sur ce ton. Ce mélange de réprimande et de leçon... Pourquoi m'a-t-il fallu si longtemps pour que ça me reste en travers de la gorge ? Peut-être est-ce parce qu'il est déçu. De la femme que je suis devenue. Une ombre pâle et docile de celle que j'étais. Comment un homme ne serait-il pas irrité à l'idée de passer toute une vie avec une telle femme ? Et pourtant, je ne sais pas comment changer, comment rétablir l'équilibre de notre relation... J'ai de plus en plus l'impression de ne rien savoir.

Une semaine après Dipavali, Prabha Devi décida que le jour était enfin venu. Elle annonça à Jagdish qu'elle s'était inscrite à un cours de pâtisserie pour trois semaines.

« Ah bon, pour quoi faire ? demanda-t-il avec curiosité.

— Pourquoi pas ? » rétorqua-t-elle.

Jagdish la regarda, surpris. L'espace d'une seconde, il lui sembla retrouver la femme qu'elle avait été autrefois. La créature sensuelle et pleine de fougue qui avait éveillé ses sens avec ses sourires éblouissants, son tempérament versatile et son corps exigeant. Cette Prabha Devi-ci était la gardienne de son foyer et la mère de ses enfants. Elle écoutait. Elle obéissait. Elle vivait en marge de sa vie. Et, franchement, son absence totale d'estime d'elle-même l'agaçait quelque peu. D'où venait donc cette soudaine lubie pour la cuisine, cette envie de faire quelque chose de son temps, il se le demandait bien.

Prabha Devi ignorait à quel point les idées se bousculaient dans l'esprit de Jagdish. Elle ne pensait qu'au moment où elle se plongerait dans les eaux du bassin.

Elle marcha jusqu'à la piscine, l'estomac noué par la peur et l'impatience. Avec un petit rire adolescent, elle se dit que cela lui rappelait sa nuit de noces, quand on l'avait conduite à la chambre ornée de fleurs. Jagdish l'y avait attendue. Aujourd'hui, c'était la piscine qui l'attendait.

Prabha Devi s'attarda dans les vestiaires, remplie d'hésitation. Devait-elle garder son soutien-gorge et sa culotte ? Ou bien se mettre complètement nue avant d'enfiler son costume de natation ? Finalement, elle ôta ses sous-vêtements, se badigeonna de lotion solaire et enfila sa combinaison maillot-short cycliste. Elle s'entoura d'une serviette de bain, mit son bonnet pour garder ses cheveux au sec, garda son bindi adhésif au front et marcha jusqu'au bassin, la planche à la main.

Le surveillant de baignade la regarda bizarrement. Elle hésita. Comment pouvait-elle enlever sa serviette en sa présence ? « Qu'est-ce que vous faites à regarder bêtement la piscine ? Vous n'avez rien de mieux à faire ? demanda-t-elle de son ton le plus impérieux.

— Je suis de surveillance, Madame », bafouilla-t-il.

Elle n'avait d'autre choix que de faire comme s'il n'existait pas. Elle s'approcha du bassin.

« Excusez-moi, Madame, vous devez prendre une douche avant d'entrer dans la piscine. C'est le règlement », dit-il, montrant du doigt le règlement de la piscine clairement écrit en rouge sur un mur. Des ordres relatifs aux cheveux longs et aux bonnets de bain, aux douches, à l'interdiction de manger ou boire, à la tenue et au comportement appropriés pour nager, au droit de plonger et aux enfants non accompagnés de moins de douze ans, ainsi qu'au rejet par les autorités du club de toute responsabilité en cas d'accident…

« Evidemment, c'est ce que j'allais faire, répondit Prabha Devi, d'un ton que l'anxiété rendait tranchant. Vous croyez que c'est la première fois que je vais à la piscine ? » Prabha

Devi se dirigea vers les douches en plein air de l'autre côté du bassin. Elle respira profondément et ôta sa serviette. La douche se mit à couler en crachant des jets d'eau glaciale. Le froid lui coupa la respiration, lui faisant oublier son embarras à se trouver presque nue devant un inconnu.

Elle resta au bord de la piscine du côté le moins profond. Une échelle métallique conduisait dans l'eau. Dans quel sens la prendre ? Fallait-il descendre dos tourné ou face à l'eau ? Tout ce que j'entreprends à partir de maintenant est à mes risques et périls. Je ne pourrai même pas blâmer les responsables du club, se dit Prabha Devi en descendant les barreaux de l'échelle.

L'eau était froide. Elle lui pinçait la peau, lui donnait la chair de poule et envoyait de petits chocs électriques jusqu'à son cerveau. Puis elle se souvint du maître nageur braillant en direction des enfants : « Entrez dans l'eau, allez, retenez votre respiration et mettez la tête sous l'eau. Vous aurez moins froid… »

C'est ce que fit Prabha Devi. L'eau lui recouvrit la tête. Quand elle remonta à la surface, crachotant et haletant tout en expirant par la bouche, elle se sentit totalement prise au dépourvu. Que faire ensuite ?

Prabha Devi se tint à la barre, mit son visage dans l'eau et essaya de battre des pieds. Quand il fut l'heure de partir, elle avait les jambes comme des sacs de sable, lourdes et comme enracinées. Des muscles dont elle ne soupçonnait même pas l'existence firent sentir leur présence par de petits spasmes de douleur. Gravir l'échelle sans retomber dans l'eau fut un combat.

Pendant les trois jours qui suivirent, elle ne fit rien d'autre que battre des jambes dans l'eau en faisant jaillir des nuages d'embruns et en emplissant le silence du clapotis de ses pieds frappant l'eau. Quand elle se sentait fatiguée, elle allait sous l'eau en essayant d'ouvrir les yeux. Le chlore piquait, lui rougissait les yeux, mais elle se dit qu'elle s'y habituerait, tout en se tenant à la barre et en levant le bassin, si bien qu'on aurait presque dit qu'elle flottait sur le dos.

Le quatrième jour, Prabha Devi découvrit qu'elle n'avait plus besoin de s'accrocher à la barre. Elle la tenait à peine du bout des doigts, et elle arrivait à flotter, tant qu'elle gardait la tête hors de l'eau et retenait sa respiration.

Le cinquième jour, Prabha Devi décida qu'il était temps qu'elle perde l'habitude de se tenir à la barre métallique. Elle posa un pied sur la paroi de la piscine, remplit ses poumons d'autant d'air qu'ils en pouvaient contenir et se propulsa en avant, en s'accrochant à la bouée que lui avait donnée le surveillant. Elle avança. Essaya de lâcher la bouée. Coula. L'espace d'une seconde, la panique l'envahit. Je me noie, je meurs, hurla une voix dans sa tête. Puis Prabha Devi refit surface. Elle saisit la bouée et retourna vers la barre d'acier. Elle n'était pas encore prête, se dit-elle.

Le sixième jour, Prabha Devi décida d'explorer la largeur de la piscine du côté où elle avait pied. Quand elle n'eut plus d'air, elle coula. Refaisant surface, elle vit le maître nageur qui l'observait d'un air amusé. « Lâchez-moi cette bouée ! » dit-il.

— Mais je ne peux pas flotter sans ! s'exclama-t-elle.

— Mais si, c'est ce que vous êtes déjà en train de faire, répondit-il avec un grand sourire.

— Oh ! » dit Prabha Devi, flattée. Puis, elle réalisa qu'il avait beau jeu de dire cela. Et si elle se noyait ? « Je risque de me noyer. Au moins, avec la bouée, j'ai quelque chose à quoi m'accrocher », dit-elle pour se justifier.

Le maître nageur s'accroupit au bord de la piscine et lui demanda : « Combien mesurez-vous ?

— Un mètre soixante », répondit Prabha Devi en se demandant quel était le rapport avec la bouée. Au tennis, elle avait entendu Vikram dire que le poids de la raquette dépendait du poids du joueur. Existait-il en natation une équation similaire dont elle n'aurait jamais entendu parler ?

« Alors vous n'avez pas à vous inquiéter, répliqua le moniteur. Vous êtes dans un mètre vingt d'eau. Vous ne pouvez pas vous noyer. Même si vous n'avez plus d'air et que vous coulez, vos pieds toucheront le fond immédiatement. Et vous remonterez à la surface, dit-il en tendant la main. Là, donnez-moi cet objet inutile. »

Prabha Devi lui tendit la bouée sans dire un mot. Ce qu'il disait était parfaitement logique. Elle sourit. « Merci !

— Je reviendrai dans quelques jours pour voir comment vous vous débrouillez », dit-il en s'éloignant.

Prabha Devi passa le reste de l'heure à essayer de flotter. Tant qu'elle enfermait assez d'air dans ses poumons, l'eau lui laissait faire ce qu'elle voulait. Mais dès que l'air s'échappait, comme une gardienne de prison en colère, l'eau se refermait sur elle. L'heure écoulée, elle avait traversé la largeur de la piscine à trois reprises consécutives.

Le septième jour, Prabha Devi se reposa. Cette nuit-là, elle sentit se défaire un minuscule nœud de désir. Un épanouissement des sens. Une éclosion des sensations. Une pulsion teintée d'audace qui lui fit appuyer son corps contre celui de son mari. Jagdish, à demi endormi, sentit la chaleur de son corps contre le sien. Une sensualité mûre et au bord d'exploser. Cela faisait si longtemps qu'il n'y avait rien eu de pareil entre eux ! Quand Jagdish le désirait, ils s'unissaient, vite et en silence. Pour lui, le simple assouvissement d'un besoin physique. Pour elle, l'acceptation dévouée du rôle qu'elle jouait dans sa vie à lui.

Jagdish remua, parcouru par une lente excitation.

Dans ses bras, elle se sentit différente. La mollesse avait disparu. Remplacée par une tension nouvelle. Un soupçon de muscles. Des ligaments plus souples. Des chocs électriques.

« Qu'est-ce que tu as fait aujourd'hui ? demanda-t-il, parcourant des mains, avec une ferveur adolescente, ce corps presque étranger.

— Rien, j'ai suivi le courant… » murmura-t-elle sans mentir, se délectant du réveil de ce qu'elle croyait des désirs à jamais enfouis.

A quand remontait la dernière fois qu'elle avait éprouvé une telle pléthore de sensations ?

Peau contre peau. Doigts. Bouche. La courbe des paupières. Le contour d'une oreille. Les poils de sa moustache. Les boucles de ses cheveux. Leurs souffles mêlés.

Des tétons redressés dessinant des arabesques. Une retenue en elle : pas encore, pas encore. Des orteils baladeurs. Des picotements en bas du dos, puis partout… Le bruissement du désir. Des flots enragés. Une vague d'humidité. Des corps arqués. S'agrippant. Se séparant. Pour se confondre à nouveau.

Le bourdonnement à ses tympans quand l'eau lui recouvrait soudain la tête. Je me noie. Je meurs. Quand il n'y avait plus d'air à respirer, remonter jusqu'à la surface et appuyer les pieds sur le sol.

Jagdish s'endormit le sourire aux lèvres. Dieu était juste. La vie était belle. Et Prabha Devi lui rendait ses vingt ans.

Mais Prabha Devi resta éveillée. Quand est-ce que ce corps qui avait tourbillonné à travers les couloirs des sensations pures apprendrait à flotter ?

Le lendemain matin, Prabha Devi se tint dans la piscine plongée dans ses pensées. La nuit précédente lui avait enseigné beaucoup de choses. Pendant toute sa vie d'épouse, elle s'était demandé ce qui se passerait si elle disait à Jagdish qu'elle avait envie de faire l'amour. Serait-il rebuté par la crudité de son désir ? Se détournerait-il ? Perdrait-il tout respect pour elle ?

Mais elle avait découvert que le désir fait naître le désir, que l'épanouissement engendre l'épanouissement. Un baiser en amène un autre. Une caresse une autre. Ce que l'on donne est rendu. Depuis Pramod, depuis que la vie avait perdu toute saveur, elle s'était retenue. Paralysée par la crainte de ce qui pourrait se passer si les choses ne marchaient pas comme prévu. Prabha Devi regarda l'étendue d'eau. Elle prit une respiration profonde et se propulsa en avant. Au-dessous d'elle, les carreaux du fond étincelaient de reflets dansants. L'eau ressemblait à de la soie, l'enveloppant d'un bruissement doux.

Elle sentit les années s'envoler. Ce corps, qui avait été la source de tant de malheur, d'abord à cause de sa soif excessive de gratifications puis ensuite à cause de l'anesthésie de ses sens, se décrispait enfin. Elle était le bleu de la piscine, elle était l'eau aussi.

Le temps suspendit son vol. Apesanteur. Un brouillard de souvenirs. Un nuage de pensées sans lien entre elles. D'être et de non-être. Du bout des orteils aux extrémités de ses doigts, une ligne droite, un lent triomphe. Je flotte. Je flotte. Mon corps n'a plus de poids. J'ai réussi. J'ai vaincu la peur.

Quand les doigts de Prabha Devi touchèrent l'autre bout du bassin, elle se redressa. Elle savait que la vie ne serait plus jamais la même. Que rien de ce qui lui arriverait n'égalerait ce moment de bonheur suprême où elle avait réalisé qu'elle flottait.

9

Akhila contemplait le paysage qui défilait sous ses yeux, éblouie par sa luxuriance. Elle n'avait jamais vu autant de nuances de vert. Le train longeait des rizières bordées de palmiers. C'était la saison des récoltes. Des tas de paddy jaune s'amoncelaient sur la terre brune et assoiffée. Jaune et brun, vert et doré… le paysage semblait si paisible alors même que le changement en était partie intégrante. Pourquoi seuls les hommes refusent-ils le changement ? Pourquoi le combattons-nous ? Pourquoi sa famille ne pouvait-elle pas accepter sa décision ?

*

Quelques semaines auparavant, alors qu'elle remplissait un billet de tombola dans un supermarché, arrivée à la rubrique « âge », Akhila avait écrit machinalement le chiffre 45. Soudain, elle s'était arrêtée. Elle avait quarante-cinq ans. Que lui avaient apporté toutes ces années ? Pas même des souvenirs.

Akhila regarda autour d'elle les autres clientes, aux paniers aussi débordants que leur vie. Elle baissa les yeux vers celui qu'elle tenait. Il était vide à pleurer. Une crème pour le visage qui promettait de défier le temps, un shampooing qui se proposait de redonner du ressort aux cheveux mous, et un sachet d'amidon. Elle aurait pu acheter ces produits au petit magasin près de chez elle mais Akhila n'aimait pas l'idée que Padma se tienne à côté d'elle à la caisse, occupée à dévisser les flacons pour sentir les produits. Elle ne voulait pas non plus être là quand Padma annoncerait à tous ceux qui voulaient l'entendre qu'elle avait l'intention de vieillir avec grâce quand elle atteindrait la quarantaine. Ces crèmes et ces teintures, ce ne serait pas pour elle. Car, soyons honnêtes, rien n'égale l'éclat du bonheur sur le visage d'une femme.

C'était une opinion qu'elle avait tout à fait le droit d'émettre mais qui visait à blesser délibérément Akhila. Celle-ci avait pris l'habitude d'anticiper les pensées de Padma pour se protéger. Pourtant, si Akhila avait décidé de voler de ses propres ailes, ce n'était pas par peur que l'âge ne fasse que la rendre encore plus dépendante de Padma, ne lui apportant par là que souffrance.

C'était avant tout parce qu'elle avait pris conscience qu'à quarante-cinq ans elle vivait toujours la vie depuis les coulisses. Mais c'était aussi et surtout grâce à Karpagam.

Karpagam qui s'était faufilée dans l'allée pour réapparaître dans la vie d'Akhila avec un naturel confondant. « Akhilandeshwari, c'est toi ? » s'écria-t-elle d'une voix haut perchée, soufflant dans le cou d'Akhila.

Une voix venue du passé. D'une époque où la vie avait été un alignement de cases rectangulaires tracées dans la poussière sous un manguier. Tout ce qu'on avait à faire, c'était s'élancer, bondir, sauter pour gagner.

Cette voix familière faisait renaître une amitié nouée dans la courbe d'une corde à sauter. Qui glissait sous leurs pieds, soulevant la poussière avant de remonter en l'air, les unissant dans un rythme commun et le besoin obsédant de continuer jusqu'à épuisement.

Une amitié qui s'était épanouie sur le chemin de l'école, dans le partage de secrets et de fondants à la noix de coco à cinq paisas. Une relation qui s'éteignit lorsqu'elles sortirent de l'enfance et que Karpagam devint une épouse et Akhila chef de famille.

Akhila se raidit. Cela faisait bien vingt-cinq ans que personne ne l'avait appelée par son nom complet. Elle eut peur. Elle eut la bouche sèche et sa langue prit une consistance semblable à celle du vieux cuir. Lourde et cassante.

« C... comment ? Qui ? bafouilla-t-elle.

— Tu ne te souviens plus de moi ? s'écriat-elle en lui secouant le bras. C'est Karpagam ? Tu m'as oubliée ? »

Akhila inspira profondément pour amortir le choc. « Pour une surprise, c'est une surprise ! »

Karpagam jeta un regard stupéfait à Akhila et posa son panier sur le comptoir avec un bruit sourd. « Je pense bien ! Ça fait plus de vingt ans qu'on ne s'est pas vues. Mais tu n'as pas changé.

« Qu'est-ce que c'est que ça ? C'est tout ce que tu achètes ? » demanda-t-elle à la vue du contenu du panier d'Akhila.

Akhila sentit Karpagam la dévisager. Que voyait-elle ?

Quand Akhila se regardait dans le miroir, elle voyait en face d'elle une étrangère. Un pâle fantôme de ce qu'elle était autrefois. Une femme aux joues sans couleurs et à la bouche tombante. Elle voyait des rides sur son cou, qui trahissaient son âge comme les cercles concentriques sur le tronc d'un arbre.

Akhila se passait la main sur les cheveux. Pendant la journée, elle les enroulait en un petit chignon sur la nuque. Elle ne laissait onduler ses cheveux dans son dos que la nuit, quand elle était seule. Elle les ramenait de chaque côté de son visage et parfois, par un effet de lumière ou l'éclosion d'un désir secret, elle voyait réapparaître Akhilandeshwari. La fille qui parlait d'une voix douce, aux syllabes arrondies. Celle de l'étrangère était rauque ; les responsabilités l'avaient éraillée.

Quand Akhila reculait de deux pas, l'étrangère dans le miroir disparaissait. Elle connaissait ce corps : le corps d'Akhilandeshwari. Si

Akhila plaçait un crayon sous la courbe de son sein, il tombait par terre. Son estomac était plat et lisse. Sans vergetures argentées. Elle se passait les mains sur le corps.

Akhila s'arrêtait. Qui était cette créature dont l'âge marquait les cuisses de lignes bleutées ? Comment le temps avait-il pu s'arrêter, se cristalliser en un nid de veines bleues sur ses mollets ? Ce n'était pas elle. La vraie Akhilandeshwari.

C'est cette étrangère qu'Akhila vit se refléter dans les yeux de Karpagam. Une créature silencieuse sans vie ni allant. Dépourvue de tout signe proclamant un statut d'épouse : ni thali étincelant autour de son cou, ni kumkum écarlate ornant la raie de ses cheveux, ni anneaux aux doigts de pied la reliant à la sérénité conjugale. Une femme insignifiante et fade qui n'avait rien de mieux à faire que de déambuler sans but à travers les rayons d'un supermarché, en faisant semblant de chercher des produits dont elle n'avait pas besoin.

« Allons nous asseoir quelque part », dit Karpagam en prenant Akhila par le bras et en la conduisant vers le café du supermarché.

Akhila s'assit à une table et observa Karpagam qui garnissait le plateau de petits pains fourrés à la confiture, d'une assiette de samosas et de deux tasses de café fumantes. Elle irradiait de bonheur. Tout en elle le proclamait, les bourrelets de chair autour de sa taille, l'ébauche d'un double menton, le capiton de graisse autour de ses poignets. Les couleurs qu'elle portait : le jaune chromé de son corsage, le vert et jaune de son sari du Bengale en coton, l'or de ses bijoux, l'ardent grenat de son kumkum. Ses yeux étincelants. Ses joues creusées de fossettes. Ses cheveux striés de quelques mèches grises. Tout témoignait de son épanouissement.

« Je n'ai pas pu résister, dit-elle en souriant et montrant du menton le plateau chargé de nourriture. Je ne comprends pas comment font les gens pour se mettre au régime. Ma fille est tout le temps au régime. Pendant une semaine, elle ne se nourrit plus que de jus de fruits, tu ne trouves pas cela grotesque ? La semaine suivante, elle ne mange plus que des légumes crus en morceaux. Ridicule ! A mon avis, on ne vit qu'une fois. Alors, autant en profiter. »

Akhila sourit avec hésitation, se demandant si elle devait y voir une critique à son égard.

Karpagam mordit dans son samosa puis essuya les miettes de son menton. « Nous étions toutes admiratives quand tu as pris la responsabilité de ta famille à la mort de ton père. Ma mère parlait souvent de toi avec un grand respect, pour ensuite aborder le cas de Jaya. Tu te souviens d'elle ? »

Akhila acquiesça, incapable d'ouvrir la bouche.

« Je me demande ce qui lui est arrivé. Où elle est maintenant et ce qui est advenu de Sarasa Mami et des autres enfants. Quand le chef de famille meurt, la famille meurt avec lui, disait ma mère, sauf quand il y a une fille comme Akhila. »

Akhila sourit, ne sachant que faire d'autre. Cela faisait longtemps qu'elle n'avait pas pensé à Jaya.

« Alors, dis-moi, qu'est-ce que tu deviens ? Je savais que tu avais quitté Ambattur après la mort de ta mère. T'es-tu installée pour de bon à Bangalore ? demanda Karpagam.

— Je ne deviens rien de spécial. La routine. Bureau, maison, bureau... Padma – tu te souviens d'elle, n'est-ce pas, ma sœur cadette ? – vit chez moi avec sa famille, alors c'est elle qui s'occupe de la maison. » Akhila ignora la seconde question, pour laquelle elle n'avait de toute façon pas de réponse.

Karpagam tendit le bras par-dessus la table et prit la main d'Akhila. « Je pensais que tu aurais fait ta vie finalement. Mais je vois que ce n'est pas le cas. Ton égoïste famille ne réalise-t-elle pas que tu mérites d'être heureuse à ton tour ? »

Le samosa avait du mal à passer. « Que peuvent-ils y faire ? J'ai passé l'âge de tout cela.

— Passé l'âge de quoi ? » Les yeux de Karpagam s'étaient plissés, remarqua Akhila. Pendant un instant, elle scruta Akhila, avant de demander doucement : « Donne-moi ta définition du bonheur. Qu'est-ce qui te rendrait heureuse ? »

Akhila fit des dessins avec l'index sur le dessus de table en Formica. Comment pourrait-elle définir le bonheur ? Serait-elle capable de le voir même s'il lui crevait les yeux ?

Elle pensa aux cartes de vœux que Katherine et elle échangeaient pour le Nouvel An chaque année. « Le bonheur, dit Akhila, en répétant comme un perroquet les messages inscrits sur les cartes, c'est de pouvoir choisir sa vie, de la vivre comme on veut. Le bonheur, c'est de savoir qu'on est aimé et d'avoir quelqu'un à aimer. Le bonheur, c'est de pouvoir espérer. »

Karpagam soupira : « Akhi, lança-t-elle en utilisant le nom qu'elle donnait à Akhila étant enfant, que veux-tu ? Un mari ? Des enfants ?

— Non, non, murmura Akhila en se demandant si quelqu'un dans le café écoutait leur conversation. Non, je ne sais pas... »

Parfois, Akhila se disait que ce qu'elle voulait le plus, c'était une identité qui lui soit propre. Elle avait toujours été le prolongement de quelqu'un d'autre. La fille de Chandra, l'Akka de Narayan, la tante de Priya, la belle-sœur de Murthy... Akhila aurait aimé qu'enfin on la considère comme une personne à part entière.

Karpagam comprendrait-elle ? Elle qui se drapait dans le mariage comme dans un sari en soie de Kanchipuram, comprendrait-elle que ce que son amie souhaitait le plus au monde était d'être enfin elle-même ? Dans un endroit qui lui appartienne. De faire ce qu'elle voulait. De vivre comme elle l'entendait, sans retenue, ni peur du blâme.

Que si Akhila brûlait de trouver un homme et de laisser ses sens libres d'explorer et de chercher l'assouvissement, que si elle souhaitait qu'un homme l'aime assez pour remplir ses silences et tout partager avec elle, elle ne voulait pas d'un mari. Elle ne voulait pas redevenir un simple prolongement.

Karpagam écouta Akhila qui essayait de formuler ce qu'elle n'avait jamais oser avouer, pas même à elle-même.

« Alors, pourquoi ne t'installes-tu pas seule ? Ta sœur est assez grande pour se prendre en charge. Et puis, elle a un mari et une famille. Akhi, tu es éduquée, tu as un emploi. Vis ta vie ! dit Karpagam en remettant en place une épingle à cheveux avec ce même mélange d'attention et de détermination qu'elle accordait à la vie d'Akhila. Et, ajouta-t-elle, arrête de regarder autour de toi à chaque instant. De quoi as-tu peur, de ce que vont penser les gens ? Akhi, demande à ta sœur et à sa famille de partir de chez toi. C'est la première chose à faire. »

Akhila regarda les autres clients, occupés à boire leur café, à manger des pâtisseries. Tout le monde était accompagné.

« Comment puis-je vivre seule ? Comment une femme peut-elle vivre seule ? demanda-t-elle, désemparée.

— Regarde-moi ! » La voix de Karpagam transperça le brouillard d'auto-apitoiement. « Si je peux, pourquoi pas toi ?

— Mais tu es mariée ! Tu ne vis pas seule », répondit Akhila, exaspérée. Comment Karpagam pouvait-elle se comparer à elle ?

« J'étais mariée, dit Karpagam, en regardant Akhila dans les yeux. Mon mari est mort il y a quelques années de cela.

— Je suis navrée de l'apprendre. Mais… marmonna Akhila.

— Je sais ce que tu te dis. Tu te demandes comment cela se fait que je porte encore le kumkum et ces vêtements de couleur vive. Tu préférerais que je m'habille de blanc et que je ressemble à un cadavre ambulant, prête pour le bûcher funéraire ?

— Non, bien sûr que non, murmura Akhila. Mais qu'en dit ta famille ? »

Karpagam respira profondément avant de répondre : « Je me moque de ce que peut penser ma famille, ou quiconque d'ailleurs. Je suis comme je suis. Et j'ai autant le droit que les autres de vivre à ma guise. Dis-moi, quand nous étions petites, ne mettions-nous pas des couleurs vives, et des bijoux et un bottu ? Ce n'est pas un privilège sanctionné par le mariage. De mon point de vue, il est naturel qu'une femme veuille paraître féminine. Et cela n'a rien à voir avec le fait qu'elle soit mariée ou que son mari soit vivant ou mort. Qui a décidé de ces lois ? Un homme qui ne supportait pas l'idée que s'il mourait, sa femme continuerait de plaire à d'autres hommes. »

Les mots tombaient en cascade avec une aisance qui suggérait que ce n'était pas la première fois que Karpagam les prononçait. Et Akhila, à sa grande honte, réalisa que pendant qu'elle s'était complu dans l'auto-apitoiement, comme un buffle d'eau docile se vautre dans une mare et s'offre en festin aux parasites, Karpagam était allée de l'avant et avait appris à survivre.

« Je vis seule. Cela fait des années maintenant. Ma fille, qui a vingt-trois ans, en fait de même. Nous sommes fortes, Akhi. Nous sommes fortes à condition de le vouloir.

— Que me conseilles-tu ? demanda Akhila.

— Ce que tu veux. Vis seule. Construis-toi une vie où tes besoins ont la priorité. Envoie balader ta famille. » Karpagam sourit et griffonna son adresse au dos de l'addition. « Ecris-moi. Reste en contact. »

Akhila mit le bout de papier dans son porte-monnaie. Une fois qu'elles furent dehors, elle toucha le bras de Karpagam. « Karpagam, es-tu une créature de chair et de sang ou une déesse descendue pour me montrer la voie de la liberté ?... » Akhila s'interrompit en pensant aux teintes sombres et lugubres du monde qu'elle habitait depuis si longtemps maintenant.

« Ne sois pas ridicule ! » fit Karpagam en éclatant de rire. Et l'écho de ce rire, un rire qui lançait un pied de nez au monde, devint le refrain d'Akhila pour ses projets d'avenir.

*

Le dimanche, Padma mettait de l'huile dans les cheveux de ses filles. Elle faisait chauffer de l'huile de sésame et leur en frictionnait le crâne jusqu'à ce que leurs chevelures soient luisantes et lourdes. Puis elle leur lavait la tête avec de la poudre de noix à savon. C'est Padma qui aurait dû être l'aînée de la famille, et pas moi, se dit Akhila.

Un mois s'était écoulé depuis sa rencontre avec Karpagam. Un mois de projets enfiévrés, d'activité frénétique et de pensées secrètes. Un mois au cours duquel elle apporta une attention méticuleuse à chacune de ses pensées et à ses dossiers. Un mois pendant lequel Akhila démêla l'écheveau de sa vie pour tisser son avenir. Au bout d'un mois, elle fut prête.

« Padma, dit-elle, en observant les doigts de cette dernière malaxer le crâne de sa fille comme de la pâte à gâteau (Pétris-la jusqu'à ce qu'elle devienne malléable. Jusqu'à ce que tu aies raison de toutes les velléités de résistance. Jusqu'à ce qu'elle t'obéisse le moment venu), j'envisage d'acheter un logement. »

Padma, intéressée, leva les yeux. « Moi aussi j'y pense depuis quelque temps. Bientôt, les filles seront en âge de se marier. Comment allons-nous leur trouver un mari convenable si nous n'avons même pas une maison à nous ?

— Padma, continua Akhila, en essayant d'être aussi douce que possible, je veux acheter un appartement, un deux-pièces.

— Mais comment veux-tu que nous logions dans un endroit aussi petit ? Ne peux-tu pas acheter quelque chose de plus grand ?

— Padma ! » Akhila, en répétant son nom, sentait les mots qui lui venaient à la bouche devenir tranchants. « Un deux-pièces suffit largement pour une seule personne.

— Comment ça ? » Le doute s'immisçait.

« Je veux vivre seule. Il est grand temps que je commence. Et toi aussi d'ailleurs », dit Akhila, en croisant le regard de Padma. Cette dernière la dévisagea mais Akhila remarqua avec une intense satisfaction que Padma avait faibli la première.

« Tu te sens bien ? demanda Padma, en essuyant l'huile de ses mains sur ses pieds. A ton âge, les femmes traversent une période difficile. C'est lié aux hormones. Ils en parlaient l'autre jour dans un magazine que je lisais. La ménopause peut faire des ravages dans l'équilibre d'une femme.

— Tais-toi, Padma ! coupa Akhila. J'en ai plus qu'assez de ce ton de donneuse de leçons que tu prends pour t'adresser à moi. Si tu veux la vérité, j'en ai marre de toi. Du vacarme de tes filles dans ma maison. De la manière dont ton mari et toi vous vivez à mes crochets depuis des années. »

Elle s'interrompit en voyant l'horreur se peindre sur le visage de sa sœur. Puis, une fois que les paroles se mirent à se déverser de la bouche de Padma, elle regretta de s'être tue. Des paroles à la langue fourchue, crachant du venin.

« Toutes ces années, j'ai cuisiné pour toi, fait le ménage pour toi... et tu me remercies en me disant que tu en as assez de nous ! Tu n'es qu'une vieille femme jalouse. C'est tout. Pleine d'envie et de dépit parce que j'ai un mari et des enfants et que toi, tu n'as rien.

— Raison de plus pour que nous vivions chacune notre vie, rétorqua Akhila d'une voix glaciale.

— Et tu crois que tes frères seront d'accord ? Tu crois qu'ils vont te laisser vivre seule ? demanda Padma avec morgue, sûre que Narayan et Narsi seraient du même avis qu'elle.

— Pour l'amour du ciel ! Je n'ai besoin de l'autorisation de personne. J'ai quarante-cinq ans. Je suis votre aînée à tous. Je ferai ce qui me plaît et je me moque bien de ce que vous pourrez penser...

— C'est ce que tu crois. Ce sont les hommes de la famille. » La voix de Padma devenait moqueuse.

Pourquoi suis-je en train de perdre mon temps à l'écouter ? se demanda Akhila. Elle s'éloigna, calme et encore plus déterminée dans ses résolutions.

Pendant les quelques jours qui suivirent, un silence gêné régna. Les filles reçurent des remontrances sonores, souvent en présence d'Akhila. « Priya, sifflait Padma, as-tu besoin de réciter ce poème à voix haute pour l'apprendre ? Ferme ton livre et pose-le de côté. Après tout, au pire... tu auras une mauvaise note à ton contrôle. Mais je ne veux pas que tu déranges Akka.

« Madhavi, rugissait-elle. Ne fais pas tant de bruit en mettant les assiettes ! Tu sais bien que cela irrite Akka. »

Les repas étaient posés pour Akhila sur la table de la salle à manger dans des assiettes couvertes. Les vêtements qu'elle mettait à sécher étaient repassés et mis en tas bien rangés sur son lit. Padma la punissait par son silence. Et veillait par la même occasion à ce qu'elle se rende vraiment compte à quel point elle tenait bien la maison pour Akhila. Et que sans elle régneraient le désordre et la confusion. Cela ne réussit qu'à mettre Akhila en colère. Comment Padma osait-elle lui faire subir ses silences et ses reproches, sa colère bien palpable et son amertume, et cela dans un logement pour lequel Akhila payait le loyer ?

Pourquoi me refuse-t-elle ma liberté ? se demandait sans arrêt Akhila.

« Comment en es-tu venue à prendre cette décision, Akka ? » demanda Narayan avec son habituelle douceur. Une vague de tendresse pour son jeune frère envahit Akhila... Il était le seul d'entre eux à lui porter une affection objective et inconditionnelle. Les autres, Narsi comme Padma, avaient été des enfants impulsifs, restés insensibles à la tragédie qui avait frappé leur vie. Ils étaient devenus en grandissant des adultes impulsifs, égocentriques et convaincus que le monde n'existait que pour satisfaire leurs besoins.

Ils en avaient tous les deux terminé avec leur tirade.

Narsi : « Une femme ne doit pas vivre seule. Que vont dire les gens ? Que ta famille t'a abandonnée. Qui plus est, les gens vont se poser tout un tas de questions quant à ta réputation. Tu sais qu'il ne leur faut pas grand-chose pour se mettre à jaser. La famille de Nalini sera scandalisée en apprenant cela. As-tu seulement pensé à l'embarras dans lequel tu vas me mettre ? »

Padma : « Pourquoi veux-tu vivre seule ? Je me suis pourtant occupée de ta maison pour toi. En plus de ce que vient de dire Narsi Anna, as-tu pensé aux dépenses ? J'ai deux filles, et mon mari n'a pas un emploi très bien payé. Je comptais sur ton aide pour marier mes filles et les installer. »

« Tu as entendu ce qu'ils ont dit, n'est-ce pas, Narayan ? » Akhila avait revêtu sa voix d'un sang-froid, d'un calme qu'elle était loin de ressentir. « Voilà vingt-six ans que je me sacrifie pour cette famille. Sans rien demander en retour. Et maintenant que je veux vivre ma vie, y en a-t-il un parmi vous pour me dire, spontanément, qu'il est temps pour moi de le faire ? Que je mérite d'avoir une vie qui m'appartienne ? Au lieu de cela, tout ce qui vous préoccupe, ce sont les conséquences que ma décision va avoir sur votre vie à vous. Narayan, donne-moi une bonne raison pour que je ne vive pas seule. Je suis valide et j'ai toute ma tête. Je peux me prendre en charge. Je ne gagne pas trop mal ma vie. » Akhila s'interrompit, la voix étranglée par les larmes, puis reprit : « Est-ce qu'un seul d'entre vous s'est jamais demandé ce qu'étaient mes aspirations ou ce que peuvent être mes rêves ? Est-ce qu'un seul d'entre vous m'a jamais considérée comme une femme ? Quelqu'un qui a des besoins et des désirs ?

— Alors, c'est donc ça ! coupa Padma. Elle a un amant ! Et elle ne veut pas que nous soyons au courant. C'est pour cela qu'elle veut s'installer seule. Qui est-ce ? Comment l'as-tu trouvé ? »

Akhila, allongeant le bras, fit une chose qui la démangeait depuis longtemps. Elle gifla Padma. Une gifle sèche et dure chargée de tout le mépris et tout le ressentiment accumulés.

La gifle fut suivie par un silence. Un silence tendu qui résonnait de l'écho de cette gifle.

« Je n'ai pas à vous rendre compte de mes actes. Je ne vous dois rien. J'espère que je me suis bien fait comprendre.

— Tu ne nous dois rien. C'est nous qui te devons ce que nous avons, dit Narayan, en essayant d'apaiser, de consoler et de panser des blessures qui s'envenimaient. C'est pour cela que je me fais du souci pour toi. Comment te débrouilleras-tu ? Et cela n'a rien à voir avec qui tu es. Mais comment une femme peut-elle se débrouiller seule ? »

Son inquiétude toucha Akhila mais elle avait préparé ses réponses. « Je sais que j'en suis capable. Je l'ai déjà fait quand vous étiez petits. Maintenant, je peux le faire pour moi-même.

Pour Akhilandeshwari. La fille de personne. La sœur de personne. La femme de personne. La mère de personne.

— Akka, s'il te plaît, écoute-moi », plaida-t-il. Les autres avaient déjà détourné la tête. Maintenant qu'ils savaient que sa décision était prise, cela ne les intéressait plus. « Akhila, je t'en prie, demande à d'autres personnes leur avis et tu verras combien c'est difficile pour une femme de vivre seule. » Il tenait sa main serrée entre les siennes et l'implorait.

Akhila lut de la peur dans son regard. Elle vit à quel point il s'inquiétait pour elle. Elle savait qu'il pensait qu'elle serait une proie facile pour le premier homme venu, avec des espoirs trompeurs et des promesses creuses. A ses yeux, son avenir serait émaillé de déceptions. Et peut-être d'humiliations et de tristesse. Elle sentit un petit pincement d'angoisse : suis-je en train de m'entêter ? d'être imprudente ?

Elle repoussa cette pensée. Sa famille n'accepterait jamais sa décision. Ça au moins, c'était sûr. Chacun avait ses raisons pour ne pas le faire. Narayan était peut-être le seul d'entre eux qui se souciait davantage de son bien-être à elle, plutôt que du manque à gagner s'il n'y avait plus Akka et son salaire. Alors, pour le protéger lui plus encore qu'elle-même, Akhila se força à mentir. Elle sourit, en espérant que son sourire déguiserait son mensonge, et répondit : « Très bien, je vais faire ce que tu me dis et j'en parlerai à d'autres. Ensuite, je déciderai. »

L'un après l'autre, ils quittèrent la pièce, convaincus qu'elle entendrait raison. Que n'importe quelle femme lui dirait cette vérité universelle connue de tous sauf d'elle, semblait-il : combien il était horrible pour une femme d'être seule. Elle redeviendrait leur timide et douce sœur aînée et on pourrait oublier tout cela en le mettant sur le compte d'un accès temporaire et inexplicable de folie.

Mais le rire résonnait en elle. Le rire insolent de Karpagam.

*

En face d'Akhila était assise la dernière des passagères qui avaient embarqué à bord du train la nuit précédente. Les autres étaient toutes descendues. L'une après l'autre lui disant adieu, lui offrant ses conseils.

A Ernakulam, Janaki lui avait dit, en lui caressant la tête : « Quoi que vous décidiez, réfléchissez bien et faites-le. Et ensuite, ne regardez pas en arrière en regrettant le passé. »

Prabha Devi avait griffonné son numéro de téléphone sur un bout de papier et avait noté l'adresse d'Akhila. « Rencontrons-nous un de ces jours. Après tout, nous habitons la même ville. Alors, n'oubliez pas de garder le contact. » Même la jeune Sheela était descendue en lui souriant et en disant : « Merci de m'avoir écoutée ! »

Il ne restait plus que cette femme. La sixième passagère. Akhila se demandait qui elle était.

Elle l'observa qui sortait de son sac un magazine et se mettait à le lire. C'était un magazine tamoul. Akhila recommença à regarder par la fenêtre.

Le train était bondé. Les compartiments réservés n'étaient pas épargnés par la foule. Les gens frappaient aux portes quand elles étaient fermées de l'intérieur ou entraient de force quand quelqu'un ouvrait pour sortir. Les couloirs étaient remplis de voyageurs journaliers qui insistaient pour faire asseoir quatre personnes sur des banquettes prévues pour trois. Des mendiants ou des colporteurs se frayaient un chemin avec un savoir-faire éprouvé à travers le wagon. Des pelures d'oranges, des emballages de biscuits et des coquilles d'arachides jonchaient le sol. Quand le train s'arrêtait ou que la brise cessait, une légère puanteur d'urine émanant des toilettes flottait dans le couloir. Akhila poussa un soupir de bien-être. Le coupé était complet mais au moins il était propre. Une oasis de calme.

Akhila ouvrit le paquet de noix de cajou qu'elle avait acheté à la gare de Kottayam. Leur consistance douce lui emplit la bouche. Elle n'était plus la même personne que celle qui était montée dans le train. L'autre se serait contentée de cacahouètes. Les noix de cajou étaient synonymes d'excès, d'une plus grande ambition qu'elle n'osait pas se permettre. Mais cette Akhila, si. Elle sentait un relâchement intérieur, le pressentiment qu'elle avait raison, une excitation grisante qui découlait des révélations de

Prabha Devi. Plus que les autres, cette dernière lui ressemblait par son âge et sa façon d'être. Si Prabha Devi avait pu vaincre sa timidité naturelle et dépasser les traditions pour flotter, elle pouvait le faire aussi, pensa Akhila. Il faut que moi aussi j'apprenne à nager dans le sens du courant de la vie, plutôt que de rester sur la berge.

Un peu plus tard, Akhila se détourna de la fenêtre et croisa le regard de la femme silencieuse. Son magazine était posé sur ses genoux. Akhila sourit. « Où allez-vous ? questionna-t-elle en tamoul.

— A Nagercoil, répondit la femme.

— Je vais à Kanyakumari, dit Akhila, bien que la femme n'ait rien demandé. Vos parents habitent à Nagercoil ? »

La femme secoua la tête. « Je travaille pour une étrangère. Une Anglaise, qui est médecin. Elle a été nommée à Nargercoil et j'y vais à l'avance pour préparer la maison pour son arrivée. Ses affaires sont déjà en route. Le médecin et mon fils viennent en voiture. Ils partent demain matin.

— Votre fils a quel âge ?

— Treize ans.

— Et votre mari ? Que fait-il ? »

Le visage de la femme se figea quelques instants. « Vous êtes bien curieuse ! » dit-elle.

Akhila se sentit rougir. Les autres femmes s'étaient montrées si disposées à parler de leur vie qu'elle n'imaginait pas qu'il puisse en être autrement.

« Je suis désolée, dit la femme. Ce n'était pas très poli de ma part. Mais la nuit dernière, vous m'avez toutes exclue de votre conversation parce que vous avez simplement pensé que je n'étais pas du même monde. Un regard sur mes vêtements et mon visage vous a suffi pour décider que je n'étais pas des vôtres. »

Akhila rougit. « Je suis désolée. Nous ne voulions pas… » commença-t-elle.

La femme la regarda sans ciller. « Ne vous excusez pas. Vous aviez raison de croire que je ne suis pas comme vous. C'est vrai. Nous n'appartenons pas au même monde. Non pas parce que je suis pauvre ou sans instruction. Mais parce que vous avez vécu des vies tellement protégées, oui, même vous. Je vous ai toutes entendues raconter votre vie et je pensais, ces femmes font beaucoup d'histoires pour pas grand-chose. Que feraient-elles si elles étaient confrontées à une véritable tragédie ? Que savent-elles de la vie et du prix à payer ? Elles ne réalisent pas à quel point le monde peut être cruel pour les femmes. »

Akhila regarda l'inconnue. Qui était cette passagère qui crachait sa colère comme un volcan sa lave ?

Celle-ci roula son magazine et continua : « Je ne dis pas que les femmes sont faibles. Au contraire, elles sont fortes. Elles peuvent tout faire aussi bien que les hommes. Elles peuvent en faire bien davantage. Mais c'est en elle qu'une femme doit chercher cette réserve de force. Elle ne se manifeste pas naturellement. »

10

Ersatz

Je m'appelle Marikolanthu. J'ai trente et un ans. Je suis née dans un petit village du nom de Palur près de Kanchipuram. J'ai un fils mais je ne suis pas mariée. Mes parents sont morts depuis longtemps et j'ai coupé les ponts avec mes frères. Je travaille comme aide-soignante dans un hôpital géré par une mission.

Mon père était fermier. Comme il était fils unique, quand mon grand-père est mort, il a hérité à la fois des terres et de la propriété. Ma mère venait d'un village voisin. Orpheline, elle avait été élevée par sa tante. Nous n'avions pas de parents proches ni beaucoup d'argent mais nous étions heureux, mes deux frères, Easwaran et Sivakumar, et moi. Hélas ! quelques jours après mes neuf ans, mon père mourut, d'une maladie que même les médecins de l'hôpital de Vellore n'ont pas pu guérir.

Comme nous n'avions personne auprès de qui trouver de l'aide, ma mère s'est tournée vers les murs blanchis à la chaux du Chettiar Kottai et a supplié. La maison était immense, avec d'innombrables chambres et dépendances. Haute de trois étages, elle semblait imprenable, vue de l'extérieur. Son nom officiel était Raj Vilas mais tout le monde au village et dans les villages alentour l'appelait le Chettiar Kottai, le fort du Chettiar.

Le Chettiar était un homme riche. D'ailleurs, c'est encore la famille la plus riche du district. Il avait fait fortune grâce aux vers à soie. Il les élevait, en les gavant de feuilles de mûrier jusqu'à ce qu'ils deviennent gros à en éclater. Pour cacher leur disgrâce, les pauvres vers tissaient des cocons de soie et s'en entouraient. Mais le Chettiar ne les laissait pas tranquilles pour autant. Il les faisait bouillir et leur ôtait la soie. Des écheveaux de soie, des kilos de soie. Aucun d'entre nous dans le village n'en avait été témoin car la magnanerie n'était pas sur place, mais ceux qui avaient vu nous avaient tout raconté.

Pourtant, j'ai souvent pensé aux vers à soie avec pitié. « Tu en as de la chance de ne pas être un de ceux-là ! » disais-je à tous les vers de terre que j'attrapais et qui se tortillaient dans ma paume.

J'étais encore une enfant à l'époque. Je parlais aux vers, aux arbres et aux rochers. Je croyais le maître d'école quand il dessinait un cercle sur le tableau en disant : « Voici le monde. Une moitié reçoit la lumière du soleil tandis que l'autre moitié reste dans l'obscurité. Il en va de même dans la vie. Il y a le bien et le mal, et notre devoir est de rester dans la lumière, d'être bon. »

Je hochais la tête comme les autres en me promettant de ne jamais aller vers l'obscurité. Comme je l'ai dit, je n'étais qu'une enfant.

Le Chettiar possédait de nombreux métiers à tisser sur lesquels ses ouvriers tissaient des saris de soie au zari en or véritable qui étaient ensuite revendus dans les magasins de Madras, Coimbatore, Salem, Madurai et, plus loin, dans des villes comme Delhi.

Notre maison n'était pas grande. Elle faisait partie d'une rangée d'habitations qui longeaient la rue conduisant au temple. A deux pâtés de maisons se trouvaient le verger de manguiers et, plus loin, le Chettiar Kottai. Ma mère était réputée dans le village pour ses talents de cuisinière et, pour les grandes occasions, on faisait souvent appel à elle afin de donner un coup de main au Chettiar Kottai. Cela devint désormais notre seule ressource.

Tous les matins, elle quittait la maison dès sept heures et ne rentrait pas avant six heures du soir. J'accomplissais donc la plus grande partie des travaux du ménage. Ça ne me dérangeait pas du tout. Pour moi, c'était un peu comme jouer à la maman.

J'aimais aller tirer de l'eau du puits du village et la rapporter à la maison dans de grands pots en cuivre posés en équilibre sur la courbe de ma hanche. Je balayais, lavais le parterre, faisais la vaisselle. Quand nous rentrions de l'école, mes frères et moi, nous allions dans le village ramasser des bouses de vache. J'aimais en faire des boules que j'aplatissais de la main. J'en plaquais des rangées entières contre les murs de notre maison pour qu'elles sèchent. Disques vert foncé semblables à des bindis adhésifs tournant au gris-vert une fois secs. Tant que nous en avions à sécher sur nos murs, le feu sous nos récipients ne risquait pas de s'éteindre.

Amma m'étreignait parfois sur sa poitrine en pleurant : « A quoi ai-je réduit ma fille ? Je lui vole son enfance. »

Mais je ne comprenais pas pourquoi elle faisait tant d'histoires. Pourquoi s'attristait-elle de ce qui me réjouissait ?

… Quand Brahma écrit notre destin, on dit qu'il attribue à chacun un nombre spécifique d'années destinées à découvrir chacun des aspects de la vie. Pour ma part, j'avais épuisé bien avant de devenir adulte mon quota d'années en tant que maîtresse de maison. Dans la maison de ma mère, je faisais tout ce que fait chez elle une femme. Sans doute devait-il en être ainsi. Même lorsque j'eus quitté la maison, à chaque fois que je revenais, c'est moi qui prenais la relève pour m'occuper de sa bonne marche, et ce jusqu'à ce que ma mère meure, que mes frères réclament leur part et qu'il ne me reste plus de toit… Mais je vous parle là d'événements qui se sont produits bien plus tard. Avant, il y a eu la période où j'ai travaillé au Chettiar Kottai…

Mon père, le fermier, n'approuvait pas les activités du Chettiar. « En voilà une drôle de façon de gagner de l'argent ! s'exclamait-il souvent en allumant un bidi et en avalant la fumée. Tuer chaque jour les créatures de Dieu et profiter de leur mort ! Je suis content d'être fermier. Les seules créatures qui meurent par ma faute sont celles qui tombent sous le soc de ma charrue et même celles-là, c'est sans le savoir que je les tue. »

Ses terres étaient loin du village mais jamais il ne s'en plaignait ni ne se lassait d'y travailler. Au village, les gens parlaient de mon père avec une admiration d'ordinaire réservée aux intrépides. « Il n'y a que Shanmugam pour consacrer tant d'énergie à cette caillasse ! »

Les autres travaillaient d'une façon ou d'une autre pour le Chettiar. C'est un dieu, disaient-ils, un dieu généreux et bienveillant. Mais aux yeux de mon père, c'était un despote : « Devenir un de ses esclaves reconnaissants ? Très peu pour moi ! » répondait-il à Amma quand celle-ci se plaignait que les champs leur fournissaient à peine de quoi subsister.

Mon père avait un petit terrain sur lequel il faisait en alternance différentes plantations. Des arachides, des piments et, une fois par an, du riz. Mais il en réservait toujours une parcelle aux kanakambarams. C'était ma mère et moi qui nous en occupions. Dans la lumière de l'aube, nous étions accueillies par une profusion de fleurs qui paraissaient avoir capté dans leurs pétales les nuances du soleil levant. Avant que l'humidité ne s'évapore au soleil, réduisant les fleurs à n'être que de pâles copies d'elles-mêmes, nous les ramassions. Nous cueillions deux fleurs et en laissions une troisième sur la tige pour qu'elle donne des graines. Nous en gardions quelques-unes pour nous et vendions le reste au marchand de fleurs à l'entrée du temple.

Mon père faisait-il pousser les kanakambarams parce que c'était le prénom d'Amma ? me demandais-je. « J'aurais préféré que tu m'appelles Roja ou Chempakam ! m'écriai-je un jour, vexée à la pensée qu'un champ entier de fleurs d'un orange délicat rendait un hommage quotidien à ma mère alors que moi, je n'avais rien. J'aurais eu un champ de roses comme Amma qui a son champ de fleurs. Marikolanthu ! Un marikolanthu n'est qu'un épi de feuilles vertes ?

Mon père éclata de rire et m'attira vers ses genoux. « Petite bécasse ! me dit-il en me cajolant. Tu te demandes ce qu'est un marikolanthu ? N'as-tu pas remarqué que dans chaque guirlande de kanakambaram, on tresse quelques feuilles de marikolanthu ! Sans le parfum du marikolanthu, la kanakambaram est une fleur morte. Mais si ça peut te faire plaisir, nous planterons un carré de marikolanthu à la saison prochaine. »

Père travailla la roche, la rendit verdoyante et parfumée, jusqu'à ce que la maladie finisse par prendre racine dans son corps. Il ne lâcha pas sa terre tant que cela resta possible, mais les notes des médicaments et des radiographies s'allongèrent, celles des visites chez les spécialistes et des compléments alimentaires aussi. Il vendit alors la terre au Chettiar avant de s'effondrer et de mourir.

Deux ans plus tard, quand Sujata Akka, la belle-fille du Chettiar, eut un fils, il leur fallut quelqu'un pour s'en occuper. C'est ainsi que je devins la nourrice de Prabhu Papa. Je ne pouvais plus continuer d'aller à l'école. Au village, les classes s'arrêtaient à la sixième, il m'aurait donc fallu aller à la ville si j'avais souhaité poursuivre mes études.

« Le moment venu, nous enverrons tes frères à l'école de la ville, mais je n'y arriverai pas avec un seul salaire, dit Amma. Tu comprends ça, n'est-ce pas, que je ne peux pas t'envoyer à l'école en bus tous les jours ? Pas seulement à cause de l'argent... Tu es une jeune fille, je ne peux pas te laisser faire les trajets seule... C'est trop risqué. »

Je ne comprenais pas ce qui était en jeu. Néanmoins, j'acquiesçai. Dans les films en noir et blanc projetés sous une tente au village, les gentilles filles écoutaient toujours leur mère. Mes héroïnes préférées en tout cas, Savitri et B. Saroja Devi, Vijayakumari et même Jayalalitha.

« Comme tu veux, Amma. Il est de mon devoir de tout faire pour toi et mes frères, dis-je en répétant comme un perroquet les répliques de mes héroïnes et en goûtant au plaisir de réciter un dialogue de film.

— Le Chettiar est un homme bon », répétait souvent Amma. Moi, je pensais seulement à la façon dont il faisait bouillir les vers pour les dépouiller de leurs habits.

« Ne sois pas bête ! gronda Amma quand, arrivée devant les grilles du Chettiar Kottai, je rechignai pour entrer. Ton père aimait exagérer. »

Le Chettiar Kottai était immense. Il comportait d'innombrables chambres et de nombreux accessoires que je n'avais vus qu'en film. Un frigidaire qui bourdonnait comme s'il renfermait un essaim de guêpes ; des ventilateurs au plafond qui tournaient sans arrêt, des chaises qui ressemblaient à des trônes et des matelas qui paraissaient garnis de toutes les fleurs du monde.

Dès le premier jour, je compris pourquoi ma mère avait pris en grippe les odeurs de cuisine. Dans cette maison, elle n'arrêtait pas de cuisiner. Tous les jours, elle préparait le petit déjeuner, le déjeuner et le dîner pour douze personnes. Sans compter, quasiment à chaque repas, des parts supplémentaires pour des invités de dernière minute. « Laissez-moi la garder auprès de moi aujourd'hui pour qu'elle se familiarise avec la routine de la maison, et demain elle pourra commencer à travailler », dit Amma en se rinçant les mains avant de se mettre à cuisiner le premier repas de la journée. Dès la fin du petit déjeuner, il fallait commencer à préparer le déjeuner.

« N'importe qui d'autre que ta mère serait parti il y a longtemps, grommela l'auxiliaire d'Amma, une autre veuve. Tu crois que s'ils voient le lait en train de déborder, ils viendraient l'ôter du feu ? Non, c'est à ta mère ou à moi de se précipiter. »

Ce « ils » revenait très fréquemment dans la conversation de Rukmini Akka.

« Tu penses peut-être qu'ils nous ont donné cet emploi parce qu'ils avaient pitié de nous ? Tu parles, ils se disent que comme nous sommes veuves, nous savons nous priver de tout. Pas de piment, ni de tamarin, ni d'épices... Ils croient que nos sens sont aussi morts que nos époux. Donc que nous n'irons pas goûter à leurs plats ou convoiter leur nourriture, et que nous nous contenterons d'un bol de gruau et d'une pincée de sel.

— Chut ! » siffla Amma. Mais Rukmini Akka entamait tout juste l'énumération de sa liste de doléances, qui s'allongeait de jour en jour. Comme pour rétablir l'équilibre, Amma ne se plaignait jamais.

Je l'observai en train de couper tranches et rondelles, de faire rissoler et de fricasser, de moudre et de piler... Je vis comment elle accomplissait ces tâches sans manifester la moindre émotion. Quel goût avaient les merveilleux plats créés par ma mère ? Un goût de larmes et d'amertume, de rage devant l'injustice du destin, et de peur ?

Pour ma part, j'aimais mon travail. J'aimais Prabhu Papa, le bébé, et j'aimais Sujata Akka. Parfois, quand je ne pouvais plus m'arrêter de parler de Sujata Akka, ma mère me coupait : « Tu prodigues ton affection trop facilement, mon enfant. Ils la briseront en mille morceaux et la jetteront dans la poussière pour que les autres la piétinent.

— Est-ce que le cœur, c'est un bracelet de verre ? » plaisantai-je un jour, amusée par ma propre impertinence. B. Saroja Devi aurait été fière de moi. Easwaran et Sivakumar gloussèrent eux aussi.

Ma mère soupira.

A partir de ce jour-là, tous les soirs, les garçons m'accueillaient en me demandant : « Alors, ce bracelet de verre, il est cassé ou intact ? »

Et nous nous mettions à rire de plus belle.

Vous savez quoi, c'est vrai que le cœur est comme un bracelet de verre. Un moment d'inattention et il se brise en mille morceaux... Nous le savons bien, n'est-ce pas ? Mais ça ne nous empêche pas de continuer à porter des bracelets de verre. A chaque fois qu'ils se cassent, nous en achetons de nouveaux en espérant qu'ils dureront plus longtemps que les précédents.

Comme nous sommes stupides, nous les femmes ! Nous devrions porter des bracelets de granite et transformer aussi notre cœur en granite. Mais ils ne refléteraient pas si joliment la lumière et ne chanteraient pas avec autant de gaieté...

Sujata Akka fit de moi son esclave grâce aux bracelets dont elle ne voulait plus. Elle les portait quelques jours puis s'en lassait ou en cassait tant qu'il lui fallait en racheter une douzaine de neufs. Pour moi, toutefois, ils étaient précieux, rouges, bleus et verts, tachetés de violet ou mouchetés d'argent.

« Ça ne vous fait pas mal au cœur quand vous en cassez un ? demandai-je à Sujata Akka en ramassant les débris de l'un de ceux-là pour les rapporter à la maison où mes frères et moi les utilisions dans un jeu de notre invention.

— Bien sûr que non. C'est seulement un bracelet de verre. Je peux toujours en acheter d'autres », dit-elle en ouvrant sa boîte à bracelets pour en sortir un nouvel assortiment.

Nul ne refusait à Sujata Akka quoi que ce soit. Que ce soit des bracelets de verre ou le mysorepak particulier qu'elle adorait, fait avec tellement de ghee qu'il fondait à peine mis dans la bouche. Elle m'en offrait souvent un morceau et alors que je savais que j'aurais dû le rapporter à la maison pour le faire goûter à mes frères, je ne le faisais jamais.

Le Chettiar avait décrété que tous les désirs et caprices de Sujata Akka devaient être satisfaits. Ce n'était pas quelqu'un comme les autres. C'était une fille de la ville. Elle venait de Coimbatore et était même allée à l'université pendant deux ans. Qui plus est, elle avait donné naissance à un fils. Après le Chettiar, Sujata Akka était la personne la plus importante de la maison.

Le Chettiar avait trois fils. Rajendran Anna qui s'occupait de l'atelier à tisser. Sa femme Rani Akka était une personne timide qui n'avait pu donner naissance à des fils et en était devenue encore plus timide. Elle était la nièce du Chettiar et venait d'une famille appauvrie. Comment pouvait-elle envisager de rivaliser avec Sujata Akka ? Elle laissait donc cette dernière régner à sa guise, en se contentant de vivre dans l'ombre et se consolant avec la conviction qu'être loin des yeux, c'était aussi être loin du mépris.

Sridhar Anna était le second fils du Chettiar et son favori. Grâce à lui et aux commandes qu'il procurait au Chettiar, en provenance des quatre coins du pays, ce dernier augmentait sa fortune déjà importante. Quand le Chettiar choisit une épouse pour Sridhar Anna, il s'assura qu'elle apporterait avec elle davantage qu'une dot conséquente. Il fallait qu'elle soit belle et éduquée, et d'une famille réputée donner naissance à des fils. C'est ainsi que Sridhar Anna remporta Sujata Akka.

Et puis il y avait Ranganathan Anna qui étudiait la médecine à Vellore.

Il y avait encore quelqu'un d'autre : Chettiar Amma, qui vivait seule au dernier étage de l'aile gauche et qu'on ne voyait jamais sortir.

« Après la naissance de leur dernier fils, elle a perdu la tête. Elle se mettait à hurler à chaque fois qu'elle voyait le Chettiar et refusait d'allaiter le bébé. Il a fallu faire appel à une nourrice pour donner à manger au bébé et s'occuper de

Chettiar Amma. Cette nourrice, c'est Vadivu. Elle n'est pas de la famille et pourtant le Chettiar la traite comme si elle en faisait partie car après tout, c'est elle qui s'occupe de Chettiar Amma. Elle seule peut la contrôler quand les démons la possèdent, raconta Rukmini Akka à ma mère.

« Les nuits de pleine lune, Vadivu ferme les portes et les fenêtres de l'aile gauche, et personne n'est autorisé à y pénétrer. Chettiar Amma, à ce qu'on dit, lacère les murs de ses ongles jusqu'à les faire crisser, puis elle se met à pousser des hurlements et déchire ses vêtements... Poum, poum, poum, on l'entend aller et venir dans la chambre aussi loin que le lui permettent le bracelet de fer et la chaîne qui la retiennent par le pied, ajouta Rukmini Akka avec un frisson.

— Et les autres ? Ont-ils peur eux aussi de Chettiar Amma ? demanda Amma.

— Le Chettiar et ses fils lui rendent visite de temps en temps. Rani Akka aussi, jusqu'au jour où elle y a emmené sa fille encore bébé, et que Chettiar Amma la lui a arraché des bras et a failli la jeter dans le vide. A la suite de cet incident, Rani Akka a mis un terme à ses visites », répondit Rukmini Akka.

Au début, Sujata Akka avait eu pitié de Chettiar Amma. Elle lui faisait envoyer des friandises et lui rendait souvent visite. Mais après la naissance de son bébé, elle n'avait pu oublier ce qui avait failli arriver à la fille de

Rani Akka et s'était mise à redouter Chettiar Amma. Elle avait dit au Chettiar qu'elle avait besoin que quelqu'un surveille son bébé quand elle était occupée. C'est comme cela que j'avais été embauchée.

« Occupée à quoi faire, j'aimerais bien le savoir ! avait bougonné Rukmini Akka le jour de mon arrivée là-bas. C'est elle, avait-elle dit en désignant ma mère du menton, qui fait toute la cuisine et moi je fais le reste. Il y a aussi ceux qui balayent et nettoient, font la lessive et tout le reste des corvées ménagères. Mais le Chettiar n'y a pas pensé. En tout cas, il a répondu : "Oui, oui, trouve une aide. Demande à Kanakambaram, elle a une fille." »

« Il allait voir Seethalakshmi et il était très pressé. C'est comme ça qu'il a lancé ton nom, me dit un peu plus tard Rukmini Akka pendant que nous lavions le riz ensemble.

— C'est qui, Seethalakshmi ? demandai-je.

— Une parente, s'empressa de répondre ma mère.

— La maîtresse du Chettiar », corrigea Rukmini Akka. Mon regard passait de l'une à l'autre.

« Ne lui tourne pas la tête avec tes histoires ! » dit ma mère en coupant les okras avec une vigueur redoublée, manifestant pour une fois sa colère.

Rukmini Akka grignota un grain de riz et rétorqua : « Ce n'est plus un bébé. Elle sera bien au courant un jour ou l'autre. »

« Le Chettiar a une maîtresse. Certains disent que c'est à cause d'elle que Chettiar Amma est devenue folle. D'autres que c'est parce qu'elle a perdu la tête que le Chettiar a cherché à se consoler dans les bras de Seethalakshmi.

« Si un homme ne trouve pas à satisfaire son appétit chez lui, il ira chercher ailleurs... » commença Rukmini Akka, mais je n'écoutais déjà plus.

J'avais entendu pleurer un bébé et je partais à sa recherche.

La première fois que je rencontrai Sujata Akka, je fus conquise par son charme. Je n'avais jamais vu quelqu'un avec le teint aussi clair. Elle avait de longs cheveux noirs et portait un sari vert et orange sur un corsage à manches courtes. A sa narine étincelait un diamant et ses poignets étaient ornés de bracelets en verre de couleur verte. Elle avait mis des fleurs dans ses cheveux et de la poudre sur son visage. Ainsi que des lunettes. Elle ressemblait à une star de cinéma et je ne rêvais que d'une chose, l'aduler.

Elle était assise sur le lit en train d'allaiter son bébé. Je me tenais dans l'embrasure de la porte, trop intimidée pour m'avancer sans y être invitée.

« Viens par là! dit Sujata Akka. Tu ne serais pas la fille de Kanakambaram Amma, par hasard? »

Je souris.

Elle éloigna le bébé de sa poitrine et me le tendit. « Tiens, prends-le. Il vient de manger, alors ne le secoue pas. Tapote-lui doucement le dos jusqu'à ce qu'il fasse son rot. »

Je fis ce qu'elle me demandait, et quand le bébé rota et régurgita une gorgée de lait qui me dégoulina dans le dos, je sentis mon cœur se gonfler d'un immense amour, pour le bébé, pour Sujata Akka, pour tous les membres de la famille du Chettiar, y compris Chettiar Amma, recluse dans l'aile gauche.

… Pourtant, à la naissance de mon fils, tout ce que je ressentis à son égard, ce fut de l'aversion. Quand ma mère l'approchait de moi pour que je lui donne le sein, je n'éprouvais pour lui qu'une intense répugnance. Je le repoussais en hurlant: « Emmène-le loin de moi! Je ne veux pas le voir! »

Ma mère réchauffait du lait de vache, le diluait avec de l'eau et en nourrissait mon fils qui avalait goulûment. C'était déjà un enfant calme qui se contentait de peu.

J'ai été une mauvaise mère. Je le sais. J'ai donné tout l'amour maternel dont j'étais capable à l'enfant de Sujata Akka et quand il s'est agi du mien, je n'avais plus rien à offrir. Cela aussi, c'est peut-être Brahma qui l'a voulu.

Mais je m'égare dans des digressions. Où en étais-je? Ah oui! la famille du Chettiar.

Pendant les trois années qui suivirent, Sujata Akka et Prabhu Papa furent le centre de mon univers. Rien n'était plus important qu'eux.

Quand Prabhu Papa se tourna sur le ventre pour la première fois, je me précipitai à la cuisine pour chercher une noix de coco et un moram tout neuf pour y étendre le bébé. Je brisai la noix de coco sur le seuil d'une porte et fis une prière à Bhoomidevi. « Amma, déesse de la terre, je te confie ce bébé. Pardonne-lui d'avoir voulu te fouler du pied. Ne le punis pas par des bleus et des fractures. Quand il trébuchera, prends-le entre tes bras aussi tendres que des fleurs et retiens sa chute par tes bénédictions. »

Sujata Akka m'observait, les yeux pétillant d'amusement. « Tu es étrange comme fille. Qui t'a appris tout cela ? »

Je ramenai une mèche de cheveux derrière mon oreille et répondis : « Quand Easwaran s'est tourné sur le ventre pour la première fois, j'ai observé Amma faire et quand est venu le tour de Sivakumar, Amma m'a laissé réaliser la puja. »

Sujata Akka me tapota la joue et me donna une douzaine de ses nouveaux bracelets de verre. Ils étaient violets, mouchetés d'argent et de bleu. Je me précipitai à la cuisine pour montrer mon nouveau trésor à ma mère. Amma les regarda en disant : « Garde-les précieusement. Tu pourras les mettre pour Dipavali.

— Des bracelets de verre ! s'exclama Rukmini Akka avec dédain. Comme c'est généreux de sa part ! Comme si elle n'avait pas les moyens d'offrir quelque chose de mieux ! Un corsage ou de l'argent. Voilà ce qu'elle aurait dû t'offrir. Des bracelets de verre, dis-moi un peu...

— Rukmini Akka! coupa ma mère avec angoisse, inquiète que ces paroles empreintes de révolte et de mépris ne traversent les murs de la cuisine. Chut!

« Ecoute, Marikolanthu, ajouta-t-elle en s'adressant à moi et en s'essuyant les mains sur le pan de son sari. N'espère rien de personne. Comme cela, tu ne seras pas déçue.

— Tu lui mets des bêtises dans la tête, fit Rukmini Akka avec une grimace. Qu'est-ce que tu veux en faire? Un ver à soie? Qu'on exploite jusqu'à ce que mort s'ensuive? »

Je pouffai à cette idée, mais les paroles d'Amma avaient déjà fait leur chemin dans mon esprit.

Quand Prabhu Papa fit ses premiers pas, j'accomplis mon devoir, sans rien attendre en retour.

« Est-ce que je peux avoir une noix de coco avec sa coque et ses filaments? » demandai-je à Rukmini Akka. Elle s'apprêtait à ouvrir la bouche pour cracher son mépris quand elle aperçut Sujata Akka par la porte de la cuisine.

« Tiens, tiens! s'empressa-t-elle en fouillant parmi les noix de coco posées dans un coin. Celle-ci fera-t-elle l'affaire? Elle n'est pas trop petite? »

J'en choisis une énorme que j'emportai jusqu'à l'entrée principale de la maison. Quand je la secouais, j'entendais le jus clapoter contre la chair blanche et fraîche. J'en avais l'eau à la bouche.

Devant la porte, je vis un petit garçon en train de jouer avec un bâton. « Hé, Pichu ! l'appelai-je, va chercher tes amis. Je vais briser une noix de coco et vous pourrez prendre les morceaux. »

Quand les garçons furent tous réunis, je demandai à Sujata Akka d'aider Prabhu Papa à faire son premier pas sur le seuil.

« Vinayaka, Vigneshwara, Ganesha, Ganapati, priai-je en répétant les noms de Pulayar qui seul peut ôter les obstacles qui se dressent sur notre chemin. Que chacun de ses pas soit aisé. Qu'ils le conduisent vers le bonheur. »

Je fis trois fois le tour du visage de Prabhu Papa avec la noix de coco pour chasser le mauvais œil puis la projetai de toutes mes forces contre une pierre posée près du chemin de terre.

Le fruit éclata en mille morceaux sur lesquels se précipitèrent les enfants, se battant pour avoir le plus gros.

« Tu aurais dû la garder pour toi, dit Sujata Akka en me signifiant de ramener Prabhu Papa à l'intérieur.

— Sûrement pas. Pour attraper le mauvais œil ? » répondis-je, en me demandant comment quelqu'un d'aussi instruit que Sujata Akka pouvait être aussi ignorant.

Un peu plus tard, elle me donna un billet de dix roupies tout neuf. « Tiens ! dit-elle en me mettant l'argent dans la main. Dépense-les à ta guise.

— Alors, tu ne trouves plus rien à dire, hein ? » dis-je à Rukmini Akka d'un ton railleur.

Rukmini Akka se contenta de faire encore une fois la moue. « Dix roupies ? Qu'est-ce que c'est pour elle, dix roupies ? Si elle t'en avait donné quinze ou vingt, je ne dis pas ! »

Mais Amma m'avait déjà arraché le billet des doigts. « Tu vas le perdre. On sera bien contentes de les avoir en fin de mois. »

Je regardai ma mère. « C'est mon argent ! voulais-je m'écrier. Elle me l'a offert pour que j'en fasse ce qui me plaisait. » Mais je me tus et m'en allai en retenant mes larmes. Je n'attendrai rien de personne, pas même de ma mère, résolus-je. Et si l'on voulait me récompenser, qu'on m'achète alors quelque chose dont j'ai envie mais qu'on ne me donne pas d'argent. Ainsi, je ne risquerais pas d'être déçue.

Sujata Akka le devina. Et pour Dipavali, elle m'offrit une chaîne plaquée or avec un pendentif en pierre bleue. Pour Pongal, elle me donna un nouveau pavadai de coton. Je mis le pavadai et la chaîne, et allai les montrer à Sujata Akka.

« Regardez, Akka ! » Je tournai sur mes talons et faillis tomber. La jupe était trop longue.

« Très joli ! Mais il faut le raccourcir. »

Je restai silencieuse. J'avais trop honte d'admettre que je ne savais pas coudre. Sujata Akka soupira et alla fouiller dans la commode sur laquelle était posé un miroir ovale. Sujata Akka rangeait son poudrier, l'étui de sa houppette, son pot de crème de jour et son kumkum, son peigne et ses épingles à cheveux, ses lunettes et sa boîte à bracelets sur la commode et, tous les jours, c'était à moi de les épousseter soigneusement.

« Regarde comment je fais pour l'enfiler par le chas de l'aiguille et faire un nœud au bout », murmura Sujata Akka en coupant le fil avec ses dents. Elle me fit asseoir par terre et, raccourcissant la jupe juste ce qu'il fallait, me montra comment plier et faire de petits points.

« Et maintenant qu'est-ce que je fais ? demandai-je, une fois l'ourlet terminé.

— Réfléchis un peu et tourne ta jupe. »

Le pavadai plus court de cinq centimètres arrivait au-dessus de mes chevilles. Sujata Akka s'exclama : « Voilà qui est mieux ! Maintenant, il ne te manque plus qu'un golasu et tu seras la plus belle fille du village. » Et elle sortit une paire de chaînes de chevilles en argent.

Je les reconnus. Il s'agissait de sa vieille paire à laquelle il manquait plusieurs pampilles d'argent. Mais quelle importance ? C'était les plus belles que j'aie jamais vues et elles étaient à moi. Je les mis et fis quelques pas. Leur tintement musical emplit la pièce…

Je courus à la cuisine, suivie par l'écho des clochettes d'argent, le pavadai rouge à fleurs blanches tourbillonnant autour de mes jambes, la pierre bleue du pendentif lançant de vifs rais lumineux.

« Amma, regarde ce que m'a offert Akka ! » dis-je en exécutant une petite danse qui agita les chaînes à mes chevilles et les fit chanter bruyamment.

Rukmini Akka m'observait. « Kanakambaram Amma, ta fille a grandi. Est-ce que... ? » Elle s'arrêta brusquement en croisant mon regard, mais ma mère savait apparemment à quoi elle faisait allusion.

« Pas encore. »

A ce moment-là, je ne voyais pas de quoi elles parlaient. Quelques mois plus tard, je compris.

J'étais simplement Marikolanthu, qui portait sur elle le parfum de la naïveté avec une joie sans arrière-pensée. Jusqu'au jour où Marikolanthu devint femme...

C'était un soir, j'étais assise par terre à côté d'un tas de jasmin en bouton. Sujata Akka ne savait pas comment tresser des guirlandes de fleurs en utilisant une longueur de fibre de plantain. Elle prenait un fil et une aiguille pour les enfiler comme des perles. Mais rien ne vaut la fibre de plantain : les fleurs se fanent moins vite et elle abîme moins les cheveux qu'un fil ordinaire. J'essayais d'enseigner à Sujata Akka comment faire : enrouler la fibre en boucle autour de deux doigts, y placer le pédoncule d'un bouton – en mettre plus d'un à la fois les ferait se faner plus vite – et se dépêcher de faire un nœud. Mais elle n'y arrivait pas. Elle faisait des boucles trop lâches et les fleurs tombaient. Alors, tous les soirs, je lui tressais une guirlande de jasmin pour qu'elle en orne sa chevelure.

Ce soir-là, je ressentis soudain une douleur lancinante au niveau de l'abdomen. Depuis quelques jours, j'avais comme mal au ventre. Amma m'avait dit d'écraser du gingembre et de le mâcher. La douleur venait par vagues, se déployait avant de se retirer. J'avais les jambes faibles et mal aux reins.

« Qu'est-ce qui ne va pas ? me demanda Sujata Akka.

— Rien », répondis-je en me levant. Quelque chose me coula le long de la jambe. M'étais-je retenue d'uriner trop longtemps ? Ça m'était déjà arrivé auparavant.

« Ne bouge pas ! » dit Sujata Akka. Elle revint avec ma mère et Rukmini Akka. Elles m'entourèrent, souriant puis soupirant avant de se remettre à sourire.

« Tu es une femme maintenant. Fini de folâtrer comme une petite fille, dit Rukmini Akka.

— Il faudra que tu portes un davani pour cacher ta poitrine, ajouta Sujata Akka pour me consoler.

— Pourquoi ? » Une avalanche de questions tourbillonnait dans ma tête, mais ce fut tout ce que j'arrivai à demander.

« Parce que tu es une femme et qu'une femme respectable protège sa vertu. » Sujata Akka prononçait des mots que j'avais entendus maintes fois dans les films. Vertu. Modestie. Des mots qui se glissaient dans mes veines comme le rouge qui coulait entre mes jambes.

Au cours des jours qui suivirent, j'appris que ma vie avait changé pour toujours. Je ne devais plus serrer mes frères dans mes bras, ou me recroqueviller contre eux quand nous dormions. Les jours où le sang coulait, je ne devais pas allumer la lampe, toucher aux bocaux de conserves au vinaigre, ni aux feuilles de l'arbre à curry dans la cour, ni au réchaud, ni même entrer dans la cuisine. Il fallait que je dissimule ma poitrine derrière le davani, que je me lave les cheveux tous les vendredis et que je me badigeonne le visage de pâte de curcuma vert pour empêcher l'apparition de boutons ou de poils disgracieux. Il fallait que j'évite la compagnie des hommes, jeunes et vieux, car on ne pouvait pas leur faire confiance. Il ne fallait pas que j'écarte les jambes en m'asseyant, ni que je respire à pleins poumons. Le corsage que ma mère m'avait fait faire chez le tailleur me comprimait tellement la poitrine que j'avais mal à chaque fois que j'essayais d'inspirer profondément. J'étais une femme et plus rien ne serait jamais comme avant.

… Pourquoi est-ce que je vous raconte tout cela ? Vous êtes une femme vous aussi et ça a dû être la même chose pour vous. Sauf que moi, j'avais Sujata Akka.

Elle me donna ses vieilles culottes en coton qui ne lui allaient plus car elle avait grossi mais étaient comme neuves. Des culottes avec une bordure de dentelle qu'elle avait fait faire spécialement pour son trousseau de mariage. Elle me donna aussi ses soutiens-gorge effilochés pour m'éviter d'avoir à mettre cet horrible corsage qui m'écrasait la poitrine et me coupait la respiration.

Grâce à elle, j'arrivais à oublier que j'étais devenue femme et quand le davani glissait de mes épaules, elle ne me reprochait pas, furibonde, d'être une dévergondée, contrairement à ma mère. Elle ne se plaignait pas d'être obligée de trouver de l'argent pour ma dot, ne me harcelait pas pour que je marche tête courbée comme toutes les femmes vertueuses. Elle me traitait comme un individu à part entière, Marikolanthu, pas comme une fille ou une femme.

Un jour, Sujata Akka s'aperçut qu'il fallait rallonger mes jupes, et que ma poitrine remplissait les soutiens-gorge qu'elle m'avait donnés. Elle surprit son beau-frère qui me déshabillait du regard et nota la façon qu'avait son mari de lever le nez de ses dossiers à chaque fois que je passais. Alors Sujata Akka ne put plus prétendre ne voir que Marikolanthu. J'étais soudain devenue une femme à ses yeux aussi.

La tante de Sujata Akka habitait Vellore. Elle avait une locataire, deux, plus exactement. Deux femmes médecins venues de l'autre côté des mers. Qui cherchaient une jeune fille pour travailler chez elles comme femme de ménage.

Sujata Akka me glissa un billet de cent roupies dans la main en cachette de tout le monde et me dit, d'une voix voilée par les larmes : « Si je n'étais pas obligée, je ne le ferais pas. Mais il y a des hommes jeunes dans cette maison...

— Mais je ne leur adresse jamais la parole ! plaidai-je en espérant qu'elle changerait d'avis et me permettrait de rester.

— Je sais que tu es une fille sage mais il ne faut pas tenter le diable. Un instant d'inattention et une catastrophe peut arriver. »

Je regardai le sol, désespérée. Je connaissais suffisamment Sujata Akka pour savoir qu'elle n'avait recours aux formules toutes faites que lorsqu'elle était confrontée à une situation délicate et que sa décision était déjà prise. La situation délicate, c'était moi.

Amma ne dit pas grand-chose. Je savais qu'elle n'était pas heureuse de me voir quitter le village. Aux yeux de Rukmini Akka, en revanche, c'était une grande aventure qui commençait. « Quelle chance tu as d'aller vivre dans une ville et en plus chez des docteurs ! Tu auras l'occasion d'observer toutes sortes de maladies. N'oublie pas de te laver les mains avant de manger ou tu risques d'attraper des microbes. En plus, il paraît que ce sont des étrangères, à la peau blanche et aux yeux bleus. Il faut que tu les étudies attentivement et que tu me racontes tout. Il paraît que les étrangers ont une odeur à cause de toute la viande qu'ils mangent. Et qu'ils ne se lavent pas le derrière après avoir fait caca mais qu'ils utilisent du papier. Mais ne commence pas à faire comme elles et fais attention à ne pas manger du bœuf en croyant que c'est du mouton. Et dis-moi comment elles mangent, si elles se lavent aussi souvent que nous et si elles se mettent de l'huile dans les cheveux.

— Tais-toi donc ! coupa Sujata Akka. A t'entendre, on croirait qu'elle va voir un cirque ambulant.

« Ce sont des femmes comme toi et moi, ajouta-t-elle, en s'adressant à moi pour me rassurer. L'une d'elles vit à Vellore depuis plus de cinq ans et elle parle assez bien le tamoul. Tu n'as donc pas à t'en faire. Elles prendront bien soin de toi. »

*

Vellore était une ville congestionnée avec des maisons entassées les unes sur les autres. Et puis il y avait tellement de monde ! Tous ces gens n'habitaient pas la ville même. Certains étaient les parents des patients de l'hôpital de Vellore. J'eus très vite chaud, je me mis à transpirer et à avoir l'impression d'étouffer. Après les grands espaces du village, comment allais-je m'habituer à cette ville où tout était en excès : maisons, magasins, rues, gens et bruit ?

La maison des médecins se trouvait dans une petite ruelle qui partait de Barbara Street. Periaswamy, le vieux jardinier, me raconta qu'un peu plus de cent ans auparavant, dans une des rues adjacentes, une jeune mariée, tombée soudain malade et à l'agonie, avait demandé qu'on lui apporte un bol de rasam. Hélas !

comme le déjeuner était terminé depuis longtemps, il ne restait plus de rasam dans le récipient. La mariée mourut sans que sa dernière volonté ait pu être exaucée. Pour se racheter, son beau-père demanda que l'on laisse mijoter un chaudron de rasam nuit et jour près de l'entrée de sa maison afin que quiconque serait saisi d'une envie de rasam puisse satisfaire son désir à n'importe quelle heure du jour ou de la nuit.

« Quand j'étais enfant, j'y allais tous les jours pour remplir mon estomac vide de bols de rasam, le meilleur que j'aie jamais goûté », conclut Periaswamy, et je vis sa pomme d'Adam monter et descendre le long de son cou alors qu'il avalait la salive qui lui venait à la bouche. Attends de goûter le mien, dis-je à part moi. « Un jour, je t'y emmènerai et tu pourras y goûter toi-même, même s'il n'est pas aussi bon qu'autrefois. »

Periaswamy n'était pas plus grand que moi. Ses cheveux étaient drus et gris, et sa peau, plissée et terreuse, ressemblait à du vieux cuir. Ses yeux luisaient comme des billes derrière ses épaisses lunettes et il était souvent pris d'une toux rauque qui lui creusait les joues et lui donnait une respiration sifflante. Il paraissait fragile et malade. Je me demandais s'il était bon jardinier. Une herbe solidement enracinée suffirait à lui faire perdre l'équilibre, pensai-je en réprimant un rire.

Le premier jour, je n'arrivais pas à quitter des yeux les deux médecins. Sujata Akka avait tout organisé pour qu'on me dépose devant chez elles. « Numéro 24, Villa des Docteurs, donnant sur Barbara Street. Demande à n'importe qui et ils te montreront le chemin. Tout le monde connaît la maison, avait-elle dit à Muniandi, le chauffeur, qui m'accompagnait jusqu'à Vellore.

— Ne lui parle pas et ne parle à personne dans le bus. Fais bien ton travail et sois sage. » Tels furent les mots d'adieu de ma mère.

Elles me dirent que je devais les appeler Miss V. et Miss K. Miss V. était jeune, elle avait les yeux verts et des cheveux qui paraissaient être de soie dorée. Elle les portait attachés en tresse et ne les lâchait que le soir. Ils lui tombaient alors jusqu'à la taille. Comme un champ de jamandis en fleur, aux pétales dorés qui se balancent dans la brise. Elle était arrivée à Vellore depuis seulement six mois et ne connaissait que quelques mots de tamoul. Miss K., elle, parlait très bien, même si sa façon de prononcer les mots leur donnait de la rudesse. Tout en Miss K. avait une certaine dureté. Ses yeux étaient comme des éclats de roc brun, ses cheveux brun foncé étaient coupés au niveau des oreilles, et elle avait des mains et des pieds grands comme ceux d'un homme, aux ongles ras.

« Comment t'appelles-tu ? demanda Miss K. une fois que Muniandi fut parti.

— Marikolanthu, murmurai-je, submergée par l'étrangeté de tout ce qui m'entourait.

— Qu'est-ce que ça veut dire, Kate ? » La voix de Miss V. avait des inflexions de petite fille.

Miss K. tira de la poche de sa jupe un mouchoir blanc et s'en essuya le front. La saison des pluies avait commencé mais il faisait encore très chaud. Je sentais la transpiration me couler dans le dos. Dans notre village, les pluies auraient sûrement fait se lever une brise rafraîchissante. Les feuilles des arbres devaient dégouliner d'eau, la terre mouillée devait embaumer... Soudain je fus prise d'une envie impérieuse de me rouler dans l'herbe, de saisir entre mes paumes ce parfum, et de me gorger de cette humidité.

« Marikolanthu est le nom d'une plante qui ressemble un peu à la lavande », répondit Miss K., interrompant ma rêverie.

Ce soir-là, quand le marchand de fleurs passa devant le portail, je lui demandai une branche de marikolanthu et l'apportai à Miss V.

« Marikolanthu », dis-je, en la lui tendant.

Miss V. la renifla. « Kate, regarde ce qu'elle m'a apporté. Tu avais raison. C'est un peu comme la lavande mais ce n'est pas de la lavande. Alors c'est ça, Marikolanthu, tu es une sorte d'ersatz. »

Miss K. m'expliqua ce qu'avait dit Miss V. Je souris sans montrer qu'elle m'avait vexée. Qui veut être un produit de substitution ?

« On ne va pas l'appeler comme ça. C'est un nom à coucher dehors ! Et si on l'appelait Mari ? Qu'en penses-tu, Kate ? »

Miss K. répondit par un grognement et mon nom devint Mari avec le « i » qui résonnait longtemps après. Mais j'aimais bien ce prénom qui n'évoquait pas un succédané.

« Elles t'ont convertie ? Qu'est-ce que c'est que cette histoire de t'appeler Mari ? » Seul Periaswamy s'indigna de mon nouveau nom.

« Bien sûr que non. Et toi, elles t'ont converti ? Pourtant, je les entends bien t'appeler Perry ? » répondis-je en pouffant, et je me penchai pour ramasser une mauvaise herbe qui avait échappé à son attention.

Periaswamy était vieux et ronchon mais il était mon seul ami. Nous n'avions rien en commun mais nous étions égaux aux yeux l'un de l'autre et cela suffisait à nourrir notre amitié.

Les deux femmes n'avaient pas vraiment besoin de lui, toutefois elles aimaient qu'il soit là. « L'homme de la maison », disaient-elles en riant, complices.

Elles parlaient de lui comme du jardinier, même si sa fonction était davantage celle d'homme à tout faire dont le seul travail au jardin était d'enlever les mauvaises herbes et d'arroser les plantes.

C'était Miss K. qui faisait l'essentiel du jardinage. Mon père l'aurait aimée. Elle avait comme lui la capacité instinctive de parler à la terre et de l'apprivoiser pour qu'elle lui obéisse. Ses roses étaient d'un rouge profond et lorsqu'elles étaient en fleur, elles embaumaient l'atmosphère, réduisant le parfum du jasmin à un effluve à peine perceptible.

« Elle a des doigts magiques », dis-je à Periaswamy, en plongeant mon nez dans une fleur.

Miss K. n'aimait pas que nous touchions à son carré de roses. Mais pendant la journée, j'avais la maison et le jardin pour moi toute seule, et je faisais comme bon me semblait. J'examinais leurs chambres en prenant soin de tout remettre à sa place. Elles n'avaient pas beaucoup d'objets à elles. Par rapport à tout ce qui encombrait la chambre de Sujata Akka et sa garde-robe, leurs chambres étaient dépouillées. Je goûtais aux étranges aliments qu'elles conservaient au frigidaire. Il m'arrivait souvent de tremper une cuillère dans la boîte de lait concentré et de la lécher. Parfois, quand j'avais assez d'argent, je m'en achetais une boîte et m'en régalais toute seule. Une fois, j'utilisai un peu du shampooing de Miss V. pour voir si mes cheveux devenaient ondulés comme les siens. Mais ils restèrent raides comme des baguettes.

« Je n'ai jamais vu des roses aussi belles que celles-ci », répétai-je en haussant le ton. Periaswamy était dur d'oreille mais il cachait sa surdité derrière une apparence revêche.

Il ricana. « Tu n'en verras de pareilles nulle part ailleurs. Sais-tu pourquoi ? » Il baissa la voix et s'approcha de moi. « Elle rapporte des placentas de l'hôpital, les coupe en petits morceaux comme du foie et les utilise comme engrais. Ces roses se nourrissent de sang, de sang humain. Alors, tu vois, elles peuvent être uniques… »

J'eus un haut-le-cœur. Periaswamy me regarda dans les yeux, me mettant au défi de ne pas le croire. Pour la première fois, je me demandai s'il n'était pas un peu fou. Seul quelqu'un de dérangé était capable d'inventer une histoire aussi grotesque.

« Je ne te crois pas, dis-je.

— Personne ne me croit. Mais ça m'est égal. Je raconte seulement ce que j'ai vu. Que sais-tu du monde, toi ? Tu es haute comme trois pommes et tu penses tout savoir. Sotte fille ! » Periaswamy se remit à bêcher la terre autour du cocotier.

Nous ne nous adressâmes pas la parole du reste de la matinée, mais au déjeuner j'avais oublié de lui en vouloir. Nous déjeunions toujours ensemble. Les premiers jours passés, je me mis à ajouter une part supplémentaire au repas pour Periaswamy. J'avais remarqué que son déjeuner était très frugal et je décidai de prendre le risque de provoquer la colère des Miss. Sauf que lorsqu'elles s'en rendirent compte, elles se contentèrent d'échanger un regard et de s'exclamer : « Mais c'est qu'elle a le cœur sur la main ! »

Que diable cela voulait-il dire, avoir le cœur sur la main ?

Tous les matins, Periaswamy arrivait, vêtu d'une chemise blanche et d'un veshti. Il les ôtait à peine le portail refermé et les suspendait à une branche d'arbre. Puis, dans un short kaki qui lui arrivait aux genoux et un maillot de corps troué comme de la dentelle, il vaquait à ses occupations. Le soir, il se lavait à grande eau à la pompe du jardin, revêtait sa tenue et partait, l'air de quelqu'un qui n'avait rien fait d'autre de la journée que s'éventer.

Nous déjeunions dans la cour. Du riz, du kara kozambhu ou du vatha kozambhu, ou du mor kozambhu, un poriyal et des pickles, et du babeurre. Parfois, il y avait des restes de poisson ou de mouton que j'avais préparé pour les Miss, et je les gardais pour lui.

« C'est le meilleur kara kozambhu que j'aie jamais goûté ! » dit-il cet après-midi-là en versant la sauce sur le monticule de riz. J'acceptai ses excuses et nous ne reparlâmes plus jamais des roses.

Je ne savais pas quelle part de vérité il y avait dans ses affirmations, mais je me rendais compte qu'il supportait de plus en plus mal de se sentir devenir dépendant des Miss. Il savait que personne d'autre ne voudrait l'embaucher et que le salaire qu'il recevait n'était rien d'autre qu'une aumône déguisée. Il n'était jamais grossier ni désagréable avec elles, mais dès qu'elles avaient le dos tourné, il leur lançait des regards malveillants et faisait, dans sa barbe, des commentaires sur leur étrangeté.

En dépit de tout, j'aimais beaucoup Periaswamy. Auprès de lui, j'appris à connaître les plantes. Il me montra comment on change une ampoule, comment on répare un robinet qui fuit, et comment on nettoie des vitres avec des journaux. Et, à son insu, il m'apprit à observer.

Toutes les nuits, je voyais Miss K. quitter sa chambre et passer près de moi, qui dormais en chien de fusil sur un tapis dans le couloir séparant leurs chambres, pour se rendre dans la chambre de Miss V. Au petit matin, elle rentrait à pas de loup dans sa chambre. Je me demandais pourquoi elles faisaient tout ce mystère. Si Miss K. avait peur de dormir seule, elles n'avaient qu'à partager un lit. Le fait que deux femmes dorment ensemble ne m'aurait pas paru anormal. C'était une chose naturelle en l'absence d'un homme, que les femmes soient solidaires. Peut-être ces étrangères étaient-elles différentes, pensai-je. Elles ne voulaient pas reconnaître qu'elles avaient peur et préféraient prétendre être aussi fortes et indépendantes que des hommes. C'était stupide, me dis-je.

Nous vécûmes ensemble trois années heureuses, trois femmes et un vieil homme décrépit. Je rendais visite à ma mère plusieurs fois par an mais restais rarement très longtemps. J'étais toujours pressée de retourner à Vellore où il se passait tellement plus de choses. Les champs et les villageois m'ennuyaient. L'étroitesse des rues m'étouffait ainsi que les barrières omniprésentes, entre champ et champ, entre maison et champ, entre homme et femme, entre femme et vie, entre vie et dignité…
Les Miss m'enseignèrent l'alphabet anglais et m'achetèrent des livres à lire en anglais et en tamoul. Je ne comprenais pas tout ce que je

lisais. Il fallait que je déchiffre à haute voix ces livres destinés aux très jeunes enfants, pour que leur sens s'éclaircisse dans mon esprit confus. Cependant les Miss étaient heureuses des progrès que j'accomplissais. Au lieu de bracelets de verre, je me mis à collectionner les mots, et ceux-là, je ne risquais pas de les perdre, pensai-je avec une certaine satisfaction.

Quand j'aurais dix-huit ans, disaient-elles, elles m'aideraient à trouver un travail d'aide-soignante à l'hôpital.

« Tu devrais essayer de passer ton brevet en candidate libre et nous te paierons un cours d'auxiliaire médicale, dit Miss K. un matin.

— Demande-lui si c'est ce qu'elle veut faire, Kate. Tout le monde n'a pas forcément envie de soigner des malades », intervint Miss V. en avalant une cuillerée d'uppma.

Miss V. aimait l'uppma et les vadas, les idlis et le sambar, les dosas et le chutney aux oignons. Pas Miss K. Elle préférait ses toasts, deux tranches. Elle en tartinait une de beurre, dont elle disait qu'il ressemblait davantage à du ghee, et l'autre de confiture, qui selon elle était trop sucrée pour pouvoir être faite avec de véritables fruits. Miss K. mangeait deux bananes plantains tous les matins. Pas Miss V. Elle voulait des goyaves et de la papaye, des sapotilles et des mangues. L'été, elle mangeait le fruit du palmier, dont elle avalait la chair transparente et tremblotante avec délices.

Elles étaient si différentes l'une de l'autre. Miss V. souriait. Miss K. étirait les lèvres en une grimace. Miss V. aimait le changement. Miss K. détestait que nos vies soient perturbées. Miss V. préférait les couleurs gaies et mettait beaucoup de perles et de colliers. Miss K. s'habillait de couleurs foncées et son cou, ses poignets et ses oreilles ne portaient aucun ornement.

« Bien sûr qu'elle aimerait travailler avec des patients. Elle a toutes les qualités pour faire une bonne infirmière. » Miss K. mordit dans son toast.

« Oui, oui ! » acquiesçai-je. Je m'étais convaincue que c'était le cas. Ni le sang, ni l'urine, ni les excréments ne me dégoûtaient. En tout cas, c'est ce que je me disais. « J'aimerais commencer comme aide-soignante quand j'aurai dix-huit ans et puis j'essayerai de passer le brevet en candidate libre. » Alors que je prononçais ces mots, j'eus l'impression de me trouver au seuil d'un univers totalement nouveau.

« Bon, alors c'est décidé », dit Miss K., l'air satisfaite.

Miss V. haussa les épaules. Encore une autre différence. Miss V. se montrait irascible si elle ne parvenait pas à avoir le dernier mot. Pas Miss K. Elle n'était ni rancunière ni boudeuse.

Quand je regarde en arrière, je me demande si ma vie aurait pris un autre cours si j'avais fait ce que les Miss attendaient de moi. Tout aurait-il été différent ? Voilà la question qui me revenait sans cesse à l'esprit tous les matins pendant ces jours terribles…

Ma mère fit une chute et se fractura un os. On lui mit la jambe dans le plâtre et on lui conseilla de se reposer pendant quelques semaines. Mes frères vinrent me chercher. Ils semblaient avoir grandi tout d'un coup. Quatre mois auparavant, ils n'étaient encore que des enfants, et maintenant voilà qu'ils me dépassaient d'une tête et que, lorsqu'ils parlaient, leurs voix se cassaient sous l'effort requis pour devenir des voix d'hommes.

« Comme vous avez grandi ! dis-je, incapable de me faire à l'idée que ces adolescents dégingandés étaient mes petits frères.

— Tu ne pourras plus nous appeler Kulla Kathrika et Odachu Kadala », firent-ils avec un grand sourire.

Petite aubergine et pois cassé. Les surnoms que je leur donnais.

« C'est vrai, soupirai-je. Il va falloir que je vous appelle Monsieur Easwaran et Monsieur Sivakumar maintenant. »

Je me mis à rire. Soudain, l'idée de retourner chez le Chettiar ne me paraissait plus si terrible.

Amma craignait de perdre sa place si elle s'absentait trop longtemps. On demanderait à Rukmini Akka de la remplacer et bien que ma mère ait essayé de préserver le secret de ses recettes, elle passait de longues heures en compagnie de Rukmini Akka. Cette dernière savait donc presque tout. « Comment ferons-nous ? »

dit Amma, en posant son regard sur le visage des garçons.

Je compris qu'il fallait que je prenne la relève. Je n'étais pas Amma. Mais j'étais Marikolanthu. Le succédané. Fille de la cuisinière.

« Mais Amma, je ne m'en sortirai pas ! Je n'ai jamais préparé de telles quantités ! m'exclamai-je en me demandant comment j'allais pouvoir être à la hauteur.

— Je suis là pour te conseiller. N'oublie pas que c'est Rukmini qui fait le plus gros des corvées. Elle a beau ne pas avoir la langue dans sa poche, elle est travailleuse. Elle peut facilement prendre en charge tout ce que je fais dans cette cuisine. C'est pourquoi il importe que tu ne lui en laisses pas l'occasion. La famille du Chettiar doit continuer à être persuadée que c'est entre nos mains, et seulement les nôtres, que reposent les secrets culinaires qui ont stimulé leurs papilles et apaisé leur appétit depuis si longtemps », répondit Amma, en balayant mes peurs comme on chasserait d'un revers de la main une mouche importune.

J'y parvins, comme Amma l'avait prévu. Mais je détestai chaque minute que je passai devant les fourneaux. A Vellore, j'aimais cuisiner. Je cuisinais pour faire plaisir. Ici, je cuisinais pour remplir des estomacs. Et des bouches voraces qui mâchaient, mastiquaient bruyamment, avalaient, éructaient et en voulaient toujours davantage…

L'odeur de l'huile fumante s'imprégnait dans mes cheveux. Mes doigts sentaient l'ail, mes pores exsudaient l'odeur de l'asa-fœtida. Tous les soirs, je me frottais vigoureusement pour effacer l'empreinte de la cuisine. L'espace de quelques minutes, je sentais le savon Lux mais les odeurs de cuisine reprenaient vite le dessus.

Toutes les nuits, je barrais les jours sur le calendrier accroché au mur. Je ne me sentais plus chez moi dans ma maison. J'étais occupée toute la journée, mes mains et mes pieds travaillaient sans cesse. Pourtant mon esprit était vide. A Vellore, Periaswamy et les Miss avaient nourri mes pensées. J'aurais moins souffert de la solitude si j'avais pu passer du temps avec Sujata Akka. Mais une fois le travail de la journée accompli, je ne rêvais que de rentrer chez moi le plus rapidement possible et de prendre un bain.

Parfois, je me disais que ma mère et mes frères avaient déjà inconsciemment coupé les liens avec moi. J'étais la fille dont les jours dans la maison étaient comptés. Mes droits y cesseraient le jour où je me marierais.

Toutes les nuits, je me disais que six semaines plus tard, je pourrais retourner à Vellore où les Miss m'aideraient à construire mon avenir. Toutes les nuits, je rêvais d'indépendance et de dignité.

Quand il ne resta plus qu'une semaine, Amma me demanda de rester un peu plus longtemps. « Repars après Pongal. Dieu sait où tu seras l'année prochaine à la même époque.

« J'aimerais que tu portes ce nouveau sari que Sujata Akka t'a offert, dit-elle un soir. Elle voulait savoir s'il te plaisait. »

J'ai toujours voulu posséder un sari en soie de Kanchipuram, vert perroquet avec une bordure rouge piment, et avec un vrai zari d'or aux motifs de mangues et de paons, de pois et de triangles. Quelques jours après mon retour de Vellore, Sujata Akka m'avait donné un sari neuf en soie de Dharmavaram. J'avais esquissé un sourire et reflété dans mes yeux le brillant du faux zari parce que c'était ce qu'elle espérait. Mais je n'en voulais pas. Tout le monde sait qu'un Dharmavaram est un succédané du Kanchipuram et moi je ne voulais pas de cela.

Je confiai à ma mère les projets que les Miss avaient pour moi.

« C'est très bien tout cela, mais j'ai déjà commencé à te chercher un mari. Le Chettiar a promis de m'aider à payer la dot », dit Amma en entrelaçant des boutons de jasmin à ma natte.

Depuis la mort de mon père, Amma veillait à ce que ma tresse soit toujours agrémentée de fleurs. Jasmin ou kadambam, chrysanthème ou soucis… Et si elle n'en trouvait pas, elle sortait une rose en plastique, achetée des années auparavant à une fête de village, et m'importunait jusqu'à ce que je la mette dans mes cheveux. C'était un peu sa façon à elle de se consoler de ne plus pouvoir en porter.

« Depuis que tu habites avec les Miss, tu es devenue plus négligente de ton apparence. Est-ce que tu veux leur ressembler ? Devenir quelconque, moche, avec des cheveux comme de la paille et la peau comme du vieux cuir ? Les filles de ton âge, il faut qu'elles mettent des fleurs dans les cheveux, du khôl autour de leurs paupières, des bracelets aux poignets, et que les clochettes qu'elles portent aux chevilles tintent à chacun de leurs pas. Regarde, tu ressembles à une veuve avant même de t'être mariée. » Les mots de ma mère étaient autant de petites flèches.

La frivolité n'avait pas sa place chez les Miss. La place des fleurs était sur leur tige et pas ailleurs. Quant aux chaînes de chevilles, elles agaçaient Miss K. Au début, Periaswamy me taquina en disant que je commençais à ressembler à une nonne. Puis il finit par s'habituer à la sévère Mari, aux nattes bien serrées et aux poignets sans ornements, aux yeux au naturel et au visage terne.

Les Miss détestaient surtout la crème au curcuma dont je me badigeonnais le visage après avoir mis de l'huile dans mes cheveux et les avoir lavés le vendredi matin. La première fois, Miss V. poussa un cri en me voyant : « Kate, tu crois qu'elle a une hépatite ? Je n'ai jamais vu quelqu'un devenir si jaune du jour au lendemain. Tu crois que c'est à cause d'un microbe très virulent ? »

Me jetant un coup d'œil, Miss K. me dit d'une voix cinglante : « Mari, va t'enlever ça du visage. Elle croit que tu as la jaunisse. »

A Vellore, où j'étais Mari, elles aimaient que je sois naturelle et sans artifices. Chez Amma, c'était le contraire. Je redevins donc la fille qu'elle voulait que je sois. Resplendissante, jolie, avec un rire joyeux et les coquetteries d'une jeune fille de dix-huit ans qui recherche de l'admiration et souhaite que le monde soit à ses pieds. Je marchais la tête haute. Je pris l'habitude de lancer des regards obliques. Je balançais les hanches en marchant.

Peut-être est-ce ce feu qu'Amma avait avivé en moi qui a plongé la suite de ma vie dans l'obscurité.

Quand Amma retourna cuisiner pour le Chettiar, je redevins la servante de Sujata Akka. J'allais et venais dans la maison toute la journée. Je suppose que c'est ainsi que le frère de Rani Akka me repéra.

Il s'appelait Murugesan. J'essaie souvent de me rappeler à quoi il ressemblait. J'ai eu suffisamment d'occasions de le voir. Pourtant, tout ce dont j'arrive à me souvenir, c'est un visage dénué de tout trait. Un visage de fantôme. Quand je pense à lui, ce sont ses mains que je revois. Ses grosses mains aux doigts épais...

Je ne sais pas si je devrais vous raconter tout cela. Vous êtes peut-être mon aînée mais vous êtes célibataire. Je ne veux pas vous gêner... Vous souriez. Je comprends...

La veille de Pongal, il était de coutume d'allumer un grand feu de joie dans la cour du Chettiar. Les gens du village venaient tous avec leurs vieilleries qu'ils jetaient dans les flammes en criant : « Bogi ! Bogi ! Finies, les vieilleries ! Au feu le passé ! Au feu les vestiges de l'année écoulée ! Bogi ! Bogi ! »

Il fallait que je rentre à la maison pour me laver et mettre des vêtements propres. Je jetai un coup d'œil à la montre que Sujata Akka m'avait offerte quelques jours auparavant et demandai : « Amma, est-ce que je peux y aller maintenant ? Sujata Akka reste ici cette nuit, à la maison du Chettiar.

— Fais vite, dit Amma alors que je quittais le Chettiar Kottai. Emmène un des garçons avec toi.

— Arrête un peu ! répondis-je. Je vais seulement à la maison, à deux rues d'ici. Ce n'est pas comme si je repartais à Vellore.

— C'est comme cela que tu parles à ta mère ? dit sévèrement Rukmini Akka. Tu es presque une femme maintenant, et plus une petite fille. Tu ne sais donc pas qu'il y a du danger partout, derrière tous les arbres et à tous les coins de rue ? »

« Quoi par exemple ? » avais-je envie de répliquer.

« Depuis qu'elle est revenue de Vellore, elle se prend pour une je-sais-tout. Si j'ai le malheur de lui faire une remarque, elle me répond qu'elle est assez grande pour savoir ce qu'elle fait. Quand il lui arrivera quelque chose, elle comprendra… » La colère durcissait la voix d'Amma. Mettant son irritabilité sur le compte de la fatigue, j'acceptai d'emmener Sivakumar avec moi. Mais il ne voulait pas venir. Il voulait être là quand on allumerait le feu de joie.

En janvier, le village était en beauté. On avait repeint les cornes de tous les taureaux, les bœufs et les vaches du village. Les enfants mâchonnaient de la canne à sucre dont le jus poisseux leur coulait sur le menton… Les arbres étaient couverts de feuilles et l'herbe poussait de partout. Une brise rafraîchissante balayait les champs et décoiffait les chevelures. Les fleurs s'épanouissaient par milliers. C'était la saison du jasmin, des gundu-mallis, ronds et charnus, du mullai fragile aux pétales étroits… Les maisons qui venaient d'être blanchies à la chaux luisaient au clair de lune comme une enfilade de fleurs de jasmin sur le collier de l'obscurité.

En janvier, il était si facile d'oublier combien l'été serait dur, craquelant la terre sous ses rayons et tarissant l'abondance dans le village.

En janvier, la nuit tombait tôt et les ombres rôdaient partout, menaçantes, inquiétantes…

Je pressai le pas pour traverser le verger de manguiers. L'herbe sous mes pas était humide de rosée. Je n'avais jamais aimé le verger. Il était surplombé d'un côté par un tamarinier géant. Quand j'étais enfant, le gardien du verger qui surveillait la venue à maturation des mangues nous faisait peur, à moi et aux autres enfants, avec ses histoires de goule vivant dans le tamarinier et choisissant de capturer ses victimes dans le verger de manguiers. Une fois devenue grande, je compris qu'il s'agissait d'un stratagème destiné à empêcher les enfants de voler les mangues, mais le verger ne me mettait pas moins mal à l'aise à chaque fois que je devais le traverser seule.

Soudain, comme dans mes cauchemars d'enfance, une main surgie de derrière un arbre m'attrapa. Ai-je hurlé? Sans doute. Comment aurais-je pu rester silencieuse? Mais le village entier retentissait des cris de « Bogi! Bogi! »

Une main se referma sur ma bouche et une autre me serra comme dans un étau. Des mains charnues, épaisses qui labouraient mon corps, m'ôtant toute voix.

« Pitié, pitié! m'écriai-je quand je vis qu'il s'agissait de Murugesan. Laissez-moi partir.

— Oh! ça non, je ne peux pas te laisser partir. » Ses yeux luisaient. « Il fallait y penser quand tu as décidé de me provoquer. » Son haleine sentait l'alcool.

Je me débattis et suppliai mais il maintint sa paume refermée sur ma bouche pour me réduire au silence puis il m'entraîna dans les profondeurs du verger, et là dans l'obscurité il déchira mes vêtements. « Pourquoi joues-tu à la vierge effarouchée? Je les connais, les femmes comme toi. Si les fils du Chettiar peuvent profiter de ton corps... Alors souviens-toi que je suis un parent, même si je suis un parent pauvre, et j'ai droit à une part du gâteau avant quiconque... » dit-il avec hargne.

Je m'accrochai à son épaule en l'implorant : « Laissez-moi partir... Ne gâchez pas ma vie ! »

Il me lança un regard mauvais et me gifla. « Ferme-la ! Pour qui tu te prends ? Une petite princesse ? »

Puis son regard fut attiré par des reflets de métal à mon poignet. Il ricana : « On te gâte dans cette maison... Voyez-vous ça ? Depuis quand les servantes comme toi portent-elles une montre ? Sais-tu qu'on a renvoyé ma sœur à la maison pendant des mois parce que, la nuit de ses noces, elle a demandé en toute innocence à son mari s'il pouvait lui apprendre à lire l'heure ? Ils ont dit qu'elle était ignorante et indigne d'être une belle-fille de la famille. Mais regarde-toi. Tu as davantage de droits dans cette maison que ma sœur. Il est temps que quelqu'un te remette à ta place. »

Il m'arracha le bracelet-montre et le jeta au loin dans la nuit.

Ses paroles n'avaient aucun sens. Je ne comprenais pas pourquoi il m'en voulait tant mais je savais que si je n'essayais pas de m'échapper, j'étais perdue. Je lui griffai le visage et les mains. Puis, la rage prenant le dessus, je lui donnai un coup de pied aux mollets et hurlai : « Vous pensez qu'on va laisser passer ça ? Je le dirai au Chettiar. Je le dirai aux aînés du village. Je dirai à tout le monde que vous m'avez violée. »

Ses doigts s'enfoncèrent dans la chair de mes bras. « Personne ne te croira. Tu penses peut-être être notre égale mais tu te trompes. Je suis le neveu du Chettiar, le frère de sa belle-fille, et tu n'es que la fille de la cuisinière. Personne n'osera mettre ma parole en doute. »

L'espace d'un instant, je restai muette, terrassée par la réalité de ce qu'il disait. Que pouvais-je faire ? Murugesan profita de cette hésitation pour saisir sa chance. Il me plaqua à terre et se jeta sur moi, en labourant mes hanches avec les siennes. Il fouilla sous ma jupe et m'arracha ma culotte. « Comme une fille de la ville, hein ? Avec une culotte et un soutien-gorge. Tu aimes ça, hein, sale garce ? »

Je fus bientôt anéantie par son souffle chaud, son désir et son mépris total pour ce qu'il me faisait subir… Ce n'est pas vrai, me dis-je… Tandis que sa bouche fondait sur ma poitrine, que ses mains pétrissaient mes fesses et qu'avec ses genoux, il m'écartait sauvagement les cuisses, je fermai les yeux en pensant : c'est un mauvais rêve, je vais bientôt me réveiller et rien ne me sera arrivé… Puis je le sentis me pénétrer avec violence, m'emplissant d'une angoisse immense, et les larmes se mirent à pleuvoir. Des larmes épaisses et visqueuses qui glissèrent en moi. Des larmes pâles et transparentes qui s'échappaient d'entre mes paupières que je tenais fermement closes.

Au loin, j'entendais les cris de « Bogi ! Bogi ! » Les étincelles voleraient quand on allumerait le feu de joie et dans la nuit le bois sec et les brindilles crépiteraient. En même temps que mon passé, c'était aussi mon avenir que l'on brûlait vif.

... Qu'aurais-je dû faire ? Qu'auriez-vous fait ? Maintenant, je le sais... J'aurais dû me précipiter dans la cour du Chettiar, dans l'état où j'étais : les vêtements en lambeaux, échevelée, son fluide et le mien coulant le long de mes cuisses, et les yeux emplis de terreur. J'aurais dû menacer de me suicider et exiger que justice soit faite. J'aurais dû pleurer, tempêter et montrer au monde et au Chettiar que c'était moi la victime...

Je rentrai chez moi. Je ne pensais qu'à une seule chose, à ce que dirait Amma si elle s'en rendait compte : « Je t'avais prévenue... Tu ne m'écoutes pas et maintenant, ta vie est fichue... Qui voudra de toi... Je t'ai suppliée de faire attention, de ne pas te balader seule dans le village, mais tu n'as pas voulu m'écouter. »

Je pris un bain, utilisant un pain entier de savon et une poignée de fibre de noix de coco dont il ne resta plus qu'un amas informe... Je frottai et frottai, pour essayer d'effacer ce qui m'était arrivé, pour faire taire le battement dans ma tête... Je m'imaginais qu'en faisant comme si rien ne s'était passé, rien n'avait changé, tout resterait comme avant...

Au Chettiar Kottai, le feu de joie s'éteignait. Les villageois n'arrivaient pas à quitter la cour, rechignant à renoncer à l'excitation de la fête. J'aperçus mes frères et la bile me retourna l'estomac. Si seulement ils m'avaient accompagnée ! Si seulement Amma avait insisté pour qu'ils viennent avec moi !

Je contemplai le feu mourant. Une odeur âcre de fumée remplissait la cour. Rien n'a changé, me répétai-je farouchement... Rien n'a changé. Une fois que je serais de retour à Vellore, je pourrais chasser de mes pensées le verger de manguiers et sa goule aux mains épaisses. Il ne restait plus qu'une semaine. Jamais plus je ne remettrai les pieds au village, me jurai-je.

Mais une semaine plus tard, j'étais toujours au Chettiar Kottai. Sujata Akka s'était mise à avoir des vomissements, refusait de manger et disait que l'odeur de la nourriture lui donnait la nausée. Le blanc de ses yeux avait pris une teinte jaune et quand elle jeta quelques grains de riz bouilli dans son urine, ils virèrent au jaune. Sujata Akka avait la jaunisse. Et il lui fallait quelqu'un pour s'occuper de Prabhu Papa.

On envoya un message à Vellore. Quand les garçons revinrent, ils m'annoncèrent que Miss K. était contrariée par ce nouveau retard. La remplaçante n'était pas à la hauteur. Miss K. voulait que je revienne dès que possible.

Je poussai un soupir de soulagement. Elles voulaient encore de moi. J'étais inquiète qu'elles donnent ma place à quelqu'un d'autre.

« Comment va Periaswamy ? Vous l'avez vu ?
— Aucune idée.

— Mais vous ne l'avez pas vu ? C'est le jardinier. Un vieil homme aux joues creuses qui porte des lunettes, m'écriai-je, angoissée à l'idée que quelque chose soit arrivé à Periaswamy.

— On sait qui c'est. Il n'était pas là. Peut-être qu'il est malade. Peut-être qu'il est parti voir quelqu'un », répondirent les garçons, et leur expression disait « peut-être qu'il est mort ».

Je les regardai avec insistance. L'idée que Periaswamy était absent ne me disait rien de bon. Ni celle de la présence de ma remplaçante. Je voulais que rien ne change. Quand je rentrerai à Vellore, je voulais que tout soit comme avant. Comme cela, ma vie ne serait pas affectée.

Quelques semaines plus tard, quand Sujata Akka commença à aller mieux, c'est moi qui tombai malade. Un malaise étrange qui ne me quittait pas de la journée. La vue de la nourriture me donnait la nausée. Je me sentais apathique, fatiguée. « Je crois que j'ai attrapé la jaunisse moi aussi, dis-je à Amma.

— Je t'avais dit de faire attention. Mais tu n'as pas voulu m'écouter, dit Amma en tournant mon visage vers le sien. Ton urine est-elle jaune ? Tu n'as pas le blanc des yeux jaune. Si c'est la jaunisse, ce doit être le début. Je vais demander aux garçons d'aller me chercher des feuilles de kizharnelli et de te faire une décoction. Bois-en pendant quelques jours et ça ira mieux. »

Deux jours plus tard, je me levai avec mal au cœur et du liquide bilieux à la bouche. Quand ma mère, qui partait travailler, me vit piler du gingembre avec du sel, elle s'arrêta. « Ça ne va pas ?

— J'ai la nausée », répondis-je en suçant la boule de gingembre écrasé.

Amma me lança un regard pénétrant avant de repartir.

Mon état ne s'améliora pas. Ma mine devint pâle, mon teint terne. Mes cheveux perdirent leur éclat. Quant à l'odeur de l'huile de moutarde qu'Amma faisait cuire, elle me donnait envie de vomir. Un matin, Amma vint me trouver. « Dis-moi la vérité, demanda-t-elle. Quand as-tu eu tes règles pour la dernière fois ? »

Je réfléchis un instant avant de répondre : « Il y a environ sept semaines. »

Amma s'assit par terre puis couvrit son visage de ses mains. « Qu'as-tu fait, fille indigne ?

— Rien, Amma, répondis-je, effrayée par l'expression de son visage.

— Comment ça, tu n'as rien fait ? Tu ne vois donc pas que tu es enceinte ? Qui est-ce ? Dis-moi ? Qui est-ce ?

— Amma, je n'ai rien fait de mal.

— Arrête de mentir. Comment as-tu pu être aussi dévergondée ? Dis-moi, qui est-ce ? »

Je m'assis par terre. Je savais qu'il n'était plus possible de faire semblant. Je n'étais plus la même. La nuit dans le verger de manguiers était revenue me hanter.

« Amma, dis-je en balbutiant, Amma, ce n'est pas ce que tu crois. »

Je lui racontai donc mon histoire. Chaque cri, chaque hurlement. Le petit caillou qui s'enfonçait dans mon dos quand il tomba sur moi. L'humidité de la rosée sous mes pieds, et l'humidité dont il m'avait emplie. Mes supplications ferventes et la ferveur démente avec laquelle ses mains avaient parcouru mon corps. Comment il m'avait laissée, roulée en boule, les cheveux défaits, pour s'enfuir en trébuchant dans la nuit. Quand j'eus fini, dans son regard, tout ce que je lus ce fut le doute. L'incrédulité. Il avait raison, je le constatai avec une amertume qui me donna envie de fuir cette pièce et son regard. Personne ne me croirait, avait-il dit, et il avait eu raison.

« Amma, crois-moi. Tout ce que je te dis est vrai, hasardai-je à nouveau.

— On t'a violée et tu n'as rien dit? Un homme te prend ta virginité et tu te dis que rien ne va changer… Et tu crois que je vais avaler ça? »

Amma pleura. Amma se mit en colère. Amma tempêta. Amma perdit connaissance. Amma menaça de se supprimer. Bref, Amma fit tout ce que j'aurais dû faire la nuit de mon viol.

« Dis-moi, dis-moi traînée! Qui était-ce vraiment? Tu me crois assez bête pour avaler que Murugesan serait capable de faire une chose pareille?… »

Mais je n'avais rien de mieux à lui proposer. Je ne pouvais pas la consoler en lui répondant que l'homme dont je portais en moi l'empreinte était quelqu'un du village. Quelqu'un que les aînés du village auraient pu obliger à m'épouser. Même les aînés du village n'oseraient pas montrer du doigt Murugesan, voilà la vérité qu'Amma avait tant de mal à accepter.

Impuissante, Amma se confia à Sujata Akka. « Je ne sais plus quoi faire. Parlez-lui et essayez de savoir qui elle protège. Ce doit être quelqu'un de pas convenable, peut-être un chrétien ou un musulman ? »

Je répétai donc à Sujata Akka les événements de la nuit où j'avais été violée. Elle m'écouta en silence, sans m'interrompre une seule fois, puis s'adressa à ma mère : « Je crois qu'elle dit la vérité. Murugesan est un sale type. Quand il me regarde, tout ce que je lis dans son regard, c'est de la concupiscence. Qu'est-ce qui l'empêcherait de passer à l'acte ? Et puis, il savait bien que personne ne la croirait, et c'est exactement ce qui s'est passé. Même vous, vous ne la croyez pas ! »

C'est alors que je me mis à pleurer. Le visage d'Amma se crispa et, m'attirant à elle, elle aussi laissa libre cours aux larmes. « Qu'allons-nous faire ?

— Pourquoi ne nous as-tu rien dit ? demanda Sujata Akka. Si seulement tu avais fait un scandale sur le moment même, on aurait pu faire quelque chose…

— Je ne sais pas. Je n'ai pas réfléchi aux conséquences. Je ne voulais qu'une seule chose, c'était ne plus y penser. Je croyais que cela me permettrait de continuer comme si rien ne s'était passé, essayai-je d'expliquer.

— Mais tu ne vois pas que personne ne croira ton histoire ? Plus maintenant. Si seulement tu me l'avais dit la nuit même où il t'a violée, j'en aurais parlé au Chettiar et j'aurais insisté pour que Murugesan t'épouse.

— Akka, je ne veux plus rien avoir à faire avec ce sale animal. Je préfère mourir que de l'épouser. »

Amma secoua la tête de rage. « Vous l'entendez ? Vous entendez son arrogance ? Sa réputation, sa vie sont en miettes et elle ne s'en soucie pas le moins du monde ! »

Ses yeux lançaient des éclairs qui voulaient réduire à néant cet entêtement qui, selon elle, avait détruit en moi toute notion de décence et tout instinct de conservation.

« Qui va vouloir de toi ? Ta vie est fichue et tu finiras dans la rue comme une chienne errante avec ses petits... Tu n'as plus rien à espérer de la vie. »

Je le savais. Je savais que ma vie s'était arrêtée en cours de route. Mais je ne voulais pas de lui pour la remettre sur le droit chemin. « Je vais partir de la maison, Amma. Je partirai pour ne pas te déshonorer. J'irai quelque part où personne ne me reconnaîtra et je me tuerai. » Les mots s'échappaient de mes lèvres avec une telle facilité. Je les avais déjà entendus des dizaines de fois, prononcés par mes héroïnes de films préférées.

« Que dis-tu ? » s'écria Amma, horrifiée à la vision de sa fille, les chairs gonflées, rejetée sur le rivage par le courant, son enfant méconnaissable, broyée sous les roues d'un train. Je me remis à pleurer. Par apitoiement sur moi, sur ma mère qui méritait mieux, et pour nos vies gâchées.

« Ça suffit ! interrompit Sujata Akka, qui s'inquiétait que l'on entende nos éclats de voix dans toute la maison. Arrêtez de vous torturer. Nous trouverons bien un moyen. »

Toutefois, même Sujata Akka ne put rien faire pour remédier à la situation. Tout d'abord, le mari de Sujata Akka refusa de croire que je ne l'avais pas cherché. « Elle a dû le provoquer et maintenant qu'elle se retrouve enceinte, elle invente cette histoire de viol. Ce sont des mensonges, si tu veux mon avis. »

Devant son insistance, il perdit patience et répondit : « D'accord, je te crois. Murugesan l'a violée. Mais tu réalises ce que tu me demandes ? Tu crois que je vais couper les ponts avec mon frère, tout ça pour une domestique, aussi précieuse soit-elle à tes yeux ? Je ne veux plus que tu t'en mêles... Compris ? Tiens-toi à l'écart de ces histoires. Qu'elles trouvent une solution toutes seules. »

Finalement, Sujata Akka ne fit rien. Elle appela ma mère et expliqua son impuissance. « Mon mari ne veut pas que j'en parle. Il m'a interdit de m'en mêler. Je connais la vérité mais que puis-je faire ? »

Amma se mit à pleurer. Sans sanglots bruyants. Sans déformer les traits de son visage mais en laissant simplement s'écouler le flot continu d'une défaite au goût de larmes.

« Allons, allons ! J'ai dit que nous ne pouvions pas mentionner le nom de Murugesan, c'est tout. Mais nous pouvons faire autre chose, dit Sujata Akka doucement. Personne n'est au courant, sauf mon mari et il ne dira rien. Il faut que vous l'envoyiez ailleurs, se faire avorter. Quand elle reviendra, envoyez-la à Vellore. Elle disait que les médecins proposaient de s'occuper de son éducation. Qu'elle suive une formation. Ce sera très difficile de lui arranger un mariage. Aucun homme ne voudra d'une femme qui n'est plus vierge, et même si cela reste un secret, que se passera-t-il s'il vient à l'apprendre ? Il l'abandonnera. En revanche, si elle a un emploi, cela remplacera la protection d'un mari. »

... La protection d'un mari. Ces mots me hérissaient. Est-ce que Sujata Akka ou ma mère l'avaient eue, la protection de leur mari ? C'était le Chettiar qui s'occupait des besoins de Sujata Akka. Quant à Amma, elle ne pouvait compter que sur elle-même. Les hommes de leur vie n'avaient rien fait, pourtant, pour elles aussi, une femme comblée c'était celle qui était mariée. Tout le reste était secondaire. Mais j'étais si jeune à l'époque que mes idées restaient dans l'air, flottant comme des toiles d'araignée. Je ne connaissais pas assez la vie pour aller jusqu'au bout de ces pensées, et quand bien même je l'aurais fait, elles auraient balayé mes remarques comme autant de signes de mon arrogance...

Periamma. La tante de ma mère était vieille, avec des boucles d'oreilles en or géantes qui tiraient ses lobes presque jusqu'à ses épaules, et une bouche tachée de rouge à cause des feuilles de bétel qu'elle mâchait constamment. Elle avait des cheveux gris tirés en arrière et noués en chignon, et portait un sari blanc à l'ancienne mode, drapé de façon à recouvrir sa poitrine tombante, si bien qu'elle pouvait se passer de porter un corsage.

Periamma habitait dans un petit village du nom d'Arsikuppam, près de Salem. Elle était veuve et vivait seule. Ses deux fils étaient dans l'armée et en poste dans une région du Nord. Après quatre années d'une sécheresse continue, ils avaient dû quitter leurs terres et trouver un autre moyen de gagner leur vie. Pour de jeunes hommes comme eux, qui avaient arrêté l'école au lycée, la seule solution était l'armée, dans laquelle des muscles assez développés et la volonté de travailler dur suffisaient à garantir un emploi. Les filles de Periamma étaient mariées et ne vivaient pas avec elle. Amma alla la trouver car elle n'avait nulle part où aller. De plus, Periamma avait toujours une solution à tout.

Nous fîmes le voyage ensemble, ma mère et moi, jusqu'à Arsikuppam. D'une voix feutrée, Amma expliqua la situation, tandis que je restais tête baissée en signe d'embarras. Tout le monde voulait que j'aie honte. Je n'avais pas honte, j'étais en colère, humiliée peut-être mais pas honteuse...

Je vis Periamma me lancer des regards en coin. Une fois, en croisant son regard, j'y lus de la compassion. A moins que ce ne fût de la pitié ?

Periamma était débrouillarde et forte. Elle avait mis au monde beaucoup d'enfants. Periamma ne croyait ni aux médecins ni aux hôpitaux. Elle s'occuperait de tout, dit-elle. Et puis, le monde extérieur n'était pas connu pour sa discrétion. Un millier de langues et un million de versions de la même histoire, voilà ce qui attendait celui qui cherchait l'aide du monde extérieur.

Amma rentra rassurée. Les garçons étaient restés seuls à la maison et ils se demanderaient ce qui se passait si elle était absente trop longtemps. « Periamma va s'occuper de tout », dit Amma.

En effet. Avec des tranches de papaye d'un jaune doré, et des graines de sésame grillées, roulées sur des laddus de sirop de mélasse. Avec des fruits du jacquier verts, cuits et frits avec de la moutarde et des feuilles de curry. Avec la sève d'une plante sauvage qui poussait en touffes. « Regarde un peu ça », dit Periamma en me montrant cette plante qui poussait partout dans mon village et dans le sien, et sur tous les carrés de terrain « poromboke ». Une plante d'apparence inoffensive, aux feuilles épaisses et aux grappes de fleurs étoilées qui avaient la couleur d'une tache d'encre délavée.

Periamma coupa la tige épaisse et caoutchouteuse de la plante, d'où s'écoula un liquide laiteux. « Ça, ça va venir à bout de la larve qui est en train de pousser dans ton ventre. »

Chaque jour, nous attendions que les crampes commencent. Que la haine s'écoule de moi. Que la douleur prenne ancrage et purifie. Tous les jours, nous attendions. Six semaines plus tard, j'étais toujours enceinte.

« Que fait-on maintenant ? demanda Amma lors de sa visite suivante, le visage plissé comme celui d'une vieille femme sous l'effet de l'inquiétude.

— Il sera mort-né. Aucun fœtus ne peut survivre à tout cela, hasarda Periamma.

— Il est encore en vie, en tout cas. Ça, nous en sommes sûres. Peut-être que nous ferions mieux de l'emmener en clinique pour qu'elle se fasse avorter.

— Tu es folle ? Tu veux que le monde entier soit au courant ?

— Si l'enfant vient à naître, de toute façon le monde entier sera au courant, répondis-je, agacée par l'insistance de Periamma pour que je n'aille pas dans une clinique.

— Si l'enfant naît en bonne santé, tu peux me le laisser. Je m'en occuperai. Il me tiendra compagnie pour mes vieux jours. Mais fais-moi confiance, il ne naîtra pas vivant, celui-là », dit Periamma, en fourrant dans sa bouche des feuilles de bétel, coupant ainsi court à toute conversation.

Amma retourna à la maison et je continuai à attendre que le fœtus meure.

Quand mon ventre commença à s'arrondir, Periamma ne s'affola pas. Dès le début, elle avait fait savoir à la ronde que j'étais une femme abandonnée. Elle avait expliqué à tout le monde que mon mari m'avait laissé tomber pour une autre femme. « Ce qui est la vérité, dit-elle en me voyant faire la grimace. Il t'a abandonnée, n'est-ce pas ? Comme ça, personne ne pourra te critiquer, ajouta-t-elle.

— Mais pourquoi ne pas dire la même chose à l'hôpital ? Ça ne fait que quatre mois.

— On pourrait, mais à l'hôpital, ils vont vouloir connaître des noms et avoir des détails. Ton nom. Le nom de ton mari. Ton adresse. Ta famille. Veux-tu que tout le monde sache qui tu es ? Laisse-moi faire. Personne ne souffrira. » Periamma s'éventa avec vivacité.

La chaleur nous collait à la peau et suintait par tous nos pores. Nous étions en mai. Le mois le plus chaud de l'année. La chaleur asséchait la terre et calmait la brise. « C'est le pire été que j'aie connu, dit Periamma tandis que je jetais de l'eau par terre, en espérant que cela rafraîchisse les pièces. La chaleur réussira peut-être là où le reste a échoué. »

Un mois plus tard, nous baissâmes les bras. L'enfant vivait encore en moi. Et maintenant? me demandai-je.

J'appuyai ma paume sur mon ventre. Va-t'en. Pars. Je ne veux pas de toi, dis-je à cet enfant qui était le mien. La créature donna un coup de pied. Mon ventre fut parcouru d'une ondulation. Meurs, meurs, priai-je.

J'accouchai un mois avant terme. Les douleurs se déclenchèrent, comme deux poignées d'acier émergeant de mes reins et tirant sur mes hanches, essayant de les écarteler tandis qu'un pied de géant m'appuyait sur le ventre, pressant, poussant, me forçant à me mordre la joue pour ne pas sentir la douleur… Periamma plissa les yeux et secoua la tête d'un air entendu : « Je te l'ai dit. Il va naître mort-né. »

Periamma monta la garde tandis qu'avec un dernier effort je le rejetais hors de moi. A travers la douleur, et le soulagement de savoir qu'elle était terminée, j'entendis un cri. Un cri plein de vigueur.

Dans un brouillard, je vis la joie dans les yeux de Periamma et compris que c'était ce qu'elle avait prévu depuis le début. Tous ces remèdes censés remettre ma vie d'aplomb n'avaient été qu'une imposture. Elle m'avait administré les plus inoffensifs. Pour les plus puissants, elle avait fait semblant.

« Pourquoi, pourquoi ? » m'écriai-je.

Tenant le bébé contre sa poitrine, elle dit : « Il n'a pas demandé à être créé, mais une fois qu'il est là, quel droit avons-nous de nous prendre pour Dieu et de lui retirer la vie ? »

La vue de son propre enfant, les sentiments que l'on éprouve à le tenir dans ses bras, Periamma croyait que tout cela me réconcilierait avec lui. Mais c'était mal me connaître, et mal connaître la puissance de la haine.

« Donne le sein à ton bébé. Fais-le téter. C'est comme ça que tu t'attacheras à lui malgré la rupture du cordon ombilical », dit Periamma, en me tendant le bébé.

Je me détournai. « Non ! Je t'ai dit que je ne voulais pas de lui. Il n'est pas trop tard. Enfonce-lui un grain de paddy dans la gorge. Tords-lui le cou. Tue-le ! »

Periamma serra le bébé contre sa poitrine et me regarda, incapable de croire ce qu'elle entendait. « Tu es méchante et tu ne le mérites pas », rétorqua-t-elle avant de s'éloigner.

Je fixai le plafond du regard et sentis des larmes me monter au coin des yeux et me couler dans les cheveux. Pourquoi personne ne comprenait ce que je ressentais ?

Amma arriva. Amma serait plus réaliste. Je lui dirais qu'il fallait que nous laissions l'enfant à Periamma. Après tout, elle avait proposé de le garder s'il naissait vivant.

« Prends-le avec toi, dit Periamma. Tôt ou tard, elle apprendra à l'aimer. Un jour, quand tu ne seras plus là et qu'elle n'aura plus personne au monde, il sera là pour elle…

— Amma, je ne veux pas de lui. Tu aurais dû m'emmener à la clinique pour me faire avorter. Tout est de sa faute. Elle nous a trompées ! » m'écriai-je en montrant du doigt Periamma. J'entendis Amma s'étrangler sous le choc. Personne n'osait s'adresser de la sorte à une personne plus âgée. La montrer du doigt, au propre comme au figuré.

« Elle savait que le bébé naîtrait mais elle nous a fait croire qu'elle s'occupait de tout. Qu'elle le garde. Qu'elle le donne, qu'elle en fasse ce qu'elle veut. Je ne le veux pas près de moi. »

Rien de ce que je disais n'avait d'effet sur Amma. Periamma savait comment la convaincre et elles décidèrent ainsi de faire passer le bébé pour l'enfant de parents éloignés. Un orphelin dont les parents étaient morts dans un accident et dont personne d'autre qu'Amma ne pouvait prendre soin.

Je les observais le pouponner. A leurs yeux, c'était un bébé qu'il fallait chérir et choyer. A leurs yeux, il était innocent. A leurs yeux, il était mon soutien pour l'avenir.

Et maintenant ? Ma vie... Comment pouvais-je oublier ce qui s'était passé s'il grandissait sous mes yeux, me rappelant constamment ce qu'était devenue ma vie ?...

Je retournai à Vellore. On trouva un autre emploi à la remplaçante et je repris ma place comme si rien ne s'était passé. J'attendais que les Miss abordent la question de ma formation. Elles n'en firent rien.

Leur vie à elles aussi avait changé. Miss V. ne paraissait pas très heureuse et je percevais une tension entre elles. Certaines nuits, Miss V. gardait sa porte fermée à clé et Miss K. frappait doucement en appelant : « Viv, c'est moi, Viv, ouvre la porte ! »

Miss V. faisait alors semblant de dormir, ou bien elle dormait vraiment. Miss K. retournait à sa chambre et, parfois, je sentais son regard peser sur moi. Maintenant, je savais ce qu'elles cherchaient l'une chez l'autre : de l'amour – bouches, doigts, orteils arqués, langues incurvées...

Repensant à ce que le monstre m'avait forcée à subir dans le verger de manguiers, je me dis que ces femmes ne faisaient rien de mal. Rien ne pouvait être pire que ce qui m'était arrivé. Rien n'était pire qu'un viol.

J'avais dix-neuf ans. Mes rêves étaient partis en fumée et j'avais à la bouche un goût d'amertume. Je m'aveuglais à force de m'apitoyer sur mon sort et ma façon de marcher, mes manières, mon expression s'en ressentaient.

Des rêves épouvantables troublaient mon sommeil. Je me réveillais en hurlant presque toutes les nuits. Miss V. me donna des comprimés : « Prends-en un tous les soirs, avant d'aller dormir. »

Miss K. était contre. « Tu l'habitues à quelque chose dont elle ne pourra plus se passer pour bien dormir.

— Arrête de jouer les donneuses de leçons ! répondit férocement Miss V. Je sais ce que je fais. Elle a besoin d'aide. Tu ne l'entends pas hurler dans son sommeil toutes les nuits ? Tu trouves cela normal ?

— Je ne nie pas qu'elle a besoin d'aide. Mais ça, dit-elle en montrant les petites pilules blanches, ce n'est pas ce que j'appelle de l'aide. Ça lui fera plus de mal que tu ne le penses. »

Je me moquais bien de ce que Miss K. pouvait dire ou penser. Je prenais un comprimé tous les soirs et dormais à poings fermés. Aucun cauchemar ne venait plus me torturer. Plus rien ne m'importait. Le matin, au réveil, mes bras et mes jambes étaient lourds, comme faits de barres d'acier. Mes paupières pesaient et je me sentais léthargique toute la journée. Je ne rêvais que d'une chose : m'allonger et dormir. Peut-être était-ce la raison pour laquelle je ne remarquais pas que tout n'allait pas bien dans la maison.

Miss V. rentrait en Angleterre, ce qui rendait Miss K. malheureuse. Je les entendais se disputer sans arrêt. Miss K. sortait en trombe de la chambre, le visage de marbre, tandis que Miss V. restait assise à déchirer des papiers.

Periaswamy avait disparu et personne, pas même les Miss, ne savait ce qui lui était arrivé. Le jardin était envahi d'herbes folles et, dans l'attente qu'il revienne, j'arrachais, arrosais, essayant tant bien que mal de le remplacer.

« Miss K., les roses ont besoin de soins », dis-je un jour.

Elle se leva et alla dans le jardin avec un sécateur. Calmement, elle se mit à tailler les pieds de roses à vingt centimètres de hauteur. Puis elle prit un sarcloir et détruisit le lit de rosiers, les laissant tout tremblants, racines à l'air...

« Kate, qu'est-ce qui te prend ? hurla Miss V. depuis la fenêtre.

— C'est de ta faute ! Elles étaient pour toi. Je ne veux pas qu'elles me rappellent ton existence. »

Miss V. s'éloigna de la fenêtre. Lorsque le lit de rosiers fut saccagé de manière irrémédiable, Miss K. rentra dans la maison.

Quelques mois après le départ de Miss V., Miss K. m'appela : « Mari, je quitte Vellore. Je pars à Bangalore pour travailler dans un hôpital là-bas. Veux-tu que je te trouve un travail ici ?

— Miss K., et ma formation pour l'hôpital ? J'espérais que vous pourriez m'aider à y entrer. »

Miss K. regarda par terre en faisant un geste bizarre avec les bras. Ah ! ça, semblait-elle dire. Elle soupira : « Je ne peux rien faire pour toi. Je ne pense pas que tu sois faite pour ce genre de travail.

— Pourquoi ? Parce que je suis une fille-mère ?

— Tu as changé, Mari. Tu étais remplie de joie autrefois, d'un désir de faire plaisir. Tu étais si rayonnante que je me disais que tu apporterais de la lumière dans ces horribles salles d'hôpital. Mais je ne le pense plus. Le travail d'aide-soignante est difficile et ingrat. Il faut être en paix avec soi-même pour bien faire ce métier. Et plus que tout, il faut pouvoir éprouver de la compassion. Toi... » Le visage de Miss K. était pâle sous l'effort de devoir prononcer ces mots odieux.

« Me reprochez-vous ce que je suis devenue ?
— Non, mais...
— Il n'y a pas que des âmes nobles et pures qui travaillent dans les hôpitaux, coupai-je.
— Je le sais. La compassion est une vertu très sous-estimée, Mari, mais elle seule permet de guérir. J'aimerais croire que ce n'est que transitoire. Qu'un jour, tu redeviendras celle que tu étais, que tu iras chercher ton fils et l'accepteras. J'ai attendu tout ce temps que tu me parles de ton enfant. Je pensais que tu aimerais aller le voir. Au lieu de cela, je vois une femme qui prétend que sa vie n'a pas changé. Comment puis-je ignorer ce que tu es devenue ? Que t'est-il arrivé, Mari ? »

Je répondis par un rictus. Ce qui m'était arrivé ? Demandez à Dieu. A ce Brahma qui a écrit mon destin.

... Le désespoir, j'ai grandi avec. Le désespoir nous était familier, à ma mère et à moi. Et nous l'acceptions car nous nous disions que nous méritions ce qui nous arrivait. Toutefois,

Amma savait poser une limite aux ravages du désespoir, alors que moi je n'arrivais pas à m'en protéger. Il me semble parfois que j'étais tellement habituée au désespoir que si, par hasard, il me délaissait, je le rappelais à moi. A son approche, au lieu de me dissimuler, je l'accueillais les bras grands ouverts...

Le Chettiar mourut et la famille s'éparpilla. Rajendran Anna partit pour Kanchipuram et Ranganathan Anna resta à Madras. Sridhar Anna et Sujata Akka héritèrent du Chettiar Kottai, de ses tourelles, de ses longs couloirs, de ses portes grinçantes, de ses puits sans fond et de la folle dans l'aile ouest.

« Si seulement on pouvait la libérer de ce mal ! » gémissait Sujata Akka. Je savais qu'elle pensait : si seulement elle pouvait mourir.

« Elle est peut-être âgée mais les démons qui l'habitent n'en deviennent que plus féroces. Vadivu n'arrive plus à s'en occuper. Elle dit qu'elle veut partir. Que faire ? Je ne peux pas l'enfermer dans un asile. Il faut quelqu'un qui la surveille, quelqu'un de jeune et de robuste. » Le regard de Sujata Akka se posa sur moi. « Accepterais-tu de revenir, Marikolanthu ? »

Je hochai la tête. Je ne voulais pas habiter chez moi, avec l'enfant. Je ne voulais pas lire du mépris dans les yeux de mes frères, ou entendre leurs tirades moralisatrices. Depuis qu'ils gagnaient leur vie, ma mère avait quitté son travail et s'occupait d'élever l'enfant. Si je revenais vivre à la maison, Amma voudrait que je prenne sa relève. Elle n'avait jamais cessé d'espérer que je l'accepterais un jour.

Je fixai mes pieds du regard. Miss K. avait raison, pensai-je. Je devais avoir l'air sévère et intransigeante, incapable de compassion et de douceur, une parfaite geôlière pour une folle.

« Il faudra que tu viennes vivre à la maison. Elle a besoin que quelqu'un la surveille constamment », ajouta Sujata Akka.

Amma était furieuse contre moi. Elle se frappa le front de la main en geignant : « Pourquoi n'es-tu pas restée à Vellore ? Il vaut mieux laver des sous-vêtements sales qu'être la bonne d'une folle, même si ça ne demande pas beaucoup de travail. Elle est dangereuse, tu comprends ? »

Je haussai les épaules. « Ça ne me fait pas peur. Et puis c'est bien payé. »

Amma me dévisagea. « Allons, admets-le, tu veux être près de Muthu. C'est pour cela que tu as accepté ce travail. N'est-ce pas ? »

Amma ne voulait pas renoncer. Elle pensait qu'un jour j'apprendrais à aimer cet enfant dont la seule vue suffisait à me donner la nausée. Pour elle, il était Muthu, sa perle rare. Pour moi, il était « ça ». Pourtant, Amma ne se décourageait pas.

« Je t'en prie, Amma, dis-je, en me levant du sol où nous étions assises. Ça n'a rien à voir avec "ça". Parfois, j'ai l'impression de devenir folle moi-même et si je suis avec une folle toute la journée, j'apprendrai peut-être à maîtriser ma propre folie. »

Amma s'affaissa. Elle leva les yeux au ciel en murmurant : « Quand cesseras-tu de me tourmenter ? »

Les années qui suivirent s'écoulèrent comme dans un brouillard, grâce aux comprimés que Miss V. m'avait prescrits. J'avais augmenté le dosage à deux par nuit, et cela m'aidait à tenir à distance tout ce qui se passait autour de moi.

Les jours se suivaient et se ressemblaient. Sans surprise. Sans accident qui m'aurait extirpée de cet état de torpeur dans lequel j'avais sombré. Parfois, ce rideau de brouillard qui m'obscurcissait l'esprit s'écartait pour me laisser entrevoir le passage du temps sur le visage de mes frères. Je vis qu'ils étaient mariés. Que leurs moustaches tremblaient d'indignation quand ils me croisaient chez eux. Qu'aucun d'eux n'aimait que leur femme ait des contacts avec moi. Je vis s'écouler les saisons. J'appris que l'enfant allait à l'école du village. Je constatai que l'âge n'épargnait personne en voyant ma mère marcher le dos voûté et en l'entendant se plaindre d'un mal de reins persistant. Toutefois, il me suffisait de cligner des yeux pour revenir à mon point de départ. Un monde calme et gris où rien ne changeait et où je savais qui j'étais : la geôlière de la folle.

Tous les jours, je réveillais Chettiar Amma pour la convaincre d'aller à la salle de bains. Parfois, elle se brossait les dents sans rechigner. Parfois, elle refusait de le faire ou au contraire n'arrivait plus à s'arrêter de brosser, si bien que j'avais peur que les quelques dents qui lui restaient finissent par tomber. Puis je lui donnais son bain. Il fallait lui vider dix seaux d'eau froide sur la tête, pour que son organisme ne s'échauffe pas, avait dit le médecin-herboriste. Ensuite je la séchais et l'aidais à s'habiller. Sujata Akka avait décrété que les saris n'étaient pas commodes et Chettiar Amma, qui jusque-là n'avait porté que des saris de coton ou de la soie la plus fine, était habillée comme une vieille Anglo-Indienne de longues robes tristes.

Certains jours, Chettiar Amma faisait des manières de jeune fille, exigeant qu'on lui tresse des fleurs dans les cheveux, qui lui arrivaient aux épaules. Parfois, elle refusait de s'habiller et déambulait nue. Comme un bébé à la poitrine tombante, à l'estomac plissé, aux fesses ridées, elle courait à quatre pattes, jouait avec ses excréments et me crachait au visage. Je la laissais libre de choisir son personnage.

Nous n'étions pas si différentes l'une de l'autre. Sa folie lui permettait d'échapper à la longue chaîne de fer qui la retenait prisonnière de ce monde. Mon sommeil me permettait à moi d'échapper à l'enfant qui grandissait chez ma mère.

Par un après-midi humide d'octobre, Chettiar Amma fut enfin libérée de sa folie et de sa chaîne.

Après avoir nettoyé l'aile ouest, j'allai trouver Sujata Akka. « Et maintenant, qu'est-ce que je fais ?

— Ne pars pas. Je veux que tu restes ici. Je te trouverai quelque chose à faire.

— Je ne veux pas remplacer ma mère à la cuisine. Je ne veux pas devenir une nouvelle Rukmini Akka. Je ne veux pas balayer la cour ni nettoyer les étables. Et maintenant que Prabhu Papa est en internat, il n'a pas besoin d'une ayah pour le suivre partout. Qu'est-ce que je vais bien pouvoir faire ? »

Sujata Akka me regarda d'un air pensif. Je sentais qu'elle hésitait à me laisser partir. De bien des façons, j'étais le seul lien qui la rattachait au passé. A l'époque où elle pouvait se contenter d'être la belle-fille de la maison sans qu'on lui demande rien d'autre. « Tu seras mon assistante, mes yeux et mes oreilles. Tes mains iront là où les miennes ne vont pas. Tes pas emprunteront des chemins que je ne peux pas emprunter. Comprends-tu ? »

Je la regardai, incrédule. Voulait-elle dire ce que je croyais comprendre ? Elle voulait que je prenne sa place. Que je vive sa vie par procuration.

« Vous en êtes sûre ? »

Elle me fixa du regard un long moment avant de répondre : « Oui. »

J'acceptai donc, d'un signe de tête.

Amma n'était pas d'accord. Je savais d'avance qu'elle n'approuverait pas. « Pour qui se prend-elle ? Une reine ? Qu'est-ce que c'est que cet emploi ? Quelle femme saine d'esprit accepterait de céder la conduite de sa maison à une autre ? Son assistante ! bougonna-t-elle. A mon avis, ce qu'il faut c'est te trouver une place où l'on ne puisse pas se passer de toi... mais ça ! Tout ça va mal se terminer. »

Puis Amma s'essuya le visage, effaçant en même temps son mécontentement. Sa voix se fit toute douce pour me dire : « Tu ne veux pas voir Muthu ? Il va revenir de l'école dans quelques minutes. Il travaille très bien et le maître dit que lorsqu'il aura l'âge, nous devrions l'envoyer dans une bonne école à Kanchipuram.

— Non ! je ne veux pas le voir. En ce qui me concerne, mes obligations cessent avec l'argent que je donne pour son éducation. Ne m'en demande pas davantage.

— Mais ce n'est pas normal, ça ! s'écria Amma. C'est ton fils, quoi que tu en dises. Quand je te vois avec le petit-fils du Chettiar, ça me rend folle ! Comment peux-tu aimer le fils de quelqu'un d'autre et pas le tien ? »

Je m'en allai. J'avais du travail. Etre les yeux, les oreilles, les mains et les pieds de quelqu'un. Amma pouvait garder ses conseils et son Muthu pour elle. Je ne voulais ni des uns ni de l'autre.

Ma vie était telle que j'en avais décidé. Je continuai à dormir dans l'aile ouest. Je préférais l'isolement qu'elle offrait à l'effervescence des appartements principaux. Mes journées ne se ressemblaient jamais. Je faisais tout ce que Sujata Akka me demandait de faire. Je n'étais pas malheureuse. La nuit, grâce aux pilules, je sombrais dans un trou noir où je me terrais jusqu'à ce que le matin vienne m'entrouvrir les paupières de son long bâton.

… Un an plus tard, je pris conscience de la fragilité des cloisons de ce contentement placide. Un an plus tard, je fus entraînée dans un tourbillon d'émotions.

Mais je vous ennuie, n'est-ce pas ? Vous voulez vraiment que je continue ? Si tel est le cas, je dois vous prévenir que la suite des événements risque de vous choquer.

Je n'ai pas honte. Je n'ai pas de regrets. Je ne me sens pas coupable. J'ai fait ce que j'ai cru être mon devoir. Si j'éprouve une seule émotion, alors, c'est sans doute de la colère. De la colère pour n'avoir pas eu davantage d'amour-propre.

Sujata Akka avait trente-sept ans. Cela faisait dix-sept ans que je la connaissais. Cela faisait donc dix-neuf ans qu'elle était mariée. Pourtant elle n'avait eu qu'un enfant. Et comme tout le monde, je me demandais pourquoi, moi aussi. Jusqu'au jour où elle me laissa lire dans son regard et où ce que j'y vis me rappela les Miss, à Vellore…

Tous les après-midi, Sujata Akka et moi passions ensemble un moment à regarder la télévision. Une parabole installée sur le toit nous permettait de capter sept chaînes. Pour moi, c'était comme avoir son cinéma privé.

Cela faisait des années qu'il y avait une télévision chez le Chettiar. Toutefois, placée dans le hall, elle n'était que rarement allumée, seulement trois fois par semaine. Pour le film du dimanche, pour une émission sur les chansons de films le vendredi soir et pour une autre émission le mercredi soir.

Après la mort du Chettiar, quand Sujata Akka devint la nouvelle Chettiar Amma, elle changea tout cela. Elle remplaça les vieux meubles encombrants, suspendit des rideaux aux fenêtres et échangea ce vieux poste de télévision contre un neuf.

Sujata Akka l'installa dans le salon à l'étage. Elle la regardait quand bon lui semblait et me laissait la regarder avec elle.

Je diminuai le dosage de mes somnifères. Finies, les journées passées dans un brouillard ! La télévision m'occupait l'esprit. J'en avais seulement besoin pour dormir la nuit. Je pris un peu de poids et les cernes sous mes yeux s'estompèrent. Je ne sais pas ce que les autres domestiques pouvaient penser de moi mais peu m'importait. De toute façon, je ne sympathisais pas avec eux. A nouveau, comme cela avait été le cas dix-sept ans auparavant lorsque j'étais venue pour la première fois, mon univers tournait autour de Sujata Akka et je n'avais besoin de rien d'autre.

Vers deux heures de l'après-midi, quand le sommeil gagnait Sujata Akka, je savais ce que j'avais à faire. J'allais dans sa chambre, je tirais les rideaux, mettais le ventilateur en route et pliais le couvre-lit, si bien qu'il ne restait plus à Sujata Akka qu'à s'allonger. Pendant qu'elle dormait, je baissais le volume de la télévision et regardais un film. A quatre heures et quart, je la réveillais. Elle prenait alors une douche et mettait le sari que je lui avais préparé. Sujata Akka n'était plus la beauté au teint frais qu'elle était lors de mon arrivée au Chettiar Kottai, mais elle restait encore très belle.

Un après-midi, alors que je préparais sa chambre, elle me dit : « Apporte un tapis et viens t'allonger ici. On parlera un peu. »

Sujata Akka se sentait seule, je le savais. Sridhar Anna était toujours occupé ou bien en déplacement, quant à Prabhu Papa, on l'avait envoyé en internat à Ooty. Il ne lui restait plus personne à qui se confier. Si elle se liait d'amitié avec les autres femmes de la maison, elle savait qu'elles essayeraient de profiter d'elle pour obtenir des avantages. Elle n'avait personne d'autre que moi. Ça ne me dérangeait pas qu'elle se tourne vers moi faute de mieux.

Un après-midi, alors qu'elle était allongée sur le ventre, face à moi, elle me demanda d'une voix hésitante : « Parle-moi encore des Miss. Dis-moi ce que tu as vu. »

Je restai silencieuse un instant, puis je lui parlai de l'étrange amour qui les unissait, de comment elles semblaient n'avoir besoin de personne lorsqu'elles étaient ensemble. Et du plaisir qu'elles se donnaient.

Sujata Akka leva les yeux vers le plafond : « Tu ne te demandes pas ce que ça fait d'être avec un homme ?

— J'ai déjà connu un homme. C'est pour cela que je suis ici et qu'il y a un enfant qui grandit dans la maison de ma mère.

— Je ne parle pas de cela. Dans tous les films, ils font tout un plat de l'amour. Dans les dialogues, dans les chansons… Si seulement les héroïnes savaient ce qui les attend !

— Qu'est-ce qui les attend ? » Je me tournai de côté afin de voir son visage.

« Le dégoût. Quand il s'approche de moi, j'ai l'impression qu'un lézard me marche sur la peau. Mais je ferme les yeux et je le laisse faire ce qu'il veut. Je sais qu'il va voir d'autres femmes, mais si je ne cède pas de temps en temps, il se trouvera une maîtresse, comme son père, et l'exhibera devant mon nez. Tous les soirs, quand je vais au lit, j'attends qu'il se mette à me toucher. Je ne m'endors que lorsqu'il se tourne de côté et qu'il est endormi.

« Marikolanthu, je me demande ce qui ne va pas chez moi. Et si je deviens folle, comme sa mère ? C'est peut-être le dégoût pour l'aspect physique du mariage qui l'a rendue folle ? Peut-être cette maison est-elle maudite ?

— Sujata Akka, dis-je en me redressant pour m'asseoir, ne soyez pas bête. Vous n'avez aucun problème. » Je mis la paume de ma main sur son ventre. « Là… vous avez l'impression que c'est un lézard ?

— Non, mais… »

Puis son regard croisa le mien et j'y lus du désir, dans ce regard si éperdu. Une telle frustration. Un tel manque... Je pensais à la façon qu'avait Miss K. de suivre Miss V. du regard. Je compris alors peu à peu que Sujata Akka était habitée des mêmes attentes qui avaient rapproché Miss K. de Miss V. Mais où allait-elle trouver quelqu'un comme Miss V. ?

Puis, tous les après-midi, au cours de nos discussions, Sujata Akka et moi revenions au même sujet, et j'acquis la certitude que ce qui révulsait Sujata Akka, ce n'était pas le contact physique mais le contact d'un homme. Etais-je comme cela moi aussi ? me demandais-je.

Je ne savais pas. J'avais l'impression d'avoir limité ma capacité à ressentir à une zone située juste sous mon cuir chevelu, si bien que le seul moment où je me sentais vivante, c'était lorsque quelqu'un passait sa main dans mes cheveux. C'est ainsi qu'un après-midi, quand Sujata Akka glissa ses doigts dans ma chevelure, j'eus la sensation d'une lente éclosion de tous mes sens.

Je n'avais rien prémédité. La manière d'effacer cette souffrance, de satisfaire ses désirs m'est venue naturellement... Du dos de la main, j'effleurai le contour d'un sein. De l'autre main, je la fis se retourner et glissai doucement mes doigts le long de sa colonne vertébrale...

Sa voix s'éleva pour accueillir mon contact. « Tu as des doigts magiques ! »

Mon toucher se fit un peu plus insistant et je la sentis se tendre sous mes doigts. « J'aime bien quand tu me touches », dit-elle, et je sus qu'elle n'en dirait jamais plus sur ce qu'elle ressentait.

Comme il est facile de contenter une femme ! Elle demande peu de chose sinon d'être traitée comme quelqu'un de désirable, d'être séduite avec abandon et aimée tendrement. Avec mes doigts, ma bouche, avec mes yeux et mon âme, j'irriguai ce corps desséché. Je fis pleuvoir une averse de plaisir sensuel qu'elle recueillit avec l'avidité de celle qui est condamnée à errer pour toujours dans le désert et a perdu tout espoir de jamais découvrir une oasis.

J'enlaçai, frôlai, caressai. Je léchai, bécotai, mordillai. Ses seins s'épanouirent en perles de grenat. Langue contre peau. Joue contre joue. Cheveux emmêlés. Nos respirations s'unissant.

Ses doigts effleuraient ma main. C'est tout ce qu'elle me donnerait. J'étais celle qui avait cherché à lui procurer du plaisir et c'est dans ce plaisir que je trouverais ma récompense. Je n'aurais pas davantage. Mais peu m'importait. Mon cœur l'aimait depuis si longtemps, il semblait aller de soi que je puisse l'aimer maintenant avec mon corps, mes rêves en lambeaux contrariés et mes désirs inassouvis.

Jamais nous n'en parlâmes. De ce qui s'était soudain passé entre nous. Mais tous les après-midi, pendant que la maison dormait, j'inventais de nouvelles façons d'apaiser ses sens. D'assouvir sa soif. De la faire gémir doucement, « assez, assez ».

Entre nous, rien n'avait changé. Notre relation ne laissait de toute façon aucune place au changement. J'étais heureuse du rôle que je jouais auprès d'elle et je n'avais pas besoin de plus. Ma capacité à donner et à aimer avait trouvé en Sujata Akka son exutoire.

C'est donc pour préserver son bonheur, sa position dans la maison, son emprise sur Sridhar Anna que j'accueillis celui-ci en moi.

Tant que j'apaisais ses appétits, il n'irait pas trouver d'autres femmes. Tant que je me montrais disponible les jours où il rentrait à la maison, il n'irait pas importuner Sujata Akka. Tant qu'il s'agissait de moi, je n'exigerais rien de plus que ce que j'avais déjà. J'étais l'ersatz de service et je ne désirais pas davantage.

Comme c'est facile d'amener un homme dans son lit! Ce qui est difficile, c'est peut-être de l'y garder satisfait. Je ne savais pas si avec lui je devais me comporter en vierge effarouchée ou en putain délurée. J'étais donc les deux à la fois, et il semblait apprécier. Je dois reconnaître que, de son extase, je retirai quelques résidus de plaisir. Je ne l'avais pas recherché. C'est pourquoi, quand cela se produisit, je l'acceptai pour ce que c'était: une aubaine.

Parfois l'ironie de tout cela me frappait et me faisait sourire intérieurement. Le jour, c'était comme cueillir avec Sujata Akka des nymphéas près d'un lac immense où pêchaient des hérons et qu'une douce brise caressait, ébouriffant les têtes brunes des roseaux. La nuit, Sridhar Anna m'emmenait au centre de la terre, là où la lave fondue mordait mes pieds tandis que je haletais, pantelais et brûlais, serrée entre ses bras.

Aucun d'eux ne m'aimait. Mais ils avaient besoin de moi. Ceux qui ne peuvent obtenir l'amour doivent se contenter du besoin. Après tout, qu'est-ce que l'amour, sinon un besoin que l'on masque.

Quand ma mère mourut, le monde chimérique dans lequel je vivais partit en morceaux. Après les funérailles, mes frères me dirent: « Akka, il est temps que tu emmènes Muthu. Pendant toutes ces années, tu as fui tes responsabilités. Du vivant d'Amma, tu pouvais faire tout ce que tu voulais. Mais nous ne voulons plus nous occuper de lui. Après tout, tu n'es pas impotente et tu gagnes ta vie. »

Je les écoutai en silence. Pour eux, frères dans la respectabilité, j'étais l'étrangère qui avait outrepassé les frontières de la décence. Quelque effort que je fasse pour me défaire de cette image, ils ne voyaient que ce qu'ils voulaient voir. Je n'avais plus ma place ni mes droits dans cette maison.

« Gardez-le encore quelques jours, dis-je, il faut que je prenne mes dispositions. Je dois en parler à Sujata Akka. »

Qu'allais-je faire de cet enfant ? Sujata Akka m'autoriserait-elle à le garder au Chettiar Kottai ? J'avais remarqué que depuis quelques mois, elle était jalouse du temps que je consacrais à autre chose ou à quelqu'un d'autre qu'elle. Elle n'aimait même plus que je regarde la télévision toute seule. Elle ne me laissait plus que mes nuits. Quant à Sridhar Anna, même s'il passait du temps avec moi, il dormait à ses côtés, dans leur lit.

Lorsque je rentrai au Chettiar Kottai, je découvris que ma vie s'écroulait une nouvelle fois.

Sujata Akka se montra froide et distante. L'après-midi, lorsque j'allai la trouver dans sa chambre, la porte était poussée et fermée à clé de l'intérieur. M'en voulait-elle d'être partie si longtemps ?

Je ne pus réprimer un soupir. Parfois Sujata Akka outrepassait les limites. Je préparai mentalement des mots d'excuse, des messages d'amour. Une fois que je me serais expliquée, elle redeviendrait ma Sujata Akka bien-aimée.

Je retournai dans ma chambre et patientai. Elle viendrait bientôt me chercher. Le soir, ainsi que je m'y attendais, Sujata Akka fit son entrée dans l'aile gauche. « Je veux que tu fasses tes bagages et que tu partes immédiatement.

— Que dites-vous ? demandai-je, soudain effrayée par ses narines frémissantes, son regard furieux, son ton méprisant.

— Comment as-tu pu me faire cela ? Comment as-tu pu me prendre mon mari ? Tu croyais que je ne le découvrirais pas ? Et je ne l'aurais jamais su, crédule imbécile que je suis... si je n'étais pas venue ici hier faire nettoyer cette chambre. Je m'étais dit qu'elle avait été fermée si longtemps qu'elle avait besoin d'être aérée et préparée pour Marikolanthu... J'ai vu ses affaires. Et soudain, j'ai compris pourquoi il avait arrêté de m'importuner depuis quelque temps. Il l'a, sa putain, toi, sous mon toit, voilà pourquoi ! Comment as-tu pu oublier tout ce que j'ai fait pour toi ? Et c'est en me trompant que tu me remercies... »

Ses paroles me suffoquèrent. « C'est pour vous que je l'ai fait, essayai-je d'expliquer. Je savais à quel point vous aviez en horreur qu'il vous touche et en même temps, je ne voulais pas qu'il vous abandonne pour une autre femme.

— Tu es une autre femme. »

Elle se tenait, raide, insensible à mes invocations.

« Mais pas comme vous le croyez. Je ne voulais rien de plus que votre bonheur. » Je touchai son bras.

Elle repoussa mon contact. « J'aurais dû m'en douter. J'aurais dû le deviner. Tu es perverse. Tu le sais ? Tu te détournes de ton propre fils. Tu préfères la compagnie d'une folle à celle de ta propre mère. La journée, tu fais semblant d'être mon amie et la nuit, tu profites de la sensualité de mon mari. Quel monstre es-tu ?

— Vous êtes bien placée pour le savoir ! répliquai-je, furieuse à mon tour. Nous partageons plus que votre mari. Que ferez-vous une fois que vous m'aurez renvoyée ? Qui vous aimera comme moi ?

— Tais-toi, tais-toi, veux-tu ? » Sujata Akka criait presque. « Tu es une créature dégénérée ! Je suis sûre que tu t'es servie de la magie noire pour que je devienne ton esclave... que je fasse des choses qu'aucune femme ne ferait. Mais c'est bien fini tout cela ! Pars d'ici avant que je te fasse jeter dehors. »

Je quittai le Chettiar Kottai. Je ne récupérai pas l'argent qui m'était dû pour salaire. Je ne voulais plus rien avoir à faire avec elle. Elle avait défiguré mon amour pour elle avec une perfidie que je ne pouvais supporter.

Une fois rentrée chez mes frères, je les suppliai pour qu'ils m'accordent un sursis. « J'ai besoin de quelques jours de plus, dis-je. Sujata Akka est en train de s'occuper de le faire envoyer à l'école à Kanchipuram. » Je mentis, ne sachant que dire d'autre. Tout ce dont j'avais envie, c'était de m'allonger et de dormir. « Nous aurons besoin de rester quelques jours de plus, l'enfant et moi. Est-ce trop demander de ses propres frères ? »

Je les vis blêmir mais ils finirent par accepter à contrecœur.

Allongée sur le matelas, je fixai du regard le plafond. Je ressentis cette douleur diffuse dans mon bas-ventre. Les premières fois que Sridhar Anna avait couché avec moi, j'avais eu peur de tomber enceinte. Il m'avait rassurée en me disant qu'il ferait attention. Comme pour me réconforter, mes règles devinrent plus longues et plus abondantes. Puis je commençai à avoir mal. Une douleur sourde qui parfois se faisait lancinante. Comme une lourdeur. Cette nuit-là, la douleur était si intense que je sus que je ne pouvais l'ignorer plus longtemps et qu'il me faudrait aller voir un médecin.

J'avais une tumeur utérine. Plusieurs, en fait. De la chair dans ma chair qui tirait substance de mon corps pour grandir. Une centaine de minuscules enfants qui me dévoraient vive. Il fallait me faire enlever leur antre, l'utérus. Où trouver l'argent de l'opération ?

J'avais quatre cents roupies en tout et pour tout. Je n'avais jamais pensé à économiser un seul paisa. Je gardais un peu d'argent pour moi et remettais le reste de mon salaire à ma mère. J'aurais pu demander à Sridhar Anna qu'il me donne de l'argent. Mais cela aurait fait de moi une putain. Quelqu'un qui acceptait de l'argent pour qu'un homme exploite son corps. Je revis le visage de Sujata Akka. Je ne voulais rien qui lui appartienne. Ni son mari, ni son argent.

Dans le bus qui me ramenait au village, je pris une décision. Il était temps que l'enfant rembourse ses dettes. Il était temps que Murugesan paie pour ce qu'il m'avait fait subir.

J'emmenai l'enfant à Kanchipuram, où se trouvaient les ateliers de tissage. Les ateliers de Murugesan. Ce dernier n'était pas là. C'était devenu un homme occupé, un homme riche, me dit-on. Il voyageait beaucoup. Il prenait l'avion pour l'étranger. Les commandes de soie venaient de contrées lointaines. Mais ce n'était pas Murugesan que je voulais voir. Son manager ferait l'affaire. Il savait ce que je voulais. Je n'étais pas la première à venir les voir. C'était pour lui de la routine. Tous les jours, il embauchait des enfants pour tendre les chaînes des métiers à tisser et pour y passer les fils qui formeraient les délicats motifs des saris de soie qu'ils produisaient. En échange de cinq mille roupies, j'hypothéquai donc l'enfant auprès des ateliers de Murugesan pour les deux ans à venir. On lui donnerait dix roupies par jour. Sur trente jours, cela ferait trois cents roupies. Sur un an, cela irait chercher dans les trois mille six cents roupies. Je n'avais besoin que de cinq mille. Le reste de l'argent couvrirait les frais courants de l'enfant.

Je me sentis inondée d'une satisfaction perverse. Murugesan ne le savait peut-être pas mais je lui avais vendu son propre fils. J'avais finalement récupéré le loyer des neuf mois où j'avais abrité l'enfant. Avec le revenu gagné à la sueur de son front, je détruirais l'utérus où il avait trouvé refuge et le lien qui unissait encore nos vies.

« C'est ça l'école où m'envoie Sujata Akka ? On ne dirait pas une école ! » dit l'enfant. Il n'avait que huit ans mais il comprenait bien plus que ce qu'on voulait bien lui dire.

J'acquiesçai avant de décider de lui dire la vérité. « Ce n'est pas une école. C'est un atelier de tissage de soie. Ils vont t'apprendre un métier ici : comment tisser. En un sens, c'est comme une école. »

L'enfant ne répondit rien. Il regarda ses pieds. Je lui donnai le petit sac en tissu qui contenait ses vêtements et ses quelques affaires. « Il faut que j'y aille, dis-je.

— Quand est-ce que tu vas revenir pour me ramener à la maison ?

— Tu n'as plus de maison. Mais je reviendrai un de ces jours », répondis-je en partant.

Après l'opération, la douleur disparut mais la pesanteur subsista.

Elle m'alourdissait le pas et m'engourdissait l'esprit. Je décidai de rester à Kanchipuram. Trop de souvenirs hantaient le village avec son verger de manguiers et le Chettiar Kottai. Je trouvai un poste de cuisinière. Puis un autre, et encore un autre. Dès que les odeurs d'une maison commençaient à s'imprégner dans mes pores, je partais. J'étais une âme errante, pervertie et amère. Parfois, je repensais au passé et le néant qui m'habitait se mettait à palpiter.

*

Un an plus tard, Murugesan mourut. Je l'appris par le journal tamoul que lisait la famille chez qui je travaillais. Parti à Singapour en voyage d'affaires, il avait été victime d'une crise cardiaque. Son corps serait rapatrié trois ou quatre jours plus tard, disait le journal.

La route conduisant au champ de crémation était à deux rues de l'endroit où je travaillais. L'oreille aux aguets, j'attendis. Aux premiers sons du passage d'un cortège funèbre, je me précipitais sur la terrasse, d'où j'avais une bonne vue sur les allées et venues de la rue. Quatre jours après l'annonce de sa mort, son cortège passa. Son corps, étendu sur une civière, était revêtu d'habits d'un blanc étincelant. Si sa mort avait eu lieu ici, on l'aurait assis dans une chaise, comme s'il était vivant. Son corps avait dû se raidir. Pour le faire tenir assis, il aurait fallu lui briser la colonne vertébrale ainsi que les bras et les jambes.

Aux sons des battements de tambour, ses enfants, ses fils légitimes, marchaient, un récipient d'eau à la main. Une pluie de fleurs était déversée sur lui et je me réjouis que les brins verts de marikolanthu n'aient pas été utilisés pour l'hommage rendu à cette créature. Pétales de roses et soucis, guirlandes de chrysanthèmes et muguet – l'air était imprégné d'un parfum de fleurs et d'encens. Comme à chaque fois, des gamins dansaient, se trémoussant et se tortillant avec une gaieté frénétique, agiles, sifflant au rythme des tambours. Parmi eux, j'aperçus le garçon.

Danse, vas-y, danse, pensai-je. Danse pour les funérailles de ton père. Que son âme t'observe, remplie de chagrin. Du chagrin de te voir célébrer son trépas avec une désinvolture aussi triomphante.

La lumière du soir baignait le champ de crémation. Nous étions en janvier. La nuit tomberait vite. Etrange, me dis-je, soudain frappée par cette coïncidence. C'était en janvier qu'il avait détruit ma vie. Un autre mois de janvier, c'est sa vie à lui qui s'était achevée.

Cachée derrière le massif d'arbres qui bordait le champ, je regardai construire le bûcher. Un tas de bois qui polluerait les cieux de la puanteur de la mort. J'attendis. Une fois qu'il serait réduit en cendres et que tout le monde serait parti, j'irais piétiner ses cendres et cracher dessus.

Le fils de Murugesan, son fils légitime, alluma le bûcher tandis que le garçon se tenait sur le côté pour observer. Je me demandais bien ce qu'il faisait là.

Les flammes firent rage. Des voix me parvinrent : « Le corps ne se consume pas. C'est peut-être tous les produits chimiques qu'ils ont utilisés pour le conserver. Rajoute du bois. Tiens petit, mets ça sur le bûcher. »

Le feu se calma. Murmures horrifiés : « Le corps est intact. Il est seulement brûlé par endroits et la peau a pelé mais il est encore là. Il ne faut pas que ses fils le voient. Que quelqu'un reste là pour s'assurer que les hommes font le boulot. Nous n'avons plus rien à faire ici… Eh petit ! tu n'es pas des ateliers de Murugesan ? Reste ici et garde un œil sur les hommes pendant qu'ils essayent à nouveau d'incinérer le corps… »

Finalement, ce fut au garçon d'aider au passage de son père vers l'autre monde. Sur le champ de crémation désert, il ne restait que les hommes y travaillant, le garçon et moi.

Dissimulée dans la nuit, je restai là à regarder le garçon ramasser du bois pour rallumer le bûcher. Je le vis parcourir l'endroit à la recherche de bois d'allumage provenant d'autres bûchers, de brindilles, de branches, d'herbes sèches... de tout ce qui pourrait prendre feu. Il avait le visage crispé par le chagrin, ou peut-être la pitié.

Je m'approchai doucement et vis le corps à demi calciné et à demi intact. Les hommes d'âge mûr, les parents de Murugesan étaient partis, incapables de supporter l'idée de se retrouver face à ce corps défiguré. A quoi pensait le garçon en allumant le deuxième tas de bois ? Je sentis une immense tristesse m'envahir. C'est moi qui l'avais réduit à cela. A être un chandala. Un gardien de tombes, veilleur des morts. Il ne méritait pas cela. Ni rien de ce qui lui était arrivé.

Ma haine se consuma dans les flammes bondissantes. Que me restait-il à détester dans ce monde ? me dis-je. Murugesan était un tas de cendres fumantes. Il restait Muthu. Pourquoi lui en vouloir ? Mon amertume se dissipa. J'appelai doucement : « Muthu ! »

Il se tourna dans ma direction. Je vis son visage se remplir de joie. Je m'attendais à de l'hostilité, de la colère, pas à cette joie pure. Pour la première fois, je ressentis de la honte. Pas des remords pour l'avoir rejeté enfant, comprenez-moi bien. Cela devait arriver. Mais de la honte pour m'être servie de lui. En quoi étais-je différente de tous ces gens qui m'avaient utilisée avant de me rejeter, une fois leurs besoins comblés ? Je savais que j'allais devoir me faire pardonner.

Il me restait tant à faire avant de pouvoir le récupérer ! Il me fallait trouver l'argent pour rembourser son patron. Miss K. ! pensai-je. Miss K. comprendrait et m'aiderait. Peut-être m'aiderait-elle même à trouver un emploi dans la ville où elle habitait.

A nouveau, je ressentis des palpitations dans l'utérus que je n'avais plus. Mon enfant allait naître.

… Vous vous souvenez de ce que je vous ai dit à propos de l'absence de chronologie dans les étapes de ma vie, de l'absence de logique. Ce jour-là, pour la première fois, j'ai repris le contrôle de mon destin. Pas pour mener des guerres ni régner sur des royaumes. Tout ce que je demandais, c'était une part de bonheur. Tout ce que je voulais, c'était être la mère de Muthu.

Pendant si longtemps, je m'étais contentée d'être une imitation de l'original. Une maîtresse de maison de substitution. Une mère de substitution. Une maîtresse de substitution. Maintenant, je voulais davantage. Je voulais être l'original et non plus l'ersatz.

11

Akhila parle

Akhila est assise sur un banc, près de la mer. Elle y restera jusqu'à ce que les réverbères s'allument puis elle rentrera à l'hôtel. C'est ainsi qu'elle en a décidé. A peu de distance, entre elle et la mer, se tient un jeune homme appuyé contre sa moto. Le dos tourné à la mer, il est en train d'essayer d'allumer une cigarette. La brise décoiffe ses cheveux et les rabat sur son front. Il a un visage poupin en dépit de son épaisse moustache. Son regard cependant n'est plus celui d'un enfant et ses blue-jeans serrés et son tee-shirt couleur rouille habillent un corps d'une virilité arrogante, pense Akhila. Quand il lève le visage qu'il avait penché au creux de ses mains, leurs yeux se rencontrent. Elle soutient son regard scrutateur. Il baisse les paupières. Un peu plus tard, Akhila le voit s'éloigner. Elle sourit. Elle n'a jamais fait l'expérience d'un tel ascendant.

Voilà deux jours maintenant qu'Akhila est à Kanyakumari et loge dans un hôtel situé sur le front de mer, baptisé Brise Marine. Le porche conduit jusqu'à un petit salon. Le long d'un mur est disposé un sofa recouvert de tissu à motifs cachemire. Sur le mur d'en face est peinte une immense fresque. Le réceptionniste en chemise blanche et pantalon noir lui sourit et l'appelle « Madame ».

L'hôtel a son propre restaurant. La nourriture servie est simple et végétarienne. Trois fois par jour, Akhila s'y attable seule et à chaque fois elle goûte un nouveau plat. Elle a déjà essayé toute la carte.

C'est un hôtel où logent des familles et des couples âgés. Des touristes et des pèlerins. Elle ne sait pas si elle doit se compter parmi les premiers ou les seconds. Mais cela importe peu. Elle écoute les conversations qui tourbillonnent autour d'elle.

Akhila a une chambre qui donne sur la mer. De son balcon, elle peut observer les levers et couchers de soleil. Au-dessous de l'horizon s'étend l'eau, calme surface de cuivre. Chaque matin et chaque soir, elle sort se promener. Parfois, les gens l'observent. Ils ne sont pas habitués au spectacle d'une femme célibataire, toute seule. Une étrangère, ils peuvent comprendre, mais une Indienne… Elle passe à côté d'eux lentement, sans presser le pas ni leur laisser deviner qu'elle lit dans leurs regards. Cela n'a pas d'importance. Cela a cessé de lui importer.

Les célibataires de quarante-cinq ans ont une certaine réputation. Celle d'être coincées, d'avoir la bouche pincée, d'être desséchées de l'intérieur, d'être maladivement égocentriques et d'avoir la capacité de déceler des failles dans tout ce qui est beau et pur.

Akhila n'y avait pas échappé. Vieille fille. Sœur aînée. Autrefois le soutien de la famille. Et encore aujourd'hui la vache à lait.

Elle est désormais sûre d'une chose : elle n'autorisera plus sa famille à se servir d'elle. « Regardez-moi, leur dirait-elle. Regardez-moi. Vous croyez connaître la femme que vous voyez. Cette sœur qui vous intriguait. Mais je ne suis pas seulement votre Akka. Il y a en moi une femme que je viens tout juste de découvrir. »

Le soir suivant, il est là, à l'attendre. En blue-jeans et tee-shirt vert olive. Elle fait semblant de ne pas le remarquer et s'assoit à sa place habituelle. Il s'éclaircit la gorge. Elle se tourne vers lui et sourit. « Bonjour », dit-elle.

Elle voit la surprise se peindre sur son visage. Dans son monde à lui, les femmes ne parlent pas tant qu'on ne leur adresse pas la parole, *a fortiori* à un inconnu.

« Comment vous appelez-vous ? demande-t-elle avant de changer d'avis et d'ajouter : Finalement, ne dites rien. Je ne veux pas savoir.

— Vinod. Je m'appelle Vinod », se hâte-t-il de dire. Elle le regarde. Il doit avoir dans les vingt-cinq ans.

Elle se lève pour partir et tandis qu'elle marche vers l'hôtel, elle sent son regard la suivre.

Akhila découvre qu'elle aime la solitude. Elle ne se pose plus de questions sur ce que serait sa vie si elle vivait seule. Peut-être la réalité ne correspondra-t-elle pas à ses rêves, mais en tout cas, elle aura fait l'effort d'essayer. Peut-être est-ce là tout ce qu'il lui reste à espérer de la vie. Pouvoir essayer de la vivre…

Akhila est assise au bord de la mer. Le jeune homme n'est pas là. L'espace d'un instant, un bref instant, elle ressent une légère pointe de déception. Elle ferme les yeux pour laisser la brise lui caresser les paupières. Pour la première fois de sa vie, elle se laisse aller à cueillir l'instant.

Une moto passe, moteur vrombissant, avant de s'arrêter avec un soubresaut. Elle garde les yeux fermés. Elle entend quelqu'un s'éclaircir la gorge pour annoncer sa présence. Elle ouvre les yeux. C'est le jeune homme.

« Bonjour », dit-elle. Elle voit le soulagement éclairer son regard.

« Je n'étais pas sûr que… que vous soyez là. Je pensais que vous essayeriez de m'éviter. » Ses mots sont hésitants.

« Et pourquoi donc ? demande Akhila.

— Je ne sais pas… Parce que je vous ai parlé hier, répond-il en se passant la main dans les cheveux.

— C'est inexact. C'est moi qui vous ai parlé en premier, rectifie-t-elle.

— D'où venez-vous ? » demande-t-il soudain.

Akhila sourit en se disant que c'est un garçon qui joue à être un homme. « Vous êtes bien curieux. »

Il baisse le regard.

« Asseyez-vous donc », dit-elle en montrant la place libre sur le banc. Le voyant sourire et s'empresser de s'asseoir à ses côtés, elle comprend ce que c'est d'être le chat dans le jeu du chat et de la souris.

La nuit, Akhila fait des rêves récurrents de quête sans fin. Elle se réveille avec un goût de craie à la bouche et un vertigineux sentiment d'impuissance. Je sais ce que je veux faire. Alors, pourquoi mes rêves me démoralisent-ils tellement ? se demande-t-elle un matin. C'est alors qu'elle prend la décision de séduire le jeune homme, dernière étape de sa métamorphose. Elle se dit que l'esprit suivra bien le corps, antithèse de tout ce qui lui a été inculqué. Un acte requérant du courage : mettre le pied où elle ne l'a jamais mis auparavant. S'il y avait une montagne dans les parages, Akhila essayerait de la gravir. Le désir lui fait battre les tempes et exige qu'elle se soumette à lui.

Akhila se lance une gageure. S'il fait le premier pas, je n'irai pas plus loin. Je n'ai pas besoin d'un homme qui cherche seulement à profiter de mon corps pour élargir son horizon. Je ne veux pas être une expérience de plus.

Elle se dirige vers le banc. Il est là qui l'attend. Un rictus lui monte aux lèvres. Elle baisse la tête pour le cacher. Quand elle la relève, c'est pour lui laisser voir une Akhila portant au visage l'ombre d'un sourire.

« Bonjour, dit-il. Vous êtes en retard aujourd'hui. »

Haussant les épaules, elle s'assoit. Il attend qu'elle l'invite à se joindre à elle sur le banc. Akhila commence à se prendre au jeu.

Elle regarde la mer.

« Vous ne vous asseyez donc pas ?

— Vous venez d'où ? » Il pose la même question que la veille.

Elle sourit, secoue la tête. « Je n'aime pas qu'on me questionne. » Pourquoi est-ce si difficile de parler de moi ? se demande-t-elle. Parce que c'est une histoire sans lendemain. Voilà pourquoi !

Il ne sait pas s'il doit prendre cela pour une rebuffade et abandonner. Il n'arrive pas à déterminer ce qu'elle veut mais, malgré tout, il n'arrive pas non plus à partir. Pour meubler le silence, pour prolonger la rencontre, il se met à lui parler de lui. Akhila laisse les mots glisser sur elle. Elle sait que les passants les regardent. Elle se représente mentalement ce qu'ils voient : une femme mûre et un jeune homme. Elle imagine les idées qui vont leur traverser l'esprit. Et puis se dit que ce qu'ils voient ou peuvent dire ne la concerne pas.

Elle se tourne vers lui et le regarde. Demain, elle rejouera une nouvelle fois à ce petit jeu, puis elle fera ce qu'elle a à faire. Le jour suivant, il sera temps de partir.

Le matin, un article dans le journal, à propos d'un suicide collectif, attire son attention. Une famille entière dans une petite ville du Kerala. Le père de famille a administré du poison à sa femme et à ses quatre enfants avant de se pendre. Dans la lettre qu'on a retrouvée, il parle de désespoir. Il avait attrapé le sida et ne voulait pas que sa famille soit mise au ban de la société par sa faute. Il ne voyait aucun autre moyen de les protéger du déshonneur et du malheur, a-t-il écrit.

Sa femme voulait-elle mourir en même temps que lui ? Et ses enfants ? s'interroge Akhila. Comment a-t-il osé les tuer, comme s'il avait eu sur eux droit de vie et de mort ?

Akhila tourne la page, écœurée. Elle réalise qu'il y a à peine quinze jours, elle aurait lu cet article sans même une pensée pour la femme et les enfants.

Pour la première fois, Akhila se souvient de Sarasa Mami sans éprouver de pitié mais au contraire avec admiration. La différence avec elle, comprend-elle maintenant, c'est que Sarasa Mami a vécu, du mieux qu'elle pouvait.

Akhila observe le jeune homme comme pour graver ses traits dans sa mémoire. Il est là, fidèle, servile, encore incapable de soutenir son regard. Elle sait qu'il ne fera pas le premier pas. A-t-elle perdu ou bien gagné ? Ne te dégonfle pas, se dit-elle sévèrement. C'est quelque chose que tu veux. Quelque chose dont tu as besoin. Il faut que tu sois capable d'aller jusqu'au bout.

Prenant sa main, elle dit : « Je suis à l'hôtel Brise Marine. Vous pourriez passer un peu plus tard dans la soirée… »

Quelques heures plus tard, le téléphone sonne. La voix du réceptionniste est pleine de curiosité et de désapprobation. « Un certain Monsieur Vinod vous demande. Il dit être un parent à vous. Est-ce que je le laisse monter ? »

Le sourire aux lèvres, Akhila répond : « Oui. »

Elle ouvre la porte et va se mettre sur le balcon. Elle l'entend refermer la porte. Elle attend qu'il tourne la clé. Au bruit de la serrure, elle sourit à nouveau. Elle sait ce qu'il veut. C'est la même chose qu'elle.

Il vient se tenir à côté d'elle.

« J'adore la mer, la nuit. Elle met tous nos sens en éveil », dit Akhila. Il s'approche. Elle croit entendre battre son cœur. Mais c'est qu'il a peur ! remarque-t-elle. Il compte sur moi pour l'aider.

« As-tu un préservatif ? » demande-t-elle. Elle sait qu'il n'y a pas pensé. Il tourne les talons. L'espace d'une seconde, elle se dit qu'elle l'a découragé puis réalise qu'il reviendra bientôt.

Quand il est de retour, elle le laisse lui faire l'amour fenêtres et porte du balcon grandes ouvertes et lumière allumée. Quand il tend la main pour éteindre, elle le retient. « De quoi as-tu honte ? »

Il est impatient de la pénétrer. Allongée sur le dos, elle se dérobe et guide sa main vers sa poitrine. « Du calme, du calme ! Je ne vais pas m'enfuir. »

Mais il ne peut s'empêcher de lui entrouvrir les cuisses. La douleur saisit Akhila. Cela fait si longtemps depuis Hari ! Mais le désir finit par l'inonder et vient à bout de ses résistances. Un désir changeant, qui ondule, se déroule et se replie sur lui-même. Un désir qui dégage la chaleur d'un feu. L'énergie qui définit la vie. Akhila tout entière est désir. Akhila est Shakti. Akhila est Akhilandeswari sous ses dix déclinaisons.

Kali. Prête à détruire tout ce qui s'immisce entre elle et le passage du temps.

Tara. Avec l'Embryon d'Or d'où se développera un nouvel univers, qui sera son propre néant et son propre infini.

Sodasi. La plénitude de la Fille de seize ans qui nourrit les rêves et les espoirs. Encore aujourd'hui, à quarante-cinq ans.

Bhubaneswari. En qui surgissent les puissances du monde matériel.

Bhairavi. Cherchant à satisfaire ses désirs avant que tout se résorbe dans le néant.

Chinnamasta. La dénudée, qui perpétue l'état d'autosuffisance du monde visible, rendant possible le cycle des destructions et des renaissances.

Dhumati. La malchance incarnée. Une vieille sorcière juchée sur un âne, un balai à la main et un corbeau ornant sa bannière.

Bagala. Au visage de grue, aspect négatif de toutes les créatures. Jalousie, haine, cruauté, elle est tout cela et davantage encore.

Matangi. La dominatrice.

Et enfin Kamala. Pure conscience de soi, prêtant soutien et dissipant les peurs... Akhila telle que la connaissait sa famille.

Voilà la vraie Akhila : elle est chacun de ces aspects et tous à la fois. Elle en a conscience tandis que son corps est traversé par une tornade de sensations. Une vague en chassant l'autre pour la précipiter dans un courant souterrain endigué pendant tant d'années. Akhila ne connaît plus la peur. Pourquoi devrait-elle marcher tête baissée ?

Elle rejette la tête en arrière et crie son triomphe.

Le jeune homme, debout près de la porte, interroge : « Est-ce que je reviens demain ? »

Akhila sourit. Il ne lui a même pas demandé son nom. Ce qui répond parfaitement à son souhait. Assouvir un besoin. Se laver de son passé. Se prouver quelque chose. Un homme plus âgé voudrait en savoir davantage. Essayerait de prendre les devants. Elle sourit encore en découvrant à quel point il est facile de sourire maintenant qu'elle prend enfin le contrôle de sa vie.

Le lendemain matin, Akhila se réveille en se souvenant de sa vieille pelote de fil de jute. Elle se rappelle les heures passées à en défaire les nœuds. Au soin qu'elle mettait à l'enrouler méthodiquement, attachant un bout à un autre afin d'en faire un seul fil depuis le centre jusqu'aux derniers centimètres… Puis elle repense à Hari. Le seul nœud qu'elle n'a pu dénouer. Le seul qu'elle avait coupé plutôt que de le défaire. Et elle décide que celui-là aussi, il faut qu'elle s'en occupe. Qu'elle sache ce qui lui est arrivé. Aujourd'hui, tant qu'elle se sent complète et forte.

Autrefois, elle pensait qu'elle ne pourrait aimer personne d'autre comme elle avait aimé Hari. En se livrant à lui corps et âme. Ce matin, elle a l'impression que tout est possible. Qu'elle aurait le courage de reprendre là où elle s'est arrêtée et de recommencer. Qu'elle désirait Hari mais qu'elle désirait encore plus la vie.

C'est ainsi qu'elle ouvre son sac et en tire le carnet d'adresses où, parmi d'autres noms, figure celui de Hari. Elle décroche le téléphone et passe un appel avec préavis à Madras. Sera-t-il là? se demande-t-elle. Suis-je en train d'agir comme une idiote? Hari a dû construire sa vie et la voilà qui se comporte comme une héroïne de romans à l'eau de rose. Ce qui s'était passé il y a si longtemps, les raisons qui l'ont poussée à s'éloigner de lui, tout cela l'intéresserait-il encore?

Hari s'est peut-être marié. A peut-être quitté Madras. Toutefois, si elle ne passe pas ce coup de fil, il continuera à la hanter, ce dernier nœud qu'elle n'a pu défaire.

Elle attend…

Il lui reste encore une heure à patienter, puis il faudra qu'elle parte pour la gare. Pour reprendre en main les rênes de sa vie, pense-t-elle en regardant son billet de retour.

La sonnerie du téléphone posé sur la table retentit. Akhila se lève. Son cœur bat la chamade. Est-ce lui ?

La voix de Hari est sourde et prudente, un peu hésitante.

« Bonjour, dit-elle. C'est Akhila, Akhilandeswari. »

Glossaire

Achamma : grand-mère paternelle.
Agraharam : quartier réservé aux brahmanes et situé à proximité du lieu de culte.
Akka : sœur aînée.
Amma : mère.
Ammadi : littéralement, « mère-enfant », *di* désignant une petite fille.
Ammama : grand-mère.
Anna : frère aîné.
Appa : père.
Appalum ou *appalam* : voir *papad*.
Appam : spécialité d'Inde du Sud, crêpes à base de farine de riz.
Ashoka : *saraca indica*, nom d'un arbre à fleurs rouges.
Ayah : nourrice.
Badam kheer : dessert à base de lait bouilli, de sucre et de riz avec des amandes.
Basundi : mélange de lait et de sucre bouilli jusqu'à épaississement.
Bhajan : chant dévotionnel hindou. Ceux composés par la poétesse Mira Bai (XVIe siècle) et dédiés à Krishna sont parmi les plus célèbres.
Bhaji : nom générique donné à un plat de légumes, servi en accompagnement du plat principal.

Bhelpuri : amuse-gueule fait d'un puri servi avec des légumes divers, des herbes, des épices.
Bidi : petite cigarette indienne.
Bindi : point dont les femmes ornent leur front.
Bottu : voir *bindi*.
Chandala : nom donné à tous ceux qui sont considérés comme impurs, donc intouchables dans la société hindoue, en particulier ceux qui s'occupent des cadavres.
Chapati : galette de farine de blé.
Cheeda : friandise à base de farine de lentilles, que l'on mange en particulier pour la fête de Krisha Jayanti (naissance de Krishna) dans le sud de l'Inde.
Chempakam : *michelia champaca*, famille des magnolias.
Chennai : nouvelle appellation de la ville de Madras.
Chungdi : technique d'impression sur tissu.
Davani : sorte de demi-sari porté avec une longue jupe, le pavadai, par les jeunes filles dans le sud de l'Inde.
Dhoti : vêtement traditionnel indien, sorte de pagne enroulé autour de la taille et relevé entre les jambes.
Dipavali ou *Divali* : fête des lumières, célébrant les récoltes mais aussi le retour d'exil de Rama (une des incarnations du dieu Vishnou).
Dussera : fête commémorant la victoire de la déesse Durga sur le démon Mahisasur dans certaines régions, le retour de Rama à Ayodhya après son exil dans d'autres, et célébrée sur une période de dix jours.
Ghee : beurre clarifié.
Godrej : marque indienne connue.

Golasu : chaîne de cheville.
Grihasthasrama : dans le brahmanisme, état de celui qui est maître de maison, fonde une famille et accomplit les rites domestiques.
Gundu-malli : *jasminum sambac* ou jasmin d'Arabie.
Gurukula : école où se fait la transmission du savoir de maître, gourou, à disciple, shishya.
Hiranyakashyapu : roi-démon dont la légende est associée aux festivités de Holi en début de printemps.
Idli : petit pain de riz et de lentilles cuit à la vapeur et servi généralement au petit déjeuner.
Jamandi : souci.
Kali, Tara, Chinnamasta, Sodasi, Bhubaneswari, Bhairavi, Dhumati, Bagala, Matangi, Kamala : dix noms de Shakti.
Kanakambaram : *crossandra undulaefolia* ou « fleur pétard ».
Kathrika : aubergine
Kesari : dessert à base de semoule.
Kizharnelli : petit tamarin blanc.
Kolam : dessin au sol tracé à la farine de riz devant le seuil des maisons ou devant les représentations des divinités.
Korma : désigne diverses préparations culinaires par cuisson lente, à feu doux.
Kozambhu (morkozambhu, kara kozambhu, vahta kozambhu) : variétés de curry.
Kumkum : voir *bindi*.
Laddu : dessert sucré et solide de forme ronde.
Madisar : sari traditionnel long de neuf mètres du Tamil Nadu et porté par les brahmanes de la communauté Iyengar.
Masala : épices.

Masala dosa : sorte de grande crêpe typique de la cuisine tamoule, préparée à base de riz, fourrée de légumes épicés et servie avec du sambhar et du chutney.

Mills & Boons : romans à l'eau de rose, proches des « Delly ».

Moram : sorte de plateau, dont la forme rappelle celle d'une pelle, fait de bambou ou de feuilles de palmier tressées.

Mullai : *jasminum officinale*, jasmin blanc.

Murukku : sorte de pain en forme de bretzel au poivre et à la noix de coco.

Mysorepak : spécialité de Mysore, dessert à base de farine, de sucre et de ghee, parfumé à la cardamome.

Nandi : taureau du dieu Shiva, lui servant de monture. Généralement représenté couché devant l'entrée des temples dédiés à Shiva.

Narakasura : roi-démon vaincu par Krishna (réincarnation du dieu Vishnou).

Paisa : centième de roupie.

Pallu : pan du sari passé par-dessus l'épaule.

Papa : bébé.

Papad : sorte de fine galette sèche et poivrée, qui se mange en amuse-gueule.

Pavadai : longue jupe que les jeunes filles portent avec un davani ou demi-sari.

Pongal : grande fête tamoule du solstice d'hiver et de la moisson, célébrée en janvier pendant trois jours.

Poriyal : plat de légumes préparés sans sauce, contrairement au curry.

Poromboke : terres appartenant au gouvernement.

Puja : prière et sacrifice hindous, se pratiquant au temple ou en privé.

Pulao : plat à base de riz parfumé.
Pulayar : le « fils », nom familièrement donné en Inde du Sud au dieu Ganesh, fils de Shiva et de sa parèdre Parvati.
Puliyodhare : tamarin.
Puraichi Thalaivar : « Leader révolutionnaire », surnom sous lequel était connu M. G. Ramachandran, acteur devenu gouverneur du Tamil Nadu.
Puri : galette préparée comme un chapati mais frite.
Rasam : potage aux légumes et aux lentilles, très épicé.
Ravana : roi-démon de l'épopée du *Ramayana*, la geste de Rama. Il enleva Sita, l'épouse de ce dernier qui finit par le vaincre.
Roja : *rosa indica*.
Sabarimala : temple du Kerala où des milliers de fidèles se rendent en pèlerinage au cours des mois de décembre, janvier, février.
Sambhar : légumes divers servis dans un bouillon épicé.
Samosa : sorte de chausson aux légumes ou à la viande.
Sri Ram Jayam : formule censée exaucer les souhaits.
Thali : collier que le marié attache autour du cou de son épouse pendant la cérémonie du mariage.
Thiruvalluvar : poète d'expression tamoule ayant vécu au Ier siècle avant J.-C. et auteur du *Thirukkural*, ouvrage traitant de morale, de sagesse, des devoirs des individus, considéré au Tamil Nadu comme le cinquième Veda.
Uppma : plat à base de semoule fine, de ghee et de légumes.
Uppu : sel.
Vada (ou *vadaam*) : variété de beignets.

Vanaprastha : période de la vie de l'hindou de caste où il quitte la vie familiale et se retire dans la forêt en méditation.
Veshti : voir *dhoti*.
Vibhuti : cendre sacrée qui s'applique généralement sur le front.
Zari : type de broderie de fil d'or.

Achevé d'imprimer par
l'Imprimerie France Quercy, 46090 Mercuès
N° d'impression : 20412B - Dépôt légal : septembre 2004

Imprimé en France